U0327212

雅努斯思想文库
Janus Thought Library

Comparing the Literatures

Literary Studies in a Global Age

David Damrosch

比较文学的过去与现在

[美] 大卫·达姆罗什 著
陈永国 译

著作权合同登记号 图字：01-2020-6154

图书在版编目 (CIP) 数据

比较文学的过去与现在 / (美) 大卫 · 达姆罗什著 ; 陈永国译 . -- 北京 : 北京大学出版社 , 2025. 6. -- ISBN 978-7-301-35412-4

Ⅰ . I0-03

中国国家版本馆 CIP 数据核字第 2024QK5308 号

书　　名 比较文学的过去与现在

BIJIAO WENXUE DE GUOQU YU XIANZAI

著作责任者 [美] 大卫 · 达姆罗什　著　　陈永国　译

责 任 编 辑 于海冰

标 准 书 号 ISBN 978-7-301-35412-4

出 版 发 行 北京大学出版社

地　　址 北京市海淀区成府路205号 100871

网　　址 http://www.pup.cn　新浪微博：@北京大学出版社　@阅读培文

电 子 邮 箱 编辑部 pkupw@pup.cn　总编室 zpup@pup.cn

电　　话 邮购部 010-62752015　发行部 010-62750672　编辑部 010-62750883

印 刷 者 天津联城印刷有限公司

经 销 者 新华书店

710毫米×960毫米　16开本　24.75印张　330千字

2025年6月第1版　2025年6月第1次印刷

定　　价 89.00元

目录

致谢

在本书内容流传的十几年中，我所积累的全部“致谢”将大大增加本书的厚度。我曾经在四十几个国家做过与本书内容相关的演讲，获得了许多有益的建议。在此仅提及促成超过专题讨论范围的几次延伸性演讲的朋友们，并向他们致以衷心的感谢。他们是：朱拉隆功大学的苏拉德·绰替武东潘，清华大学的陈永国，奥胡斯大学和哥本哈根大学的玛兹·罗森达尔·汤普森和克里斯蒂安·达尔，罗兰大学和匈牙利社会科学院的彼得·戴维哈兹，东京大学的沼野充义，法国社会科学高等学院的吉赛尔·萨皮罗。这些名字也许会扩充到两百个。

本书各章中部分内容已经发表于苏源熙和黑斯的《美国比较文学协会报告》《ADE 简报》《加拿大比较文学评论》，伯曼和波特的《翻译研究指南》《比较文学学者》《比较批评研究》《比较文学研究》《欧洲评论》、莫塞尔和西蒙尼斯的《全球人物》《现代语言季刊》《现代语文学》《世界文学与比较文学评论》，哈约特和沃尔科维奇的《全球现代主义新词汇》《现代语言协会会刊》《劳特利奇世界文学指南》和《翻译研究》。

下面提到的章节得益于“哈佛大学世界文学研究所”的学生、参与者和同事们，以及美国比较文学学会年会的讨论。马丁·蒲什纳和德丽雅·安固里阿奴对全部手稿进行了慷慨的评阅，后者还推荐把中国的绘画作品《与但丁讨论〈神曲〉》作为本书封面图。我与很多学者有过多次非常活跃的谈话，他们是埃米利·阿普特、苏珊·巴斯奈特、桑德拉·伯曼、霍米·巴巴、已故的（在此致以深切悼念）斯维特兰娜·博伊姆、谢明、阿曼达·克雷柏夫、我兄长列奥·达姆罗什、魏朴和、西奥·达恩、约翰·汉密尔顿、埃里克·哈约特、乌尔苏拉·黑斯、德杰拉尔·卡迪尔、弗朗哥·莫莱蒂、李欧梵、奥罕·帕慕克、卡萨丽娜·匹丘基、谢尔登·波洛克、布鲁斯·罗宾斯、苏源熙、佳亚特里·斯皮瓦克、加林·提哈诺夫、劳伦斯·韦努蒂、里贝卡·沃尔克维兹、索尔·扎里特和张隆溪。我还要感谢张英海和马可·沃杰，感谢爱德华·金，感谢萨缪尔·怀特海，感谢他们允许我使用他们的图像。我的编辑安妮·萨瓦莱斯圣人般地耐心等待我的手稿并给出了中肯的建议。感谢丹尼尔·西蒙，他谨慎的编辑使得手稿顺利完成。感谢妻子劳瑞·菲斯勒·达姆罗什多年来的挚爱和坚定不移的支持。

我把本书题献给我的老师们。首先是九年级的英语老师玛格丽特·斯塔茨·西蒙斯，她曾经给了我一本《项狄传》，把我引向了塞万提斯和拉伯雷，走上了正规的比较文学研究之路。然后是我的大学和研究生导师们，没有他们的慷慨帮助，本书就不会存在。我曾把一本书题献给迈克尔·霍尔奎斯特；此外我还要提到四个名字，表示我的另一层谢意。一个是助理教授玛格丽特·佛古森，虽然身兼数职，仍抽出时间承担论荷马、维吉尔和弥尔顿的辅导课。第二个是彼得·布鲁克斯，他的课堂开放但仍然主题集中，把缜密的理论与文本细读有力地结合起来。第三个是 W. 凯利·辛普森，她把埃及中王朝时期的语言学习变成了从多视角接触远古文化的机会，包括艺术和考古学、政治史和格外严谨的文本细读，以及个别的象形文字甚至某一抄写员字体的可能起源。最后是尼尔斯·埃尔斯特鲁·达尔，他是启蒙运动传统与《圣经》研究相联系的活向导，把语文学与诠释学完美地结合起来。他对一条证据满意的表达是“清楚了”，而对基础不扎实的一个观察则用相反的说法：“呃，……那不是太清楚。”从此以后，清晰性就成了我的一个重要美德。

可以说，就“不可比拟”一词的双关意义而言，正是这些风格不同的老师造就了我这个比较文学学者。

前言

半个世纪以前的一个深夜，当时我还是比较文学专业的研究生，博士面试迫近——妻子夜里梦见她和丈夫被一辆卡车的声音惊醒，接着是一阵敲门声。丈夫下楼开门时，发现两个穿工装的工人，而那就是他的面试官哈里·列文和雷纳托·波吉奥利。在 1968 年美国比较文学协会会长的就职讲话中，哈里·列文讲了这个梦的故事，说“这个学生的机智反应，始终是梦的一个令人高兴的特征。他只是站在台阶上，对妻子说，‘这两个人是做比较文学的’”（《比较文学的过去与现在》，6）。本书旨在回答那个年轻女人的梦所隐藏的问题：她丈夫的一生究竟在干什么？对我们自己来说，问题则是：我们今天该怎样从事比较文学的行业？我们该如何讨论文学研究中在起作用的许多不同文学？“比较”这些文学究竟意味着什么？

※ 本书中英文引文部分为译者陈永国翻译。

《比较文学的过去与现在》的读者不仅限于比较文学系的学生和教师，也包括乐于把比较的维度融入其工作的任何人。仅就“比较文学”是指跨越国界的工作这一点而言，在民族文学系有越来越多的学者正在成为一定程度的比较文学学者：研究沃尔科特的《奥梅尔罗斯》和乔伊斯的《尤利西斯》就如同研究乔伊斯和荷马一样，也是一种比较文学研究。比较文学学者在经典研究中跨越语言和地理界线，但单语研究也越来越涉及比较的探讨：关于“怪异英语”之变体（Ch'ien）的探讨，关于法语语言的跨文化研究，关于标准阿拉伯语与口头阿拉伯语的研究。刚刚出版的一部葡萄牙语文学选集包括来自安哥拉、佛得角、东帝汶、果阿、几内亚比绍、中国和莫桑比克的作品，当然也有巴西和葡萄牙的作品。甚至“葡萄牙语世界”这一说法对于该选集的编者们来说也是一种过度简化，他们定的标题是复数的（*Mundos em português*，Buescu and Mata，2017）。此外，当代对移民和流散等问题的关注增强了人们对民族文化内部多元语言存在的关注，语言从来不是“民族语言”的意识形态所设定的那种单语言。对于今天的许多人来说，比较是从家里开始的。

由于比较的方法和目的等问题现已广泛地被文学和文化研究所分享，所以比较文学学科内部就面临着特别严峻的挑战。如荷兰比较文学学者约普·李尔森所问：“比较的单位是什么？是语言群体还是其窘迫的姊妹——种族？是特定‘发展’阶段的特定‘社会’吗？”他指出这些问题在19世纪就已成为人们广泛争论的话题，现在仍然悬而未决，“几乎明显不愿说出所比较的究竟是语言还是种族，一种被称为‘比较’的文学究竟有何特殊意义？”（《究竟比较什么》，207）多年来，比较文学学者们所得出的结论——以及困惑和彻底失败——可以为基础宽泛的一般文学研究提供有益的教训。

限定比较文学学者究竟做什么这一挑战自哈里·列文时代以来就

越来越严峻了。在那个时代，比较文学学科浸透着各种设想，这些设想既限定又界定了这个领域，提供了相对清晰的教学、研究和学科要求的边界。大多数比较文学学者聚焦于少数几个西欧强国，而在这些强国的文学内部，其重点落在了贵族的盛期人文主义传统及其中产阶级的继承上。这已经是一整个系科所能包容的相当大的一个领域了。1960 年，《比较文学和一般文学年鉴》的发起者沃纳·弗里德里希不无讽刺地说，“世界文学”这个术语已经很少被用来指大部分世界：

> 除了这样一个假设性术语表示肤浅和党派观点这个事实不能被一所好大学所容忍之外，使用它就是破坏公共关系，冒犯人类的大多数……有时，我会轻率地以为我们应该称我们的系科为北大西洋公约组织文学，而即使那样的话也未免太奢侈，因为就连北大西洋公约组织的 15 个国家我们也仅涉及其四分之一而已。
>
> （《论规划的完整性》，14—15）

然而，弗里德里希没有号召扩展比较文学领域；相反，他建议完全抛弃“世界文学”这个术语。

甚至在备受宠爱的北大西洋公约国的几种文学中，妇女写作、少数族裔作家和通俗文学或电影——自不必说那种“婴儿”媒介电视了——也不足以与维吉尔、但丁、福楼拜和乔伊斯相媲美。互联网以及数码媒介的电脑世界当时还不存在。到了 1969 年，也就是列文讲梦的故事的翌年，加利福尼亚大学洛杉矶分校的一位毕业生通过刚刚创建的阿帕网（ARPANET）传达了第一条信息，当时阿帕网还是美国国防部以弹道导弹项目拨款建立的。

比较文学的知识界限是由社会规范支撑的。列文的大多数男同事会因为对那位做梦的妻子的带有性歧视意味的不解而感到惊奇，但是，今天比较文学博士项目中的女性大大超过了男性，更多的女性学者和作家将会在后面章节中出现，远远超过了 50 年前甚或 25 年前进行的一次可比性调查的数字。婚姻也不是过去所说的异性婚姻了，而在最近对我系学生的一次调查中，自我身份认同已经分为三个范畴：男性、女性和其他。列文所讲故事的另一层意思是把藤校教师变成了维修工。这种基于阶级的变形对于今天的许多辅助（或现在的“临床”）职工来说可能略显黑暗，他们感到自己几乎就是移民的蓝领工人。要保留一份“长聘”工作的困难波及所有领域，而对于比较文学学者来说则尤为迫切：当四面楚歌的文学系被拉回到民族限定的核心领域时，比较文学系本来就不多的工作机会也会彻底失去吗？

比较文学学者长期以来在文学理论的进出口贸易中起到了核心作用，但当理论视角在许多不同领域扎根之时，比较文学学科还有独立的归属和目的吗？过去关于“比较文学的危机”（韦勒克）或“批评与危机”（德·曼）的讨论已经让位于关于学科之死的赤裸叙述（斯皮瓦克）和“精致的僵尸”之说（苏源熙）。现在也许该是美国比较文学协会学术会议讨论吸血鬼和僵尸的时候了。未死者要抓住时机从研究对象晋升为会员吗？要成为补偿死者的朋友吗？

这还不算，人文学科总体上也承受着沉重压力，招生名额紧缩，而 STEM（科学、技术、工程和数学）领域则从大学生与其焦虑的父母手里攫取越来越多的利益。与此同时，由于资金短缺，对那些不能自行联手合作之领域的资助也减缩了。自 1996 年比尔·雷丁斯发表《废墟中的大学》之后，形势每况愈下。比较文学研究中最最重要的人文价值和国际主义在世界各地受到种族—民族主义的广泛冲击，在美国亦毫不逊色。这些问题不仅是研究生们的梦中情景，也是学生和教师的醒时关怀。

虽然面对这些挑战，比较文学研究仍在很多方面欣欣向荣。民族文学项目所承受的那些压力恰恰使它们有充分理由雇佣人手去教授核心文学之外的课程，而全球化也使民族传统本身越来越具有流动性。第二次世界大战后的比较文学学者感到有责任帮助厌战的欧洲走上正轨，而我们现在也需要满足越来越多同样迫在眉睫的需求，从移民和环境危机到世界范围内的不平等，以及暴力冲突。政治话语的极端化，人们关注推文时间的普遍缩短，因而赋予文学一个至关重要的角色，那就是帮助我们所有人更加深刻地思考，预见重新构建世界的方式。我们在今天比在以往任何时候都更需要文学的乌托邦、敌托邦和异托邦。

如果文艺复兴诗歌和资产阶级小说的研究，过去曾是一种消遣或高调的消费，那么，今天对具有挑战性文学作品的细读就如同一场细嚼慢咽的消化运动，以抵制流行世界的堵塞动脉的快餐。给世界以麦当劳和“麦小说”（McFiction）的全球化力量也给我们带来了更加广泛的可以选择的文学世界，无论新老，它都给我们各种新的审美快感和更加广泛的伦理、政治视角，让我们有效地使用越来越多的比较方法。所有这些变化，无论是正面的还是负面的，都要求我们重新思考我们的阅读方式、研究手段，以及继续学术生活和工作的每一方面。

概念和机制发酵的一个时期是危险的，但也是一次机会。从全球视角看世界文学的产出，哈里·列文和勒内·韦勒克对其学生们进行的那种教育已经不足以满足市场需要，更不能充分利用这种产出给我们打开思想的可能性。然而，20 世纪 60 到 70 年代开展的许多比较文学研究项目尚未得到充分的再思考。主要的思想变化缘起于 70 年代末的文学理论，接着是女性主义、后殖民主义和文化研究的浪潮，其大多数都是专门的、递增的，目前已经成为大杂烩，试图把一个急遽发展的学科限制在陈旧的知识和研究结构之内。甚至一些进步的思想家也似乎深陷于 20 或 30 年前所做的工作之中。

修修补补确实可以维持一些时日（在这方面“僵尸”似乎可以派上用场），但在发生地壳变化的时代，这种修补可能会引起崩裂。今天的比较文学正在经历范式的转变，这在一百年中只发生一两次，对此的有效反应要求我们重新思考比较的根基。如果我们继续从事我们一直所从事的，我们的思想将更加陈旧，我们的方法将更加业余，而结果也将更加散漫。系科和系科主任们有充分的理由撤退，支持更加狭隘但更加集中于重要个体文学传统的研究——如果不彻底抛弃外国文学的话。研究生们已经感到削减经费的巨大压力，在一种合同制物质经济中受到越来越强烈的思想压力的左右。工资滞胀，债务增加，副主任们在强制学生搬出校园的同时拒绝房屋扩建，所有这一切都发生在比以往有更多学习的事物的时代。也许仅仅是没有时间——或没有资金去掌握第三种语言，更不用说第四种了吧。也许博士论文不应该做更广泛的比较文学研究吧。固着于两个相邻的民族传统、一个时期、一种体裁、三四本小说的可行比较，以及导师 30 年前所学的人人熟悉的理论框架，这样的比较文学研究是不是更好呢？

这些压力给了我们重新思考比较文学研究的最佳时机，我们也有令人信服的伦理和实践理由去超越以往的研究。我们需要在今天的工具箱里装上哪些工具？我们该用哪些资源应对跨越文学研究、人文学科和公共领域的变化？我的一个主题是要讨论如何以更广泛的投入来实现我们的全球文学目标，深入过去两百年中丰富多样的和全球多个地区的比较文学研究，包括巴西、巴尔干半岛、中国和日本。美国比较文学学者的文学视野可能是高远的，但奇怪的是，文学研究却是短视的，大体上忽视了美国边界之外的更加广阔的世界。在其他地方，比较文学学者往往追随美国或两三个西欧国家的发展，但也仅此而已。真正的全球比较文学研究远远落后于我们文学意识的稳步扩展。本书基于美国—美洲的语境，但将经常涉及外国的首创和构型。[①]

我们的制度性安排是本书所讲故事的一个重要部分，我们也需要更敏锐地意识到我们的实践对于制度的实践者们会起什么作用。在重压和流动的时代，这些安排不再纯粹是权宜之计，而成为就关键问题之定义和掌控的争论焦点。同样重要的是那些没有争议的说法，它们强化了已经风化的等级和权威关系，维持与我们自身形象完全不同的一种学术政治。如玛丽·道格拉斯在其犀利的著作《制度如何思考》中所说，制度以压倒之势建构学者们提出的问题、我们解决这些问题的方式，以及我们所发现的答案。本书各章讨论比较文学学者当下需要重新思考的关键问题，既适用于体制内的工作者，也适用于学科内的学者，无论是比较文学系的教师还是在其他学科从事比较文学研究的人。并不存在每个比较文学学者都需要懂得的一套单独语言、经典文本或理论，但我们每一个人都应该在每一个范畴之下做出理智的选择，在选择材料和方法时明白我们在做什么。

我们应该明白的关键之一是如何应对我们的前辈们。《比较文学的过去与现在》将提供从19世纪到现在的一幅广阔的历史画卷，其中一些人的生活和工作依然与我们目前关注的问题和争论密切相关，特别关注其生活和工作的转折点。比较文学的跨界性质吸引了大批跨界研究者，这些是不愿接受学科限制、不安于严谨学科领域的人。我们常常偏离社会轨道，尽管没有移民出走。他们的著作大多是在与同

① 即便有些讨论文章已经翻译成其他文字，在英语界却往往受到忽视，许多有价值的研究根本未曾翻译。我在可能的情况下尽量使用这些译文（偶尔有所改动）；引文出自法语、德语、意大利语、西班牙语、加泰罗尼亚语或葡萄牙语原文时，则使用我自己的译文。

仁——与内在和自身的魔鬼的斗争中构成的，这也是他们纯粹的思想关怀。

从自传速写到完整的回忆录，比较文学学者有很多关于自己的话要说，这些话累积起来，成为针对比较文学研究的问题和被忽视的研究的资源。有时候，学术回忆录出于谦虚、窘迫或纯粹的自恋而对这些冲突轻描淡写，为其蒙上了一层怀旧或自贬式幽默，而另一些记载则渲染上了珍藏已久的抱怨。然而，细读之下，仍能从中获得教益，不亚于从理智文本的字里行间涌动的自白式暗流，无论是埃里克·奥尔巴赫《摹仿》中颤抖的战争和流放的创伤，还是保罗·德·曼冷静迷人的文章中隐瞒与忏悔的怪异混合。

从约翰·哥特弗雷德·赫尔德和热尔曼娜·德·斯塔尔到佳亚特里·斯皮瓦克、弗朗哥·莫莱蒂及其同代的学术活动家关于比较文学研究的长期论战中，我们可以获得个人的和政治的真知灼见。从时间的角度，我们更清楚地看到那些曾经针锋相对的人们之间的承接性，更能及时看到我们自己工作中持续存在的但很难认识到的问题。本书的每一位读者都将有一组特殊的构成性人物去探讨，他们与本书呈现的人物只有部分的重合；这些人物不仅是基础的，也是有影响的教师，且不管其名字是否通常出现在我们的杂志上。如查尔斯·伯恩海默对 1993 年美国比较文学学会学科报告的撰稿人所说：“定位你的主体 / 题！”——指的是我们的主体位置以及我们所研究的主题。

我自己的研究视角是有人在美国提出并付诸教学的视角，尽管具有强烈的德国犹太移民意识，以及父母栩栩如生的有关他们在菲律宾邂逅之后早期生活的回忆。就世界观来说，我是自由人文主义者，和许多人一样努力理解一个越来越不自由的世界。在理论上，我是复兴的结构主义者。一种萦绕不去的结构主义仍在激发对文学形式和计划性结构的持续不变的兴趣，而“复兴”的诸面相则给予本书以鲜明的政治立场。如果我在结束学习生涯的1970年代写这本书的话，这是不可能的。当时的文本性常常淹没历史，至少在耶鲁比较文学系是如此。即使在那时，学习古代近东文学和殖民时期中美洲文学也使我接触到一些主要研究物质文化的学者，他们的研究领域常常使人想到在古代和现代的帝国冒险中丧失的艺术品和生命。

在对早期文学的惯常研究中，我关注的是文学研究向过去两个世纪的重心转移，哪怕是向过去五十年的转移：这仅仅占读写史的百分之一。我们越来越熟练地解构种族主义、帝国主义和较为新近的物种主义，而忽视了慢慢侵入我们工作之中的当下主义。然而，对现代帝国主义之后果的理解也有助于关注它们之前的许多帝国。在《深度时间中的世界主义导论》中，布鲁斯·罗宾斯号召一种“临时的世界主义”，以将波斯、奥斯曼等各相迥异之帝国的文学与后来各欧洲帝国的文学加以比较，而不对前资本主义帝国加以浪漫化，也不让欧洲帝国脱钩。在后面的章节里，我将与以往一样从古老的时代，就如同从过去一百年中一样，提取文学案例——实际上是比较某些文学——以例示一个方法问题。这些案例从公元前三千纪晚期乌尔的舒尔吉到古罗马的奥维德和阿普列尤斯，到日本平安时代的紫式部和明治时代的樋口一叶，到20世纪的詹姆斯·乔伊斯、约翰·罗纳德·瑞尔·托尔金和玛格丽特·尤瑟纳尔，以及当代的全球作家，包括多和田叶子以及韩裔美国因特网与张英海重工业这一对搭档。

贯穿本书始终的将是在比较文学研究包容和排外视野之间持续存在的张力。这股张力浮现于每一个层面——社会的、意识形态的、体制的文学研究和理论方法。比较文学根植于贵族德·斯塔尔夫人和民粹主义者赫尔德的各不相同的视角，在19世纪与世界主义和民族主义构成不稳定的联盟。这些早期倾向从体制上转变为比较文学研究者与民族文学系的被动—激进的关系，转变为常青藤联盟对中西部州立学校的让步，转变为欧洲主义者与后殖民主义者与世界文学学生三者间的内讧。这些对立往往使人采取排外的立场，限制了我们在体制内部以及在广阔的社会中团结一致的能力。我们需要擦去学科史的表面脉络：看清楚那些有前途的路径为什么在一百多年前就关闭了；恢复不同视角之间的共同比较基础，认识到有多少作家在我们这个表面不断扩展的时代依然被忽视——或刚刚被淹没；并思考我们怎样才能重组持续保守的制度性做法，以便实现比较文学的进步目标。

比较文学并非根据固定的文学经典、批评方法或制度结构形成，但总体来说却是对我们在密切观察其组织原则时提出的难解问题的回答。随着我们这个艰难时代政治争论的愈加多极化，我发现对比较文学研究的各色政治进行深入研究是有用的。这是始终贯穿本书的一个主题，并在第三章详加论述，继而是论述起源和移民的几个章节，然后基于前面的探讨讨论“理论”“语言”“文学”“世界”和“比较”等学科术语。在一个典型的10年里，可以根据任何一个关键术语的争论确定学科规划。而在今天，我们面对的是所有这些术语。如果我们找不到创造性的方法来解决这些颇有争议的问题，比较文学就将在其相互竞争的矢量中四分五裂。然而，我们所面对的社会和知识动荡将促使我们更深地理解这个学科的成就，其持续存在的内部矛盾，以及其未来的各种可能性。

我的核心主题是，比较文学研究应该具有一个大家都关心的历史，我们每一个人都应该遵守的一连串恒定的问题。无论我们的体制在哪里，无论我们是全职的还是阶段性的比较文学研究者，无论我们每一个人设计的教学大纲、我们研究的问题、我们介入校园和社会的方式有多么不同。60年前，在为《批评的剖析》（1957）所写的迸发着思想火花的“争论前言”中，诺思罗普·弗莱坚持认为，任何物有所值的学科都应该是“连贯的系统的研究，任何一个19岁的有智力的人都能懂其基本原则”（14）。要在艰难的时代支持比较文学研究，我们需要更好地建构原则，把它们讲给19岁理智的人听，讲给与我们共有如此困惑之人生的人听，讲给不断遭到侵扰的五十几岁的系主任们听。

这是任何一个学科都必须做的事。我们不应该害怕——或吹捧自己，说比较文学已经扩展为多样，不再被视为一个单一学科了，而成为某种“内学科”（费利斯），某一“阴魂不散的”实体（苏源熙），在搅扰着比尔·雷丁斯的废墟中的大学。诺思罗普·弗莱对1950年代理论上不加任何反思的细读的反应，是把批评实践置于一个宽泛的框架之内，是一种文学诗学。同样，在2006年美国比较文学协会年度报告中，苏源熙提出，这门学科“所需要的年度报告不是一种理论（一种哲学或一种观念），而是一种诗学（对一种创造艺术的解答，并应用于其自身的实践）”（《精致的僵尸》，23—24）。在以下各个章节中，在追溯比较文学的历史、现时张力及未来前景的同时，我试图重新架构今日比较文学研究的正在蜕皮的变体。你可以说是一种比较的剖析，一种学科诗学。

1

缘起

两个书房的故事

如果你沿着拜伦伯爵的足迹走在通往日内瓦城外的科培城堡的林荫路上，你就会到达伯爵去那里看望的那位女士的府邸，她就是安妮·露易丝·热尔曼娜·内克——德·斯塔尔－霍尔斯坦男爵夫人。德·斯塔尔夫人是位哲学家、小说家和第一代女性主义者，比较文学初期历史上的一位重要人物。这座城堡现属于该家族第十代传人，自斯塔尔夫人逝世后几乎未发生什么变化，尽管枝状大烛台上的蜡条已经由电灯泡所取代。在向公众开放的宽敞房间里，家具仍然是斯塔尔夫人当时接待客人时所用的，自拿破仑将她逐出巴黎后她一直住在这里。

登上宽敞的石阶，你会听到雷卡米耶夫人弹奏的竖琴的回声，那竖琴就放在房间里等待着她的到来。而在斯塔尔夫人自己的房间里，你可以端详比她小 22 岁的已故情人约翰·洛卡的全身像，身穿蓝色轻骑兵丝绸制服，姿势优雅，身后站着那匹阿拉伯种马“苏尔坦”。楼下大厅里挂着奥布松挂毯，一长串的欧洲著名诗人、哲学家和政客们会好好欣赏这些挂毯的，如果他们的目光能够离开光彩照人的德·斯塔尔夫人的话，他们被她热烈而滔滔不绝的谈话所吸引。大厅旁边就是书房，高高的书架上挂着花环，放置着维吉尔、狄摩西尼和狄德罗的半身像。

如果到约翰·哥特弗雷德·赫尔德的书房看一看，结果会相当不同。赫尔德是他所处时代重要的思想家之一，在刚刚起步的比较文学研究领域与德·斯塔尔夫人齐名。他生于普鲁士的穷乡僻壤莫龙根，童年时的住宅未曾留存下来，幸存下来的是他在魏玛长期居住的宅院：一幢三层楼的舒适住房，刚好供赫尔德与妻子、八个孩子和他的书籍之用。多年来，这位伟大的哲学家成了欧洲最大的私人藏书者之一，拥有八种文字的人文百科图书，包括文学、哲学、神学和历史。但他的书房却再也见不到了，这不完全由于那幢房子已经变成了私人公寓。他在魏玛作为神职督查员只能挣得微薄的工资，难以支付这样一个大家庭的开销，晚年财政拮据，一个儿子又染上了赌瘾。所以，1803 年赫尔德去世后，悲恸的妻子忍痛拍卖了那些书以偿还债务。

比较文学的历史在许多方面是档案的历史。这里的档案指的是保存下来的或遗失的、被研究的或被遗忘的、有时被重新发现或未被发现的图书和藏书。也许，第一个为研究外国文本而创建图书馆的人是公元 645 年的唐代僧人玄奘，其划时代的“西域”印度取经带回了大批佛教手稿。他几乎没有意识到一千年后他居然在吴承恩的《西游记》里成为故事的主角。在时间上相近的是，比较文学的学科之根就是欧洲古典学学者和《圣经》研究学者收集、研究和翻译的古代手稿。

意大利文艺复兴时期的比较语文学确立了比较文学的根基，继而传播到启蒙运动时期的欧洲各地，对此，詹姆斯·特纳的《语文学：现代人文学科被遗忘的起源》(2015) 中已有详尽的历史记载。

1780 年代欧洲语文学者的工作由于伟大的语言学家威廉·琼斯伯爵而有了戏剧性的全球性转机。琼斯生长在英语和威尔士语的双语环境中，并在二十多岁时就熟练掌握了希腊语、拉丁语、波斯语、希伯来语和阿拉伯语，有时还用阿拉伯语签名 (Youns Uksfardi："牛津的琼斯")。在加尔各答最高法院担任法官之后，一有空闲他就潜心于梵语学习。他很快就发现了梵语与许多欧洲语言的相同之处，认为梵语是"一种美妙的语言；比希腊语更完美，比拉丁语更丰富，而且这两种语言都没有梵语精致"，这是在他于 1784 年创建的孟加拉亚洲协会所做的《三周年纪念报告》中所说的，至今令人难以忘怀。

正是由于琼斯及其追随者的工作，德国比较文学学者麦克斯·柯什才在一百年后写出了下面这句话："比较文学史，如同比较语文学，只有在包含了东方的，尤其是印度的材料后，才有了坚实的根基。"(《引言》，72) 白迪科·巴塔查亚曾强调说，比较文学的任何谱系都应该包括亚洲协会的工作 (《论殖民地的比较文学研究》)。广义上说，非欧洲中心主义的比较文学研究能够依据中国、日本和阿拉伯世界的语文学传统，如谢尔登·波洛克及其撰稿者在文集《世界语文学》(2015) 中所表明的。在该书第四章，我们看到首先由威廉·琼斯的弟子霍拉旭·海曼·威尔森翻译的迦梨陀娑的《云使》。在玄奘大师的梵语翻译与一千年后的琼斯和威尔森的英文翻译之间完全可以建立一个语文学比较史。

古代与现代、旅行与翻译，以及在控制帝国现实的同时恢复过去的迫切要求，这些问题将在后面章节的讨论中不断出现。欧洲语文学家更感兴趣的是语言，而不是文学本身，但其方法和发现却直接进入了 19 世纪开始的比较文学研究，也就是赫尔德和德·斯塔尔夫人极有影响的著作。赫尔德深受罗伯特·娄斯的《论希伯来圣诗》(1753)的影响，这是我们现在所说的比较诗学的一种开拓性研究。娄斯就《圣经》诗歌与古希腊罗马经典之间的对比评估启发了赫尔德对希伯来和亚洲诗歌传统的研究，而赫尔德和斯塔尔夫人在建构古代与现代文学关系之时都借用了古典语文学研究的发现。

他们共享了启蒙运动的根源，但在生活与著作中，赫尔德和斯塔尔夫人却展示出一系列索绪尔式的二元对立：约翰·哥特弗雷德·赫尔德，出身寒微的哲学家和牧师，热衷于促进民间诗歌，日耳曼民族主义的狂热信徒，虔诚的路德派，忠实于家庭，为生活而奔波；在莱茵河对岸，是富裕的贵族热尔曼娜·德·斯塔尔，由于开办巴黎沙龙而名扬四海，可以说是一位自由思想家，但更像是一位自由派（五个孩子有四个不同的父亲），或游历广泛的世界主义者，但又热衷于她在巴黎闪光的生活，最终，拿破仑将其流放到莱蒙湖畔带护城河的城堡之中。

这些对立稍加审视就显得不那么针锋相对了。赫尔德和德·斯塔尔夫人都不是性别的囚徒。赫尔德与妻子凯洛琳关系甚好，而德·斯塔尔的很多观点都是与她的情人本杰明·康斯坦特商议过的。二者既为男人写作，也为女人写作，都是创造性作家——赫尔德是位才华横溢的诗人，而德·斯塔尔则是畅销小说家——都多产并探讨社会和政治主题。这包括无法分类而把文学分析、哲学探讨和热烈的政治讨论相交织的作品，其核心挑战是要在混乱时代里过上一种体面的生活。

尽管富有，德·斯塔尔却在很多方面都是一个边界人物。她敏锐地意识到她作为一个女人活跃在公共领域的危险性，而她与出身寒微的赫尔德只相差一代人。赫尔德的父亲是教会公职人员和小学教师；德·斯塔尔的母亲则是瑞士教区牧师的女儿，父亲雅各·耐克尔 15

岁时从日内瓦移居巴黎，使家族发达起来。与犹太人一样，新教教徒能够从事赚取利润的商业，这是天主教所不允许的；二三十岁时，耐克尔一跃成为一个银行家和投机商，当选为路易十六的财政大臣。1781 年由于他通过高利息贷款支持美国大革命而导致了一场财经危机，进而失去了这个职位，但是在法国大革命之前的岁月里他始终支持改革。科培城堡建于 13 世纪，他于 1784 年买下这座城堡作为乡间别墅时成为他的家产，当时他的女儿 18 岁。

作为成长于巴黎的新教教徒和金融新贵的女儿，热尔曼娜不知不觉地进入了周围的贵族文化，与其构成了一种说不清的关系。父母并未支持她与一个天主教教徒结婚，所以他们并未像其他法国人那样通过婚姻步入上流社会。热尔曼娜 20 岁时，他们最终决定把她嫁给一个穷困潦倒、年近四十但却笃信新教的瑞典贵族，热尔曼娜·耐克尔就成了德·斯塔尔－霍尔斯坦男爵夫人。父亲为这位心存感激的新郎买了一个驻法兰西大使的职位，为的是让这对新婚夫妇离开子爵的家乡。

赫尔德也与贵族结下了一种纠缠不清的关系。出身平凡、信奉民粹、忠厚笃定，赫尔德的大半生都尴尬地跻身于司法界，成为自由派卡尔·奥古斯特·封·萨克森－魏玛的雇员。这个小小的公爵领地（约罗德岛那么大）的大公爵是位慷慨的艺术赞助者，但对席卷法兰西的革命变化却视而不见。1789 年法国皇族被囚禁后，赫尔德拒绝为其祈祷，导致其与赞助者的关系愈加紧张。

赫尔德和德·斯塔尔两人终其一生反对专制主义。德·斯塔尔的第一部书发表于 1788 年，当时她 22 岁，是赞颂日内瓦人让－雅克·卢梭的共和理想的。今天，卢梭的画像依然挂在科培大沙龙的墙上。1792 年，赫尔德赞扬早期普罗旺斯诗人开创了一种诗歌，“其目的和目标是**思想自由**”（黑体为他所加）打破了拉丁语的“专制”（*Briefe zu Beförderung der Humanität*，482）。在后来的版本被删掉的

一段话中，他甚至宣布："国家只有一个阶级——民众（但不是乌合之众）；国王和农民都属于这个阶级。"（768—769）

赫尔德和德·斯塔尔都欢迎法国大革命的到来，只是在罗伯斯庇尔的恐怖政权之下暴力达到顶峰之时才开始退却，这场由国家资助的血腥镇压给世界发明了"恐怖主义"这个词。在革命期间，德·斯塔尔多次冒险，使用大量钱财进行贿赂，把危机中的朋友偷运出法国。1790年代末，她曾经发挥一定的政治影响，但在1799年她提出反对拿破仑专制之后，在巴黎的日子就屈指可数了。毫不奇怪，赫尔德和德·斯塔尔都是在这个混乱时期写出了最宏大的比较文学研究著作——赫尔德多卷本的《促进人性的文字》（*Briefe zu Beförderung der Humanität*, 1792—1797）和斯塔尔的《论文学与社会制度的关系》（*De la littéraure: Considérée dans ses rapports avec les institutions sociales*, 1800），这是他们要摆脱周围战争专制主义而做出的选择。

喉舌这个小肢体

在赫尔德的多角度著述中，从最早的著作——《哲学如何更加普遍地有益于人民》（1765）和《当代德国文学片段》（1792—1797）——到《论语言的起源》（比较语文学的奠基之作），到《历史哲学论纲》（第二部开创性著作），到后来的《诗歌的伦理影响》和《促进人性的文字》，语言与文学都始终与伦理学、政治紧密相关。在这些著作中，以及在其重要文集《民歌集》（1774—1779）中，赫尔德提出了关于语言、文学与民族身份之关系的非常有影响的观点——帕斯卡尔·卡桑诺瓦称之为"赫尔德效应"（《文学世界共和国》，75）。

18世纪的德国明显缺乏法国和英国所享有的那种政治统一；萨

克森—魏玛仅仅是夹在普鲁士与奥地利中间的三百多个（这个数字不断变化）小政体中的一个。在许多其他地区，从匈牙利到宾夕法尼亚到阿根廷，还有大量讲德语的少数民族；赫尔德自己就是在拉脱维亚首都里加的一个社区里开始教书生涯的。在里加期间（1764—1769），他发表了第一部书，开始探讨德国文化在语言与文学中的统一，尤其是大众文学——这里的大众指全体人民，不仅指农民和普通人。对赫尔德来说，真正的大众诗歌的特点不是特殊的阶级根源，而是一个民族的愿望的体现，包括其文化、大地和环境。

在第一部《民歌集》(1774）的前言中，赫尔德指出，欧洲诗歌的源泉可以在中世纪的通俗歌谣和歌曲中找到。他尤其（以其典型的炽热的斜体字进行强调）称赞英国诗人始终能够接触到艺术之根："最伟大的歌手和缪斯最喜欢的诗人**乔叟**和**斯宾塞**、**莎士比亚**和**弥尔顿**、**菲利普·锡德尼**和**塞尔登**——我能否描写他们？我如何描写他们？——**他们都热爱老歌**……那是民族之根和核心。"[①]（18—19）低估这些老歌的艺术家或学者们，你们烦恼去吧：

> 任何无视这些老歌并对它们毫无感觉的人都沉浸于模仿外国那些花哨的东西，为毫无意义的愚蠢的外来仿制品所羁绊，以至于不再欣赏民族的身体，对其不再有任何感觉。以至于一颗移植的外国种子或风中飘浮的一片叶子便获得了代表最新趣味的永恒古玩之名。一个思想家。(19）

在一篇论莎士比亚的文章中，赫尔德强调了这位剧作家土生土长的美德：他使用口头语言，接触广大受众，以及对艺术人为规则的漠视。

① 根据中文写作规范，此段引文中用作强调的斜体字改用黑体字表示。——译者注

从根本上说，这是因为莎士比亚不是法国人。“我真正想要问的问题，”赫尔德以讥讽四溢的口吻说，“世界上是否还有能够超越高乃依、拉辛和伏尔泰所创造的那些时髦的经典的文字——一系列优美的场景、对话、诗句和韵脚，包括其节奏、典雅和光彩？”（《莎士比亚》，295）法国戏剧已经被“这种外表的千篇一律和践踏舞台的神像”所窒息，而“欧洲的每一个国家却为这种华而不实的外表所醉迷，继续亦步亦趋”（295）。

赫尔德用来替代“模仿”的嘲讽用语是“亦步亦趋”，尖锐地驳斥了比他年长的同代人约翰·约阿辛·温克尔曼提出对古人虔诚模仿的主张，后者的《对希腊绘画的模仿和艺术教育》（1755）把希腊古典艺术视为典范，通过学习这种艺术，德国艺术家能够回归自然的简朴，避开法国新古典主义的影响。对比之下，赫尔德描画了一幅英国图景，能与现代法国和古典希腊构成有力的对峙。莎士比亚（言外之意还有歌德、席勒或赫尔德本人）能够超越索福克勒斯和拉辛，不是通过试图模仿他们，而是通过寻找新的表现形式，对自己的时代和环境负责，就像古希腊和法国悲剧家那样。

然而，赫尔德真的要规避模仿吗？或者仅仅是在英吉利海峡对岸寻找新的模仿对象？如乌尔里奇·贝尔所指出的，赫尔德把他的后继者置于“我们现在所说的**双重束缚**之中：德国人似乎要通过模仿（英国人）而从模仿的诅咒中解脱出来，从而走上正路，建立一种自治的民族文化”（*Zwischen Fremdbestimmung und Universalitätsanspruch*，277）。19 世纪最有影响的德国文学史家格奥尔格·戈特弗里德·格维努斯认为走出这一双重束缚的途径就是完全抛弃外来模式。在从 1835 年到 1842 年连续出版的五卷本巨著《德国民族文学诗歌史》（*Geschichte der poetischen National-Literatur der Deutschen*）中，他阐明了自己的观点。该书标题似乎是一种矛盾修饰，提倡一个民族的“诗歌的民族文学"，但这个民族又根本没有自己的民族性。在第四卷中，格维努斯批评赫尔德没有勇气提及民族信心，刻意提到赫尔德收集大众诗歌的项目也是一种模仿行为，是从托马斯·帕西的《古英语诗歌拾遗》(1765) 中受到的启发。在格维努斯看来，赫尔德的国际主义不过是为了掩盖他对其英国前辈的依赖。"他似乎太贫穷以至于不能成为英国人帕西，"格维努斯写道，"所以他收集全世界的财富来避免如此普通的一种影响。"(转引自贝尔，276，注释 63)

但是，赫尔德的国际主义既不是反思的亲英情结，也不是焦虑的恐法症；相反，它是在一个根本相对的世界上对不确定的文化归属进行深度思考的结果。语言与文化可能是民族归属的最好索引，但赫尔德把语言、文学和民族归属本身理解为不断流动的普通产物：

> 诗歌是各族人民中的一种变形杆菌；它随民族语言、风俗、习惯，随民族气质、气候甚至其口音而变化。
>
> 随着民族迁徙，随着各种语言的混合和变化，随着新事物对人的干预，随着人的倾向性改换方向、努力改换目标，随着新的范例影响了他们对形象和概念的综合，甚至随着舌头这个小小的肢体动作而变化。耳朵习惯于不同的声音：诗歌的艺术也随之改变，不仅在不同民族之间，也在同一民族之内发生变化。(*Briefe zu Beförderung*，572)

如果那只舌头如此易变，那么，该有多大的信心才能说这是"一个民族"呢？赫尔德对文化差异的兴趣暗藏一股恐惧的潜流，面对如此巨大的变体以至于产生了不能被任何概念所涵盖的一种焦虑。他坦诚地说："当听到有人用几句话来概括一整个民族或一整个时代时，我总是感到害怕：某一**民族**，或**中世纪**，或**古代与现代**，这样一个词怎么

能涵盖如此众多的差异呢！”（493）

赫尔德的相对主义使他确信每一个民族文化都应按其自身标准来评价。然而，甚至在把莎士比亚从巴黎和雅典标准中解救出来的努力中，赫尔德也在思考艺术家的作品一旦脱离其直接环境而消失的可能性。他在论莎士比亚的文章中得出了一个令人忧郁的结论，预示了雪莱的《奥兹曼迪亚斯》：

> 更令人伤感的和更重要的是这样一个想法：这位历史和世界灵魂的伟大缔造者在一天天老去，时代的词语、风俗和范畴像秋天的叶子一样枯萎和飘落，我们已经离那个骑士时代的伟大废墟很远了……或许，正如一切都将被抹去，四分五裂，甚至他的戏剧也将很快无法进行活的表演，将成为一个巨人的遗骨或金字塔的废墟，引来所有惊奇的凝望但却无一人能懂。（《莎士比亚》，307）

赫尔德的忧郁不是摆摆样子的；大约就在这时，他精神崩溃了。

赫尔德是个极度分裂之人，他能与歌德结为至交，但也能愤然离去。1770 年，他在斯塔拉斯堡遇到了这位年轻的诗人，并启发他超越一种衍生性的古典主义，去写作“狂飙突进运动”的一种具有强烈个性的诗。他们成为这场运动的创始人。正是在此时，通过歌德的帮助，卡尔·奥古斯特于 1776 年任命赫尔德为魏玛的宗教事务监察，此后两人深交长达 20 年之久。但他们的友谊遇到了麻烦，赫尔德不喜欢歌德的不检点（歌德与这位大伯爵在一起的快乐时光就是二人一起去诱拐村姑的时候），赫尔德也感到这位著名的朋友越来越忽视他了。

赫尔德终其一生努力把几个不同的自我拼凑在一起，但这些对个人来说如此痛苦的分裂却为他的思想增添了创新性和复杂性。作为诗人和哲学家、神学家和语文学家，赫尔德讨厌众所接受的观点和方法。他是最早提出《雅歌》是世俗诗歌而非宗教文本的人之一，并开创了确定福音书历史顺序的工作。在哲学上，他深受青年康德的影响，曾在柯尼斯堡就读于康德门下。他也受到诗人、神学家约翰·格奥尔格·哈曼的影响，这是位自命的"普鲁士的潘神"和"北方的神秘主义者"，他曾以演讲和警句式的风格抨击了启蒙理性（Zaremba，*Johann Gottfried Herder*，40—48）。在其全部著述中，赫尔德试图调和世俗哲学与神秘神学、系统思想与对所有体系的深度怀疑。作为一位笃行却又往往论战（式）的作家，赫尔德出于对前导师康德的新作的愤怒而撰写了他最生动的散文，谴责他哺育了一种与现实生活脱节的无生命的理性——"一个骗局""一种绝对不纯的理性""一种超验的野蛮主义……居于超越一切自然和经验之上的最高天"（*Briefe zu Beförderung*，739）。这些是赫尔德发表的言论；而更尖刻的则是在给让·保罗（Jean Paul）的一封信中，认为康德哲学是知识手淫（*Briefe Gesamtausgabe*，7：425）。

思想、表达和价值的永久变化，对赫尔德来说，意味着哲学内省必定要脱轨，否则就不能接受各种变化的社会经验的检验。这最好要通过对各民族语言和风俗的研究来进行。在赫尔德的视野中，把比较语文学扩展成为元人类学——这是他创建的另一个学科。他首先提出了后来由萨丕尔和沃尔夫加以细化的主题，即语言构成思想。他不断借助文学，将其作为通往文化理解的皇家之路，能够保存过去与现在文化的思想和价值。文学的比较研究是赫尔德要铸造地方归属与普通人性之综合的必要途径。如杰罗姆·大卫所强调的：

人性是赫尔德的目标，那也是想要尊重上帝所赋予的自由

> 意志的人类的目标。我们且不要忘记赫尔德是个牧师。除了其他意思之外，这个人性主要是一个集合过程……不再有人性的本质，而只有不断寻求集体的努力，每一次都有其自己的方式，以便使其更加充满人性。（*Spectres de Goethe*，46—49）

赫尔德的《民歌集》把许多国家的诗歌汇集起来，使得他既能够讨论德国文学的独特性，又能证明其与更广泛的，甚至普遍的文化连续相关联。在驳斥中世纪德国作家的鄙视时，赫尔德宣称："对那些——如此高雅、如此有教养、如此疲倦的人——做出如此判断和轻松谴责的人，我只能用每一个邻国的例子来回驳。毫无疑问，高卢人、英国人，尤其是北欧人，他们都是**人民**，只是**人民**！与德国**人民**一样的**人民**！"（《民歌集》，18）赫尔德提出的**人民**的概念丝毫没有后世所用的种族主义的内涵。他通过比较文学研究所要寻求的既是要光大德国文化的操守，同时也要抵制民族主义的虚荣，强调的是普通人性，任何特殊的文化也只能有一种表达。所以，他的观点是民族主义的国际主义，建基于语言亲缘性的基本结构，也即对"舌头这个小肢体"的个人的、地区的和民族的反思。

回归生活

如果赫尔德在一个半边缘的位置给了我们一个具有代表性的早期比较文学研究的例子，那么，热尔曼娜·德·斯塔尔就位于欧洲文化的核心。她生长在巴黎，始终认为巴黎就是世界的中心，即便在意大利、英格兰、德国和俄罗斯旅游之后亦然。科培城堡的种种快乐，与魏玛的歌德和席勒争论的刺激，与这座阳光城市的生活相比都是苍白的。如她在《十年流放》中所写的："蒙田说，'我是通过巴黎而成为法国人的'。如果这就是他在三百年前所想的，那么，此后聚集在这同一座城市里的如此众多机智的人，如此众多熟练地将其机智用于谈话的人，又该如何呢？"（28）拿破仑明白到外省的流放能够打破一种真正的巴黎精神，不那么明显但却与巴士底监狱的监禁同样有效。"最终，"德·斯塔尔说，"距首都120英里远的住宅……动摇了大多数流放者。"（29）

巴黎圈子对于德·斯塔尔的知识生活乃至精神健康都是至关重要的，她就是带着被排除在这个圈子之外的阴影发表了其对文学和社会的观点的。1799年拿破仑夺取政权后，德·斯塔尔、康斯坦特及其自由派的战友们逐渐与这位不久就自命为皇帝的第一位执政官发生了冲突。1800年1月，康斯坦特在国会发表演讲，赞扬自由，公开谴责拿破仑，事态急转直下。德·斯塔尔的沙龙是自由情绪得以孕育的地方，她与康斯坦特的关系也有目共睹。在《十年流放》中，德·斯塔尔报告说，由于帮助情人撰写这份演讲，"我禁不住担心我会为此事承担后果。我对社会的了解使我脆弱起来"（28）。她计划在康斯坦特演讲后的那一晚召集一个聚会，结果很快就清楚了："我计划让一些人来我家里，我们一直相处融洽，但他们都是新政府的成员。五点钟时我接到十张婉拒的便条。我可以承受第一张和第二张，但当它们接踵而至时我开始感到不安了。"（29）

她并没有被立即驱逐，但社会排挤本身就是一种心理折磨的形式。这对于一个已经患有她自称为"厌倦"症的人来说就更加痛苦了，也就是我们今天所说的抑郁症。

厌倦的幽灵伴随着我的一生。正是由于那种恐怖我才有可能向暴政低头，这也是我父亲的弱点，我的血管里流着他的血，就算如此吧。波拿巴非常了解每个人的弱点，也了解我的弱点。他了解每个人的缺点，也正因此才使每个人都归顺在他的麾下。(28)

流放期间她曾想过自杀，最终以一种特别的方法缓解了抑郁。她写了一篇长文权衡利弊，最后放弃了自杀的念头。她开宗明义地阐明反思是缓解痛苦的良药，“就像一个病人在病榻上翻来覆去以便找到一个最不痛苦的姿势一样”(《关于自杀的反思》，345)。

她就是在随时可能被放逐的阴影中开始撰写《论文学与社会建制的关系》(以下简称为《论文学》)的，该书的草稿是在拿破仑强迫她关闭沙龙之后的几个月里完成的。德·斯塔尔出于几个目的选择了这个题目：重温她关于文学的思考，这是她的兴趣之一；证明妇女在公共生活领域的重要性；间接地推进对独裁主义的批判；当然，还有恢复她在巴黎社交圈子里的地位。该书出色地达到了所有这些目的：

1800年春天到来时，我出版了论文学的著作，它的成功又使我受到社会的青睐；我的沙龙再次开张，我重又发现了谈话的快乐；我承认，在巴黎与人谈话一直以来是最令我振奋的。在论文学的书中我只字未提波拿巴，但我以为却有力地表达了最自由的情怀。但当时波拿巴还不能像现在这样阻挠出版自由。(《十年流放》，34)

德·斯塔尔在著作中又回到了一百年前的“古今之战”所争论的问题：现代艺术和文学是否应该基于古人的模仿？科学与理解的进步是否要求新的表现形式？在“现代文学的普遍精神”一章中，德·斯塔尔开篇就承认古代典范的重要性。“美术原理，摹仿，”她说，“并不要求无限度的完美；在这方面，现代人只能遵循古人所走过的路。”（《论文学》，11）她毫不犹豫地站在了现代人一边，而且没有仅仅重复以前男性思想家的观点。她的重点在于“感性的一种新发展和性格的一种深度认识”，她认为这是衍生于妇女在现代社会中地位的改善：

> 古人敬男人为友，而视妇女为成长于痛苦环境中的奴仆。实际上，大多数妇女几乎该被那样称呼。她们头脑中没有一丁点思想，也没有受到任何慷慨情感的启发……只有承认其他有才之人和其他关系的现代人才能够表达那种爱好——趋向于把爱的情感作为终生目标。（11）

一个世纪之前，这场论战聚焦于当时占据主导地位的戏剧、史诗和抒情诗，但到德·斯塔尔的时代，小说已经占了上风。小说一般被认为是轻松甚或不道德的消遣（妇女被认为“用一只手”阅读不登大雅之堂的罗曼史），但德·斯塔尔却视小说为对现代性的本质表现：

> 小说，对现代精神的这些各不相同的生产，是古代人几乎完全不知道的一种体裁。他们的确在希腊人努力寻找放松和服务的途径之时，以小说的形式写出了几首田园诗。但在妇女开始对私下生活感兴趣之前，爱情的事几乎不能激起男人们的兴趣，他们的时间几乎完全被政治追求所占据。（11）

德·斯塔尔的分析后来在弗吉尼亚·伍尔夫的《一个自己的房间》中亦有回应。她认为妇女作家从她们在父权制社会中作为被统治阶级的地位而获得真知灼见：“妇女在人性中发现了无数微妙之处，以至于主控的需要和被控的恐惧引导她们去认知；她们为戏剧才能提供了新的感人的认知。”（11）这些深化了的认知也丰富了文学，而后进入了哲学话语的公共领域：“她们所被允许表达的每一种情感——对死亡的恐惧、生活中的遗憾、无限制的忠诚、无尽头的抱怨——都以新的表达丰富了文学。……正是出于这个理由，现代道学家，比起古代道学家来，在对人类的认识上才更加敏锐和聪慧。”（12）

表达一种女性化道德感情的现代小说引发出“妇女在获得某一种平等的公民权之前所不曾发现过的观念”（12）。然而，德·斯塔尔仍然意识到妇女仅仅获得了“某一种”平等的公民权，她所处的时代还没有获得从卢梭到她父亲再到康斯坦特和她本人等共和思想家所长期追求的那些自由。在与不平等和不断更新的专制主义进行斗争的一个世界上，私人领域依然是孕育进步的土壤，它需要文学来指点前行的道路：

> 我们不必将现代美德与古代公共生活中的美德加以比较；只有在自由的国度里才存在恒定的责任以及公民与国家之间的慷慨关系。诚然，在专制政府治下，习俗或偏见仍然能激发勇敢的军事行为；但是，对公民事务和立法道德持续的令人痛苦的关注，把整个生命无私地奉献给公共领域，这些只能存在于对自由怀有真情的地方。因此，我们必须在私人品格、慈善情感和一些高级写作中检验道德的进步。（14）

《论文学》对于高扬妇女写作，将其与其主导的男性传统相对峙这方面起到了相当大的作用，德·斯塔尔对文学之于社会责任的强调受到了法国之外许多边缘地区的关注。仅举一例，1830年代，她的书在《尼泰罗伊：巴西利亚杂志》上连载。安东尼奥·坎迪多这样描述该杂志对其观点的采纳：“像巴西这样一个新国家必须创造自己的文学，为此，它必须首先拒绝古典影响，以便向当地的灵感敞开”（《巴西利亚文学的形式》，2：296）。坎迪多引用该杂志撰稿人之一，也即未来的巴西利亚文学艺术学院创始人 J. M. 佩来拉·达·希尔瓦的话说：

> 20 世纪初，浪漫诗歌在欧洲各处提高了标准；法国和意大利迄今为止依然全身心投入完全模仿的诗歌的怀抱。……但在巴西，这种诗歌革命从未充分表现出来；我们的诗人抛弃了祖国……成为毫无关系的思想和观念的纯粹模仿者。（2：296—297）

对敦促同胞参加这次诗歌革命的希尔瓦来说，德·斯塔尔的浪漫主义已经成为取代作为模仿客体的法国本身的一股力量。

《论文学》是德·斯塔尔几部重要著作中的第一部，利用对文学的跨文化分析提出进步观念。她在小说《柯丽娜，或意大利》（1807）中、在对德国文化的渗透式研究《论德意志》（1810）中，力图达到这些目的，把德国浪漫主义介绍给法国，并与其条顿邻国即法国的刻板模式相抗衡。正如阿尔伯特·杰拉尔德所说，“她是最早发现日耳曼人就是日耳曼人，而不是由于纯粹的任性而拒绝讲法语的无知之人”（《世界文学·序》，347）。然而，这些著作都不是在法国写的，而是写于流亡期间，开始于拿破仑驱逐她的 1803 年，在此期间，拿破仑在滑铁卢失败而告终。

德·斯塔尔不会满足于仅仅组织一个纯粹的文学沙龙。她有着明显的政治观点，不甘心于沉默缄言和谨小慎微，常常畅所欲言表达自己的观点。诸如拜伦和歌德等著名的对话者费很大的劲也只能插个一言半语。她磨炼了法国带刺的格言艺术——拿破仑签署了和平条约，她后来写道，“小心翼翼的波吕斐摩斯则清点着入圈的羊”（《十年流放》, 51)——朋友间的谈话也常常不胫而走。她恢复的沙龙很快又招致第一执政官的敌意:“一个女人的存在,人们由于她的聪颖和文学声誉而拜访她,这倒没什么,但这个没什么却不是依附于他的,这就足以让他粉碎它。”(58)她的错不仅仅在于她的独立性;波拿巴非常清楚她的访客中有许多都是他的反对派。于是,“他处心积虑加快速度严苛地迫害我”(1)。

《十年流放》是部未竟之作,描写了一个令人恐惧的暴君形象,或许正是他确立了现代的第一个个人崇拜。书中,新旧模式的融合中渗透一种讥讽的口吻和小说家的犀利眼光:“他的穿戴符合当时的政治时局,看得出新旧政权的混合。他的装束都是金制的,直发、短腿、大头,某种难以描述的气质,难缠、傲慢、轻蔑和冷淡,似乎把新贵的全部缺点与暴君的全部粗暴结合了起来。”(51)她说拿破仑的微笑“与其说是自然反应,毋宁说是金属弹簧”,但追随者却认为魅力十足,他们要得到他的每一个恩宠,注视着他的每一个特征。“我想起一个官员,”她接着说,“一个执政大臣,对我说第一执政官的指甲长得非常完美。”(51)

博得拿破仑微笑、欣赏其指甲的大臣们都成了专制经济机器的齿轮:

> 在彼得堡铸币厂,我为由某一单一意志所驱使的机器的暴力而感到惊奇;那些锤子,那些铁砧,都像人一样,或像狼吞虎咽的动物,如果你想要抵制其力量,你就会灭亡。然而,所有那些明摆着的疯狂都是经过计算的,那些弹簧都由一只单臂的运动所操纵。在我看来,这就是波拿巴确保的形象;他导致数千人死亡,就好比这些轮子打轧硬币,他的那些代理者大多数都像这木头和铁一样毫无感觉,没有任何主见地履行其功能。

那些机器看不见的动力来自一种既可怕又机械的意志，把道德生活变成了奴役的工具。（48—49）

当德·斯塔尔写《论文学》时，新政的轮廓已经在她心中形成了。虽然她承认拿破仑恢复了大革命后世界的秩序，但她感到罗伯斯庇尔的垮台所导向的不是一个自由的共和国，而是一个新的更阴险的暴政形式。

即便在试图用文学手段促进进步事业的同时，德·斯塔尔也常常意识到小说家或批评家的影响有限。在这个世界上，任何进步都是难以识别出来的。在“现代文学之普遍精神”一章的结尾，德·斯塔尔引用了一位法国国会议员在1766年的一次雄辩有力的讲话，他成功地为不公正地强行施与父亲的死刑进行了死后辩护。德·斯塔尔借这个例子得出一个肯定的结论：“因此，20世纪已经向自由迈进；因为德性总是先吹起自由的号角”——这只需回忆一下近来发生的事就能证明：

唉，我们怎样才能驱散给我们的想象留下如此深刻印象的那种痛苦的对比？一次犯罪在漫长的岁月里被无数次提起；但自那以后我们目睹了无数次残酷的罪行，但几乎同时又忘掉了！正是在共和国的阴影下，在这最崇高的、最光荣的和最令人骄傲的人类精神的体制下，犯下了这些拙劣的罪恶！啊！要忘记那些忧郁的观点该有多难啊。每当我们反思人的命运之时，大革命就会出现在我们眼前！（15）

比较在此达到极限，坍塌则成了无法衔接的对比：1766年的一个光辉时刻——德·斯塔尔出生的那一年——在此后主导的纷乱和压制面前显得苍白无力。虽然她小心翼翼地仅谈到大革命，但显然没有任何暗示证明拿破仑的政权进行了改善。如果近代史不能提供任何安慰，那么，关于原则或历史形态的比较文学研究也同样是徒劳的。“要把我们的精神带回到很久以前的过去是徒劳的。要在抽象形态内的永久关联中理解近来的事件和永恒的作品是徒劳的！”德·斯塔尔的结论说，“反思已经没有力量使我们继续下去；我们必须回归生活”（15—16）。德·斯塔尔应该在我们今天的比较文学学者的阅读书单上，是她开创了文学与社会制度的比较分析，把重点放在了文学的伦理和政治力量上，并清醒地看到了批评的局限性，进而告诫我们回归生活。

多语原则

在讨论文学与社会机制的关系时，有一个机制德·斯塔尔没有提到，那就是大学。在她所处的时代，高等教育并不是导致社会变化的主要力量，但是在整个19世纪，首先在德国然后遍及整个世界的是大学的发展，大学成了持续探求知识的地方。贵族沙龙里咖啡味极浓的谈话难以取得的社会变化，对年轻一代来说可以通过持续的研究和新观念的灌输而得以实现。现代大学脱颖而出，越来越多的领域成为学术科目，其中就有比较文学。我们可以在两位学者的著作中看到这一发展，他们基于赫尔德和德·斯塔尔的研究而把比较文学建设成为一个学科，这就是特兰西瓦尼亚比较文学学者雨果·梅尔茨尔，第一本比较文学杂志（*Acta Comparationis Litterarum Universarum*，1877—1888）的主编；另一位爱尔兰学者哈钦森·马考雷·波斯奈特，他在1886年出版的英语著作《比较文学》一书中确定了这一学科的名称。

波斯奈特和梅尔茨尔在研究方法上迥然有别，但他们都在文学和文化之主导研究方法，即民族主义和世界主义之外寻找其他路径。波斯奈特和梅尔茨尔都在文化和制度的边缘上写作，明白世界主义很容易滑入其对立面，即某种形式的宗主国民族主义。就其复杂的个人关系和知识活动而言，梅尔茨尔和波斯奈特都为今天的全球比较文学研究提供了重要的早期模式，即使其研究的销声匿迹也提供了值得我们警醒的教训。

民族主义与世界主义之间的张力已经在比较语文学中凸显出来。语文学研究在方法上是跨民族的，但其重点却往往具有鲜明的民族性。在1848年的革命岁月里，伟大的语文学家雅各布·格林发表了颇有影响的两卷本《德语语言史》(*Geschichte der deutschen Sprache*)。他有意让这部《德语语言史》展示“并非自然分化的祖国”的真正统一，这是他给格维努斯的题献中说的，这位历史学家曾经由于不充分的民族主义而批判赫尔德。在题献中，格林谈到歌德，但不是作为世界文学的倡导者，而是作为德国归属的具体体现：“没有他，我们从不能真正感受到自己是德国人，民族语言和诗歌的本土力量竟然如此巨大。”(德国语言史，1：iv) 格林的语言史具有当代性：他令人信服地谈起，“再也没有什么可以阻挡人民的自由，鸟儿在屋顶上为其歌唱”，他还感叹道：“噢，自由将很快到来，再也不会离去！”(1：iv—v) 格林把格维努斯的民族主义带入了语言领域，宣告了德语语言的胜利，并在“格林法则”中强调了其健康的转变：

> 自第一世纪末，罗马帝国的衰弱就日趋明显（即便其火焰依然不时地闪烁），而不可征服的德国人仍然不可阻挡地向欧洲每一个地区挺近，这种意识越来越强烈。……除此还能是什么呢？对人民如此有力的动员难道不会影响到语言，动摇其习惯的用法

而高扬之？在对使无声停顿变成有声、使无声停顿变成摩擦音的强调中，难道没有某种勇气和骄傲吗？（1：306—307）

这种语文学民族主义可以用世界主义视角加以抗衡，然而世界主义本身也往往是一种规划的民族主义形式。因此，诗人和译者奥古斯特·威廉·施莱格尔于1804年写道：

普世主义、世界主义，是真正的德意志特征。长期以来，由于缺乏统一目标，在与其他民族的有限的因而更为有效的民族倾向关系之中，我们处于劣势。但这一缺乏，如果能改造成正面的因素，也能成为所有方向的总和，成为我们的优势。因此，认为德语将成为所有文明民族交流的通用语的时刻即将到来，这根本不是什么太乐观的希望（转引自Koch，“Introduction”，74）。

同年，施莱格尔来到德·斯塔尔在科培的家，为她的孩子们做家庭教师。在1817年她逝世之前，施莱格尔始终是她圈子内的人，后来在波恩任教，致力于东方研究，并创建了梵文印刷社，使得威廉·琼斯伯爵对梵文的兴趣永久流传下来。

到1870年代，德语摩擦音不可阻挡的发展使德国统一并强大起来。如施莱格尔所希望的，德语成了一门重要语言，如果不是对于整个文明，那至少对于国际学术交流是如此。然而，德国版图之外讲德语的人仍然不知不觉地陷入分化的或多元的文化归属的复杂境地。这对于1846年生于特兰西瓦尼亚讲德语的一个少数民族地区的雨果·梅尔茨尔来说尤其如此。他生于一个富裕的商人之家，分别在家乡和省府科洛斯堡的唯一神教派和路德教派的学校上学。科洛斯堡也叫克鲁日和克罗森堡，其名称的变化本身就已经是一个种族融合和竞争的生动故事了，包括匈牙利人、罗马尼亚人和德国人。该城市现在属于罗马尼亚，1974 年改为克鲁日－纳波卡，是为纪念齐奥塞斯库在罗马尼亚早期历史中抗击罗马殖民者的英雄业绩而更名的。

梅尔茨尔上学时学的是匈牙利语和罗马尼亚语，专修德国哲学和文学，同时还尝试诗歌写作。他是匈牙利爱国主义者和国际主义文化的倡导者，对民间诗歌有着赫尔德般的兴趣，包括特兰西瓦尼亚罗姆的歌谣。他在莱比锡和海德堡读大学和研究生，写了论叔本华的博士论文。他在 1872 年 26 岁时获得了博士学位，回到克鲁日新建的弗兰茨一约瑟夫大学任德国语言和文学教授。这所大学是以哈布斯堡王朝皇帝的名字命名的，当年创建时抱有两个目的：在帝国东部传播德国文化，同时推动“匈牙利化”（Magyarization），实际上指的是在这个种族混杂地区加快匈牙利文化对罗马尼亚文化的影响。正是在这种语境之下，一个当地出生的、在海德堡大学接受教育的学人在没有任何教学经验的前提下被录用为了教授。

梅尔茨尔是这所大学 40 名教职员中最年轻的，同事中有倡导不同形式的民族主义的，倡导不同程度的帝国主义的，也有像他本人一样的世界主义理想主义者。最重要的人物是最年长的匈牙利学识广博的萨缪尔·布拉塞（1800—1897）。他是一位语文学比较文学学者，也是数学家、植物学家和神学家。八十多岁时，布拉塞仍在出版论关于代数、梵语语言学和神学的著作。1877 年，这两位学者联手创建了世界上第一本比较文学杂志，视其为一个国际交流的平台。

开始时，他们用匈牙利语、德语和法语的三语杂志名称发表文章（*Összehasonlító Irodalomtörténelmi Lapok/Zeitschrift für vergleichende Litteratur/Journal d'histoire des littératures comparées*）。他们很快就超越了民族比较的重心，于 1879 年开始一个“新系列”，把杂志更名为拉丁语的 *Acta Comparationis Litterarum Universarum*，苏源熙恰当

地将其译为 *Journal for the Comparison of the Totality of Literature*，即《文学总体的比较研究杂志》(《精致的僵尸》，9)。此时布拉塞已经七十五六岁了，所以，主要的编辑工作都是梅尔茨尔完成的。1883 年布拉塞退休后，梅尔茨尔成为这份杂志唯一的编辑。在其 11 年的发行期间，该杂志勒紧裤带，基本上是靠梅尔茨尔和布拉塞自己的经费运作的。但是，这两位编辑却把这一缺乏经费的事业做得非常红火。

在一篇纲领性文章中，梅尔茨尔把编辑的意图确定为不过是“**文学史的改良**，等待已久的、早该进行的、只能通过广泛地应用比较的原则才能进行的一种改良”(《目前的任务》，42，黑体为原文所加)。他认为，歌德关于世界文学的世界主义概念已经被迫服务于狭隘的民族主义关怀，他希望能把世界文学的观念从一个民族吸收外来影响、扩大自己的海外影响这一重心中解放出来：“为此，我们的杂志必须同时致力于翻译的技巧和歌德的世界文学（这是德国文学史家，尤其是格维努斯所彻底误解的一个术语）……正如每一个毫无偏见的文人所知，今天普遍盛行的现代文学史不过是一种 ancilla historiae politicae（政治史的辅助），甚或是一种 ancilla nationis（民族的辅助）”(42)，即政治史甚或民族本身的奴婢。

梅尔茨尔举欧巴德研究为例，作为这种民族主义文学史之短视扭曲的一个典型例子。这种研究源自德国文学史家沃尔夫兰·封·艾森巴赫，忽视“情歌这种形式的诗歌 18 世纪前就在中国演唱”的事实(如《诗经》所载)，“也常见于现代各民族的民歌之中，比如匈牙利民歌”(43)。梅尔茨尔的例子证明了其杂志试图抵制欧洲列强之文学民族主义的双重策略：第一，拓宽文学史的领域，把其他文化的杰作扩展进来（比如中国经典）；第二，扩展欧洲论坛以便把小国文学包括进来。在这方面，他指的是匈牙利文学，而这并不是随意的。施莱格尔和歌德所期待的文化交流中德国的表率作用，在梅尔茨尔和布拉塞这里往往成了被大国视角忽略了的语言和文学展箱。

在整个19世纪，对几个大国文学的学术偏向又受到了对几种重要语言偏向的强化。生活在匈牙利、用匈牙利语写作的作家便处于一种双重不利的境遇。19世纪末丹麦比较文学学者格奥尔格·勃兰兑斯在一篇充满怀疑论的论世界文学的文章（1899）中强调了这一两难困境。他终其一生要通过引入重要的欧洲文学来使丹麦文学现代化和自由化，最著名的是多卷本的《十九世纪文学主流》(1872—1890)，收入了英国、法国、德国和意大利的文学。这些主流中并未包括他自己国家的丹麦支流，但他孜孜不倦地把易卜生和克尔凯郭尔介绍到国外，还有他感到能有机会引起广泛认可的斯堪的纳维亚作家。到1899年，勃兰兑斯已经对这一无休止的争夺高地的战斗忍无可忍了。他是这样用军事术语来描述这场战役的：

> 毋庸置疑，不同国家和语言的作家占据了不同的有机会获得广泛声誉的要塞，即便是最低程度的认可也备受关注。占据最佳地势的是法国作家，尽管法语就其地盘来说仅仅排第五名。在法国，作家一旦成功，便会闻名世界。英国和德国作家一旦成功便可以征服大量读者，他们居第二位。……可是，用芬兰语、匈牙利语、瑞典语、丹麦语、荷兰语、希腊语等语言写作的作家显然在争夺声誉的斗争中处于劣势。在这种竞争中，他缺少的是一种重要武器，即一种语言——而这对一个作家来说几乎就是一切。
>
> （《世界文学》，61）

梅尔茨尔的匈牙利语和勃兰兑斯的丹麦语在这个名单中都处于不利地位，这种差异今天仍然存在。丹麦学者麦兹·罗森达尔·汤姆森曾经讨论过“孤独的经典作家”，来自小国的几乎靠孤军奋战获得国际声誉的作家（《图绘世界文学》，48）。在《匈牙利回忆录》（*Memoir of Hungary*）中，小说家桑德尔·马莱描写了使用国际上不理解的一种语言进行写作的作家的命运："这是一种什么样的命运？孤独。"（316）

梅尔茨尔和布拉塞希望他们的杂志通过让多种语言参与游戏而使竞争公平：刊登十种（最终为十二种）"官方语言"的文章。他们用所有这些官方语言印刷杂志的名称（图1）。在最初几期中，匈牙利语位列第一，但名次很快就降了下来，显然是为了不把外国读者拒之门外；现在已经是名列最后的中型字体了，"就像跟在客人后面的店老板"，梅尔茨尔在1879年这样写道。（"An unsere Leser"，18）安东尼·马尔蒂·蒙特尔德注意到，"梅尔茨尔知道由于其语言的独特性和欧洲的多语制，匈牙利代表着处于欧洲中心的一种几乎绝对的他性；匈牙利文学与其他文学的任何关系都标志着这种差别"（*Un somni europeo*，314）。

为了与多语这一重心保持一致，梅尔茨尔和布拉塞建立了全球规模的编辑理事会，其成员不仅来自匈牙利和德国，也有来自澳大利亚、埃及、英国、法国、荷兰、冰岛、印度、意大利、日本、波兰、葡萄牙、瑞典、瑞士、土耳其和美国的理事。通过组成一个如此庞大的团队，并将杂志建立在"多语"原则之上，编辑们力图既保护弱小文学的个性，同时又打破民族主义的排外性。如梅尔茨尔在创刊号文章《当前比较文学的任务》中说：

> 目前，每一个民族都要求有自己的"世界文学"，而没有完全懂得这意味着什么。目前，每一个民族都出于各种各样的理由要优越于所有其他民族……这种不健康的"民族原则"构成了现代欧洲全部精神生活的基本前提。……每一个民族都不欢迎多语

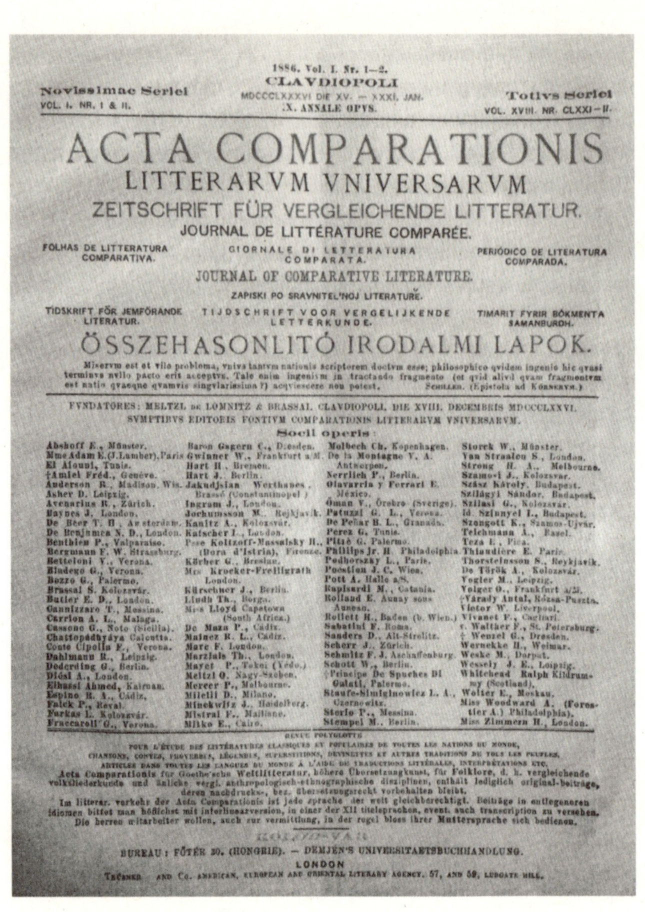

Novissimae Seriei
VOL. I. NR. I & II.

1886. Vol. I. Nr. 1—2.
CLAVDIOPOLI
MDCCCLXXXVI DIE XV. — XXXI. JAN.
X. ANNALE OPVS.

Totivs Seriei
VOL. XVIII. NR. CLXXI—II.

ACTA COMPARATIONIS
LITTERARVM VNIVERSARVM
ZEITSCHRIFT FÜR VERGLEICHENDE LITTERATUR.
JOURNAL DE LITTÉRATURE COMPARÉE.

FOLHAS DE LITTERATURA COMPARATIVA.
GIORNALE DI LETTERATURA COMPARATA.
PERIÓDICO DE LITERATURA COMPARADA.

JOURNAL OF COMPARATIVE LITERATURE.

ZAPISKI PO SRAVNITEL'NOJ LITERATUŘE.

TIDSKRIFT FÖR JEMFÖRANDE LITERATUR.
TIJDSCHRIFT VOOR VERGELIJKENDE LETTERKUNDE.
TIMARIT FYRIR BÓKMENTA SAMANBURDH.

ÖSSZEHASONLITÓ IRODALMI LAPOK.

Miservm est et vile problema, vnivs tantvm nationis scriptorem doctvm esse; philosophico qvidem ingenio hic qvasi terminvs nvllo pacto erit acceptvs. Tale enim ingenivm in tractando fragmento (et qvid alivd qvam fragmentvm est natio qvaeque qvamvis singvlarissima ?) acqviescere non potest. SCHILLER. (Epistola ad KÖRNERVM.)

FVNDATORES: MELTZL DE LOMNITZ & BRASSAI. CLAVDIOPOLI, DIE XVIII. DECEMBRIS MDCCCLXXVI.
SVMPTIBVS EDITORIS FONTIVM COMPARATIONIS LITTERARVM VNIVERSARVM.

Socii operis:

Abshoff E., Münster.
Mme Adam E.(J.Lamber), Paris
El Alouni, Tunis.
†Amiel Fréd., Genève.
Anderson R., Madison, Wis.
Asher D. Leipzig.
Avenarius R., Zürich.
Baynes J., London.
De Beer T. H., Amsterdam.
De Benjumea N. D., London.
Benthien P., Valparaiso.
Bergmann F. W. Strassburg.
Betteloni V., Verona.
Biadego G., Verona.
Bozzo G., Palermo.
Brassai S. Kolozsvár.
Butler E. D., London.
Cannizzaro T., Messina.
Carrion A. L., Malaga.
Cassone G., Noto (Sicilia).
Chattopádhyáya Calcutta.
Conte Cipolla F., Verona.
Dahlmann R., Leipzig.
Dederding G., Berlin.
Diósi A., London.
Elhassi Ahmed, Kairuan.
Espino R. A., Cádiz.
Falck P., Reval.
Farkas L. Kolozsvár.
Fraccaroli G., Verona.

Baron Gagern C., Dresden.
Gwinner W., Frankfurt a/M.
Hart H., Bremen.
Hart J. Berlin.
Jakudjsian Werthanes, Brassó (Constantinopel.)
Ingram J., London.
Jochumsson M., Rejkjavik.
Kanitz A., Kolozsvár.
Katscher L., London.
Pse Koltzoff-Massalsky H., (Dora d'Istria), Firenze.
Körber G., Breslau.
Mrs Kroeker-Freiligrath London.
Kürschner J., Berlin.
Lindh Th., Borgo.
Miss Lloyd Capetown (South Africa.)
De Maza P., Cádiz.
Mainez R. L., Cádiz.
Marc F. London.
Marzials Th., London.
Mayet P., Tokei (Yédo.)
Meltzl O. Nagy-Szeben.
Mercer P., Melbourne.
Miletil D., Milano.
Minckwitz J., Heidelberg.
Mistral F., Maillane.
Mitko E., Cairo.

Molbech Ch. Kopenhagen.
De la Montagne V. A. Antwerpen.
Nerrlich P., Berlin.
Olavarria y Ferrari E. México.
Öman V., Örebro (Sverige).
Patuzzi G. L., Verona.
De Peñar B. L., Granada.
Perez G. Tunis.
Pitrè G. Palermo.
Phillips jr. H. Philadelphia.
Podhorszky L., Paris.
Poestion J. C. Wien.
Pott A. Halle a/S.
Rapisardi M., Catania.
Rolland E. Aunay sous Auneau.
Rollett H., Baden (b. Wien.)
Sabatini F. Roma.
Sanders D., Alt-Strelitz.
Scherr J., Zürich.
Schmitz F. J. Aschaffenburg.
Schott W., Berlin.
†Principe De Spuches Di Galati, Palermo.
Staufe-Simiginowicz L. A., Czernowitz.
Sterlo P., Messina.
Stempel M., Berlin.

Storck W., Münster.
Van Straalen S., London.
Strong H. A., Melbourne.
Szamosi J., Kolozsvar.
Szász Károly, Budapest.
Szilágyi Sándor, Budapest.
Szilasi G., Kolozsvár.
Id. Szinnyei I., Budapest.
Szongott K., Szamos-Ujvár.
Teichmann A., Basel.
Teza E., Pisa.
Thiaudière E. Paris.
Thorsteinsson S., Reykjavik.
De Török A., Kolozsvár.
Vogler M., Leipzig.
Volger O., Frankfurt a/M.
†Várady Antal, Rózsa-Puszta.
Victor W. Liverpool.
Vivanet F., Cagliari.
v. Walther F., St. Petersburg.
† Wenzel G., Dresden.
Wernekke H., Weimar.
Weske M., Dorpat.
Wessely J. E., Leipzig.
Whitehead Ralph Kildrummy (Scotland).
Wolter E., Moskau.
Miss Woodward A. (Forestier A.) Philadelphia).
Miss Zimmern H., London.

REVUE POLYGLOTTE
POUR L'ÉTUDE DES LITTÉRATURES CLASSIQUES ET POPULAIRES DE TOUTES LES NATIONS DU MONDE,
CHANSONS, CONTES, PROVERBES, LÉGENDES, SUPERSTITIONS, DEVINETTES ET AUTRES TRADITIONS DE TOUS LES PEUPLES,
ARTICLES DANS TOUTES LES LANGUES DU MONDE À L'AIDE DE TRADUCTIONS LITTÉRALES, INTERPRÉTATIONS ETC.

Acta Comparationis für Goethe'sche Weltlitteratur, höhere Übersetzungkunst, für Folklore, d. h. vergleichende volksliederkunde und ähnliche vergl. anthropologisch-ethnographische disziplinen, enthält lediglich original-beiträge, deren nachdrucks-, bez. übersetzungsrecht vorbehalten bleibt.

Im litterar. verkehr der Acta Comparationis ist jede sprache der welt gleichberechtigt. Beiträge in entlegeneren idiomen bittet man höflichst mit interlinearversion, in einer der XII titelsprachen, event. auch transcription zu versehen. Die herren mitarbeiter wollen, auch zur vermittlung, in der regel bloss ihrer Muttersprache sich bedienen.

BUREAU: FŐTÉR 30. (HONGRIE). — DEMJÉN'S UNIVERSITAETSBUCHHANDLUNG.
LONDON
TRÜBNER AND CO. AMERICAN, EUROPEAN AND ORIENTAL LITERARY AGENCY. 57, AND 59, LUDGATE HILL.

图 1　总体文学的比较研究

制及其未来的成果（一定会结出的硕果），今天都坚持严格的单语制，认为自己民族的语言优越于甚至注定要统治其他语言。这是一种幼稚的竞争，其结果必然是所有语言的低劣。(46)

《总体文学的比较研究杂志》（简称《杂志》）旨在纠正这一情况，其途径就是激进的多语制和各种文学策略。梅尔茨尔和布拉塞采纳一种双面策略：一方面，对世界文学杰作（主要是文学文化高度发展的大国文学）进行比较研究；另一方面，是赫尔德式的口头和民间文学研究。民歌研究成了该杂志的重头戏，这是为尚未进入世界杰作版图的国家扫清道路的有力措施。

梅尔茨尔试图把歌德的精英全球主义与赫尔德侧重民间的民粹主义综合起来，使这本杂志成了德国文化争论中的精品，而不是可有可无的东西。此外，就其纲目而言，如大卫·马尔诺所说，这本杂志的目的是要把匈牙利文学呈现为奥匈文化中可见的但却是从属的一脉，“对于一个刚刚在二十年前由于战争而失去民族独立的国家来说，这是所能得到的最后一个位置”，同时也隐蔽地推进帝国对克罗地亚、捷克、罗马尼亚、塞尔维亚和斯洛伐克的压制，这些国家中没有一个进入该杂志的许多官方语言的名单之中（《文学的畸形》，40—41）。

虽然在日耳曼离散文化和奥匈帝国的范围之内，梅尔茨尔的眼光还是超越了帝国文化政治的限阈。在创刊号文章中，梅尔茨尔敦促人们要看到“我们可以称作‘无文学民族’之人的精神生活，他们的民族特性不应该受到错误的传教热情的侵害”。他接着谴责俄国刚刚发布的一条法令，禁止在乌克兰使用乌克兰语进行文学创作。梅尔茨尔对这条俄国法令极为愤怒：“这是对圣灵犯下的极大罪孽，即便这仅仅是指无名的吉尔吉斯人而不是一千五百万人的一个民族的民歌。”（46）这显然是俄国对少数民族文学的审查，致使梅尔茨尔把俄语排除在他的“官方语言”名单之外。这是一个英明的决定，通过将俄语从一份雄心勃勃的尽管读众有限的杂志中排除出去来惩罚俄国。

梅尔茨尔或许是第一个用生态隐喻的人；他用这个词把小语种及其文学比喻为濒危物种：“当山羊和欧洲野牛等物种受到详尽严格的法律保护以免灭绝的时候，对人类（或其文学，可以与之同日而语了）的任意灭绝也该是不可能的了。”（46）《杂志》反对大国霸权，力图保护小国的文学，促进各个传统之间的接触和相互了解。在这个过程中使传统的特性得到保护，甚至加强。尽管本人是位著名的世界主义者，梅尔茨尔却仍然时刻警惕与某一大国世界主义保持距离。他写道：

> 显然，这些多语制的努力与任何一种普世兄弟情谊或类似的脱离现实的国际环境没有相同之处。比较文学的理想与云山雾罩的“世界主义化”的理论毫无关系。我们这样一种杂志的最高目标（自不必说倾向）会遭到严重误解或故意误解，如果有人希望我们侵犯某一民族的民族特性的话。……相反，比较文学乐于充满爱心地挖掘**所有民族的纯粹民族性**，我们的秘密箴言是：作为一个民族之个性的民族性应被视为神圣不可侵犯的。因此，一个民族，即便在政治上微不足道，从比较文学的角度看，无论是现在还是将来都与最大民族同样重要。（45）

文学的相对性

梅尔茨尔发出行动号召几年后，哈钦森·马考雷·波斯奈特在第一部专论比较文学的英语著作中采纳了一种不同的方法。波斯奈特似乎不了解梅尔茨尔其人与其杂志，但从其爱尔兰人的立场对中心化的世界主义进行了批判。波斯奈特生于1855年，在都柏林三一学院学习古典语文学和法律，毕业后留校任教，同时在都柏林从事法律工作。转向比较文学研究之前，他曾发表过关于法律和历史方法的著述，完成了关于比较文学的文章之后，他随即赶赴新西兰，在奥克兰大学任古典语文学系系主任，教授语文学、英语、法语和法律，五年后回到爱尔兰继续从事法律工作。

波斯奈特的方法是与梅尔茨尔的方法直接对立的：他独立工作而非与人合作，通过广泛的稍有些随意的阅读积累了大量信息，依赖的是译文而不是多语的掌握。但其视角却与梅尔茨尔同样广阔：他给印度、中国和阿拉伯世界以及古代地中海和现代欧洲留有相当大的空间，探讨世界范围内的文学与社会发展间的相互关系，这使得他对民间文学和文学杰作一视同仁。在他手里，比较的方法成了一种伦理甚或社会理想，使得他能够根据文学自身来理解各种不同的文学，而不是忽略或同化与欧洲标准不同的任何文学。娜塔莉·梅拉斯曾说，对波斯奈特来说，“比较本身已经变成了衡量社会进步的重要标尺：社会越是进步——也即扩大和特殊化——就越能置于比较的范围之内”(《世界上的全部差异》，21)。然而，与其他文学传统相比较的兴趣并不是一刀切的世界主义，波斯奈特特别指出了法国的世界主义：

> 在法国文学中，从 17 世纪中央专制牢固地建立之后，我们感到集权化精神随处可见，并在法兰西学院这里找到了居所和名称……能够从世界主义文化的角度对其进行最好的保护。从这个角度，巴黎和法兰西学院等民族中心成了对世界中心的最佳替代，但语言和民族个性的差异却无法替代。(343—344)

波斯奈特在此预示了帕斯卡尔·卡萨诺瓦在《文学世界共和国》中提出的观点，但他并不友好地将巴黎的世界主义与非欧洲中心的比较和注重地方差异的英国文化进行了对比：

> 民族文学的真正制造者是这个民族本身的行为和思想；这些行为和思想发生的地方不可能被太广泛以至于不可能的民族同情所接受，也不可能被太精致以至于不可能成为外省地方的同情

所接受。……于是，我们就有了两种民族文学——英国文学（即与中心民族生活因素相混合、同时既保持地方特色又维护民族统一的文学，如在意大利和德国）和法国文学，聚焦于巴黎，因此倾向于各种世界主义理想的文学。（345）

波斯奈特认为世界主义是一种扩大了的帝国世界主义。在本尼迪克特·安德森发表《想象的共同体》之前，波斯奈特很早就提出民族身份是一个虚构，有各种用处但不能直义地接受："什么是'民族'？……'民族'一词指的是亲族，具有亲缘关系的人组成的一个群体，是由'民族性'所标志的主要观点和事实。……但是，现代欧洲的'各民族'已经远远地抛下了这些群体，其文化要么忘记了其亲族的民族性，要么学会了将其当作一个理想的光辉的虚构。"（339—340）

波斯奈特出于比较的需要，在抨击世界主义的同时也抨击了新古典主义。如果民族不是本质的统一体，那么人类也不是。与赫尔德一样，他断言不存在能够控制不同群体之艺术生产的统一标准：

文学，无论多么粗野或多么有教养，表达的都是男人和女人的情感与思想。……因此，有责任保护普遍的文学观点，以发现普遍人性的存在，它不受不同语言、社会组织、性别、气候以及类似原因的影响，在所有时代和所有地方都是文学建筑的奠基石。在生存的世界和历史的或史前的过去，存在过包容并调和一切人类冲突差异的一种普遍的人性吗？科学真的能先进到能够证明那个称作"人"的庞然大物的情感信仰吗？人的抽象统一可以表现为不同面相的外在形式，但其"本质"却被宣称是未变的。（21）

这些考虑把我们带入了波斯奈特的“文学的相对性”一章。在这一章中，他断言文学生产与社会生活并不是同步的。在与德·斯塔尔遥相呼应的一段话中，他通过前现代和现代时期妇女的不同地位展示了这种相关性。“对任何具有足够长的历史的文学进行详尽研究，”他写道，“都能揭示对女性性格的最多样的处理。”他罗列了从印度、中国、古代以色列、希腊和罗马的例子，他看到，甚至在古希腊，“《伊利亚特》和《奥德赛》中的妇女——海伦、安德洛玛刻、瑙西卡——让我们看到的社会关系都非常不同于阿里斯多芬笔下的妇女所展示的社会关系”（25）。

诚然，波斯奈特是以一种简略的方式预见文化相对性的，一种彻底的科学主义，以便完全与该书所属的“国际科学系列”相吻合，系列中还包括进化论、火山、心理学和水母等主题的书。基于早期社会学家赫伯特·斯宾塞和法历史学家亨利·梅因伯爵的著作，波斯奈特采纳了一种世界范围内的进化图式，约普·李尔森将其总结为“从氏族到城邦，再到民族，最后到一种普世文化和‘世界文学’系统”的进步（*Komparatistik in Großbrittanien*，61）。有趣的是，李尔森在这里记错了波斯奈特实际阐述的进步，因为波斯奈特认为世界文学是在古代晚期帝国背景下兴起的，比现代民族早很久。在论世界文学的一章中，波斯奈特注意到他的排序看起来是反直觉的，但他坚信事实会证明他是对的：“可以说我们的顺序……与关于文学发展的流行观念不一致。可以提出这样的问题，为什么不能从城邦共同体过渡到民族，从民族文学抵达世界文学的普世主义呢？”（240）他回答说，世界文学首先在古希腊世界产生——“世界主义”这个术语就是在那时发明的——接着进入基督教和伊斯兰教的超民族宗教群体，因此他在转向现代民族文学之前就讨论了“世界帝国和世界文学的时间”（241）。波斯奈特已经意识到“在任何一种世界主义的周围都潜伏着殖民主义"（罗宾斯和霍塔,《各种世界主义》，4）。

为了与其反世界主义观点相一致，波斯奈特用绝对混合的术语评价世界文学。古希腊作家们由于从家乡的地方性解脱出来，他们能够对自然有一种新的理解，而且还产生了一种高度的个性感。然而，他们也失去了与群体的有机联系，为远方读者制造了人工虚构："世界文学的主导标志……是文学与限定的社会群体的分割——文学的普世化，如果我们可以用这样一个术语的话。"（238）他因此预示了今天关于"全球文学"的抱怨，如维托里奥·柯来提对"罗马进步的非民族化"的批判（*Romanzo mondo*，2）。然而，波斯奈特为一种无根的世界主义确立的模式是古希腊世界及其后续的罗马帝国："具有如此有限的同情、无限的自私的一个社会不适合歌曲的生产"，只适合于讽刺文和亚历山大体的评论（266）。在为主题热身的同时，他在两页之后就提出，不认为罗马帝国会有什么好的文学："如果想象依赖于真正意义上的人类友谊的存在，那么我们就必须承认，罗马帝国的社会生活也一定会毁掉任何文学。"（268）

波斯奈特关于帝国世界文学的讨论渗透着他自己在英帝国内部所持的立场。布拉兹·扎贝尔发现了波斯奈特多年来写给爱尔兰和英国报纸的一系列信件。信中他把自己说成是"温和的自由派"，支持爱尔兰的《自治法案》，还建议各个殖民地应该在英帝国的改良中发挥重要作用。如扎贝尔所说，"波斯奈特的边缘立场不仅构成了他的政治态度，而且影响了他对文学和文学制度的理解"（《波斯奈特》，2）。如李尔森所说，波斯奈特是在提出"可以称作帝国多元文化的东西"，认为世界文学"似乎奇怪地在殖民语境下预示了后殖民的范式。在这个范式中，世界文学获得了新的重要意义"（《札记》，113、115）。在从英帝国的核心移到边缘从而发表作品的同时，波斯奈特清楚地看到了一种霸权的世界主义的危险性。

在科学与文学的边界上

波斯奈特和梅尔茨尔在多大程度上实现了他们的全球目标？波斯奈特没有赢得很多追随者，这使他很失望。他的著作在欧洲赢得了欧洲和美国一些非正规比较文学学者的注意，不久就被译成了日文，但并未引起更广泛的文学研究的重构。一位聪明的动辄抱怨的自学成才者——波斯奈特的阅读极其广泛，甚至超越了普通学术训练的范围，极少有能步其后尘者，而他自己则不费吹灰之力就跻身当代学界。的确，他的前言在方法上和地理上将自己摆在边缘的位置。他开头就宣称："在科学与文学的界面找到一个位置也许会挑起两大派别的敌意，即现代思想家和现代教育学家。"（v）结尾处他又暗示了其变换的地理位置："假如由于作者的疏忽而出现了印刷或实质性错误，那就应该恳请读者记住，本书付梓之时正是作者离开祖国奔赴新西兰的前夕。"（vii）

波斯奈特的全球视野——伴随着对爱尔兰学界的不耐烦——促使他在奥克兰寻求教职，然而，这一迁徙使他远离欧陆的各种场所，比较文学这一新兴学科正在那些场所发展起来，此后他没有为文学研究做出进一步的贡献。15 年后，他重拾旧话，写了《比较文学的科学》一文，回忆起他如何生造了"比较文学"这个词，而学者们在追求狭隘的关怀时大多都忘记了他的存在，他对此表示反感。

梅尔茨尔的杂志更直接地服务于学术团体，其国际董事会成员均具备波斯奈特所缺乏的语言学知识。但是，梅尔茨尔的多语主义是如何付诸实践的呢？如果该杂志真的以十几种语言写作，那也只能有一小撮读者。而就实际操作而言，其工作语言主要有两种：德语和匈牙利语。在检验 1879 年至 1882 年间四期所发表的文章时，我发现半数的文章（156篇中的76篇）是用德文写的，百分之二十是用匈牙利文写的，其余的百分之三十主要是英文、法文和意大利文，没有用冰岛和波兰的“官方语言”发表的文章。来自世界各地的诗歌都是原文发表，但都伴有杂志之主导语言的译文。所以，杂志的多语主义在实践上的限制远远大于其理论。即便如此，对杂志的读者群也似乎产生了一种极小的影响。匈牙利学者阿尔帕德·拜尔齐克发现，杂志鼎盛时期的发行量仅有百余册，后来这个数量也在逐渐减少（“Hugó von Meltzl”）。

然而，就其有限的读者来说，杂志为远隔千山万水的供稿者提供了分享观点和信息的活跃渠道，也使梅尔茨尔有机会策划把匈牙利文学推向世界舞台。梅尔茨尔认为匈牙利有一个真正属于世界级的作家，即诗人山陀尔·裴多菲——1848年至1849年匈牙利独立战争中死于战场上的英雄，时年26岁。在其整个杂志主编生涯中，梅尔茨尔把裴多菲的诗歌译成至少三十二种文字。通过这些翻译和论裴多菲的一系列文章，他向全世界公众展示了一位匈牙利诗人，使其在世界文坛上占有一席之地，这就如同格奥尔格·勃兰兑斯于1877年用一本评论著作宣传克尔凯郭尔一样——而1877年正是杂志创刊的那一年——接着他将宣传易卜生。

梅尔茨尔并未推崇（他眼中）不及裴多菲的其他匈牙利作家，而是把他的第二重点放在他所处地区对世界民间诗歌的贡献上，发表了匈牙利抒情诗、罗马尼亚抒情诗，曾有几次还包括了罗马尼亚民歌。罗马尼亚民歌的首次英语翻译由译者之一在纽约发表（菲利普斯，《民歌》）。在杂志中，梅尔茨尔乐于发现民歌在广泛地理区域间的流行。在一篇题为《冰岛－西西里民歌传统》的文章中，他讨论了在冰岛、西西里和匈牙利均有类似形式的一首抒情诗，并得出结论说：“这些是比较文学的奇迹！”（117—118）只有梅尔茨尔才会想到辨识或发明一个“冰岛—西西里传统”，而绕过了任何一个都市中心。在杂志的第二卷，梅尔茨尔提出出版一套大部头选集（但没有实现），名叫《世界诗歌百科全书》。梅尔茨尔把他的两个重点合并起来，让每个撰稿人寄给他每个国家的两首诗：一首是民间诗歌，另一首是文学作品，每一首都需有原文和欧洲某种语言的“直接对译的译文”（2：177）。

用这些方法，梅尔茨尔制定了基于世界基础的实用比较模式，创造性地斡旋于文学强国与弱国之间关系的文化政治。颇具讽刺意味的是，杂志的影响仅限于他的多语主义和民族因素。同样重要的是法国和德国的比较文学研究的发展。据阿尔帕德·拜尔齐克所说，给梅尔茨尔顽强生存的杂志以致命一击的是1887年一个与之竞争的杂志的出现，是马尔堡的一位教授在柏林出版的，这位教授就是麦克斯·柯什。梅尔茨尔抱怨这个新刊物想要抢走他的撰稿人和读者，并感到柯什杂志的名称就是他自己杂志的德文翻译。尽管梅尔茨尔曾经就读于德国，可能了解柯什，但特别恼怒的是他通过报纸报道才了解到这个新杂志的。在一篇充满怨气的编者按中，梅尔茨尔试图找回读者。并不是非要抵制新的对手，但至少想要保住原有的读者：

> 我们最近从新闻报道中了解到，一个比较文学史杂志开始在柏林出版。我们很高兴，比较文学这一伟大的分支甚至在歌德的家乡……找到了立身之地，我们也同样感到悲哀，一个——当然是偶然的——标题的选择将引起与《比较杂志》的德文标题相混淆。因此，我们在此希望事先提请读者注意，至少学界人士应注意到 *Zeitschrift für vergleichende Litteratur*（自1877年1月）与 *Zeitschrift für vergleichende Litteratur-geschichte*（自1866年夏）之间的区别。（拜尔齐克，“Hugó von Meltzl”，98—99）

柯什的杂志给予梅尔茨尔的打击不仅因为这是对个人的侮辱，还因为这是一次真正的倒退。其刊发的文章全是德文的，几乎全部出自德国学者之手——其中一个还是梅尔茨尔自己的编辑部成员，而其重点则是与德国的文学关系。比如，第一期发表的文章都是论歌德、乌兰特、克莱斯特和莱辛的，也收录了论中国诗歌和非洲寓言的文章。这本柏林杂志也讨论民间诗歌，如果梅尔茨尔感到柯什抢了他的风头，他几乎不可能认为这是出于偶然，其中几篇文章竟然聚焦于他家乡的民间文学。第一期中有一篇文章论述《特里斯坦》的一个主题，这也是匈牙利和罗马尼亚诗歌中的主题；而第二期中则发表了一篇专题文章 "Zur Litteratur and Charakteristik der magyarischen Folklore"（《文学与匈牙利民间文学的特点》）。

这两篇文章都没有提到梅尔茨尔和他的杂志，柯什的创刊词中也没有提到。柯什的话题很广泛，从比较文学研究的任务（源头研究、美学、比较文学史、艺术间研究和民间文学），还提到从 17 世纪到他自己时代的几位先驱者，几乎都是德国人。他在结论处强调了比较文学研究的民族价值："德国文学及其历史理解的演进将构成 *Zeitschrift für vergleichende Litteraturgeschichte* 努力的起点和重心。"（《前言》，12）这份柏林杂志建基于一个学术生活和交流的中心，不仅比梅尔茨尔的杂志更具民族性，而且在学术惯例方面也更优越一些。柯什因此吸引了更多的知名撰稿人，发表了更多的梅尔茨尔所难以付梓的长篇论文，因此拥有更多的读者。这份柏林杂志面世后，梅尔茨尔的杂志又维持了一年便停刊了。柯什胜出。

柯什看似制服了梅尔茨尔，但其杂志也确实展现了另一种不同的方法。梅尔茨尔提倡多语制，图谋大国世界主义，而柯什则力主单一欧洲重要语言中的世界性普世主义，这就是他自己民族的语言。然而，他的杂志以其自己的方式在其德语读者中哺育了一种欧洲的甚至是全球的意识。柯什对匈牙利和罗马尼亚民歌的兴趣不纯粹是策略性的，而是衍生于他自己对世界文学表达的那种赫尔德式的热情。如他在引言中所说的，赫尔德懂得民歌的“统一不受时间或疆界的限制”（引言，4）。柯什赞扬卡尔·葛迪科的《每个人，霍姆卢斯和赫卡斯图：国际文学的贡献》（*Every-Man, Homulus und Hekastus: Ein Beitrag zur internationalen Litteraturgeschichte*，1865），认为这项研究揭示了亚洲与欧洲之间的深切关联，可能是通过口语传播以及遗失的文学方式的关联，借助这些关联，佛教和波斯的素材得以融合成中世纪欧洲的传奇和故事。

到 1880 年代，印度文学研究已经跨越梵语进入印度本土语。创刊号发表了赫尔曼·奥伊斯特莱的一篇文章，讨论了一篇分为八部的泰米尔故事，名叫《帕拉玛坦大师的冒险》（“Die Abenteuer des Guru Paramártan”），接着是对这篇故事的翻译和分析（1：48—72）。另外还刊登了理查德·梅耶尔的一篇论比较诗学的文章，把叠句当作所有诗歌的核心，包括梵语和阿拉伯语诗歌、非洲诗歌和希腊古典诗歌。用今天动物研究的话语来说，值得注意的是，梅耶尔认为大猩猩迎接日出的叫声是一种原始诗歌形式，尽管他没有详细讨论这叫声与诗歌的关联——他说他不想成为“极端的达尔文主义者”（36）。热尔曼的《纳查飞瑞》（*Nachäfferei*）现在可以和实际的大猩猩同台表演了。

如果说柯什拥有比平时更为宽广的全球视野，那么梅尔茨尔的杂志则相反，表现出了其自身的民族主义倾向。虽然许多撰稿人都是国际主义者，但他们却更关注促进自己的民族传统。该杂志的阿尔巴尼亚撰稿人提米·米特克就是一位笃定的民族主义者，尽管其锋芒在杂志的世界主义框架下有所削弱。勒文提·扎博观察到“阿尔巴尼亚的例子不过是许多例子之一，这表明了 *ACLU* 这份杂志的多样的（往往是相异）层次和组合，有时甚至是折中的性质，常常使民族主义与世界主义等许多二元对立的术语显得不那么对立了，反倒更加碎片化、缠结和复杂”（《斡旋世界文学》，44）。

比较文学研究的早期历史包括赫尔德的民族主义国际主义，德·斯塔尔的女性主义世界主义，波斯奈特的社会进化论，梅尔茨尔的乌托邦多语主义和柯什在策略上采纳的德国比较方法。这一历史既不是线性的进化故事，也不是世界主义比较文学学者与民族主义者之间的磨合。实际上，我们看到早期的比较文学学者变换着方法，试图把内部的国际主义与民族归属混合起来，以应付顽固的语言问题和翻译问题，顾及欧洲文学整体，同时兼顾帝国打开的新世界文学以及埃及研究学者和亚述学家所解蔽的古老文学。到 19 世纪末，一个国际学者网络已经形成，根据自己的语境和异地文学的关系来理解欧洲和非欧洲文学。他们的集体努力为这一学科的发展打下了基础，远远超过了孟加拉亚洲协会或柏林大学亚洲协会所付出的努力。不久，中国学者就开始引领通过比较文学研究来革新语言和革新社会本身的事业。

2
流移

1915 年夏，在中国乡村的一所大学里聚集了一小群青年学子，他们热烈地讨论着当时一些重要的文学和语言问题：是否抛弃古汉语而采纳普通人所讲的白话？中国古文是保留还是抛弃，或者干脆用拼音文字取代古文？当代作家是否要继续使用古典文学形式，或新的社会环境要求新的写作模式，即受欧洲小说和戏剧影响的形式？这群朋友远离北京和上海，认真地寻找答案，他们的讨论很快就对中国的"新文化运动"发生了巨大影响。然而，就其现代主义总体而言，如之前几百年的文人一样，他们的思想都是在通宵达旦的酒肆争论中表达的。这些思想闪光而犀利、倨傲而自嘲，但却考验着语言和友谊的极限。

这场争论在整个学年里始终持续着，次年夏天达到高潮，他们中充满古典精神的梅觐庄（梅光迪）谴责朋友胡适仅仅是"回收"托尔斯泰的陈旧思想。胡适回复了一首完全用白话写的长诗，既可表明一种亚文学语言的多种可能性，同时也试图减弱这次争论的热度：

> "人闲天又凉"，老梅上战场。
> 拍桌骂胡适，说话太荒唐！
> ……
> 老梅牢骚发了，老胡呵呵大笑。
> 且请平心静气，这是什么论调！
> 文字没有古今，却有死活可道。
>
> （《胡适自述》，143）[1]

梅觐庄未被说服，其友任叔永也没有。他说胡适的诗是"完全失败"的，还写信问："以足下高才有为，何以舍大道不由，而必旁逸斜出，植美卉于荆棘之中哉？"（《胡适自述》，146）胡适并未屈服，在以标准汉语写的一份"文学革命"的宣言中，他提出"不用滥调套语""不做无病呻吟""不摹仿古人"（《胡适自述》，152）。[2] 用其达尔文式的笔名（胡适之"适"乃"适者生存"之"适"），他于1917年1月在上海的《新青年》杂志上发表了《文学改良刍议》，其法文标题（*La Jeunesse*）骄傲地宣告了其西化的国际主义。此后再无回路。

胡适与其朋友之间交流的惊人之处在于这次争论并非发生在上海或厦门，而是发生在康奈尔大学。后来，梅觐庄去哈佛读研究生，胡适去哥伦比亚，在约翰·杜威的指导下攻读哲学博士学位，他们通过

---

① 胡适，《胡适自述》，人民文学出版社，2013年，第143页。——译者注

② 指胡适的《文学改良刍议》，简称"八事""八不"：（一）须言之有物。（二）不摹仿古人。（三）须讲求文法。（四）不做无病之呻吟。（五）务去滥调套语。（六）不用典。（七）不讲对仗。（八）不避俗字俗语。见胡适，《胡适自述》，第152—153页。——译者注

不定期的会议和频繁的通信继续争论。当任叔永用古体写了一首诗，描写了任叔永、梅觐庄、陈衡哲小姐等人[1]在凯约嘉湖上的翻船事件时（《胡适自述》，169），胡适提出批评，自此争论升级。胡适本来于1910年从上海到康奈尔学习农业，虽然所规定的领域——果树栽培学，对于纽约上州的果民来说无疑是有用的，但一回到中国的老家就似乎百无一用了。第二年他便改学文学和哲学，拿到学士学位之后，开始攻读哲学研究生，之后转到哥伦比亚大学。他的文学革命宣言成为文化改良的核心。1918年他回到北京任教时顿时成为名人。如友人林语堂在回忆录中所写："胡适回国加盟北京大学，受到国人的欢迎。我在清华迎接他。那是一次令人振奋的经历。"（《从异教到基督徒》，44）

完全可以将这个故事当作一种叙事，故事中，胡适来到美国，发现了欧洲文学和美国的实用主义，然后回国进行传播。当然，在康奈尔的哲学和英文、法文和德文文学课上，他学到了许多，这些都是比较文学的核心课程，之后，又在哥伦比亚师从杜威。然而，当我们细观他与梅觐庄和任叔永的交流时，他首先是在移民同胞的圈子内讨论中国文化史和现代需求的。梅觐庄批评他推崇托尔斯泰之"绪余"时，胡适后来写道："余闻之大笑。夫吾之论中国文学，全从中国一方面着想，初不管欧西批评家发何议论。"（《胡适自述》，140）

在比较文学的历史中，流移者始终起到重要作用，从在被拿破仑放逐期间写出《论德国》的德·斯塔尔夫人，到当代颇有影响的批评家，如爱德华·赛义德、乔治·斯坦纳、茱莉亚·克里斯蒂娃、佳亚特里·斯皮瓦克和弗朗哥·莫莱蒂。在美国尤其如此，特别需要关注的是20世纪中期从欧洲来美国的移民的重要作用，包括埃里克·奥

---

[1] 同行的还有杨杏佛和唐钺（唐擘黄）。——译者注

尔巴赫、列奥·施皮策、勒内·韦勒克和保罗·德·曼，这是当时美国学者尚未接受过比较研究正规训练的一个领域。然而，关于这些流移的一个完整画面不应该只局限于几个大人物，尽管事实往往如此。2006年，娜塔莉·梅拉斯曾说："在关于比较文学学科的兴起或其制度生活的讨论中，我没有遇到过关于女性学者的讨论，无论是传记还是分析。"(《世界中的差异》，13）玛格丽特·西格奈特1994年发表了重要文集：《跨界：比较文学中的女性移民》，但她的核心在于女性作家和女性主义文学理论，而不是这些女性自身的经验。本章，我们不仅讨论奥尔巴赫和施皮策，也要讨论莉莉安·勒内·福尔斯特，1938年她随家逃亡维也纳，发表了一部回忆录，其响亮的书名是《家就是别处》。第三章将以亚美尼亚移民安娜·巴拉吉安开篇。西格奈特在《跨界》中说："在交叉路口阅读，沿着沉默的边界阅读，这就是今天的比较文学和女性主义批评所面临的工作。"（西格奈特，《前言》，16）

除了这些人物，胡适及其朋友们的案例也表明这些流移并非是从20世纪中期开始的，也不仅仅涉及欧洲人。这也不总是一个永久定居的问题。胡适在美国八年[①]，这是他对本国文化进行反思的关键时刻，他也时刻不忘回归祖国。从胡适和林语堂身上，我们看到20世纪比较研究的另一个侧面：比较研究往往是自视为公共知识分子之人的深思熟虑。胡适和林语堂曾经担任文学教授和学术机构的领导者，但所参与的却是更广泛的其他活动，包括新闻、文学写作和公共管理。他们的学术研究和更为流行的作品对比较文学产生了经久的影响，其提出的许多术语仍被今天的东西方和后殖民研究所探讨。

① 1910年8月启程赴美，1917年6月启程回国。——译者注

胡适的文学革命

胡适和林语堂天生就是比较文学学者，都在交织并存在竞争的文化氛围中长大。胡适的父亲是一位新儒家，信仰科学和进步，教孩子们学习书法和儒学经典，包括《诗经》《论语》和《孝经》。诗歌与孝道在《学为人诗》中融为一体，这是父亲亲笔为儿子写的一部诗集。这些诗既宣传孔子的训诫，同时又是终生的生活导引：

经籍所载，师儒所述，
为人之道，非有他术：
穷理致知，反躬践实，
黾勉于学，守道勿失。

另一方面，胡适的母亲却不是理性的儒家，而是虔诚的佛教徒，她警告儿子如果行为不端，来世将投生为猪狗。

就在胡适不得不在不同的中国传统之间斡旋时，西方文化出现在他的生活之中。把父母的教导综合在一起，年轻的胡适建立了一座"纸质孔庙"，一个午茶桌儿，其内设神龛，金银纸上点缀着古典诗句。他拿到的第一部中国小说是一本被扯破的《水浒》，两头都被老鼠咬破，曾被扔进美孚煤油板箱的废纸里（《胡适自述》，67）。十多岁时，他已经在读西方文学、哲学和历史了，是从日文转译成中文的。正是托马斯·赫胥黎的《天演论》给他灵感，起了笔名"胡适"，即"适者生存"之"适"。儒家的"黾勉于学，守道勿失"的教导实际上开启了他的一系列进步的征程：12岁时，他离家去上海学习——"孤零零的一个小孩子，所有的防身之具只是一个慈母的爱、一点点用功的习惯和一点点怀疑的倾向”（72）——接着在18岁时就远漂太平洋去了康奈尔，后又去了哥伦比亚大学。

胡适在美国接受的教育给了他比较的视角，但在后来的生活中，他再也没有涉足外国文学。他的留学经历反倒给他购置了一套新的民族传统的家产。在康奈尔与朋友们的争论中，他举但丁、乔叟和马丁·路德为例，奉之为白话文学的创建者，他说，多亏了这些作家，“我到此时才把中国文学史看明白了，才认清了中国俗话文学……是中国的正统文学，是代表中国文学革命自然发展的趋势的”（136）。

胡适的研究削弱了比较文学与民族传统研究之间的纯粹对立。对胡适来说，为采纳西方模式而放弃中国传统，或创造一个代替民族主义的世界主义都是没有问题的。欧洲的白话革命提供了比较的视角，借此可以重新评价中国传统本身以服务于中国。他在许多文章和著作中探讨这一主题，包括对《石头记》的开创性研究。如他后来针对三百年来关于明代小说的评论所说：“这些古代学者缺乏比较和参考的外部数据……没有比较数据，没有外来的参考资料，这些学者几乎不可能理解他们所研究的内容。”（胡适自述，245）

胡适与20世纪前20年的新文化运动密切相关。那时，传统的文学概念被视为广义的“文”（秩序、和谐、文化）的一部分，按照西方的路数被重新定义为“文学”，作为独特自治的一种想象性写作模式。然而，胡适从未把自己局限在纯文学领域，而是更多地投身于“文”而非新“文学”。他的写作分为学术分析和激进新闻两种，自由地跨越文学、哲学和历史的界限。早在康奈尔学习期间，他就成为广受欢迎的论当代中国及其动荡政局的讲演者。他的导师们认为他忙于各处演讲而疏于学业，因此康奈尔大学中止了他的奖学金，之后他转到哥伦比亚大学。在胡适本人看来，这些活动是对学业的补充，依然忠实于父亲的新儒学，采取一种“文化知识分子的立场”讨论社会问题。

（周民志，《胡适》，116）

胡适对父母遗产的忠诚是由于一场悲剧而得以深化的。还不到四岁时，父亲因公殉职。在最后一封家书中，父亲“给我的遗嘱也教我努力读书上进。这寥寥几句话在我的一生很有重大的影响”（《胡适自述》，60）。此时，父亲已经教他学会七百个汉字了，每一个都写在一页红纸上：“这些方字都是我父亲亲手写的楷字，我母亲终身保存着，因为这些方块红笺上都是我们三个人的最神圣的团居生活的纪念。”（59—60）她哭着告诉儿子：“你总要踏上你老子的脚步。我一生只晓得这一个完全的人，你要学他，不要跌他的股。”（跌股便是丢脸，出丑）（73—74）写作、公务和孝道已经不可分割地集于一个 4 岁孩子之一身了。

胡适的学术研究和新闻写作都与他在建设现代中国进程中担当的角色密切相关。1946 年至 1948 年，他曾担任北京大学校长，当国民党镇压学生运动时，他未能成功地斡旋。1919 年，他写了一系列文章，提出“多研究问题，少谈论主义”的主张。他从未加入国民党。早在 1929 年初，他就批判国民党的腐败，侵犯人权。1938 年至 1942 年作为民国政府驻美国大使期间，他在美国各地演讲，为中国抗日战争募捐，但极少提到蒋介石和国民党。胡适一生坚持认为政治活动必须建基于具有深厚文化内涵的深思熟虑之上。1916 年，他写道：“我不谴责革命……但我不赞成早熟的革命，因为这些革命通常是浪费，因此是毫无结果的……我的态度是：无论如何，都要教育人民。”（周民志，《胡适》，113）

二姐的告诫

不同的文化哺育和国外教育使胡适的朋友林语堂走上了一条不同的道路。林语堂生于1895年，是一位虔诚的基督徒的儿子。事实上，他父亲是位牧师。与胡适的父亲一样，这位牧师父亲也是一位儒学学者。他教孩子们书法和儒学经典，期望孩子们总有一天会去牛津或柏林学习。林语堂是读着《诗经》长大的，同时也读瓦尔特·司各特、维克多·雨果的作品和《天方夜谭》的中译本。少年时代，他就读于上海的一所教会学校——圣约翰学院学习英文。"虽为天主教徒，"他后来写道，"其为大多数学生服务的神圣使命就是为上海巨头培养成功的买办。"（《从异教到基督徒》，29）林语堂对文学的热爱很快就压过了对经济和宗教等的兴趣。放假回家时他被邀在教堂演讲，演讲的题目是"作为文学的《圣经》"，这令父亲极为震惊（30）。

毕业后，林语堂于1916年迁居北京，在清华大学教英语，为自己有限的中国文学和文化传统知识感到羞愧。他逐渐疏远基督教，投入新文化运动之中，同时广泛阅读中国古典和白话文作品。1919年，他获得一笔奖学金，在哈佛学习比较文学。父母想让他先结婚，并为其包办了一桩婚事。刚刚认识的新婚夫妇的蜜月就是在去美国的航海旅行中度过的。

他们在哈佛经历了一种真正的田园生活。林语堂在《八十自叙》中回忆说："如此甜美，我和红一起生活，独自生活。"（45）他们在新落成的巨大的怀德纳图书馆附近租了间公寓，自由地徜徉于馆内的书架之间："我一直以为一所大学应是一片丛林……"（40）这里，林语堂不仅让人想起而且重新塑造了传统佛教徒"心中的猕猴"形象，以冥想来消除猕猴的躁动，而非从一念跳至另一念。

林语堂在准备撰写硕士论文、继而攻读博士学位时，北京的一位官员中断了他的奖学金。半个世纪后，林语堂毫不隐讳地回忆起这一突然逆转："这位施秉元等于砍了我的头。等后来我听见他死亡的消息之时，我闻人死而感到欢欣雀跃，未有如此次之甚者，后来才知道他是自杀身死的。"[①] 林语堂的教授们推荐他暂时去耶拿大学教莎士比亚，之后林语堂携夫人前往莱比锡大学，并获得比较语文学博士学位。林语堂潜心于中国古文、日耳曼语言学和文本批评，似乎由于一个女房东的性骚扰（53）——隔墙偷听？——便于 1923 年回到中国，在北京大学担任英语教授。

林语堂回国时正值国内风云变幻。由于控制华北的军阀开始清算左翼知识分子，他于 1926 年逃离北京。（"当军阀于午夜枪杀两名编辑时，我们知道他们真的下毒手了"，63）他到了上海，在孙中山的国民政府工作一段时间后，他对政治失去了信心，决定潜心写作。他创建了一系列文化刊物，成为一个多产的中文和英文散文作家。在回忆录中，他把一种越来越强烈的政治独立性与一种熟练而非教条的风格直接联系起来：

> 我自成为一名独立的批评家，既不是国民党党员，也不拥护蒋介石，有时还是个苛刻的批评家。小心谨慎的批评家为息事宁人而不敢说的话，我都敢说。同时，我当时在创立自己的风格，其秘诀就是求得读者的信任，就像与老朋友一起开怀畅饮无所不谈一样。我所写的书都具有这个特点，自有其魔力，使自己与读者越来越近。（69）

---

① 林语堂：《林语堂名著全集》第十卷，工艾等译，东北师范大学出版社，1996 年，第 280 页。——译者注

如果不是赛珍珠提出的一个建议，林语堂完全可以在上海一直做下去。赛珍珠当时在南京教学，1933 年与美国编辑和情人理查德·沃尔什访问上海。那时她的小说《大地》刚刚获得普利策奖（几年后获得诺贝尔奖）。她认为林语堂能够与她联手在中国与美国之间搭建桥梁。在她的建议下，林语堂用英文写了《吾国与吾民》，这是他的第一部跨文化叙述和阐释著作。1935 年沃尔什在纽约出版了这本书，名列《纽约时报》畅销书榜首——他也是第一位获此殊荣的东亚人——并连续五十周名列畅销书名单之中。翌年，林语堂携全家移居纽约。

在后续岁月里，林语堂成为世界一流的东西方文化比较学者，创作了好几部小说和一系列散文作品，其中大多数被译成十几种文字。他在美国生活三十多年，晚年移居中国台湾。他与胡适一样，对革命前的“文”忠贞不渝，而不是“文学”。在《生活的艺术》《中国印度之智慧》《美国的智慧》等著作中，他天衣无缝地把哲学家、小说家和诗人的洞见融合起来。他始终怀疑学术的专门化和理论的系统建构，认为道家的阴阳哲学比任何过分严谨的理性哲学都更接近生活，无论是康德的还是孔子的。他在《不墨守成规的快乐》(另译《不羁》)中说：“习惯上我是儒家学者，但本质上是个道家。道家具有更多的灵魂。”(72)

林语堂的比较方法可以看作对阴阳对立互补思想的采纳，阴与阳核心处都有其对立面。由于意不在系统性，所以林语堂能把普遍性与文化个性融入同一篇文章之中。在《不墨守成规的快乐》“论中国人文主义和现代世界”一章中，他说：“中国人文主义中有某种感染力，某种接受生活的快乐。这使我想起马可·奥勒留的伦理学。”(104)在此，时空几乎消失在一种人文主义之中，但在三页之后，林语堂便强调一种深刻的几乎不可避免的文化差异。“我认为一个民族的文化或多或少是其种族气质的结果，”他宣告说，“外来文化观念可能会强加给一个民族，但如果不与其内在本能相合的话，它们就不能真正融入这个民族的生活。……时有发生的是民族的种族气质改变了这些外来文化观念。”（107）这也可以用来形容他的自我感；他的儒家习惯和道家气质，即使在哈佛和莱比锡从事多年的比较文学和语文学研究之后，依然持续存在着。

在1930年代写于上海的一篇文章《用中文思考的英国人》中，他采用一种准东方人的视角迷惑地看待神秘的西方和被暴力践踏的文明：“我来说说我对白人的印象，”他说，“大家都知道欧洲一片混乱。……我们不得不自问，‘欧洲人何等的心理极限使得欧洲如此难以实现和平？’”（《子见南子》，94—95）胡适的西方教育使他以比较的视角反观中国，而林语堂则断言他的中国视角给了他接近英国精神的特权：“我以为，作为一个中国人，我能比英国人更好地理解他们自己的性格。”这种跨文化的洞察力是可能的，因为英国人和中国人的一个基本共性就是缺乏逻辑：“这两国人都极不信任逻辑，极其怀疑过于完美的论证。……所有英国人都喜欢善意的谎言，中国人亦然。我们喜欢称一物为任何物，唯独不用准确的名称。”英国人“从不沉浸于深思和抽象逻辑之中”，与英国人打交道的时候，他发现“如果我看上去不像是蠢笨的受迫害的动物的话，我的言行举止就必然招致某种后果”（97，105）。在对英国人——或华裔英国人——性格的冷嘲热讽的赞扬中，并没有任何底层人的暗示。

林语堂善用各种各样的文化产品，从艺术到家具到服装，来展示文明价值的本质；其文章的主题各异，包括“中国气质”“椅中坐”和“我如何买一只牙刷”。在革命时期，许多中国知识分子都对林语堂论日常生活主题的文章表示厌烦，其友鲁迅称之为“资产阶级的摆设”（Denton，“Lu Xun Biography”）。然而，林语堂对平凡实事的关注给他以灵感，多年致力于发明和制造第一台中文功能性打字机。这需要面对一系列复杂的智力和实践性挑战，托马斯·姆拉尼在《中文打字机》一书中辟专章讨论了林语堂的发明。图 2 是林语堂与其女儿林太乙在展示他的打字机，这是 1947 年许多流行报刊的评述之一。

战争激发林语堂进行最勇敢的跨文化外交活动。1943 年他发表《啼笑皆非》，试图联合美国支持中国抗击日本侵略者。林语堂开篇避开论战，而求与读者“敞开胸襟，无拘无束”，达到“真正的精神沟通”（1）。然而，他很快就调转矛头，直指罗斯福当局弱于支持中国驱逐日寇的斗争。在引用了罗斯福声称坚决支持中国的演讲但实际上只予以象征性援助之后，林语堂说：“这是最后一根稻草，打破了中国人的稳重和耐力。这是一记耳光，打得我晕头转向。”（2）

林语堂清楚地知道战时的美国公众几乎不会赞同他说罗斯福是一

图 2　林语堂与林太乙在展示其打字机。“Chinese Typewriter Can Print 90,000 Characters”, *Popular Mechanics*, December 1947, p.143.

个骗子，丘吉尔是英帝国主义者，所以就采取一些策略隐蔽锋芒。他采用一种比较的方法，开篇由三个题词将其凸显出来，这三个题词都是强调用建立和平世界所必需的智慧反思的。它们分别来自孟子、苏格拉底和埃莉诺·罗斯福，后一位确实出人意料，在林语堂开始抨击其丈夫为骗子的前几页，她还被列为权威人士。从头至尾，他始终要超越这种明显的愤怒；在痛斥罗斯福的那次拖延时间的演讲之后，他声称："我不再愤怒了。只是那愚蠢颇为讨厌。"（5）但一页之后，这种厌世姿态减弱："我不相信一个自动的千禧年会在这片精神荒漠上开花。我在周围闻到了多具尸体的味道。"（6）

动用埃莉诺·罗斯福抨击其夫后，林语堂诉诸古希腊来对付丘吉尔。他把这位英国首相比作伯利克里，为了挽救一个无法持续的帝国而率领雅典人进行一场自毁的战争。这一比较令人想起柏拉图在《高尔吉亚篇》中对伯利克里的黑描——一位蛊惑人心的好战的政客。由于预见到读者对他的这番评论的反应，美国新闻界已经把丘吉尔当作对付希特勒的斗士，林语堂坚持表白"我不是反英派。我反对任何国家的白痴，包括我自己国家的白痴"（34）。在该书结尾，他再度抨击丘吉尔，予以冷嘲热讽的指责："如果我没有误解温斯顿·丘吉尔的话，他在进行一场20世纪的战争，为的是在战后脱掉靴子，回到19世纪的床上，舒适地躺在印度、新加坡的床垫上。他具备英国斗牛犬令人钦佩的耐力，也有它的智慧。"（185）该书预示了奥威尔的《一九八四》。林语堂预见到这场战争是为了保护一种年迈的帝国秩序而打败轴心国的，他敦促读者承认中国和苏联是创建战后世界的平等同盟者。

林语堂并没有说服读者。《啼笑皆非》差评如潮，销路不佳。然而，无论战前还是战后，林语堂矢志不懈，采撷古今中西智慧，铸造一种世界主义。埃里克·奥尔巴赫在战时写作《摹仿论》，试图重组欧洲文化，而林语堂试图展望一个全球战后世界秩序，并在《老子的智慧》(1948)、《美国的智慧》(1950）和《理解的重要性》(1960）等书中继续这一研究。如钱锁桥在《自由普世之困：林语堂与中国现代性中道》(*Liberal Cosmopolitan: Lin Yutang and Middling Chinese Modernity*）中所说，林语堂提出的世界性世界主义在冷战后的今日世界将具有新的含义。

几乎可以确定的是，比较文学学者是被赐予双重视角或受其折磨的人。林语堂本身就是一系列矛盾身份的缩影：小说家与哲学家、梦想家与发明家、普世主义者与本质主义者。在传统阴阳理论中，主动与被动原则被编码为男性与女性，但林语堂乐于把自己看成主被动原则的综合："作为无所事事哲学的使徒，他声称在中国他是……工作最努力的人。"(《八十自叙》，3）早在《椅中坐》——写于特别高产的一个时期——一文中，他就把不动变为能动："我要写写坐椅子的哲学，因为我由于懒坐出了名。朋友和熟人中懒坐者倒是不少，却不知怎么单单是我出了名，至少在中国文学界。"(《子见南子》，60—61）以他对家居生活的热爱——他曾发明一种能自动清除牙膏的牙刷——林语堂懂得公平的世界秩序应该始于家庭。他鼓励女儿们追求知识，三个女儿都成了作家。最有名的是二女儿林太乙（图2中与父亲和打字机在一起)，写了几本英语小说和中文版的父亲传记。

林语堂表现得既轻松又紧迫，既属于沉思冥想的道家又是讲究实际的儒家，继承了父母两系的家庭传统。记忆中父亲曾把《圣经》和《论语》都传给了他，他也把所钟爱的姐姐的思想传承了下来。他在《从异教徒到基督徒》(1959）中描写了他对姐姐的依恋。二姐（在家里称作二小姐）嗜书如命。她给弟弟读西方小说译著，然后就自编自演属于他们自己的福尔摩斯。这位姐姐着急上女子学校，"我父亲却不这么想。姐姐恳求，美言劝诱，做出种种承诺，可是父亲还是说

‘不’。我觉得这很可怕。……于是，我姐姐就在厦门转来转去，到处教书，等着结婚”（26—27）。她想要一个学位，但高等教育对于女孩子是不可能的。父亲的借口是学费贵。

这是一个极具象征性的离别场面，林语堂就在姐姐婚礼当天去了圣约翰学院。走时，“姐姐从嫁衣口袋里掏出四角钱给我。她含泪对我说，‘和荣，你有机会去读大学。你姐姐，由于是女孩，却不能读。不要糟蹋这机会。下决心做个好人，一个有用的人和一个名人’”（28）。十几年后，林语堂在美国电影屏幕上看到了（他以为看到了）姐姐的身影，那是新中国成立前和战后好莱坞的一个奇怪的迭影：“我姐姐有才能，和德博拉·科尔一样聪明优雅，她们是那么相像以致几年前在银幕上看到后者时我心跳起来，抓住我女儿的胳膊喊了起来：‘看，我二姐就是那个样子！’”（26）显然，他曾对孩子们谈起过这位有才的姑姑；也许这个女儿就是未来的小说家林太乙，她自己也在姐妹中排行老二。她可能是听着这个故事长大的，但她不可能见过姑姑，因为婚礼那天是父亲最后一次见姑姑了。在引述了二姐的别离之言后，林语堂只说“姐姐两年后死于腺鼠疫，但这些话今天仍然响在耳边”。他还说，“我之所以讲这些事，是因为它们的影响如此之大，构成了一个人的德性”（28）。

这是他在1959年讲的故事；但在《八十自叙》（1975）中，他又用了那种创伤式的告别辞。在题为“童年”的一章里，他说二姐“是我的老师和伴侣”，说“我们一起长大，她教我，劝我”（18）。他不经意地回想起她的美貌：“二姐双眼炯炯有神，牙齿整齐洁白。在同学眼里她是个美女，但这不是我想说的。她学习好，应该上大学。但父亲要供几个儿子。儿子上大学，可以；女儿，不可以。”（18）

在那件事发生的六十多年后，他再次提起姐姐离别时表示的遗憾和劝告，然后说：“我是那么了解她的愿望，深感这简单几句话里的全部力量。我为这整件事感到内疚。像千斤重担压在我的心头，令我感到我是在顶替她上了大学。”接着，他谈到姐姐的死，但这次增加了一个令人胆寒的细节：“次年回到家乡时，她已经死于腺鼠疫，当时已有八个月的身孕。”一句冷静的总结结束了自己的青年时代：“这些事情印象如此深刻，永远不能忘记。”（19）

姐姐的临别赠言让他做个好人、有用的人和名人，其结果是一种深邃的道德观、一系列专利发明和四十部书。林语堂一生都以比较研究的方法搭建无数距离和无数差异之间的桥梁：东方与西方、古代与现代、男人与女人、哲学与文学、学术写作与通俗写作、反思性的超然与社会性服务。也许有一天在曼哈顿的电影院里，他那位崭露头角的小说家女儿会与德博拉·科尔一起让二姐起死回生，不管多么短暂。

家是别处

20 世纪中期从欧洲移入美国的学者所处的境遇完全不同于胡适和林语堂，但其经历对于美国战后比较文学却是构成性的。这些人的流亡性移位常常被认为是正面的，被看作一种翻译研究，伟大的学者能借此构建一种新的生活，从一个新的角度复兴这个学科，正如埃米利·阿普特在《全球翻译》中或司拓思、比尔泰在《伊斯坦布尔》所集的论文中所讨论的。谈到韦勒克和波基奥利对美国比较文学的影响，哈里·列文于 1968 年就说“他们的同义教名”——勒内和雷纳托——是一次文艺复兴的先兆（《比较文学》，7）。如果他想到再加上一位颇有影响的女流亡学者的话，那么莉莉安·勒内·福尔斯特就完全可以列在这个名单上。

仔细查看 20 世纪中叶的移民就会看到一幅更令人不安的画面。

从大屠杀和死亡集中营逃亡的学人都了解他们的好运，其中最幸运的人都在战后从事时下兴旺的职业。在美国，像奥尔巴赫、施皮策、韦勒克以及亚美尼亚移民安娜·巴拉吉安都对比较文学学科发生决定性的影响。如果他们回到德国、奥地利、捷克斯洛伐克和土耳其的话，也许影响不会如此之大。然而，即便少数几个幸运儿也依然遭受错位的创伤。其重建生活的斗争应该引起我们的注意，因为我们要重新把比较文学置于一个从根本上不平等流动的世界之中，包括人口、资本和各种文化产品的流动。

先来看看莉莉安·福尔斯特。她是位多产而重要的学者，发表了几十篇文章、几部文集和十五部书，包括晚年撰写的描写流亡移民小说的专著《随意的终点》(2005)。这个标题具有讽刺意味，因为“终点”暗示命运，至少暗指确定的意图，而非她在大量战时或战后小说中探讨的随意性和不稳定性，包括阿妮塔·德赛、露丝·普拉沃·加布瓦拉和 W. G. 塞巴尔德的作品。十年前完成的回忆录《家在别处：两个声音的自述》(1994) 表现了她自己地理错位的亲身经历，这开始于她 7 岁的时候，此后再未结束。

福尔斯特于 1931 年出生于维也纳，父亲是匈牙利人，母亲是波兰人。他们白手起家，在柏加斯成功创建了一间牙科诊所，离弗洛伊德家只隔几个街区。在题为“弗洛伊德与维也纳”的一篇文章中，福尔斯特描述了弗洛伊德父母的寒微地位，他们就像她自己的父母一样，给孩子们取的名字都不是出自《圣经》，所以听起来不那么犹太。她记得弗洛伊德一家迁居维也纳时，弗洛伊德才 4 岁，此后的七十七年都是在维也纳度过的。然而，“自相矛盾的是，在某个层面上他依然是一个外来人，讲维也纳方言的‘前来歇脚的人’(Zugeraster)；这个词是‘游客’(zugereist) 的变体，以表指移民，尤其是 19 世纪末 20 世纪初来到维也纳的东欧犹太人”(49)。这个词也可用来形容她自己，只不过移居和定居是她不断重复的经历，几乎成了一种生活方式。

《家在别处：两个声音的自述》是两个人的回忆录，基于其父在1980年代初退休后写的一份手稿，加进了福尔斯特自己的与父亲所叙述事件相当不同的回忆。[①] 在第一章中，她描写了一个脱节的生活场面：

> 我的第一个独立记忆就是纳粹于1938年3月进入维也纳的那天。三月的维也纳一般来说还相当冷、阴暗和不友好。但是，那天却阳光明媚、天空蔚蓝，我将其比作现在的北卡罗来纳和加利福尼亚。我清楚地记得我从玛利亚－特莱斯恩斯塔拉斯公寓的窗口探出身子，望着那一切……两个女仆都跑出去参与到人群中，而我的父母则蜷缩在办公室里，低声交谈着。(13)

她回忆说，"外面公众的喜庆与室内的沉默构成了鲜明对比。日常生活秩序在我所目睹的事件面前停止了。家里充斥的悲悼气氛怪异而不祥"(14)。

不久，父母就决定逃跑——"被迫成为无家可归者"，如她父亲后来所说(73)——在一系列痛苦的寻找避难所的经历之后，他们设法来到英国，福尔斯特就在那里长大。她获得了剑桥大学的一笔奖学金，先后在贝尔法斯特和曼彻斯特找到教职，然后于1971年去美国陪伴此时已成鳏夫的父亲。然而，她已经无法定居一处，先在达特茅斯任教，几度落脚哈佛，期间穿梭于俄勒冈、得克萨斯大学、凯斯西储大学和斯坦福。每到一处父亲都陪伴着她。福尔斯特说："通过数

① 有趣的是，在德文译本中，"两个声音"变成了单一的"犹太人的命运"：*Daheim ist anderswo: Ein jüdisches Schicksal erinnert von Vater und Tochter.*

次搬家，以及我们在异乡的陌生人地位，无论到哪里，我们都是一座他性孤岛。”（212）他从不反对拔寨起营，尽管有一次他可怜兮兮地说：“遗憾哪，上帝竟然把我们的面包撕得七零八落，撒在四面八方。”（212）1985年父亲去世后，福尔斯特最终在北卡罗来纳大学落脚，度过她生命中的最后25年。她发表了一系列开创性的关于浪漫主义、自然主义和现实主义的比较研究著作，年近七十时创建了叙述医学领域，这方面的著作有《医生与病人之间：变化的权力平衡》（1998）、《谈话：心理疗法叙事》（1999）和《医学进步与社会现实》（2000），其中含有关于妇女为被医学接受而进行斗争的讨论。

直到生命结束，福尔斯特的流亡历程伴随着学术研究。她2005年的研究《随意的终点》以一篇“序”开始，讲了1938年她与父母乘火车离开维也纳的情景，车上还有一群犹太孩子赶往一艘运送儿童的船。“他们凝望着我——我是唯一一个在火车车厢里紧紧抓着父亲的手走动的孩子！我自己的经历和从父母及其朋友那里听来的口传历史，构成了本研究的外部轮廓和动力。”（xi）在主体部分，福尔斯特强调的普通经历预示了当今关于移民危机的讨论：“由于对非凡、自不必说例外情况的爱好，社会历史研究都有曲解普通逃亡者整体画面的趋势，在迁移过程中所经历的困苦、所付出的努力和时时遭受的失败。”（11）大多数回忆录都过度渲染成功，因为作者们都“以克服障碍感到自豪，表达对侨居国的感激之情”（13）。

福尔斯特在小说中找到一股抗衡的力量，小说“描写许多逃亡者萦绕不去的病态、距离感和在第二家乡的游离感”（194）。她得出结论说：“社会学研究提供了关于逃亡者外部的公开旅程的非常有价值的信息，而小说则描写‘爆炸的碎片’给灵魂造成的创伤，揭示这些创伤给人的真知灼见。”（195）她还在其他著作中强调了文学传达创伤经历的能力，包括在《贫困的习语：医学与想象文学中的身心失调》(2003) 中讨论了从弗洛伊德时代的歇斯底里到当代的饮食失调。在后期向医学人文的转向中，她发现了把文学手法与医学职业相关联的方法，医学正是她父母曾经希望她从事的职业。

虽然取得了很大成就，但在《家在别处：两个声音的自述》中，她还是说："即便现在，我作为一个美国公民，在一所重点大学拿到终身教授，讲席教授"，还有存款、投资和许多发表文章，"但还是易于受到焦虑和失眠的折磨，因为当独自一人的时候，我还是感到这个不可信的世界太可怕，什么事都会发生"(23—24)。在回忆录结尾，她又回到这个主题，描述了她在教会山的生活：

> 邻居打高尔夫、玩桥牌、遛狗，热情高涨地讨论"游戏"。我不明白他们怎么会这样，就像他们也不明白我一样。……人都说这个国家是个大染缸，而在这个大染缸里，我似乎没有被融化；相反，我越来越成为我自己了，也因此越来越是他者了。我不是来自任何地方的流亡者；我所知的那些世界都已经一去不返了，我哀悼它们的消失，我也哀悼我应该有的那个家庭。我奇怪地迷上了一个金红色卷发戴着眼镜的学生，几个星期前我意识到她让我想起了我的表姐，我见到她时才 6 岁，她 8 岁；她在特来布尔卡消失了(217)。

至此，她结束了回忆录。她最后的几句话谈起大写的红色的 J——代表犹太人(Juden)——踏着挂在纳粹万字符旁边的家庭签证："家就是我的东西所在的地方。家不在任何地方。也许家在坟墓那边……我在边缘漂浮，在家然而又不真的在欧洲、大不列颠，或美国。我的地理之根是肤浅的；只有由红色的标志 J 创造的那些家才深深刻在我的心里。"(217)

伊斯坦布尔之后

如莉莉安·福尔斯特的回忆录所示，流移可以是一种终生经历，在人们的精神和心灵中回响，甚至由于远离家乡而内心矛盾并颇有名望的人也不例外。就人们最常谈论的两位比较学者列奥·施皮策和埃里克·奥尔巴赫的流亡经历来看，人们基本把注意力集中于他们在伊斯坦布尔之时，尽管正是在这些岁月里，他们经历了离乡之苦，然后又回到西方学术界，分别在约翰·霍普金斯大学和耶鲁大学获得显赫的教职。他们虽然不像福尔斯特那样愿意坦露胸怀，但他们也在美国落脚而苦苦挣扎过，也为他们抛在身后的一切人和物而感到过焦虑和悲痛。

伊斯坦布尔当然是施皮策和奥尔巴赫的重要转折点。关于其作品的许多读解，以杰奥弗里·格林的《文学批评与历史的结构》为始，都传诵他们在纳粹时期流亡的佳话。奥尔巴赫战后给《摹仿论》写的“跋”中生动地回忆了这段时期，几乎算得上一个旁白：“我也可以说此书写于战争期间的伊斯坦布尔，那里的图书馆没有多少欧洲研究的书籍”（557）。德文原版强调了伊斯坦布尔的背景，用的不是“那里”，而是“这里”（518）。他说提到这个事实仅仅是为了有借口说明他没有提供现在的学术所要求的参考：“技术文献和期刊的缺乏也可用来说明我这本书为什么没有注释。”（557）但该书却是对他所失去的欧洲世界的一次宏伟追索，如他在结尾几行中所说：“我希望我的朋友们能读到这本书——从以往岁月幸存的朋友们以及已有固定居所的朋友们。但愿它能把热爱西方历史并使之得以平安保存的人聚集起来。”（557）

奥尔巴赫承认，如果他参阅德国随处可用的大量参考文献的话，他也可能不会写出这本杰作。但是，这似乎既是一个实际需要也是一个借口。无论如何，他选择了不用注释，尽管伊斯坦布尔图书馆和他自己都存储了一些研究文献。他随身带了许多书，如他儿子克里门后来回忆的，1937 年他回德国，用了五个星期的时间大量购买，把积蓄都用来买书了，因为当局不允许犹太人把钱带出那个国家（Clemens Auerbach，“Summer 1937”，495）。①

从学术规约中解放出来，伊斯坦布尔提供了一个新的有利视点：爱德华·赛义德认为《摹仿论》“其存在的条件和状况并不直接产生于它以非凡的洞见和笔触所描写的那种文化，而是基于距其甚远的一个地方”建构的（“Secular Criticism”，8）。据赛义德所说，埃米利·阿普特认为奥尔巴赫和施皮策是在伊斯坦布尔实践一种“‘抵抗’语文学”（Global Translation，274），尽管她也注意到赛义德的说法含有一种“流亡恋”的倾向。她说：“记录显示奥尔巴赫在伊斯坦布尔短居期间有许多国际友人陪伴着他。”（275）卡德尔·克努克在《东西方摹仿论》中表明奥尔巴赫在伊斯坦布尔期间与当地的德国犹太人学术群体打成一片。1946 年 6 月即将离开时他给朋友写信说：

> 就目前许多令人愉悦的情况来说……最重要的是我们能够与一大批同胞共享这些愉悦，在各种各样的移民中，大多数都在大学工作，许多人都非常聪明可爱。情况对我们来说确实不那么糟，否则我们就会非常可怜……但那些都是资产阶级的关怀。（Vialon，*Erich Auerbachs Briefe*，70）

① 奥尔巴赫担任施皮策留下的系主任职位，后者本人也拥有大量的藏书。霍普金斯的同事理查德·马克赛告诉我，当他和妻子儿子在去往美国的船上，他听到火警时的第一个反应就是：“我的书啊！”

奥尔巴赫说他和妻子刚刚把钢琴卖掉了，说明他们生活还算顺利。

奥尔巴赫在伊斯坦布尔大学的十一年间潜心致力于文学研究（1936—1947）。在新创刊的主事罗曼司研究的一份土耳其杂志的前言中，他骄傲地谈到参与人数稳步增加，还说他最好的学生“都迫切地全力参与到研究中来，并克服了每一项技术困难”（“Über das Studium der Romanistik in Istanbul”，91）。在论奥尔巴赫和施皮策的文章（“Heimat im Exil”）中，亚赛敏·奥兹贝克提到他们成功地把几个助手从德国迁至伊斯坦布尔，在导师的指导下成为知识圈的核心。就施皮策来说，他成功地把既是助手又是情人的罗斯玛丽·布尔卡特带到德国，重新开始了在德国的生活。

总之，奥尔巴赫和施皮策在伊斯坦布尔期间都产生了相对有家的感觉。美国对他们来说证明是一个更加陌生的环境。先后在普林斯顿和耶鲁找到教职之前，奥尔巴赫先在宾州中部热身，当时宾州州立大学刚刚从州农学院转变为一所全国性大学。1948 年 1 月一落脚他就写信给沃纳·克劳斯，把这所州学院说成是“一个拥有一所庞大的州立大学（12000 名学生）、没有真正学院的小乡镇”，还说他被雇用帮助创建人文学科，在那里，“文理教育迄今被彻底忽视”（Vialon，*Erich Auerbachs Briefe*，47）。

虽然宾夕法尼亚州立学院远不如马尔堡大学或伊斯坦布尔大学，但奥尔巴赫还是住了下来。可是学校却让他在完成第一个合同后离开。理由是：奥尔巴赫患有高血压，系主任不想与一个潜在病人签订长期合同。德杰拉尔·卡迪尔查阅了奥尔巴赫在宾州州立大学的个人档案，其中一封医生的信说他是一个糟糕的危险。在《奥尔巴赫的伤疤》一文中，卡迪尔引用了奥尔巴赫听到消息后给系主任写的一封信，信中说：

我们与格兰先生有过一次友好的谈话，但是，如我所料，他对我的情况无能为力。我非常感激您愿意为我找工作而写信给您的朋友们。在这方面，我想告诉您，不仅在罗曼语文学和文学，而且在比较文学，甚或德语领域，对我都是可能的。非常感谢。您的真诚的奥尔巴赫（25）。

如卡迪尔所说，“无论有意与否，档案清楚地说明这是足以令卡夫卡动心的一个官僚案例。奥尔巴赫最后一句话中谨慎地把他不可否认的资格说成是多种假设的‘可能’，这对于他在一个危险境遇中的自我抹灭和错乱，并非是一个微不足道的证据”（52）。伟大的罗曼语文学家竟然愿意教德语，这太说明问题了。

被宾州州立大学解雇后，奥尔巴赫设法在普林斯顿的高等研究所和耶鲁找到工作，但他从未习惯美国的文化，哪怕是英语语言。1951年在纽黑文写信给西格弗里德·克拉考尔以回复那封用英文写的热情洋溢的信，奥尔巴赫表示非常抱歉他只能用德文回信：“你看，我还是无法适应用英文写信。”（Barck and Treml，484）如莫妮卡·约翰逊和克里门·阿尔茨所看到的，甚至在耶鲁的最后几年里，“奥尔巴赫似乎始终是‘陌生国度里的一个陌生人’”（“L’approdo americano”，75）。在表面的镇定自若之下是持续存在的深切焦虑，这在奥尔巴赫的《摹仿论》的结尾透露出来。当时在耶鲁于他门下求学的玛丽·安·考斯回忆说，在研讨课上他常常同时点燃两支烟——一支拿在手里，另一支被遗忘在烟灰缸里。1955年末，他写信给克拉考尔，说前几个月里几乎没做什么：“三月初我去艺术馆拜访你时，已经开始感到压抑，此后持续了很长时间。”（Barck and Treml，486）也许，加重压抑的是他持续的高血压，并在两年后夺走了他的生命。

列奥·施皮策先离开德国，然后恰好在战前离开了伊斯坦布尔。

他没有奥尔巴赫的身体问题，有幸在约翰·霍普金斯大学直接坐上了系主任的宝座，不是在乡村的宾夕法尼亚，而是在巴尔的摩繁华的城市里直接依据日耳曼原则建立的一所美国大学。然而，他来到美国的经历依然是欧洲的丧失而不是新世界的获得。1936 年在前往美国的船上时他就有被撕裂的感觉，他抛在身后的是罗斯玛丽·布尔卡特，他无法为其搞到美国的定居文件。同年 12 月，即在霍普金斯的第一个学期结束时，他在给库尔特·沃斯勒的一封信中以忧郁的口吻谈到那次分别，不仅是离开罗斯玛丽，还有他的日耳曼环境，有种"身在曹营心在汉"的感觉：

> 离开伊斯坦布尔几乎是一次最忧郁的经历。我感觉除了家人和学术之外，我正在离开几乎一切与我来说最重要的东西：一种日耳曼环境、欧洲、古代文化、一个我深爱着的可爱的人、许多年轻的合作者、聪明的学生们——甚至包括土耳其人，他们与我告别，就像告别德国一位有名望的教授一样（对我来说，那是一次告别演讲，校长招待的一次晚餐，一个舞蹈晚会）。船启航的那一刻，朋友们和学生们——只有一个最悲痛的人例外——聚集在码头上的人们开始消失，他们背后的热那亚塔像罗马世界的一个地标一样在黄昏中矗立，那是我生命中最难的一刻。（Hausmann，*Vom Strudel*，314—315）

在霍普金斯，施皮策继续说："这里一切都好，谦恭，平和，宜居——但内心冷落和呆滞。"他未被新的环境所改变，显然不确知该怎样与巴尔的摩的少数人打交道："巴尔的摩是与科隆大小相符的一座波恩城"——这不是恭维——"有公园和别墅，但没有莱茵河或大海，没有任何值得瞩目的东西。有的只是长而无趣的街道，几乎没有人行道，因为每个人都有汽车；百分之二十五的居民是黑人”（318）。他发现霍普金斯的学生们“用功，但不是很有创造力，尤其是没有知识史的感觉，没有美感”（319）。显然，如果他要继续进行对他至关重要的历史和审美研究，那这种研究已经中断了。

然而，与莉莉安·福尔斯特一样，施皮策决定尽最大努力做到“宾至如归”，并投身于此。他开始用英文写作，与大多数流亡比较文学学者不同的是，他积极投入对美国文学和文化的研究，如在伊斯坦布尔时对待土耳其文学和文化一样。他的《论英国和美国文学》甚至有一篇大胆的推论《作为通俗文化的美国广告》，文中，他根据文艺复兴时期的肖像学分析了新奇士橙汁的广告。这绝不是什么妙语警句；在一个注释中，他说研究新奇士橙汁的广告给他指出了“理解未成文的美国生活方式的第一条信息渠道（一条‘语文学’的通道）”（249）。

即便在他努力构筑在美国的新生活之时，他也格外努力把过去与现在关联起来。1948 年，他发表了题为《历史语义学》的文集，收入三篇英文论文和三篇战前用德文撰写的论文。不同凡响的是，他决定用原文发表那三篇德文论文；在序言中，他说“这样一种展现似乎适于我想要吸引德文和英文学者的愿望，即注意到充斥于我们词汇之中共有的欧洲语义学：本书中，所有民族都作为——‘那个罗马，在那里，基督是个罗马人’——公民”（13—14）。用其流亡者先驱但丁的一句话（原文未译）来结束论证是合适的，这位犹太移民把但丁时代的基督教引进了罗曼语文学的罗马。[①]

---

① 这是比阿特丽斯在炼狱山顶带但丁进入天堂之前说的一句话：“此后你将与我一起成为 / 那个罗马的公民，基督是个罗马人。”（《炼狱篇 32》，99—100）也许施皮策是在回想起埃里克·奥尔巴赫在科隆客人登记簿上写的几行字，那是 1932 年他邀请奥尔巴赫来讲座时留下的：“我们的目标不是传达存在与文化的信息，而是‘那个罗马，在那里，基督是个罗马人’。”（Gumbrecht，*Vom Leben und Sterben*，164）

尤其具有深意的是施皮策的文集，其标题《语言学和文学史》是自传性的，也发表于1948年。他开篇断言，一部传记能抹除时代和地点之间的差异，他甚至说个人经历深深地影响着学者的归属：

> 我之所以选择自传的写法，是因为我认为我自己四十年前在欧洲的处境与今天在欧洲（以及在这个国家）的年轻学者们所面对的环境并没有什么本质的区别。我之所以要向你们讲述我的经历，也是因为个体学者使用的基本方法受其最初经验的限定，也就是德国人所说的经验，方法即经验，贡多尔夫如是说。（1）

迄今为止一切都好。但是接着他用了一个惊人的类比："事实上，我想要劝每一位年长的学者都把决定其方法的基本经验公之于世，他的《我的奋斗》（*Mein Kampf*）——当然不需要独裁内涵。"（1）

施皮策想要用这一比较说明什么呢？在以取自上述引文的"方法即经验"为题的一篇文章中，汉斯·乌尔里希·贡布莱希特坦诚惊呼："这就清楚地说明了阿道夫·希特勒那本书的戏谑，在1948年，施皮策竟然还没有开始认真思考第三帝国的恐怖。"（*Vom Leben und Sterben der großen Romanisten*，129）一定还发生了别的什么事情，因为1950年代，施皮策的信件表明他强烈地意识到了纳粹的劫掠迫使他离开了家乡。而战争结束后，他严厉斥责了那些安于为纳粹政权工作的学者们。与在许多方面与他相像的弗拉基米尔·纳博科夫——甚至在文中赞扬"蝴蝶词"——一样，施皮策肯定一种语言的主权，即词语世界的自由。他的主张可以与友人维克多·克莱姆佩尔对纳粹帝国的语言的切割相媲美：施皮策不想让希特勒控制德文的任何一个词——甚至希特勒那篇臭名昭著的辩解文的题目也不过被减缩为"独裁内涵"，再无别的了，他随时都准备将其丢入历史的垃圾箱。

然而，如纳博科夫一样，奥林匹亚表面的背后是持续的创伤记忆。虽然《语言学与文学史》是在1948年出版的，但该书的前言却标注为1945年9月（vi）。施皮策可能是在那年夏天写的这篇题名文章的。在深层上，该文表明他已经安于第三帝国垮台之后的生活了，希特勒是于4月自杀的。施皮策用此文回应德国的语言和文化危机，但这段话似乎还有另外一个维度，他是写给新的美国读者的，在此我们必须解开那个复杂的关系。在施皮策对“维也纳往昔的快乐和秩序、怀疑和感伤、天主教与异教”的怀念之下，是一股焦虑之流：他怎么能在这个陌生的新世界里宾至如归呢？他与战后的美国有任何关联吗？我们在施皮策为这本文集所写的“前言”中看到了这种焦虑。他说：

> 我把在美国印刷的第一本书题献给助理教授安娜·格兰威尔·哈彻尔，她是这片几乎尚未开垦的句法田里的杰出的美国学者——而这在她那里已经扩展成风格和文化史——因此，她不仅教会了我复杂的英语句法和文体学，也教会了我更深奥的美国文化，其特有的道德、逻辑和美学特性：没有这些知识，用语文学向美国公众解释诗歌的全部努力都将付诸东流。（v）

请注意这段话中的绝对语气：没有这样的导引，不是一些努力，而是全部努力都必定——而非可能——付诸东流。

事实上，即便有安娜·格兰威尔·哈彻尔，施皮策的努力也付诸东流了。他帮助这位明星学生完成了博士论文，于约翰·霍普金斯大学出版社出版，给了她一份工作，在他自己的系里获得了终身教授职位。她也成了他的情人，取代了罗斯玛丽·布尔卡特。理查德·马克赛告诉我说，这二人多年来始终在教授餐厅共进午餐，来得很晚，饭后在半空的餐厅里流连忘返。施皮策退休后，她与人为他合编了一本纪念文集；施皮策去世后，她为导师出版了未完成的一本著作。不会有比这更忠心的弟子了——但她永远也比不上施皮策的语文学技巧、他的世界主义风范或他的诗歌感性。她自己对此完全知晓，这可见于她第一本书的题献，那是她的博士论文《反身动词：拉丁语、古法语和现代法语》(1942)：

献给
列奥·施皮策
他相信语言是诗
本书的劳作基于统计编撰
其中的形象似乎
构成了诗

然而，令人颇感悲戚的是，它们并不是诗。

施皮策努力了，以每一种方式，在每一个层面，但还是不能足够接近他的学生们以连接这条鸿沟的两边：一边是年轻时快乐而有序的维也纳，另一边是战后巴尔的摩灰色的城市格子。据 1960 年代与施皮策一起进行研究的理查德·马克赛所说，他的研究生对他那些无法预测的阐释不是畏惧，而是惶惑。他们会参加研讨班，寻思他的下一个阐释会是什么。重要的因素也许既因文化差异，也因个性所致：施皮策能够发现任何别人都不能发现的东西。在介绍那本纪念文集时，亨利·佩尔热情洋溢地讨论了这个问题。在讨论文本时，佩尔说，

施皮策满面红光。朗读，寻思，找出别人察觉不出的谜团，当场建构新的假设——这让人感到他从中得到一种绝对的青春的快乐……在被悲观主义所污染的一个时代里并不缺乏面目严

肃的圣战者和迷失在美丽花园里胆怯的道德家，他们为其过于伟大的喜悦而恐惧，在这样一个职业里，这位经常流亡的人居然没有丧失因欣赏语言和文学而获得的高雅愉悦的嗜好，这真是值得夸耀的高尚。（“Avant-propos”，7）

把隐藏的谜从文本中挖掘出来，这给予施皮策以极大乐趣，但这也恰恰是他难以把直觉的方法教给学生之根本所在。

《语言学和文学史》一文给人一种无法弥合的距离感。在重述其学术生涯和语文学方法之后，施皮策最后得出结论说，他无法教授这种方法，人们只能体验它："这种感觉深藏于这位批评家以前的生活和教育之中，而且不仅仅是学术教育：为了让灵魂时刻准备接受学术任务，他必须提前做出选择，安排好生活，那是我所说的一种道德本性。"（29）但在该文的结尾，他对不能融入学生的日常生活表示遗憾："我常常想，我在大学课堂上解释文本时总是力图营造适于欣赏艺术品的一种氛围，如果那种氛围出现在学生们早餐的饭桌上，那种解释是不是就不会成功了呢。"（29）

施皮策的问题与其说是痛苦的与欧洲的疏远，毋宁说是与周围美国生活的若即若离的**接近**。与莉莉安·福尔斯特一样，这是他永远不会真正感到是家的一个环境。施皮策蛰居霍普金斯十五年，却仍然用局外人的眼光看待这一新的学术世界。在现代语言协会的一次主旨发言并于 1951 年发表于《现代语言学会刊》的《美国人文主义者的形成》一文中，他提出了美国任何一所大学都没有出现优秀的语文学学者这个问题。他给出的第一个解释是，美国学者给其学生以**太多的建议**，以至于窒息了他们天生的独立性和创造性。他骄傲地提到他撰写自己的博士论文时，当撰写计划通过之后，直到把完成的论文交给导师威廉姆·梅耶－鲁博克的那一天，这期间他没有得到过任何反馈。第二个解释更加惊人："特别糟糕的是——我不愿意说，但还是要说——我们的学生结婚太早。"尽管他承认这种婚姻保护了（现已明显指的男性）研究生免遭"身心受到酒色污染的后果"（！），但他希望"年轻的学者应该尽可能长时间地'保持自由'"，而不至于"担负起道德的重担，负责已婚生活和孩子们偶然的需求（天知道美国妻子和孩子们有时有多么苛刻的要求！）"（41）。除了这些有害的因素，施皮策还附加了第三点：人们期待美国所有新的博士都成为教师和学者，而不是进行一种或另一种职业培训。他建议采纳德国的制度，其中只有少数中坚毕业生从事无薪教师的光荣事业，摆脱大部分教学和管理责任而献身于学术。

施皮策承认他的读者不一定喜欢这些建议，它们离美国体制的平均主义理想相距甚远。他对他们的反应直言不讳："你们可以做出决定"，他说，"结果不过像人们所说的，'我哪儿来哪儿去而已'。但我不想回去。我想要留在这个我热爱的国家。"（47）他用批判来表达自己对美国的爱："一种刻意基于选择的关系可能会比一段遗传的关系更能同时激发激情和批评，这难道不是可以理解的吗？"（47）他论证说，用美国平均主义与欧洲精英主义的综合比用沉重的教学工作束缚研究生和助理教授要好得多。

他的想法固然有些奇怪，但当时还是被采纳了，在下一代人中，就有许多美国大学开始为年轻职员提供更多的研究基金，开创博士后研究，减轻教学量——尽管这种做法部分原因是，在一个被乱用的双重体制中，人们大量使用低薪、没有福利保障的助手。对此，施皮策会认为这不太诚实，与德国大学公开的精英主义相比更不公平。至于年轻学者的家庭负担，那要等到几十年以后，各大学才开始实行父母假期政策，给未有孩子的父母延长聘期。无论在制度上还是在认识上，施皮策的移民视角都给了他一种先见之明。

在美国期间，施皮策发表了大量文章传播他对语文学与文学分析的独特融合。在他那里，文体学成了详尽阐述赫尔德关于语言与归属之亲密关系的有力武器，这里的归属既是文化的也是个人的。在《语言学与文学史》中，他要求我们密切注意作家风格的独特性。作为典型例子，他举拉伯雷的一段话为例，三十五年前在维也纳时他曾就拉伯雷奢华的新词汇撰写了他的教授资格论文。他说："听一听德兼美修道院的铭文吧。"

他构型的那座文艺复兴时期的修道院，拉伯雷就是从那里赶走了伪君子：

> 伪君子和偏执狂不得入内，
> 又丑又老的猿和穷困潦倒者，
> 比哥特人精明的歪脖子怪物，
> 玛格特人之前的东哥特人，
> 讨厌的伪君子，贫困的无赖，
> 大喊大叫，大腹便便，
> 去别处卖弄你的骗术吧！（17）

他评论说，大部分法国学者都认为这段话只是平庸的诗，基于拉客者的大声呼喊，却给施皮策以不同的感受：

> 我每次读这几行诗的时候都感到害怕，*-fl-* 和 *-got-* 音的堆积产生一种恐怖，令我浑身颤抖，但每个音单独拿出来又都是无害的，一旦串联起来，散发出拉伯雷对伪善的仇恨——那对生命犯下的最大罪过……在拉伯雷制造出这些词语怪物的时刻就是粉碎性的。（17—18）

我们该如何看待这一解释？由于缺乏施皮策时代的语文学训练，以及他对音素和语素的研究，我们真的能够分享那些 *-fl-* 和 *-got-* 所产生的恐怖吗？我十几岁读拉伯雷时肯定没有害怕，而且，在最初几次读施皮策的文章时也没有那种粉碎性的感觉。他的读解似乎言过其实了。然而，他让我们聆听这些诗句，我们该怎样去听？

《巨人传》卷一结尾描写的修道院是人文主义的一个理想，是从贵族城堡向二十年前发表的莫尔的《乌托邦》的一次跨越。它是理性话语和道德愉悦的庇护所，把可能破坏修道院和谐氛围的一切伪君子统统排除在外。我以为巴黎和维也纳的"世纪末"教授们都会以都市嘲讽的口吻朗读过这首诗，就如同莫扎特在《魔笛》中用音乐的力量把恶魔从萨拉斯托罗的文明庙宇中驱逐出去一样。莫扎特是在自己欢乐有序的维也纳创作《魔笛》的，一百年后施皮策在那里出生。如此看来，那段话并不传达施皮策说他所感到的那种恐惧。但在几页之后，他采纳了另一种阅读方式，暗示出作为其反应基础的心理创伤。假如你用"犹太人"一词替代"伪君子"和"蛆虫"，那么，拉伯雷在当今时代最伟大的继承者也不过如此而已吧？

"那么，谁是拉伯雷的后代呢？"施皮策问道（22）。他的回答是，就"我们自己的时代"而言，路易－佛迪南·赛利纳。而且不是随便哪一个赛利纳，而是《屠戮轶事》（*Bagatelles pour un massacre*）的作者。这本书在维希的法国曾是一部畅销书。施皮策引用了其中一段话，他认为可以与修道院门廊的末世预言相媲美：

Penser "sozial!" cela veut dire dans la pratique, en termes bien crus: "penser juif! Pour les juifs! Par les juifs, sous les juifs!" Rien d'autre! Tout le surplus immense des mots, le vrombissant verbiage socialitico-humanitaro-scientifique, tout le cosmique carafouillage de l'impératif despotique juif n'est que l'enrobage mirageux, le charabia fatras poussif, la sauce orientale pour ces encoulés d'aryens, la fricassée terminologique pour rire, pour l'adulation des "aveulis blancs," ivrognes rampants, intouchables, qui s'en foutrent, à bite que veux-tu, s'en mystifient, s'en baffrent à crever.

（直截了当地说吧。在日常生活中，只要谈起"sozial"，那就是"思考犹太人问题！为了犹太人！通过犹太人！在犹太人的时代！"没有别的。相关词语的无数含义，社会一人文一科学方面振聋发聩的空话，犹太独裁命令的荒谬外衣，都是虚幻的保护，微不足道的晦涩难懂的废话，是给雅利安的胡言乱语添加的调味剂，是用来娱乐的术语大杂烩，是对萎靡不振的白人的谄媚，这些醉醺醺的马屁精碰不得，他们相互瞧不起，相互愚弄，最终都将自取灭亡。）

这段话是在谴责犹太人通过社会和科学探讨来征服世界的阴谋，引用之后，施皮策冷静地总结说："词语与现实分离开来。这真的就是环游世界的旅行：不是去圣庙巴克布克，而是朝往混沌，朝往作为思想表达的语言的终结。"（22）这就是他想让我们**聆听**拉伯雷的方式，而不仅仅是阅读：听听某个赛利纳——或某个希特勒——赋予爆破音 *fl* 和 *got* 的暴力，试图从人文主义的乌托邦里把外来的戈茨人（Gotz）和蛆虫般的奥斯特拉戈茨人（Ostragotz）驱逐出去。[①]

施皮策绝不是反人文主义者，也不是宿命论者。在 1944 年发表的

① 聆听拉伯雷这段话在施皮策年轻时的读法，以及他在 1950 年代所明显听到的读法，二者间的比较见大卫·达姆罗什与卡萨瑞安·皮晓吉的《施皮策的拉伯雷》。（David Damrosch and Katharian Piechocki，"Spitzer's Rabelais".）

一篇文章（“Geistesgeschichte vs. History of Ideas as Applied to Hitlerism”）中，他全面拒绝霍普金斯的同事阿瑟·洛夫乔伊的主张，即纳粹观念是浪漫主义之有机论、动力论和民族本质概念的直接产物。然而，他和洛夫乔伊都强调社会构成的历史根源，而他所专注的是语言的应用和滥用。早在 1918 年，他就发表了一份紧急呼吁——《猎杀外来主义和仇外：反对语言纯化的论战》。1945 年他编辑的《语言学与文学史》可以与霍克海默和阿多诺的《启蒙辩证法》相媲美，后者也是作者们在美国流亡期间所著，发表于 1944 年。一旦方向错了，文艺复兴人文主义便会从拉伯雷的修道院走向奥斯维辛的大门。

如施皮策在批判洛夫乔伊时所说，“一个学术文本，一首诗，都有弦外之音；聆听这些弦外之音是阅读的本质部分”（“Geistesgeschichte”，198）。如果我们用耳朵去读列奥·施皮策、莉莉安·福尔斯特及其同代人，并睁开眼睛看看他们的历史和政治语境，就会看到我们今天仍然有许多要向他们学习的，不仅是比较文学的移民史，还有语言的双刃剑。一种更新的“抵抗语文学”可以帮助我们勘测母语文化与我们遇到的更广泛的文化之间的变化关系，这些饱受苦难的学者们无处不深陷于文明与野蛮的复杂混合之中。

3
政治

20 世纪 50 和 60 年代在美国构建比较文学的比较文学学者们都有一种使命感。他们采取的是乌托邦视角，安娜·巴拉吉安曾对此有过精彩的表述，她后来成为美国和国际比较文学协会的领导者，“国际比较文学协会巴拉吉安首部书奖”就是为纪念她而命名的。在一篇晚期文章《我如何又何以成为一位比较文学学者的》(1994) 中，她说她全家于 1921 年从土耳其移居西欧，最终落脚美国。她回忆说：“当最终我们停步于美国时，我已经 10 岁了，个人经历让我深深地感到了国际、国族和多元文化之间的区别。”她已经转向了语言的政治：“在操德语的一个城市里讲德语是一种国族经验；在新不列颠、康州、美国讲德语是一种贫民窟现象。”(75)

当离开君士坦丁堡时，安娜 6 岁，手里紧紧攥着一本法语入门书，总以为法语是“令我精神觉醒”的那种语言 (76)。定居美国后，她和许多移民一样发现公立教育是向上爬的一个途径。她在纽约的亨特学院专修法语，当时那还是一所培养师资的女子学院。毕业后她想去哥伦比亚大学攻读法语硕士，当一名高中教师。但两股力量改变了她的生活之路：一个是指导老师，另一个是学术会议。在哥伦比亚，她师从比较文学学者保罗·哈扎德——哥伦比亚大学和法兰西学院的双聘教授。哈扎德鼓励她攻读博士学位，之后去雪城大学教法语。如果不是出乎意料的转折，她会继续任法语教授的。1958年，沃纳·弗里德里希在教会山北卡罗来纳大学举办刚刚成立的国际比较文学学会的第二次核心会议，邀请巴拉吉安参加。巴拉吉安跃跃欲试，但不确定自己是否合格：

> 可我是比较文学学者吗？什么样的人才是比较文学学者呢？在文学和哲学领域知识渊博的男人（我不知道那个领域里有什么女人），像已故保罗·哈扎德那样的人，熟练运用几种语言，有教养，有智慧，终生献给阅读和学术研究……我仅仅因为早年浪迹欧洲就可以自称是一个比较文学学者了吗？（77）

巴拉吉安写道："真正激发我探索自己比较文学研究潜力的是这样一个事实，即我一直以来心怀一种根深蒂固的和平主义"；"抵制一切民族对峙和种族敌意"（77）。她只言未提这种抵制的源头，即亚美尼亚的种族屠杀，以及何以在新一轮的种族清洗中她全家逃离土耳其。先是移居西欧，然后来到美国，她在超现实主义中看到了发展激进国际主义的新基础：

> 我幼稚地也许带有一点年轻人的理想主义，把比较文学看作激进民族主义的解毒剂，而超现实主义则是抵制民族分

化，甚至能克服艺术间障碍的一种文学。我天真地以为以比较文学的不同视角和超现实主义原则的传播，我们就能改变世界。……于是，我买了车票，做了一次小小的投资，我未来的生活也将由此而改变。（77—78）

改变世界

许多比较文学学者都致力于改变战后的世界，那是高等教育急遽扩展的一个时代，人们对美国孕育国际合作和理解的角色均抱有乐观的态度。在 1952 年《比较文学和一般文学年鉴》创刊号的主旨文章中，亨利·佩尔以明确的使命感深有感触地说："在过去的二三十年里，这个国家担负起了新的责任：美国的命运不仅要成为这个星球上最大的强国，还要在欧洲与亚洲、在人类的过去与未来之间建立明显的联系。"（"A Glance"，1）佩尔获得索邦大学和巴黎大学的学位之后，于 1925 年从法国移居美国，到 1952 年他为侨居国感到的骄傲仍不减当年。他给出几个理由证明美国为何成了"比较文学的乐园"，包括这个国家的多种族混杂，以及"从民族偏见的令人羡慕的解脱"。但第一个因素是制度性的："与古老的欧陆大学相比，美国大学不那么被狭隘的迂腐传统所束缚，宽容对待新的学科"——但他提请人们注意："这已经到了被谴责过分喜爱时髦和空想的程度。"（1）

无论是抛弃枷锁还是赶时髦，比较文学都陷入了美国高等教育的普遍变化之中。这些变化影响了所有学科，但对这个新领域却产生了独特的效果，这个新领域是在两场普遍运动的交汇处发展起来的：战后大学入学率的暴增和冷战竞争。两项政府策略尤其发挥了决定性影响：1944 年的"服役军人调整法案"（以"士兵权利法案"著称）和国防教育法案，1957年苏联发射人造地球卫星之后，国会通过了这两项法案。1958年9月2日，艾森豪威尔总统签署了“服役军人调整法案”，就在此前一周，国际比较文学协会在教会山聚首。比较文学学者很快就发现机会已经来临，国家政策支持外语学习，并开创了一系列区域研究项目。在1962年的第一次大会上，新成立的美国比较文学协会邀请了一位项目官员詹姆斯·布莱鑫做主旨报告。三年后，这项法案对这个新兴学科的重要性凸显出来，美国比较文学协会会长哈里·列文在颇有影响的《职业标准报告》中指出：“最近全国大专院校接踵建立的比较文学学科，若没有服役军人调整法案的支持这几乎是无法实现的。”（《列文报告》，21）

詹姆斯·布莱鑫在美国比较文学协会所做的报告发表在《比较文学研究》创刊号上。这是份季刊，与弗里德里希的《比较文学和一般文学年鉴》和美国比较文学协会本身一起，表明这个学科已经在美国学术界扎下了牢固的根基。在讲话中，布莱鑫说：“想到联邦政府的一个代表能用半个小时的时间面对美国比较文学协会讲话，真是一件令人高兴的事”，他还说（非常可能是真诚地），“我是多么愿意成为那个代表”（《比较文学与法案第四条》，133）。布莱鑫的听众们也同样群情振奋，该法案的“第四条”已经决定用百分之二十的奖学金支持比较文学专业的研究生，这是政府喜欢的一个学科，由于其知识面宽和对语言的强调而“特别适合于大专院校教师的培养”（130）。然而，即便在比较文学学者们正在接受布莱鑫（Blessing）的祝福（blessing）时，“服役军人调整法案”正给予该法案“第四条”以更大的支持，为服务于冷战的诸多竞争开创了区域研究诸项目。原则上，“法案第四条”基金非常适合于比较文学，但其重点却在语言和区域研究上，而这两个领域决不在当时比较文学学科的视野之内。

这一重点一直延续至今。教育部网站发表了一篇庆祝区域研究项目的文章，称“在该法案通过之前，世界上四分之三人口所讲的语言几乎没有进入美国课堂，没有足够的学者研究或教授这些语言……比如印地语，1958 年全美只有 23 名学生学习印地语”。

仅就该法案的政治目的而言，区域研究项目的目标是西欧之外的地区，这仍然是比较文学研究的核心。第四条支持的项目主要是政治学和经济学，罕有文学学者参与。这种学科分工进一步割裂了比较文学与非西欧文化的联系。结果，布莱鑫把他的美国比较文学协会演讲只献给了较小的第四条奖学金项目。他还说，1961 年第四条和第四条诸项目的基金加在一起也仅有 124 万美元。那个数目对于很少获得资助的人文学者来说已经相当可观了，但与那年联邦政府拨给大学研究和研究生培养的 7 亿美元相比，也不过是九牛一毛。“这一差距”，按布莱鑫所说，“以许多微妙的方式破坏了人文学科的地位”(131)。比较文学学者只不过没有与国防部和五角大楼同床共枕；他们与之同床的是与之抢被子和拥有负债表的科学家们。

要改变世界，如巴拉吉安及其朋友们所要做的，就必须首先完成一件几乎同样令人气馁的任务——改变大学。仿佛科学势不可挡的发展还不足以构成问题，比较文学学者们还要面对文学系内的对手。在美国如在其他地方一样，文学系依然紧抱 19 世纪民族主义之根。大多数文学学者对宽泛的国际性工作不感兴趣，还有许多学者甚至敌视巴拉吉安等比较文学学者的反民族主义视角。因此，关于比较文学研究之政治的任何讨论都必须有两个焦点，即制度性政治和更广阔的政治场景，在此，后殖民的视角则尤其恰当。

在社会学家克里斯托弗·詹克斯和大卫·利斯曼的一部开创性研究《学术革命》中，动荡的 1968 年的美国高等教育是用后殖民的术语来分析的。这项研究的任务是重构前 20 年的美国高等教育。他们把学术革命当作一种社会现象，既是美国人口和经济的结果，又是人口和经济互动的地震式变化。由此，高等教育便成了向上爬的重要载体，尤其对乡村和工人阶级白人而言，少量但却不断增长的少数族裔也包括在内。以此为重点，詹克斯和利斯曼不仅研究了精英私立大学，还有公立大学、天主教大学和历史遗留的黑人学校。书中，他们批评对研究的重视，认为研究将促进体制的扩张。这个舞台上的表演者有国家科学基金会和“服役军人调整法案”（NDEA），此外还有洛克菲勒和福特基金会。詹克斯和利斯曼认为这些技术官僚项目把学术主导引向了研究生教育，阻碍了本科层面重要的社会革命。正是在这方面，他们的反殖民视角初露锋芒：

> 我们感到烦恼的是这样一个事实，即研究生院与位于其边界的一些学院和亚文化群体，尤其是本科学院，本质上是一种居高临下的关系。他们的成功在许多情况下显然取决于对未发达区域的剥削。首先，研究生院引进各学院最有价值的“原材料”，即有才能的学士。他们把这些人训练成学者，其中最好的他们留下，其余的出口给原来的学院，成为教师。（515）

这种新殖民关系究竟什么时候能得以改善，他们并不乐观：“研究生的皇权统治何时能屈尊于本科学院土著的暴动，前景黯淡。如果解殖化在我们的时代到来——但我们对此表示怀疑——那么，它就将是研究生院内部不同政见者采取积极行动的结果。”（516）

詹克斯和利斯曼的分析特别适用于比较文学。其许多项目都纯粹为研究生而设，理由是本科生还不足以进行严肃的比较研究工作。一旦他们完成了两三门语言和文学的训练，他们就能进入研究生阶段的高级比较文学研究了。学科内部的精英主义从学生扩展到同事。用詹克斯和利斯曼的话说，他们指望周边的语言和文学系为比较文学提供原材料：语言训练、基本文本和有前途的研究生。列文 1965 年的《职业标准报告》以及 1975 年的格林报告，都强调只能在体制内设定项目，“就语言系和图书馆的现存力量而言，能满足标准的学院甚至大学并不多见”（《列文报告》，21）。在这两份报告中，比较文学都依赖相关系科或旁系的商务，但交易却基于等级制的劳动分工。

文学理论成为文学原材料即文本得以冶炼的熔炉，精炼后这些文本再出售给不能“满足”比较研究高标准的许多系科、学院和大学。一种类似的精英主义在学科内部盛行，由一小撮东海岸的系科确定标准。所以，列文和格林两届协会的大多数成员不仅是白人男性（十七人中只有两名女性），还主要是耶鲁或哈佛（或二者共同）培养的教授。在追溯当时开始流行的欧陆理论时，列文写报告建议比较文学项目给研究生提供进行不同文学研究方向的一个共享基础，设置“一两门课程——比如，文学理论、文本分析方法或技术问题等专题讨论课”（23）。如果“文本分析方法或技术问题”等有吸引力的课程不能成功的话，那么理论研讨课就将成为许多项目的入门要求。

到此时，美国比较文学学者已经感到他们不仅在美国确立了自身的地位，与欧洲同行相比，还具有上升的趋势。确立美国比较文学研究之合法性的战斗是在整个 1950 年代进行的，许多生于本土或新近皈依的美国人自视在教会山的美国比较文学协会年会上取得了决定性胜利，也正是这次会议改变了巴拉吉安的生活。会上，捷克移民勒内·韦勒克毫不含糊地确定了“美国”视角。在主旨发言《比较文学的危机》中，韦勒克嘲笑“法国学派”只限于对纯粹“贩来的外国文学”进行实证研究，远远低于真正比较文学研究的宽广视域。“就其方法和方法反思而言，”他尖刻地陈述道：“比较文学已经死水一潭。”（292）他认为比较文学学者应该超越民族主义的实证主义，理解一部文学作品的内在属性乃是“符号和意义的分层结构”（293）。在深入人心的结尾，他说：

> 一旦我们掌握了艺术和诗歌的本质，其对人类道德和命运的征服，其对一个想象的新世界的创造，以及民族虚荣，都将消失。人，普遍的人，每一处和每一时代的人，各种各样的人，一旦出现，文学研究就不再是一种经营文物的消遣，计算民族借贷的微积分，甚至不是关系网络的测绘。文学研究与艺术一样成为一种想象行为，因此是人类最高价值的保存者和创造者。（295）

探索着的人，各种各样的普遍的人，到1960年代中期，美国比较文学学者已经充满信心打赢欧洲狭隘的“民族借贷”。列文报告甚至否认与“法国学派”存有什么冲突，认为美国的比较文学学科以彻底的国际主义为特点，与国外的比较文学学者友好相处。（25）

致使法国学派消失的一个主要原因是制度性的。在法国，如在大多数其他国家一样，比较文学学科受到民族文学霸权的钳制，而战时移民都惊喜地发现美国大学根本没有美国文学系。相反，在幽灵般的英国殖民主义的阴影中，美国学者（过去、现在仍然）被折入以英国文学为主导的英文系，尽管生源好但教师队伍匮乏。与大多数英文教授一样，移民比较文学学者并不认为美国已经生产出足够重要的文学，因此不予以重视。如韦勒克在《比较文学的危机》中所宣称的：文学沙文主义在美国极为罕见，“总起来说，美国没有受到这种沙文主义的影响，部分原因在于它没什么可吹嘘的”（289）。美国文学对比较文学没有造成任何威胁，而比较文学则发展迅速，这在欧洲任何地方都是不可想象的。

列文的报告直接预示了今天关于文学中心和边缘的讨论，结论中追溯了这门学科在学术领域内从边缘向中心的运动。“一代人之前”，报告说，比较文学“往好里说是对民族文学史的补充，即使这样，对大多数学术群体来说也已经很奢侈了。然而，当文学和语言学科重审其标准、重组其课程设置时，比较文学便逐渐脱离边缘，承担起越来越中心化的角色”（25）。报告慷慨地表明这种关系“应该是紧密合作，而不是竞争”（25），不过现在已经是“越来越中心化”的学科与其越来越边缘化的邻居的合作了。

列文的协会建议，不管其结构多么特殊，“比较文学必须永远以一种跨系科的形式为具体体现”（22）。几乎所有的美国比较文学系都的确是这个意义上的跨系学科，即使都具有系科地位和全职教师。这种内在相关性为学生提供了多样性和灵活性，也为联合聘用的教师提供了完成主要系科任务之外的教学机会。与年轻的同事相比，被终生聘用的教师从这种安排中获益更多，而年轻人则必须要满足两个聘用委员会提出的不同目标和期待。研究尤其要落入系科的缝隙——或张开血盆大口的鸿沟之间。如果这些系科看中了“自己的”学生而非外来的“闯入者”，那他们就会发现教学机会极为有限或经费被削减。即便本来属于自己系科但主要为其他系科的教师工作的学生，也会遭此相同的厄运。

我在哥伦比亚大学作为助理教授开始教学不久就看透了这一点，当时一年级最好的比较文学学者在拿到硕士学位之后，其奖学金突然被停止了。这位学生能够熟练运用五种语言，各科成绩优秀，但他的主导师却不是他所在（和我所在）的英文和比较文学系。博士项目的奖学金紧缺，我们系的研究生委员会愿意把有限的资金用在他们熟悉的学生和年长的同事身上。问题还不仅仅在于系科；比较文学的跨系科项目也同样有问题——或会有问题，如果我们想要拥有自己的“一个房间”的话。这个项目一直由一位友好的中世纪研究学者 W. T. H. 杰克逊管理，管理方式非常不正规。他是位优秀学者，但作为管理者却不负责任。做德语系系主任时，年轻一点的同事都说“下地狱吧杰克逊”。爱德华·赛义德最近接过该项目主任的职务，但比较文学博士学位的亚项目却依然停留在口头书单和论文选题上。没有人看中那笔钱。

赛义德和其他有能力改善这一状况的高级职员大多没有意识到这个问题，因为他们的得意门生都已经获得了基金。为了支持这位突然间身无分文的学生，我求得同事们的帮助，最终恢复了他的资助，我也开始担任这个项目的第一任研究生培养主任。在以后的二十年里，我还在系研究生委员会担任职务，以保证通过系科申请的比较文学学者能顺利入学，并保障其入学后的利益。尽管学术政治往往是小说中讽刺的对象，而不是《批评探索》中的理论话题，但这种系科外交对于项目的成功往往是至关重要的。

除了系科间的斗争之外，比较文学长期以来经历了其自身的意识形态和方法论的磨炼。在 1950 年代如同现在，这个学科乃是多种利益和观点严酷斗争的场所。勒内·韦勒克在教会山的激情四溢的报告不可能令其主办方满意，即来到美国之前曾就读于索邦的沃纳·弗里德里希。1958 年会议的四年后，弗里德里希为其索邦老师佛迪南·巴尔登斯伯格的《比较文学和一般文学年鉴》贡献了一篇文章，韦勒克曾就这位索邦老师“注重无名作者和过时的文学趣味”予以特殊嘲讽。(《危机》，286）文章中，弗里德里希不思悔过地写道：人们把索邦的老师们视为“其学问分支的灵魂”(《佛迪南·巴尔登斯伯格》，41)。与在战前的大多数比较文学研究项目一样，在索邦，比较文学的实践把相对自治的民族文学视为比较的基础。在从民族传统转向“普遍”理论关怀的过程中，韦勒克在力战对手的同时实际上也再造了自己。他自己于 1931 年在普林斯顿完成的博士论文《伊曼纽尔·康德在英国：1793—1836》就非常适合于他在 1958 年所嘲讽的“舶来品”，只不过此时他已经转向更高的目标了。

理论所允诺的宽泛视角主要派生于一部分国家的文学。甚至在讨论一般的诗学问题或宽泛的文学运动时，大多数比较文学学者都几乎毫不例外地继续从西欧强国那里选取作品。韦勒克的《浪漫主义时代》(1955) 就只论及德国、法国、意大利和英国——格奥尔格·勃兰兑斯在 1870 年代出版的《十九世纪文学主流》也只论及这四个国家。如此，韦勒克把阿拉伯和中国文学排除在外无疑是他研究"各种各样普遍的人"的劣势，就如同他流利的捷克语是一个优势一样。实际上，他定期写捷克文学的评论，但从来不以比较文学学者的身份。1963 年他做"位于欧洲交叉路口的捷克文学"的演讲时，他不是在美国比较文学协会的会议上，而是在捷克斯洛伐克艺术与科学协会的会议上。他当时是该协会的副会长，这是五年前在华盛顿创立的学术和文化组织，旨在于捷克和斯洛伐克之间建立友好关系和学术交流。在演讲当天，协会把他的《论捷克文学文集》作为生日礼物献给了他。然而，在韦勒克的比较文学研究中，最重要的是布拉格理论，而不是捷克文学。

美国的大部分比较文学学者基本上都在民族文学系供职，往往与非比较文学的同事根深蒂固的民族主义相抵牾。阿尔伯特·杰拉尔德于 1958 年为许多人代言，在《比较文学和一般文学年鉴》的主题文章中，他用宗教语言谴责了"民族主义异端"(《比较文学乎？》, 4)。比较文学学者基于民族的国际主义既是其学科的基础，又是其发展的局限，他们与民族文学系科具有一种被动—挑衅的关系，其教师、学生和物质都仰仗这些系科。绝大多数文学学者都安于单一的语言和民族传统，他们并不愿意为一种帝国比较文学充当土著告密者——或买办——的角色。几乎没有人愿意阅读 1975 年美国比较文学协会的《标准报告》，当时的主席是韦勒克的同事和前学生托马斯·格林，报告的霸权口吻十足：

> 当比较文学运动在第二次世界大战后的20年里在美国聚集力量时，所致力的是更高的目标。它想要代表的，大体上也代表了一种新的国际主义：以更宽泛的视角、在更大的语境里追溯母题、主题和模式，以及对体裁和模式的更深的理解。……在学术界，它想要把不同的欧洲语言系科汇聚成一种新的合作，重新唤醒它们，共同努力建设一个统一体，并以不同方式，传统的和创新的方式，展现那个统一体。……这个新的、核心的学科视野是宏达而最崇高的。它依然是我们的共同遗产。（《格林报告》，28）

对于比较文学学者来说，共享更宽泛的视角、更广大的语境和更深刻的理解，以发展一个新的、核心的、崇高的和宏达的学科，这是好事。但是，在这个富有魔力的圈子之外，几乎没有人欣赏这番描述。在引申意义上，还会视其为更狭隘的、更小的、更腐朽的、边缘的、平庸的和毫无雄心的。

美国相当一部分从事外国文学研究的教师本身就是移民，但他们也不愿意看到外来投机者落脚于这个立意完好的领域来摘桃子。同样，那些流移至此的学者们对那些不对路的移民也不总是表示友好的态度。1994年99岁的勒内·韦勒克栩栩如生地回忆起1928年他来到麻省北安普顿接受史密斯学院德文讲师面试时的情景。系主任厄恩斯特·海因里希·门赛尔——生于德国的研究中世纪的学者，在火车站迎接他："我一下火车门赛尔先生就看见了我，赶忙向我走来，老远就伸出双手说（我发誓这是他的原话）：'我看你不是犹太人。'"韦勒克评论说："如果我曾经是犹太人，门赛尔先生会带着我在校园里观光一番然后就送我回纽约的。"（《职业回忆录》，3）

面对其可能更狭隘的但无疑越来越多的同事的怀疑，1965 年和 1975 年的“标准”委员会力图保卫其比较研究的根基，坚守其边界，唯恐比较文学学科的成功及其整个事业会被稀释，其精英地位会被侵蚀。如格林报告的忧郁口吻：“我们相信这是一项具有严肃关怀的事业，在改造学科的同时，不应降低它赖以建立的那些价值。标准的下滑一旦加速，就难以遏制了。……至少在一些学院和大学，比较文学似乎变成了一种讨价还价的自助餐。”（31）亚美尼亚移民安娜 · 巴拉吉安于 1994 年用了一个惊人的类比发出一声类似的抱怨——“障碍已经设置停当，你完全可以自称是一位比较文学学者。我们已经到达了危险地界。我们受到了威胁，”她警告说，“大量不拿会员证的学者走了进来。”（84）

（欧）美比较文学协会

由于认真检查会员证和绿卡——或格林[①]卡？——美国比较文学协会在 1980 年代前还是一个小组织，而在 60 年代，其 50 年代的政治迫切性逐渐消隐。对流移者如此重要的欧洲冲突和战后重建已经远离美国学生，有些流移者本身也高兴地摆脱了纳粹时代的文化政治。保罗 · 德 · 曼就是一个特别明显的例子，我们将在下一章予以讨论。然而，甚至勒内 · 韦勒克也把他持续的捷克文学研究与比较文学研究分离开来，在任何直接与政治相关的问题上强调其符号和意义的分层结构。

学科的西方－欧洲中心主义是令人遗憾的，但在战后的几十年里也不是什么令人惊奇的事。更明显的是，这个学科不仅是欧洲中心

① 格林英文拼写为 Greene，与绿色 green 形近。——译者注

主义的，也可以说是“离美”[①]的。不仅是移民，甚至在美国出生的比较文学学者都罕有研究美国文学的。与本土文化的脱节表明这是对大多数其他领域的研究模式的一种反向限制。在其他领域，比较文学研究往往与民族传统紧密相关。甚至在今天，大多数国家占相当比例的比较文学研究著作都是探讨民族传统与外国文学之间关系的，如德国或巴西的比较文学年会刊登在《贾达普比较文学杂志》的文章，就表明了这一重点。它往往限制了全世界许多地区比较文学研究的语言、国家和话题的范围，但至少给比较文学研究划定了较清晰的、较直接的与民族生活的联系。安娜·巴拉吉安也许想要改变这个世界，但胡适的影响更大。如果宽泛比较研究提供了非同寻常的机会，那就必须普遍脱离美国文学及其文化政治争论。

在《比较文学的危机》最后一段，韦勒克接受了这项交易：

> 我们仍然可以是爱国者，甚至是民族主义者，但这个借贷制度将停止。文化扩张的幻觉将消失，正如文学研究将导致世界协调的幻觉也将消失一样。这里，在美国，从整个欧洲彼岸来看，我们很容易达到某种超脱，尽管我们必须要付出无根和精神流放的代价。（295）

完全可以理解的是，韦勒克、莉莉安·福尔斯特及其流移同胞都从未失去其无根的感觉，可他们的美国学生们呢？以在韦勒克创建的比较文学系毕业后当教师的美国人为例：彼得·布鲁克斯出生在纽约、托马斯·格林来自新泽西、迈克尔·霍尔奎斯特来自伊利诺伊、罗瑞·尼尔森来自犹他、A. 巴莱特·贾马蒂——未来的耶鲁校长，而此

① Amerifugal，此词仿 centrifugal（离心的）而造。——译者注

时是棒球大联盟成员——在麻省南哈德雷长大。这五个人都生在美国，却都专修欧洲文学，只有彼得·布鲁克斯定期写写亨利·詹姆斯或威廉·福克纳。他们为什么不怎么做自己国家的文学呢？

这个格局不全是个人选择的总和。它反映了全国上下的比较文学系内嵌的选择机制。由于几乎没有美国论者从事比较文学研究，对美国文学感兴趣的本科生会选择英文系（或者新建的美国学系），极少会把比较文学作为一个选项。在他们看来，研究生录取委员会中的比较文学学者会寻找趣味相同的学生，不会选择偶尔跑偏的美国学生。在《制度如何思考》中，玛丽·道格拉斯写道："制度创造了被遮掩的地方，那里什么也看不到，什么问题也不问。他们让其他学科展露区别性细节，对其进行严密审查和排序。……制度系统地指导个人的记忆，把我们的感知输入它们所认可的关系形式。"（69）如她尖锐地指出的，"制度是与计算机一样的可悲的自大狂，其全部的世界视野就是它自己的程序"（92）。

多年来，美国比较文学的世界视野与美国文学生活几乎毫无关系，而导致激进反战运动以及非裔美国人和妇女研究等新项目的社会关怀也不是这个学科的核心要点。这种制度性选择又由于比较文学研究学者的语言要求所强化，除英文外，他们还需掌握两至三门语言。在精英预备校之外，大多数美国高中学生除英文外只学一种语言，或根本不学其他语言。即使上了大学，真正熟练的也只有一种语言，比如法语——这能引来英文系招生委员会的青睐，但却不能满足比较文学系的期待。被比较文学所吸引的美国人都是在语言技能上远超同班同学的人，而其接受不同地方教育的经历也使他们区别于其他人。

有些比较文学学者是移民的孩子，外交家或（像我一样）传教士的孩子，他们从家人那里吸纳一种国际视野。然而，就格林、尼尔森和贾马蒂来看，他们都在美国长大，只有贾马蒂与欧洲有相对较近的遗传关系。即便那种关系也已经隔了两代人了。他的祖父母是1900年从那不勒斯移居美国的，成为纽黑文意大利裔社区工人阶级的一员。贾马蒂的父亲是蒙特霍利约克学院的意大利语教授，专门研究但丁。儿子只需一步就成为比较文学研究学者了——曾经放弃童年时加入波士顿红袜子队的梦想——其研究重点是英国和意大利文艺复兴时期的文学。父子二人都感兴趣于前现代而不是现代文学；欧洲在时间和空间上都距离他们很远。

A. 巴莱特·贾马蒂是以两位祖父的名字命名的，但没有人叫他的意大利名安吉罗（Angelo）。大家都叫他“巴特”（Bart）——取自外祖父巴莱特·瓦尔顿（Bartlett Walton）——新英格兰制造商的富家子弟，安多佛中学和哈佛大学毕业生。贾马蒂当选耶鲁大学校长后，其前任金曼·布鲁斯特评论说：

> 如果父母的背景颠倒过来，耶鲁校长的名字将是巴莱特·A. 瓦尔顿，或许也不会与大笑着穿戴鲜艳的索菲亚·罗兰画在一起，从而在报纸上传遍全国了，那是意美全国基金会在华盛顿给他们的献礼。公开的形象也不会表明他说话时双手会动，这与他的前任没什么区别。（Valerio，*Bart*，10—11）

贾马蒂的双重家庭背景为他成为比较文学学者铺垫了道路，但是托马斯·格林和罗瑞·尼尔森都没有移民传承的记忆。这两人都是决然从乡土文化中走出来而从事文学研究的。尼尔森生于犹他州的普罗沃市，父亲是摩门教长老、明尼苏达大学的社会学教授、研究古巴社会的专家。罗瑞·尼尔森长老（儿子以他名字命名）1947年与耶稣基督后期圣徒教会闹翻了，那年恰好儿子从哈佛毕业。事情的起因是长老会的头目写信给尼尔森长老，问是否有足够的“纯白人血统”的古巴人适合皈依教会。在一封封雄辩有理的信件中，尼尔森努力说服等级森严的摩门教会放弃种族歧视政策。这场争论最终传到了教会主席的办公桌上，当时已经77岁的G.阿尔伯特·史密斯——约瑟夫·史密斯的曾侄孙，警告尼尔森长老说："你人太好了，所以不能接受世俗学问的诱惑而偏离福音的原则。"更甚于父亲的是，小罗瑞·尼尔森直接过上了追求世俗学问的生活；从耶鲁退休后不久，在爱沙尼亚死于中风，他当时正在研究俄国象征派诗歌。[①]

托马斯·格林的家史没那么戏剧性，但也同样是决定性的。他1926年生于新泽西中部的一个小镇，父母经营一家汽车旅馆。高中毕业后，他去伊利诺伊州埃尔萨的普林西皮亚学院就学，这是培养基督教学者的一座学院，其五百名学生几乎超过了埃尔萨小镇的人口。虽然父母可能希望普林西皮亚能强化儿子的基督教学养，但恰恰是在那里他第一次接触到更加广阔的世界。后来他写道，他深受教师中领袖般的不合群人物的影响——一位与安娜·巴普洛娃一起（并可能参与了）巡回演出的一位前芭蕾舞演员。"在普林西皮亚，他表面上教美术史，实际上教文明史上的奇迹。他温文尔雅、心思缜密、性情孤傲，总是满腹激情地说出一连串闪亮的名字：皮埃罗·德拉·弗兰西斯卡、伊莎多拉·邓肯、亨利·马蒂斯、弗吉尼亚·伍尔夫、玛莎·格拉海姆。从他那里，我第一次学会了去爱一个我未见过的城市——巴黎。"他最后用一句简短的赞美说："我以迟到的虔诚把他的名字刻在这里：弗兰克·帕克。"（"Versions of a Discipline"，38）

第二次世界大战后期，格林参了军。军队派他去耶鲁学了九个月的日语，然后去了朝鲜——"在那里，我无法明智地使用所学的日

---

① 与教会长老会的通信保存在犹他州立大学，也可见于网站 www.mormonstories.org/other/Lowry_Nelson_1st_Presidency_Exchange.pdf。

语”，他冷漠地说（38）。退伍军人服务法案使他再度回到耶鲁完成大学教育，并获得富布莱特奖学金去法国索邦大学攻读法语博士学位。在索邦，他遇到了所爱之人并结了婚，但他未能完成《论早期先锋派诗人洛特雷阿蒙》的博士论文，而与最终将他击败的“法国学术官僚”作斗争（10）。他回到耶鲁，研究领域从现代文学转向文艺复兴，从法语转向比较文学，在韦勒克和奥尔巴赫指导下撰写博士论文。

格林持有鲜明的政治观点。他于2003年逝世，在一篇纪念文章中，大卫·昆特说：

> 在20世纪60至70年代所有教过我的教授中，他是唯一一位在华盛顿抗议越战游行中手持服役卡的人。……他是一位毫无愧色的自由派，是纽黑文民主党的走卒。他仇恨当下的政治环境；他对在这片国土上拥有最高权力的特殊耶鲁毕业生（乔治·W. 布什）没什么好话可说。（《托马斯·M. 格林》）

我不记得格林在莎士比亚和文艺复兴抒情诗的课堂上提到过他的政治观点，他全身心投入诗歌的讨论中。在纪念会上，大多数人都强调格林的伦理关怀，而不是这里所说的政治。大卫·昆特在讨论格林的政治后也转向了宗教，说他的课“让人为失去那么多的传统文化和精神世界而产生了一种强烈的悲痛感。我们感到好像被一位鬼神祭司引领着，召唤过去和过去的伟大作家与我们说话，来延续时间的长河”。

格林深切的伦理关怀是其学术研究的基础，正如其课堂外的政治。这两个重点在他退休后归结在一起了，他建立了开放剧院，是为纽黑文城内的高中生设立的，他们把紧迫的个人或社会问题搬上舞台，然后与观众讨论人物该如何解决这些问题。在其开放的学术研究中，格林的例子也提醒我们比较文学研究学者不必非得直接讨论政治主题才等于参与政治。今天，一种坚定的国际主义依然是比较文学的标志。也是在世界许多地区都爆发本土主义的一个时代，一种多语言的国际主义依然是我们政治活动的重要方面，不论我们贴出的特殊政治标签是什么。

从律法到自由

20世纪中期进行的一种严肃但有些偏离的学术研究是诺思罗普·弗莱的《批评的剖析》(1957)。该书重点在于非时间性的象征结构，为10年后在美国市场兴起的法国结构主义的爆炸性成功铺垫了道路，也是50年代末到整个70年代北美学术研究中被引用最多的一部著作。弗莱也积极投入制度性工作，在多伦多大学创建了比较文学研究项目，后来成为现代语言协会主席。他对加拿大文学孜孜不倦的研究影响了玛格丽特·阿特伍德这样的作家，致使他的名字在加拿大家喻户晓。弗莱也许是人像被印在邮票上的唯一一位北美文学批评家。

在《批评的剖析》的序言中，弗莱把他的研究说成是“纯批评理论”，涉及文学象征主义原理是如何发展成“一种大得多的理论结构的”(xiii)，可以用作科学的文学批评的基础。继而是“论战性前言”，他在其中宣告：“学者和公共批评家有必要继续对批评做出贡献，因为珊瑚虫已经看不见珊瑚岛了。”(12) 在几页的热身之后，弗莱公开嘲笑流行的新批评对个别作品的细读：“批评家被认为没有概念框架：他的工作不过是把诗人勤奋写出来的一首诗塞进一些特殊的美或效果之中，再得意洋洋地将其一个一个抽取出来，像他的原型小杰克霍纳一样。”(17—18)

弗莱在从事文学研究之前曾经是联合基督教会的牧师，圣经类型学是其原型批评的基础模式，但他断言文学的象征结构不同于作家想要传达的任何社会的、宗教的或政治的信息。他表示对圣经神学不感兴趣；反而认为圣经是“从律法到自由”的一次结构性演进（181），与从阿里斯托芬到萧伯纳的世俗喜剧平分秋色。同样，当弗莱提到围绕政治主题建构的作品时，他的兴趣在文类、情节结构和准荣格式原型；政治本身被淡化了。当讨论《巴巴拉上校》时，他没有提到萧伯纳对救世军强制性的改良主义或军火制造商安德鲁·安得沙夫特诱惑性的社会规划的讽刺，后者制造了一个军火工人的天堂。相反，弗莱让人想起萧伯纳在该剧结尾“对一种认知的绝妙戏仿”，披露安得沙夫特的女婿也是他的表亲，使得他打破了任命家族直系亲属为继任者的规矩。“这听起来很复杂”，弗莱说，“但喜剧的情节往往都是复杂的，因为这些复杂性中固有某种荒唐性”，其结局显示，“喜剧一般表明任意的情节会战胜始终如一的人物”（170）。原则上，一种政治的阅读会讨论一部戏剧的基础结构，但在讨论易卜生时，几页之后弗莱就否定了现代政治，而说起永恒的戏剧手法来：“在《群鬼》和《小艾友夫》中，易卜生用一个旧板栗描写主人公的情感对象，即他的姐姐（像梅南德一样古老的主题），他那些诧异的听众都视其为社会革命的先兆。”（181）

然而，如果把弗莱看作非革命性的作者那就错了。虽然他公开把政治主题搁置一边，但在《批评的剖析》中，他由始至终在文学的想象力中发现一股进步的，甚至是革命的力量——这是与吸引安娜·巴拉吉安的那些超现实主义观念完全一致的一个观点。弗莱认为，文学为格式化的商业和政治言论所促进的习俗和常规的压抑力量提供了至关重要的抵制。在这方面，《批评的剖析》恰好与第二次世界大战后对操纵性修辞的怀疑主义吻合，无论是维克多·克莱姆佩尔《LTI——语文学杂记》（1947）中被割裂的纳粹委婉语和时髦话，还是奥威尔《一九八四》中老大哥的“新言论”。但是，弗莱的不同凡响之处在于把批评扩展到文学批评家同仁的身上，无论是现在的还是过去的。他谈到马修·阿诺德时说：“不难看到阿诺德的偏见，因为他的观点过时了：一旦‘高度严肃性’，或最新批评修辞的某一有力的劝说者‘成熟起来’，那就有点难了。”（22）弗莱所用的“有力的劝说者”这些讽刺性标签与《隐蔽的劝说者》遥相呼应，这是万斯·帕克德对麦迪逊大街上的广告的抨击，该书也发表于1957年。

弗莱拒绝他所看到的平常的批评交易，用金融术语予以戏仿：“那位富有的投资商艾略特先生，在把弥尔顿倾销到市场上之后，现在正在收购他；邓恩也许到达了顶端，将逐渐缩小；丁尼生也许稍有浮动，但雪莱的股票仍呈熊市。这种事不可能是任何系统研究的组成部分。”（18）对弗莱而言，“我所知的每一个故意建构的文学价值的等级制都建立在一个封闭的社会、道德或知识类比之上”。他接着说：

> 为削弱某些作家之交流能力的不同借口，如模糊、淫秽、虚无、反动或其他什么，一般都是在掩盖某种感觉，即上升的社会或知识阶级所持有的礼仪观应该得以保持或予以挑战。……因此，对传统采取的选择方法不可避免地把某些超批评的伏笔掩藏在内。把整体文学作为研究基础，这没有问题，但一个传统（或者，“这个”传统）是从中抽取出来并依附于当代社会价值的，然后又用以记录这些价值的。（23）

在弗莱看来，文学一旦脱离了某种固定的美学或道德符码，就会给我们提供实现个体自由和社会进步的最大希望。

弗莱继承了雪莱的信仰，认为诗人是世界上未被承认的立法者，给予我们想象的动力去构想比我们生活于其中的世界更好的一个世界。但他与雪莱的区别在于：对弗莱来说，不是诗人，而是批评家在扮演立法者的角色。作家们常常陷入他们自己的（或其雇主的）意识形态之中，也许受想象之惑而进入几乎毫无实际价值的乌托邦幻象。正是批评家广泛的阅读揭示了文学的深层真理，而个别作者充其量也只能模糊地意识到而已。“无论好坏”，他断言，批评家是“教育先锋和文化传统的构建者”（4）。有了开拓性批评家的帮助，读者就能获得文学所促成的自由，在资本主义制度下这是通过利润从消费者流进生产者腰包的倒转实现的：

> 正是消费者而非生产者，受益于文化，从而具有了人性，受到了人文教育。没有理由认定为一位大诗人是个聪明人或好人，甚或是可容忍的人，但又有很多理由证明读者由于阅读而改善了人性。因此可以说，如礼仪一样，文化生产是半意识地摹仿有机节奏或过程，对文化的反应，如神话一样，是意识的革命行为。（344）

研究文学惯习是摆脱习俗的一条皇家大道。

原则上，所有模式和所有文类对于科学的批评来说都应该具有平等的价值，但是在整个《批评的剖析》中，弗莱最深切的同情显然是在喜剧，尤其是讽刺喜剧。他最有雄辩力的地方在于揭示梅尼普讽刺的价值，他认为这个文类中包括阿普列尤斯、拉伯雷、罗伯特·伯顿的《忧郁的剖析》，甚至《爱丽丝漫游奇境记》。弗莱完全可以把他自己的《批评的剖析》归为伯顿一类。在伯顿的书中，“社会是依据忧郁概念提供的知识结构来研究的，书的讨论会替代对话，结果是自乔叟以来英国文学史上对人生最全面的一次探索”，到处是论“学者痛苦”的跑题之作和“对光荣的哲学的讽刺”（311）。在整个《批评的剖析》中，弗莱强调的是“荒诞的主题或非理性的律法，这是喜剧行为趋于打破的”，往往是“以自己意志为律法的困惑的暴君的突发奇想”（169）。“社会出现在喜剧的结尾”，代表了“一种道德规范，或实用的自由社会”，是通过“从由习惯、礼仪束缚、任意法律和古老人物控制的社会向由年轻人和实用自由控制的社会”（169）的运动来实现的。

弗莱的著作提出了一种自由诗学。“在自由教育[①]的核心”，他宣称，“必定应该有获得解放的东西”（93）。在该书激情四溢的结尾，他重又回到这个话题：“自由教育的伦理目的在于解放，这只能意味着让人们认识到社会是自由的、无阶级的和儒雅的。”弗莱知道这是一种乌托邦理想：“这样的社会并不存在”，他接着说，“这就是为什么自由教育必须深切关怀想象的作品”（347）。尽管诗人常常努力传达社会所接受的道德真理，但“诗歌继续维持其自身的平衡，回归到欲望的结构，摆脱习俗和道德的束缚。它通常通过讽刺做到这一点。……道德和宗教通常称作下流、淫秽、淫荡和亵渎的那些性质在文学中都占有重要的位置”（156）。《批评的剖析》把力比多欲望的解放视为社会解放的前奏，这一重点与赫伯特·马尔库塞的《爱欲与文明》（1955）以及诺曼·O. 布朗的《生死对抗》（1959）有许多相同之处。

作为一个比较文学研究学者，弗莱是理论家；但作为加拿大人，他却是个活动家。越南战争期间，他公开支持反战抗议者；他反对南非种族隔离，从而遭到加拿大皇家骑警的监视。骑警们并未监视他的文学活动，同样也是公开的。他大书特书加拿大文学，敦促作家们放弃乡土的“兵营意识”（garrison mentality）以及他们对社会规范的顺从。1962 年，他做了一系列广播讲话，向广大听众宣讲他的思

---

① 一般译为“通识教育”或“博雅教育”，此处为突出弗莱用词之妙，译作“自由”。——译者注

想，加拿大广播公司以《受教育的想象》(*The Educated Imagination*，1963）为题发表。弗莱标题的重要意义在于修改了利奥奈尔·特里林的畅销书的标题《自由的想象》(1950)：一种全面的博雅教育（自由教育）取代了特里林的焦点，即读者个体与几位典范人物的碰撞。

与韦勒克一样，弗莱在比较文学研究中剔除了自己国家的文学。《批评的剖析》中近乎三百名作家的索引中没有出现加拿大作家的名字，虽然不同于大多数美国比较文学学者，弗莱书中的确包含了许多美国作家。然而，他的原型方法却不是依据某一大国的"伟大传统"的；这个方法既适用于莎士比亚和但丁，也能用于玛格丽特·阿特伍德、罗伯逊·戴维斯。如他在广播讲话中所说，"想象的构造告诉我们无法用任何其他方式可以得到的东西。这就是为什么加拿大人要特别注意加拿大文学的原因，即便进口的品牌总是有更好的口味"(《受教育的想象》，53)。总体说来，加拿大文学和外国文学能打开听众日常所见的那个世界。他请他们想象顺着多伦多一条大街行走的情形，"布洛尔街或格兰威尔街或圣凯瑟琳街或博塔基大道"，观察他们每日都见得到的惯习，从商店符号到男人的船员短装到唇膏到眼影，女人之所以描眼影是因为"她们想要把脸习俗化，或她们所说的'好看'"(34)。"所有这些习俗都迫于统一或相像"，他说，口吻预示了赫伯特·马尔库塞的下一部书《单面人》(1964)。在一次典型的非中心性评论中，他说唯一的例外"是决定与不同习俗相统一的人，如修女或披头士"(34—35)。

与马尔库塞对非传统局外人的否定思维的乌托邦诉求相反，弗莱从实用的角度出发，认为没有习俗就不会有社会生活。文学本身就建基于习俗之上，但具有一种拯救性的差别：当我们认真阅读时，"这次我们看到的是习俗，因为我们并不非常习惯于这些习俗。它们似乎尽可能使文学不像生活"——让人们用押韵的对句说话，让四角兽活灵活现，或给神话一个令人满意的解释（35）。文学的别一世界可以帮助我们看穿压抑性习俗，而社会却将其展示为事物的自然秩序，以其他方式展望我们的世界——我们将在第7章讨论这个主题。弗莱的视角可以与俄国形式主义相媲美，后者强调的是陌生化的革命力量，如维克多·什克洛夫斯基的《作为艺术的技术》（1917）。在弗莱的同代人中，他在观点上接近于阿多诺，试图在艺术中寻找一种选择，取代极权主义修辞和资产阶级习俗化的诱惑。阿多诺在1951年就说过这样一句令人难忘的话："艺术是从作为真理的谎言中传达的魔力。"（*Minima Moralia*，222）

弗莱是坚决的进步论者，但与韦勒克和格林一样，他也把政治激进主义抛在课堂之外。这一代人中大多数比较文学研究学者都避开直接的政治问题，这影响了他们的文本分析，也影响了对研究著作的选择。康拉德的《黑暗之心》在20世纪六七十年代通常是作为与未知世界的斗争来讨论的，或至多作为对殖民主义的严厉谴责，而没有人探讨文本对非洲和非洲人的有问题的再现。至于理论方法，主导1970年代的结构主义和后结构主义在欧洲语境下往往是激进的，但在美国却是以典型的形式主义呈现的，弗兰克·伦特里奇亚在《新批评之后》（1980）嘲讽地将其说成是"新新批评"。伦特里奇亚是在加利福尼亚教书的美国比较文学学者，60年代末左翼政治开始在那里崭露头角。但是形式主义却在整个70年代主导大多数比较文学研究。因此，我在耶鲁念大学时，我们读格奥尔格·卢卡奇的《小说理论》而不是《阶级意识的历史》，我们读罗兰·巴特的《S/Z》，将其视为叙事学的杰作，而没有注意他狡猾的具有颠覆性的性政治——D. A. 米勒后来在《揭发罗兰·巴特》（1992）中所揭示的一个批评焦点。米勒1977年在耶鲁获得博士学位，博士论文讨论简·奥斯丁、乔治·艾略特和司汤达的叙述封闭性问题；只是在后来才成为著名的怪异论者，兴趣超越欧洲且包含了美国文化，撰写百老汇音乐人和美国电影方面的书籍。

1976年，年轻的乔纳森·卡勒的确在研讨课上让我们读左翼哲学家、批评家肯尼斯·柏克的两本书，研讨课的名称是“话语模式与转义操作”。（在那黎明时分活下来，研究话语模式和转义操作，真是极乐呀！）然而，顺着卡勒于前一年发表的获奖著作《结构主义诗学》的重点，我们所读到的则是柏克浓墨重彩的《动机的语法》和《动机的修辞》，而不是更具政治性的《对待历史的态度》或《希特勒〈战役〉的修辞》。后者讨论希特勒于1939年发表的一篇文章，在主题和目的两方面都具有政治性。柏克在分析希特勒的修辞时极为清楚地警告说希特勒对宗教话语的贬斥完全可以在美国找到接续。在我的“哲学家与暴君”的课堂上，我让学生们读的恰恰是这篇文章和《我的奋斗》中的部分章节，课程本身包括从古代到麻烦不断的今天的极权话语模式。

进入福柯

仅就比较文学学科远离美国文化而言，1960年代兴起的激进主义浪潮对于大多数比较文学研究并未产生多大影响。对比之下，英文系和法文系以及新兴的妇女研究和族裔研究却与其政治性较为契合。70年代末形势急剧变化。1975年第一个学期作为法文客座教授来伯克利讲学的米歇尔·福柯在美国几乎默默无闻，来听讲座的人也寥寥无几。但到了1980年，他就成了名人，容纳两千人的讲堂座无虚席。那年秋天，伯克利学生报刊登了一篇采访，采访中他说：“在某种意义上，我是位道德家，我相信我们的任务之一，人类生存的意义之一——人类自由之源——就是永远不要把任何事物看作确定的、不可触摸的、明显的或固定不动的。对我们来说，现实的任何方面都不应该允许成为我们确定的、非人的法则。”至此，弗莱都会点头称是的，但福柯继续说：“我们必须站起来反对一切形式的权力——不仅是狭义上的权力，政府权力或一个又一个社会组织的权力：这些只不过是权力集中的特殊形式。”（Bess，“Power，Moral Values，and the Intellectual”）

始终不渝地赞赏福柯的第一位美国比较文学研究学者是爱德华·赛义德。从 1970 年代中期开始，他就强烈抨击去政治化的文学和知识生活，从而产生了巨大影响。其理论兼收并蓄，包括从维柯到马克思、从奥尔巴赫到葛兰西到福柯等一系列思想家。然而，就其与巴勒斯坦斗争和后殖民文学研究的紧密认同而言，赛义德并非一开始就是对抗性批评家。1935 年，他生于开罗的巴勒斯坦基督教小康之家，并在开罗接受了英国殖民体制的教育，比如在学校不准讲阿拉伯语；在家里，家人之间交替使用阿拉伯语和英语。赛义德逐渐喜欢上了英国和法国文学，与年轻时在上海的林语堂一样，他对欧洲文学的了解多于对本国文学的了解。他终生致力于英国和法国作家的研究，从乔纳森·斯威夫特到奥斯丁、康拉德和普鲁斯特。1995 年他在纽约大学召开的一次关于他的学术会议上说：“我毕竟是经典作家。”

第一次世界大战后，赛义德父亲生活在美国，成为美国公民。赛义德 16 岁时，父亲送他到麻省北野山高中，一所精英住宿学校，其校歌恰好是威廉·布莱克《耶路撒冷》一诗中描写的一个场景。高中期间，赛义德学会了弹钢琴，以班级第一名的成绩毕业。之后，去普林斯顿学英文，与新批评家 R. P. 布莱克穆尔过往甚密。他去哈佛攻读英文博士学位，写了论康拉德的博士论文。1963 年获得博士学位后，他在哥伦比亚大学英文和比较文学系任教，四十年如一日，直至

2003年逝世。

哥伦比亚英文系欢迎参与社会活动的学者。一个主导性人物是利奥奈尔·特里林，其大量著作是关于马克思和弗洛伊德的，一如他的前学生斯蒂芬·马尔库斯。二人都参与了《党派评论》的编撰，当时是纽约知识分子的主要刊物。然而，特里林的自由主义主要是思想表达而非行动。如历史学家托马斯·本德尔所写："他厌倦了激进主义和承诺，勇敢地表达一种世俗和精明的犹豫。"（《利奥奈尔·特里林与美国生活》，326）教师们可以争论种族和族裔问题，但争论者本身大可不必是族人。他逝世后，狄安娜·特里林为他写了一篇回顾性文章，文中说，"在相貌和名字上"，她丈夫应当是系里第一个被雇用的犹太职员，而如果他以外祖父的名字"以色列"命名的话，他也许拿不到这份工作（《利奥奈尔·特里林》，44）。20年后，A. 巴特莱特·贾马蒂就由于不叫安吉罗·B. 贾马蒂而顺利被耶鲁录取，而哥伦比亚大学雇用了康拉德研究专家爱德华·W. 赛义德，但不可能冒险录用巴勒斯坦激进活动家E. 瓦笛·赛义德。[①]

康拉德始终是赛义德研究的核心，但由博士论文延伸出来的著作《约瑟夫·康拉德与自传体小说》（1966）却是关于心理学的研究，与当时流行的存在主义哲学相吻合。"殖民主义""帝国主义""宗主国"等术语没有在索引里出现。赛义德深切关注的是康拉德的外来性与英国小说之间的张力，在对"康拉德意识的现象学探讨中"聚焦于"康拉德精神生活中的困境"。（5，7）

赛义德在第二部书中从文学史转向了文学理论（《开端：意图与

---

① 斯蒂芬·马尔库斯也不太可能被录用。童年时他在布朗克斯的一个穷犹太人家里长大，但两年的剑桥学习让他练就了一副高高在上的维多利亚人的样貌（和一副终生不变的英语腔）。赛义德喜欢羊毛外套和定做的粗花呢衣服。1983年，当他描述康拉德"采纳移民转英国绅士的身份"时，他完全可以以此描述他自己。（《世俗批评》，19）

方法》，1975)，把现代主义作为一个转折时期。期间，人们生活的特定环境和传统继承、他们的“依附”，都似乎瓦解了，作家们不断构建自己新的社会和文化依附关系。该书的焦点依然是文学和哲学而非政治，探讨了维柯、狄更斯、尼采、霍普金斯、弗洛伊德、康拉德和普鲁斯特的创始性策略，其基础理论来自结构主义和后结构主义的庞大阵营。赛义德运用福柯关于后启蒙运动中知识转型的思想来论证现代思想家打破既有思维方式的必要性，但《开端》强调的是对权威的挑战而非进行公开的政治批判。前言中，赛义德提出了弗莱会毫不犹豫地予以支持的一种自觉批评——“如果批评需要一种特别迫切的表白，”他说，“那就是经常反复经历的开端和再开端，其力量不是产生权威也不是促进正统，而是激发自觉的情境性活动，即目标为非压制性交流的活动。”(xiv)

《开端》是一部结构主义与后结构主义交集的著作，与一些叙事学著作相近，如弗兰克·克默德的《一个结局的意义》(1967)，或彼得·布鲁克斯的《情节阅读：叙事中的设计与意图》(1984)。然而，与克默德和布鲁克斯相对照，赛义德表明作家们如何在开始时就扰乱叙事的设计和意图，而约翰·霍普金斯的杂志《变音符》用一整期的篇幅讨论《开端》与解构主义的关系。J. 希利斯·米勒强调指出该书与德·曼提出的悖论的相近性，而另外两位撰稿人则认为赛义德对解构主义洞见的理解并不足够。只有一位作者，海登·怀特看出该书是一部政治寓言(《作为文化政治学的批评》，19)。

该刊同期还刊登了长篇而具有启发意义的访谈。在访谈中，赛义德谈到其政治维度，说在《开端》中，“我是在检验人们是如何从思辨开始而最终沦为某种世俗行为的”，但他也提到“对这个问题的回答在书中是非常隐蔽的”(《访谈》，39)。尽管他对无休止的悖论读解表示了不耐烦，但他的确自觉地站在了由德·曼、希利斯·米勒、杰奥弗里·哈特曼和哈罗德·布鲁姆组成的“耶鲁学派”一边。有趣的是，他单独表扬了布鲁姆。“不管其政治信仰是什么，”他说，“他击中了我认为绝对真实的东西——人的活动，作品的生产，并不、也不能在他诗歌中没有讨论的那种权力关系的情况下发生。人不仅仅在写作：写作时，人与其他作家、其他作品、其他活动或其他对象是相对峙或相反对的。”（35）

这次访谈使我们窥见了一个理智的人的一次迷人的转折。由于生长在开罗，偶尔去去耶路撒冷，全家去黎巴嫩度假，16岁后，赛义德就一直在美国；以色列/巴勒斯坦的斗争似乎随着他追求学业、开始职业生涯而越来越疏远了。然而，那部论康拉德的书发表一年后，1967年的阿拉伯—以色列战争唤醒了他，使他直接参与了政治行动，即便作为英文和比较文学教授的日常生活仍在继续。在1976年的一次采访中，赛义德谈到自己正处于“一个困难的关口”。他对采访者说：

> 我在大学里过着一种毫无争议的生活，其中大量的工作都是既定渠道所要求的。那是某种教育的功能，某种社会背景的表象。然而，我还过着另一种生活，那是其他大多数文学研究者所不予言说的。……我的整个背景在中东，我惯常的有时拖延的访问，我的政治参与：所有这些都存放在一个完全不同的盒子里，我作为文学批评家、教授等从那里脱颖而出。现在，第二种，也就是较以前的一种生活在严重地侵蚀着另一种，对我来说这是一个困难的关头。（39）

要目睹他那些分离的自我从不同的盒子里跳将出来，并不是件容易的事；但是，赛义德抓住了混乱时局给他的机会。他对采访者说：“在两个世界之间存在着联系，在一个世界里我开始利用我自己的著作。”

(39) 他在《东方学》中描述了这种研究，当时他正在完成这部著作。在该书结尾，他说：

> 我感到自己在一个很有趣的位置上写作。我是一位回击东方主义者的东方人，这些东方主义者长期以来靠我们的沉默兴旺发达。我仿佛也在给他们写，拆毁其学科的结构，展示其元历史的、制度的、反经验的和意识形态的偏见。最后，我感到自己是就共同感兴趣的问题为同胞和同人而写。(47)

既为同胞也为同人而写，赛义德在设法把两种读众和两个自我聚合在一起。

从赛义德到斯皮瓦克

在后续的岁月里，赛义德以大量的文章和著作继续纯化其思想，特别是《世界·文本·批评家》(1983)——这个题目令人想起他很久以前的圣公会洗礼。当时，一定有人责令婴儿爱德华抛弃尘世、肉体和恶魔，但现在，文本取代了肉体，批评家取代了恶魔。这部文集中最重要的文章《世俗批评》("Secular Criticism") 对一种超然的人文主义予以了严厉的批评，这种人文主义把"公认的高雅文化实践置于社会严肃的政治关怀的边缘。这导致一种职业专家崇拜，其影响是普遍有害的。对知识阶层来说，专门知识往往是提供并出售给社会中央权威的一种服务"(3)。赛义德认为"批评实践并不是要证实现状，也不是参与教士式的随从队伍和教条的形而上学家"(5)。弗莱可能会用那种构想，但赛义德走得更远，坚持认为"权力和权威的现实——以及男人、女人、社会运动对制度、权威和正统的抵制——是使文本得以生产的现实，文本把这些现实呈现给读者，引起了批评家的注意”（5）。

他敦促读者要更自觉地意识到我们深陷于支持我们工作的权力制度结构，当欧洲理论进入美国之时，这种制度结构就已经弱化了欧洲理论的激进主义。“欧洲文学理论的知识之源，准确地说，是叛逆性的”，他说：

> 然而，有些事情还是发生了，也许是必然要发生的。从跨越专业界限的一场大胆的干预性运动，美国1970年代末的文学理论已经退回到“文本性”的迷宫，随之也把欧洲文本革命的最新使徒——德里达和福柯——拖了进去，其跨大西洋的经典化和归化就连他们自己也悲哀地不足以为之振奋。（3）

在该文集结尾的一篇文章《回顾美国近来的“左翼”文学批评》中，他重谈旧话，《疆界2》在1979年专论“阅读的问题”一期中将此文作为导论刊出。文中，他尖锐地批判了没有真正政治效果的革命姿态：

> 现在我们发现一种新的采纳某种立场和某种对抗性修辞的批评，以抵制被认为是既定的或保守的学术研究，这一新的批评自觉地发挥左翼政治的功能，**似乎**追求思想、实践，甚或社会的激进化，但其实际所做或生产却不尽然，而只是自说自话或对对方品头论足而已。（12）

这些批评家将自身局限于“文学的学术问题，现存的教学制度以及文学学生的雇用”，赛义德说，他们已经屈服于“往往可笑的、常常自吹的一种观念，即他们的讨论和争论已经对人类关注的重要利益发生了不可估量的影响。在接受这些局限的同时，这些公认的左派毫不逊色于右派，却远没有承担起左派的责任”（13）。赛义德所指的准对抗性修辞主要是保罗·德·曼。他说：“腐蚀性的讽刺确实是德·曼作为批评家的核心问题：他总是感兴趣于批评家和/或诗人自以为能够呈现他们——批评家无意地、诗人有意地——所揭示的东西时，那些不可能阐述内容的前提，即所谓的思想的悖论，德·曼相信一切伟大的文学都必然回归于此。”（16）

赛义德在1982年发表于《批评探索》的一篇导论文章中走得更远。刊物当期主题为“阐释的政治”，收录了赛义德和其他重要人物的九篇文章，包括海登·怀特、斯坦利·卡威尔和茱莉亚·克里斯蒂娃，接着是五篇回应。赛义德的文章题为《对手、读众、支持者与社区》（“Opponents, Audiences, Constituencies, and Community”），他的目标不仅仅是归化的法国理论，而是整个当代批评，从美国新批评到法国新批判（the French *nouvelle critique*）。他指出，在大西洋两岸，“存在着一种要扩大支持者队伍的兴趣，由于在一种准修道院式的秩序中追求抽象的准确性和方法的严格而失去了支持者。批评家们相互阅读，而几乎不关心其他人”（6）。德里达现在成了与德·曼一路的被抨击对象：“我始终认为德里达所说的逻各斯中心主义的极大讽刺就在于，其批判，其解构，恰好就像逻各斯中心本身一样矜持、单调和不经意的系统化。”（9）

五篇回应中的第一篇出自佳亚特里·斯皮瓦克之手。她来自印度，在康奈尔大学攻读博士学位，在德·曼指导下写了论叶芝的博士论文，1965年在爱荷华州立大学任助理教授。1967年，她偶然读了德里达的《文字学》（*De la grammatologie*）——是当时名不见经传的阿尔及利亚—法国哲学家德里达发表的三部著作之一——她决定试着将其译成英文。1976年，英文版《文字学》(*Of Grammatology*)问世，附有八十页的分析性前言，确立了她作为解构思想之主要阐释者以及不趋炎附势的批评者的地位。在对《批评探索》"阐释的政治"的回应文章中，她尖锐地用自己文章的题目《多种阐释的政治》把主题复数化了。她完全同意赛义德所说的批评应该投身于政治，但也鲜明地反对赛义德对非政治性解构理论的轻描淡写，宣告赛义德的文章有时像是"针对学科内愚蠢或欺诈的实践者的一篇激烈的演说词"(263)。她进而论证说，"作为明星体制内的一位明星"，赛义德对不太精英的场合所做的真正的政治工作视而不见，比如像《激进教师》这样的杂志，或"教学大纲、期刊以及越来越多的被拒绝终身教职的年轻教师的名单"(267)。

赛义德文章中讲的是学人与更大文化的关系，斯皮瓦克的回应则转向了学术界内部的政治。詹克斯和利斯曼仅仅用作一个类比的后殖民视角，这对于印度独立五年前出生在加尔各答的一位学者来说，则是一个完全不同的问题了；对于一个刚刚进入男性主导的职业圈的年轻女性来说，也是不同的。在《批评探索》这一期的十四位撰稿人中，除了克里斯蒂娃外，她是唯一的女性，除了赛义德外她是唯一的非欧洲血统，因此也是位于两个边缘位置交叉口的唯一一个人了。她早期论叶芝的著作没有涉及性别或帝国等问题，但在德里达译著发表之后，她开始认真思考这两个维度之于文学理论的关系以及之于教学的关系。

1981年以后发表的三篇文章可以完整勾画斯皮瓦克迅速形成的观点。在《寻找女性主义读物》中，斯皮瓦克描写了1977年一个令人不安的时刻，那是在一次女性主义文学批评的研讨会上，一位发言者就但丁的《新生》发言，而没有讨论但丁写作时那种传统的女性歧视。听众中一位助理教授提出了一个疑问：

> “一个女人怎么会称赞这样一个文本？”发言者还没来得及回答，听众中一位著名女士以权威的口吻说：“因为文本解构自身，作者并不为文本似乎要说的话负责。”我为那次交流深感不安。这是一个男性权威，我想，他是在一个女人的提示下去让另一个女人保持政治沉默。（43）

在她看来，解构已被调用于限制解构自身的干涉潜力。“那一整个夏天和秋天，我一直考虑这个问题，”斯皮瓦克说，“那年圣诞节，我想我找到了阐述的方法：狭义的解构归化了广义的解构。”（45）与赛义德一样，她认为“只阅读不可读的寓言就是对‘材料’的异质性和不平衡性视而不见”（64），但她在解构方法中看到了其他可能性，并在关于但丁和叶芝的讨论中展示了这些可能性。面对他们在生活中和在写作中对妇女所持的深切矛盾感，她提议，“女性主义的阅读能够通过将其起源的自传性弱点戏剧化，而质疑专业学术研究的规范性”（46）。

1981 年她的第二篇文章《阅读世界：80 年代的文学研究》是在学院英语协会做的一次报告。在这个语境中，斯皮瓦克从学术会议背景转向课堂上弱点与权威性的相互作用。她描述了最近在得克萨斯大学奥斯丁分校的一次名誉学位研讨会上的经历：

> 在第一次课上，年轻的男女学生和我一样坐在移动椅子上，围着由四张长方形桌子摆成的空心四边形。第二次课我稍有些迟到。学生们把那把椅子空下来留给我，于是我向他们介绍课程的主题……历史和权力与权威制度比个人善意的局限更强大。如果你否认它们，它们就会从后门溜进来。（674）

她告诉学生们，这个研讨班的布置掩盖了一个等级制度，影响着学生与她的关系以及学生与学生的关系。他们参加了一个荣誉项目，这给予他们参加这次研讨班的特权，通常这是一个自由平等交流的空间。然而，学生们本能地再造了这个研讨班，这似乎抹去了那个研讨班的布景。她对学生们说："由于我上次用我的屁股坐热了那把特殊的椅子，就仿佛我对它施洗而成为权威之席位，于是你们把它留给我。你们的历史一制度性动力证明比你们的个人善意强大。"（674）课上任何一位南方浸礼会教徒都可能会为她这种非同寻常的洗礼形式感到尴尬，但她的确把要点说清楚了。她在文章的结尾建议"80 年代的文学研究应该学会意识形态与文学语言之间辩证的、持续的交叉孵化"。她还说，"在课堂上学的这种活动应该没有任何突兀感地演变成对社会文本的主动参与性阅读，学生和教师都深陷于这个社会文本之中"（676—677）。

同年发表的第三篇文章表明斯皮瓦克探讨欧洲和美国以外的一种解构女性主义的兴趣在持续增强。这就是她首次翻译的孟加拉作家玛哈斯维塔·德威的一篇故事《黑公主》（"Draupadi"），刊登于《批评探索》论"写作与性差异"的专辑。斯皮瓦克的译文再次附有长篇前言，是唯一一篇非西方聚焦的文章。她写道："我把这篇孟加拉故事译成英文，与其说为了那个恶棍塞纳纳亚，毋宁说为了那个标题人物。"（《黑公主》，381）塞纳纳亚是名便衣警察，他的任务是追踪和调查在西孟加拉密谋推翻印度政府的起义者。他绝不是漫画上的恶棍，而是一位民粹主义者和美学家。他读莎士比亚和反法西斯文学，同情叛逆者。黑公主是他追踪的目标，但即使在她被捕之后，被剥得精光，被轮奸，她依然蔑视那些暴徒，拒绝背叛同志们，甚至不感到耻辱。

在前言中，斯皮瓦克惊人地站在了黑公主一边，反对父权社会，而且令人不安地支持美学家兼调查员塞纳纳亚。如德威——直接用英文所描写的，斯皮瓦克用斜体所强调的——"不管他做什么，**理论**

上，他尊敬对方。……因此他理解他们，（**理论上**）他是他们中的一员。他希望将来有朝一日把所有这些都写出来。”（394）斯皮瓦克评论道：“因此，我们为第三世界的姐妹们悲哀，也为她们的失身感到高兴，为了‘自由’而尽可能像我们一样；我们为拥有对她们的专门了解而庆贺自己。”（381）从女性主义的正反两方面来描写“我们自己的学术和第三世界的封闭世界”，她强调说，“如果我们完全依赖西方内幕者的学术会议和选集，我们就无法为那些妇女说话。我看到妇女研究杂志或书封上有她们的照片——实际上，当我照镜子看的时候——我看到的是简装的反法西斯分子塞纳纳亚”（382）。

斯皮瓦克说，德威通过其基本上解构的叙事“请我们开始抹掉那个形象”：“故事是陷于两个解构方法之间的一个瞬间：一方面，是以自身的越界进行解构的一种律法；另一方面，是知识与乡土斗争之间二元对立的解构。”（382，386）在斯皮瓦克手里，解构重又获得了政治锋芒，完全超越了赛义德甚至德里达本人所预想的局限。

* * *

回顾20世纪40年代到80年代的比较文学研究，故事远比从唯美主义到政治参与，或从保守的人文主义到彻底的激进主义的进步复杂。安娜·巴拉吉安终其一生研究安德烈·布勒东和其他超现实主义者，他们都既是美学上的又是政治上的激进派，尽管晚年时她痛斥眼中的后结构主义教条和狭隘的身份政治。[①] 相反，坚持进步主义的赛义德主要研究欧洲重要经典作家，常常使用他在普林斯顿大学师从R. P. 布莱克穆尔时学到的细读方法。在《世俗批评》

---

① 在《钟楼上的雪花：批评界的教条和躁动》（“The Snowflake on the Belfry：Dogma and Disquietude in the Critical Arena”，1994）中，详细阐述了她的反对意见。在《我是如何并何以成为比较文学学者的》一文中，她对后殖民视角的烦躁凸显出来，坚持认为艾米·塞萨尔（Aime Cesaire）纯粹是“偶然出生在马提尼克岛的亲法超现实主义者”（82）。

中，即便在迫切强调一种政治性的学术时，他仍然说："可能看起来奇怪，但的确是真的，在文化和学术问题上，我往往有理由同情保守态度。"（22）佳亚特里·斯皮瓦克同样意识到她所处的复杂位置，"教学机器中的边缘性"，这是她1988年发表的一篇文章的标题。文中，她以批评的口吻回想起赛义德的《开端》，但也以同样的口吻对她自己——对我们也即我的读者说话："如果我们开始的'某处'是新殖民教育体系的最有特权的场所，由国家资助的一所培训教师的学校，那么，方便的姿态难道不就成为规范的起点了吗？参与这样有特权的、有权威的机器难道就不要求最大的戒备了吗？"（64）

从安娜·巴拉吉安和诺思罗普·弗莱到爱德华·赛义德和佳亚特里·斯皮瓦克，本章中所有这些人物都想要改变这个世界，从他们的课堂开始，到他们的系科、学科和外面的世界。尽管他们有出自真心的，有时也有很尖锐的矛盾，但是所有这些比较文学研究学者的著作都完全可以归为赛义德在《世俗批评》的结尾所提出的训令：批评家必须始终对教条正统保持怀疑："因为大体上——在此我必须清楚无误——批评必须自视为自我强化，在结构上反对一切形式的暴政、统治和滥用；其社会目标是为人类自由而生产非压制性的知识。"（29）

4

理论

1988年10月，在纽约的《乡村文学副刊》上，爱德华·赛义德发文赞扬后结构主义、马克思主义、女性主义视角已经扩展了文学经典，把重要但被忽视的作家如奇努阿·阿契贝和左拉·尼尔·赫斯顿也包括进来，但他宣称，"这种能量大多在文学理论自身之外"（"News of the World"，14）。问题在于批评已经成为自我封闭的学术游戏："大惊小怪的形式主义，令人厌烦的轮番的详尽阐发，这种理论研究的职业化胜利，已经走得太远，致使人们对其失去了兴趣。"（14）尚不清楚的是，大惊小怪的形式主义和令人厌烦的转轮在此之前究竟有多大的趣味，然而有如此感觉的人并不止赛义德一人，人们感到前二十年中相互作用的许多理论方法并未产生韦勒克和弗莱所希望的那种清晰的视野，更没有达到赛义德力图要发挥的更大的政治影响。

他的文章被放在"我们由此向何处去？"为题的一节之首。这是一些批评家的陈述，包括杰奥弗里·哈特曼、凯瑟琳·斯迪姆森和斯蒂芬·格林布拉特，接着是扩展为四页的一幅怀特海的漫画，题为："文学批评史上的伟大时刻：从石器时代到空间时代的漫画史"，怀特海此前曾发表过《共犯连环画》（*Corporate Crime Comic*）。这一讽刺性漫游的最后一页（图 3）呈现的是 20 世纪 70 和 80 年代的重要理论时刻，以相互竞争的畸形秀（freak shows）和杂耍的形式呈现。

事实上，令人厌烦的转轮是作为历史的摩天轮而被置于前景之中的，掌舵者是弗雷德里克·詹姆逊和雷蒙德·威廉姆斯，郁闷的工人们和资本家们不情愿地站在同一边。法国女性主义者从一条爱的隧道里出来，包括身穿中式服装的茱莉亚·克里斯蒂娃和带着女性他者窥阴器的精神分析学家露西·伊利格瑞。在其他杂耍中，福柯在折弯性别规范，法兰克福学派在卖热狗，女性主义者和非裔美国人在利用不同经典贩卖左拉·尼尔·赫斯顿和夏洛特·珀金斯·吉尔曼的书。他们没有命中靶心吗，还是把箭射向了边缘？

接着是耶鲁学派，哈罗德·布鲁姆成了一只迟到的白兔，焦急地对着手表。J. 希利斯·米勒和杰奥弗里·哈特曼是乃兄乃弟，半斤八两。而保罗·德·曼——其早期为比利时通敌报纸所写的文章刚刚被披露出来——则是奇爱博士（Dr. Strangelove），挣扎着压住右臂以免向纳粹敬礼。附近，罗兰·巴特正要跑过在巴黎街道上将他轧死的一辆洗衣车，而苏珊·桑塔格正极力警示他，要不然就是急于接管他在批评界的地位。三个错位的希腊人正在货摊之间赛跑，远离在漫画第一页就出现的柏拉图学园。同时，整个狂欢场面正在被肥胖的工人们所解构，他们手里拿着散弹枪，从耶鲁的摊位开始，也在突破前景中的围栏——仿佛向我们冲来。

三十年以来的所有这些运动，即便个体理论家，在文学研究领域也依然赫赫有名。有些已经不在人世了，但都没有离开我们。现在，

图 3 《文学批评史上的伟大时刻》，载《乡村文学副刊》，1988 年。

这个露天游乐场需要扩大，以便给后殖民研究让位（尽管兴起于 1980 年代末），以及新兴的运动，如生态批评、离散研究、数字人文，以及全球化和世界文学等相互竞争的理论聚会。在 80 年代末似乎已经迷失方向的各种方法一定会让现在的研究生们感到惊奇，实在是一堆令人望而却步的极具挑战性的东西。比较文学研究学者的工具箱在今天已经沉重得难以抬起了。

诚然，没有人必须掌握每一种理论，就如同我们不可能掌握每一种语言或研究每一个文学传统一样。“理论”不是统一的总体，甚至不是稳定不变的话语，但需要在我们接受和使用它们的语境中被理解（实际上是被理论化）。尽管我们可以认为当代“文学理论”分享着国际话语各领域，但理论在世界各地的接受和应用仍有明显的差异。在日本，影响研究比在其他许多国家都盛行，而在欧洲，美学和叙事学问题往往占据中心。在对西班牙理论界的一次调查研究《文学理论与比较文学》（2005）中，乔迪·罗维特与四位同仁描述了理论的变体，非常不同于美国学者的描述。他们主要是通过两个人物呈现后殖民研究的：爱德华·赛义德，这是预料之中的，但还有阿曼多·尼希——意大利比较文学研究学者和解殖民理论家，欧洲之外很少有人讨论他。罗维特及其同事们从不提霍米·巴巴、弗朗茨·法依、爱德华·格里桑或佳亚特里·斯皮瓦克，他们在美国后殖民研究中都是核心人物；他们更致力于文类研究、分期化和后结构主义方法。与诺思罗普·弗莱和叙事学者杰拉德·热奈特相比，赛义德相对论及较少。

非常不同的是，特里·伊格尔顿声称“实际上不存在‘文学理论’，指的是仅仅来源于并应用于文学的一整套理论并不存在。……相反，所有理论都源自人文学的其他领域”（《文学理论》，vii）。乔纳森·卡勒也认为“文学研究中的理论并不阐述文学的性质或研究方法”，而是指一系列松散的“来自文学研究领域之外的著述，他们被从事文学研究的人采纳，因为他们对语言、精神、历史或文化的分析提供了对文本和文化问题的新的和令人信服的解释”（《文学理论》，3）。为了与卡勒的外文学定义相一致，他更注意德里达和福柯，而非弗莱和热奈特。

另一种理论的建构更加重视俄国形式主义及其影响，这是基于斯拉夫语系的比较文学学者常常拥护的一种方法。在美国，韦勒克和沃伦的《文学理论》广泛吸收韦勒克年轻时在布拉格接受的形式主义传统，而在1980年代，迈克尔·霍尔奎斯特和卡里尔·爱默生编辑的巴赫金文集《对话的想象》则对比较文学研究产生了重要影响。维克多·什克洛夫斯基在斯维特兰娜·博伊姆的《怀旧的未来》（2002）、《另一种自由》（2012）和《离开的现代》（2017）中皆是精神主导。俄国形式主义和法国理论都在D. N. 洛德维科的《理论的挽歌》（2015）中扮演了重要角色，这是洛德维科所著三部曲的核心，于中，作者提出了文学理论、哲学、科学和电影研究之间的关联问题。

仅就理论的多种变体而言，我们每个人需要知道的，并不是一套理论经典，而是如何很好地运用最适合于所提问题的理论，无论是哪一种。运用得不好，理论的透镜都会扭曲所研究的内容。本尼迪托·克罗齐已经在其《美学》中重点讨论了这个问题，公开谴责在面对各种不同文本时把伪概念（pseudoconcetti）细分成无限繁衍的亚范畴。在与诺思罗普·弗莱和许多结构主义者后来都拥护的科学主义的对峙中，克罗齐论证说：“含义是无限的，因为个性化是无限的”，诸如“讽刺漫画”这样的范畴必定会“依据自然科学任意和近似的方法”予以理解（《美学》，84）。七十年后，爱德华·赛义德在《东方学》的前言中也表达了这一关怀：“我的两个担心是扭曲和不准确，甚或说由于一种过于教条的一般性和过于实证的地方力量而生产的一种不准确。”（8）在整个研究中，他说，他试图“识别个性，将其与智性调和，而这绝不是被动或纯粹独裁的、一般的和霸权的语境”（9）。

对教条的一般化的古典担心可见于埃里克·奥尔巴赫的《摹仿论：西方文学中现实的再现》。尽管标题显示出亚里士多德式的抽象，但在《后记》中，他否认使用过任何指导性框架：

> 我的阐释无疑是由某种特殊目的引导的。然而，这个目的是在我进行的过程中形成的，与我的文本构成互动，而就这个方法的漫长延展而言，我只有文本自身作为我的引导。此外，大多数文本都是任意选择的，基于偶然的熟悉和喜爱，而不是出于确定的目的。（556）

然而，奥尔巴赫对一般格式的公然抵制对于读者中死心塌地的历史主义者来说还是不够。在1950年发表的文章《摹仿论》中，古典主义者路德维希·埃德尔斯坦讨论了奥尔巴赫开篇就明确了与两希文化的对立。埃德尔斯坦说，“异教和基督教文学表明一种聚敛的倾向，而非相互直面对立”，他认为奥尔巴赫“以古典主义阐释者的眼光看待古代，而我则试图用历史学者的眼光来看待它。在古典主义者眼里，古代态度是一成不变的”，而“在历史学者的眼里，即便5世纪也不是一个统一体”（《摹仿论》，429、431）。

四年后，奥尔巴赫回应说，那些声称低估了古典现实主义变体的人并没有理解他所讨论的**那种**特殊的现实主义。“也许我称之为‘存在的现实主义’会更好些，”他说，“但是我还是不情愿用这个太当代的字眼儿描述远古的现象”。（《摹仿论》后记，561）他因此既提议又撤回了“存在的现实主义”，公开反思某一现代视角的一个术语。几页之后，他又回到这个话题：“抽象的还原的概念歪曲或破坏了现象。

这种安排势必要使个体现象自由地生存和展开。如果可能，我不会使用任何总体化的表达。”（572）然而，如果不这样，这样一本书就不可能会写出来。不仅奥尔巴赫的希腊文标题，而且副标题中的每一个实词都是总体性术语：“摹仿”“再现”“现实”“西方”“文学”。没有这些术语，其标题就只有“the”“of”“in”了。

自 1950 年代以来，越来越多的比较文学学者接受各种文学和文化理论。如乔迪·罗维特所说，60 年代和 70 年代名声大振的诸理论超越了实证性文学史和语文学分析，并提供了“大量的关于语言在辩证复合中之意指的概念，使得个人、社会和历史直面对视”（《文学理论》，23）。正是比较文学研究的理论声望使罗维特在巴塞罗那大学登上了文学理论和比较文学系系主任的宝座，文学理论得以系科的名义赢得了骄傲。

理论何以在学科进化中赢得如此重要的地位，这有制度上的也有知识上的原因。在历史主义盛行的 19 世纪，现代文学系确立了民族根基，提供的课程都是（现在仍然是）以单一国家或地区内部的时间或运动系列为基础的，学术研究也基于作家之间的已知关联，他们都享有共同的文学背景，不需要更一般的分析基础。当然，文学史的撰写可以没有理论这一观点始终是有疑问的。只举一例：伊安·瓦特发表于 1957 年的颇有影响的著作《小说的兴起》——与弗莱的《批评的剖析》同年发表——其标题宣布了一种隐含的历史理论（兴起）和体裁的理论（小说，也是弗莱的著作要详尽讨论的核心概念）。此外，瓦特的标题充斥着一整套社会假设：性别的假设（他讨论的三个小说家都是男性），阶级的假设（中产阶级），以及一种分隔式民族主义，把小说的兴起置放在英国，而非西班牙或法国，更不会是古代的亚历山大或平安时代的日本。

在 19 世纪，诸如波斯奈特等比较文学研究学者就开始寻找不同方法分析作家或作品之间直接关联之外的作品。在法国，“总体文学”包括体裁的问题以及对浪漫主义和现代主义等运动的研究，包括相互从未听说过的作家。20世纪中期“东西方研究”的发展激发研究者对诸如比较诗学等更宽泛的框架研究。在索邦大学，令人敬畏的勒内·艾田蒲专攻法国和中国文学与文化，涉猎其他多种语言和文学，从个别研究如《兰波的神话》(1952)和《孔夫子》(1958)到三卷本的《比较诗学的问题》(1960—1962)到《论真正的总体文学》(1974)，标题中“真”在于讽刺当时大多数“总体文学”研究的欧洲中心主义。1988年，当赛义德在抱怨文学理论能量已经耗尽之时，艾田蒲发表了《星际比较文学刍议》[*Ouverture(s) sur un comparatisme planétaire*]，是对全球化的开拓性回应。在美国，厄尔·迈纳在明尼苏达大学获得日文学士学位和英文博士学位，写出了第一本书《英国和美国文学中的日本传统》(1958)。在后来的岁月里，他大体上致力于英国诗歌和日本诗歌的个别/独立研究，最后写出了开拓性的《比较诗学：文学理论跨文化研究》(1990)。[1]

此后，对切实可行的理论框架的需求不断增长，使比较文学研究扩大到对世界文学的研究。与此同时，世界上过去与现在的文学文化变体对于任何特定理论框架来说都是巨大的问题。几乎所有理论都源自某一特殊的历史和文化语境，而文学理论通常衍生于非常特殊的档案，无论是迈纳用于比较诗学研究的前现代英国和日本诗歌，还是对弗莱和布鲁姆都如此重要的英国浪漫派诗人。我们该如

① 除了当选国际比较文学协会主席之外，迈纳还作为美国弥尔顿协会主席而负有盛名，被授予日本原勋旭日大绶章（Japan's Order of the Rising Sun）。如他之前的日本学学者爱德华·赛登斯迪克和他之后的克林特·伊斯特伍德一样，他还被授予了八个级别中的第三等原勋旭日中绶章。

何使用这些受特定时间和文化限制的理论，哪怕是用来研究后来的英国或日本文学？当把眼界放宽时，我们还能合理地使用这些理论吗？比较文学学者对文学理论的进出口买卖会加剧而不是减缓外国文学研究的问题。如果在巴黎或法兰克福提出的理论用于中国和美国学者对巴西小说和梵文诗歌的研究，在这种三角贸易中，有多少会被曲解或完全丢失？

有人曾经提出，在本国语境之外使用某种理论是大错特错的。乔纳森·卡勒说，意义的互文性质“使文学研究本质上、根本上是比较研究了，但也造成这样一种情况，即比较性取决于其所属的文化系统，也就是使比较合理化的一个总体领域”。他告诫说，“人们对话语的理解越是细致，对西方和非西方文本的比较就越难”（《比较能力》，268）。当然，理论可以糟糕地或机械地用于新的材料，但是，如果没有分析的理论基础，我们就会被抛掷在脱节的传统甚或微观传统之中，被国族、时期、文类、性别和阶级弄得四分五裂。小说就不再是研究的总体现象，而被分散在无休止的话语构成之中，生产出一种学术的巴别图书馆。其中，伊安·瓦特的《（英国）小说的兴起》就会被切割成一个六边形，远离伊安·瓦特的《古王政时期的女性写作》，再上两层楼便是安克尔·瓦特的《柬埔寨小说史》等。

本章中，我将提出三种方法来解决理论在时间和空间中旅行所造成的问题。首先，我们必须抑制使用理论的冲动，即把理论文本作为超验观念的宝库，不认真研究就可以获得其原本文学和文化政治的精华。如果我们今天使用米哈伊尔·巴赫金的对话论，那么我们所处的语境则完全不同于斯大林时期的苏联语境，而巴赫金恰恰是在那种语境中基于狂欢的破坏力量来构建这种理论的。其次，我们必须辩证地把理论用于我们阅读的文学。一种理论确实能帮助我们理解新的材料，但只能在这样一种条件之下，即材料能够承受理论的压力，并反过来修改理论——如果我们把《汤姆·琼斯》与《堂吉诃德》和《源氏物语》放在一起，而不是与《摩尔·弗朗德斯》和《克莱瑞莎》放在一起，那么，“小说”理论就是一种完全不同的东西了。最后，今天，我们需要把大量不同的理论视角置入会话之中，超越仍在主导着批评话语的欧美理论，无论是在西方还是在别处。这些视角不仅包括非西方美学家和理论家的著作，也包括含在文学自身之中的理论观点，诸如塞万提斯和紫式部等自反性作家都明显揭示了这样的观点。

重读保罗·德·曼

我们可以通过保罗·德·曼的著作探讨这方面的许多问题。他是最有影响的、最令人不安的现代理论家之一。与战后其他任何流移比较文学研究学者不同，德·曼以其关于18世纪直至整个现代主义时期的法国、德国和英国文学和哲学的渊博知识，成了一场理论运动的核心人物。他从未写过自传性著作，实际上，他形成了这样一种严格的非个性化态度，致使T. S. 艾略特也相形见绌。然而，德·曼是最具领袖风范的老师，他的许多学生都全心关注他，模仿他的方法，有时又奋力摆脱其影响或勉强赖其以生存；关于德·曼的评论有许多，作为一个人或作为一个老师，在我所知的比较文学研究学者中，他是被评论最多的。

1983年德·曼逝世后，关于他个人的评论接踵出现。首先是《耶鲁法国研究》的一期330页的专辑《保罗·德·曼的教导》(1985)，由彼得·布鲁克斯、索珊娜·费尔曼和J. 希利斯·米勒编辑，其封面是德·曼坐在书桌后的一张照片，目光里闪烁一丝讽刺，望着照相机。这 期收录了1984年初的一次纪念会议上的几篇文章，以及德·曼的最后一次讲座和八篇学术论文。编辑们将这些文章编辑发表，如他们所说，“以见证一个非凡批评家、老师和同事的遗产”，他“无时不在教导”。在该文结尾，他们得出结论说：“我们所希望的是保罗·德·曼所出版作品的一个完整目录”，总共有 94 项（布鲁克斯等,《前言》)。

他们的希望很快就破灭了。1987 年，一位比利时研究生奥特文·德·格拉夫发现了年轻的保罗·德·曼从 1940 年到 1942 年年末的近二百篇文章和评论，都发表在纳粹《晚报》等报纸上。德·曼有几篇文章含有反犹太主义倾向，另有几篇则建议法国文化要服一剂德国纪律药。这些揭示又掀起了一波评论德·曼生平与作品的热潮，包括一部巨量文集，题为《回应：论保罗·德·曼的战时报刊文章》(*Hamacher and Hertz*，1988)。在 38 位撰稿人中，有些在认真考虑他们对这位老师或同事的敬慕，而另一些——包括犹太学者德里达和杰奥弗里·哈特曼——都坚持认为德·曼在多年的友谊中从未显示出种族歧视的暗示。

故事并未就此结束。四起的谣言说德·曼在战前战后的个人生活都不高尚——公司倒闭、贪污、伪造学术简历，甚至犯有重婚罪。二十年后，这些指控由伊芙琳·巴瑞什整理成起诉式传记《保罗·德·曼的双重人生》(2014)。这部传记在行业新闻中受到热评，不少评论家称德·曼早期的不法行为在其解构理论的核心显得肤浅。《纽约时报》的评论文章（标题不偏不倚）题为《重访被丑闻揭去面纱的学者》(“Revisiting a Scholar Unmasked by Scandal”),《纽约客》则刊登了路易·梅南德的批判性评估《德·曼案》，用一长廊的镜像映照这位现已恶贯满盈的德·曼，与被揭发前的自我非常不同（图 4)。

从被抹黑的形象看，德·曼那些非个性化的文章似乎是“一次伟大忏悔的片段”，杰奥弗里·哈特曼于 1989 年如是说（《回顾保

图 4 保罗·德·曼，1987 年前后。

罗·德·曼》，20）。忏悔的暗示可见于德·曼的《阅读的讽喻》。于中，他剖析了让－雅克·卢梭的《忏悔录》，或在别处许多段落里，德·曼都把文本与经验区别开来。在晚期的一篇分析波德莱尔《忧郁 II》的文章《阅读与历史》中，他是这样结尾的，诗中的说话者把自己描写为墓地，月亮憎恨他，这个被世界遗忘的古代的斯芬克斯。德·曼说这首诗揭示了"与意识割裂开来的语法上的主语"，因此该诗"不是通过铭写来扬弃恐惧，而是遗忘恐惧"（70）。

这里，德·曼去除个性的姿态是明显的，在给汉斯·罗伯特·姚斯的《走向接受美学》的英译本撰写的文章中也表明了这一点，该文以姚斯的宣言《文学史作为向文学理论的挑战（挑衅）》开始。显然，德·曼又以理论为由提起旧事。几年后，姚斯在一篇文章中予以回应，说文章是以写给一位已故朋友的信的形式发表的。他开头就提到经常有人问他是否感到为德·曼所伤害，因为后者抨击了该书的基本主题，即文学的历史和政治的嵌入性。在回答这些问题时，他强调了他们二人在方法上的共同点。并机智地暗示说，他自己基于历史的诠释模式“常常被用于解构批评，就我所知，也没有被融入解构理论”（《回应保罗·德·曼》，204）。

调查在紧锣密鼓地进行着，其结果披露年轻的姚斯曾经是纳粹的武装党卫军成员。与德·曼的那些文章相比，如同奥特玛·艾特的《跌落的姚斯》(2016）中所说，这一揭露造成了评价上的困难。如果德·曼在为姚斯写介绍那本书的反历史主义的文章时就了解姚斯传记中被封禁的一面，那将非常引人入胜。在最近发表的一篇论姚斯的文章，即巴西学者雷吉纳·吉尔伯曼的《黑暗时代回忆录》中，作者直接将姚斯与德·曼进行了比较（10）。并在文章中问道：就姚斯的接受理论而言，他的读者是否还会像以前那样接受他的理论。

德·曼年轻时被揭露曾做出严重的不端行为，这并没有影响他理论的成熟。实际上，如果《盲点与洞见》的读者发现他的理论基于一段隐秘的历史，如果不是由于理论家本人，这段历史将永远成为盲点，那么，作者几乎不会为此感到惊奇。在一次完美的解构逆反中，他的反历史主义被似乎反证的那些揭露所证实。再明确一点说，如克里斯托弗·诺里斯在《保罗·德·曼：解构与美学观念批判》中所说，德·曼的成熟作品表明他从内心里脱离了年轻时诱惑他的那种意识形态。因此，解构抨击任何一种掩饰它自身的修辞，如阿多诺会说的，那是一种揭示真理的谎言。即便如此，我们也不可能不知道奥特文·德·格拉夫和伊芙琳·巴瑞什所揭露的事实；正如我们无法忘记姚斯或海德格尔卷入纳粹的丑闻一样。随着时间的流逝，也许有更令人不安的历史从战时或战后的创伤中被挖掘出来——2018 年揭露的另一个事实证明了这一点：1970 年代初，茱莉亚·克里斯蒂娃曾在比利时国家安全部供职，代号为“萨比那”。[①]

就德·曼的案子来说（用奥特玛·艾特的话说就是“跌落的德·曼”），我真的希望我们已知的比需知的要多。虽然巴瑞什的传记长达五百多页，但到1960年就结束了。此时，德·曼终于在美国学界奠定了坚实的基础。他在哈佛没有拿到终身教职，于是去了康奈尔大学。巴瑞什的有些说法是推断的或夸张的，但她无疑表明德·曼的早年生活是深受困扰的。1933年，他14岁，不安分的哥哥瑞克——母亲最喜欢的儿子——强奸了12岁的表妹。三年后，瑞克在一个交叉路口被火车轧死，可能是悲剧性的事故，也可能是自杀。第二年春天，德·曼的母亲在一天晚饭时没有出现在饭桌上，父亲让他上楼看看她在干什么，德·曼亲眼看到她在阁楼洗衣房里自缢身亡。三年后，德国人入侵比利时。难怪德·曼潜心文学，寻求“通过铭写忘却恐怖”。一个更有意义的问题将是，他是如何在后来的生活中重建已经破碎了的生活的：早年在比利时的混乱岁月，接着在美国挣扎着确立自己的地位。然而，巴瑞什对德·曼的理论研究只字不提，她那缩水的传记使得抱有敌意的批评家，比如克莱夫·詹姆斯，在该书的导言中把德·曼说成是骗子，“在一个又一个美国高等学府骗得天才的名号”。

阅读德·曼后期论其年轻时个人和政治语境的文章，能帮助我们

---

① 克里斯蒂娃愤怒地否认这一指控，甚至坚持说那关于她的四百页秘密警察卷宗是虚构作品，其制作是为了诋毁她。颇具讽刺意味的是，一部真的虚构作品，2015年劳伦特·比奈特的学术讽刺作品《语言的第七功能》（*La Septieme fonction du langage*）把她描写成一个比利时秘密警察杀手，但事实没有这么戏剧性，而更为含混。如马丁·迪米特洛夫在《纽约时报》上所说，“她是间谍吗？国家安全局认为她是；她说她不是。这就提出了一个问题，与其说是法律的不如说是道德的，那即是，究竟谁是间谍？”（Schuessler and Dzhambazova，“Bulgaria Says French Thinker Was a Secret Agengt”）

理解并纠正关于他逃离历史的那些夸张言辞。事实上，他的一些学生和同事在奥特文·德·格拉夫的发现之前就开始进行这种纠正了。超越纯文本的一个颇具启示意义的叙述可见于爱丽丝·卡普兰1933年的回忆录《法语课》。书中，她详述了自己如何在耶鲁开始从事法语研究，撰写论维希法国之通敌分子的博士论文的——这个主题恰好是德·曼从自己的背景和著作中编辑出来的。卡普兰是在中西部大体上非犹太区域的一个犹太人家庭里长大的，但家人都有明显的欧洲渊源。祖母讲一口波兰家乡的意第绪语，父亲曾是纽伦堡战犯审判席上的原告律师。这部回忆录的封面显示一排面容倦怠的律师，其父就在其中，正用耳塞听着审判时的同声传译。

卡普兰的童年有一个标志性缺失：她8岁时父亲死于心脏病。书中，她描写了她是如何寻找父亲的替身，包括一个诱人的“D先生”，一个同班同学的父亲，她12岁时这位“D先生”带着她逛了巴黎城，送给她香水，第一次品尝了香槟。这是一个共振的姿态，我们在书中发现卡普兰的父亲原本是个酒鬼，奇怪地给她起个绰号叫Alkie——“一个犹太名，也叫Alkie，即alcoholic（酒鬼）的缩写”（201）。青少年时，卡普兰潜心于文学和梦中巴黎的别一现实，令人信服地谈到她在发出法语r音之后的喜悦。学习法语是“成长的一次机会，也是解脱，从我们所接受的观念和精神之丑陋的一种解脱”（211）。然而，如她在几页之后所说：“学习法语对我也有害处，给了我一个逃避的地方。”（216）

卡普兰在伯克利获得学士学位，学习期间曾积极投入左翼政治，1975年去耶鲁攻读法语博士学位。与许多同学一样，她迷上了解构主义，认为那是最有力度的细读形式，剥掉任何伤感的面纱，直插文学感受的核心。在题为“古伊、德·曼和我”的一章中，卡普兰描写了她与一个同班同学的罗曼史，他们同是德·曼的学生。“古伊”

（Guy）——与“我”（Me）谐音——是“纪尧姆”（Guillaume）的简称，她喜欢用这个绰号称这位亲法的美国同学威廉[①]。她说古伊选择德·曼做导师是“因为德·曼像纪尧姆缺席的母亲一样，是不可能讨好的”（148）。她是这样总结德·曼模糊的影响的：“德·曼使文学比世界上任何其他事物都重要，当时他说世界上只有文学。他使我们全都陷入窘境。”（167）古伊顽强地完成了长达五百页的论文，论述精神失常的杰拉尔·德·奈瓦尔诗中的讽刺，拿到学位后不久就改了行。

在《文化资本》的冗长而难懂的一章“理论之后的文学：保罗·德·曼的教导”中，约翰·吉罗瑞说德·曼是一位既不可接近又无法抵御的导师，“在咖啡馆和课堂上用最细密最有效的方式，用日常生活的心理教育”把弟子们捆绑在一起（190）。然而，爱丽丝·卡普兰决定去讨好这位难对付的博导。到了她要写博士论文的时候，她没有去破解马拉美诗中的转喻，或普鲁斯特小说中的时间修辞，而是法国的纳粹分子。她对这个话题感兴趣是因为她通过列奥·施皮策的著作了解到那个令人讨厌的家伙——路易－佛迪南·赛利纳，他的散文很有启发性，尽管政治上令人不齿。她决定调查一下他的背景，探讨诸如罗伯特·布拉希拉和皮埃尔·德利厄·拉·罗塞尔等纳粹知识分子的作品，班上的同学没有一个人会去研究这些人的晦涩作品。

在回忆录中，卡普兰把她的决定与一个研究的原初场景联系起来。父亲逝世后，她翻查父亲的书桌，发现各种信件和备忘录，都可回溯至纽伦堡时期。在一个抽屉的背面，有一个惊天的秘密：她发现了一盒子奥斯维辛的照片。她把这盒照片拿到学校，要做一次展示和讲解，这可不像是一个三年级小学生所能经历的。母亲想要把最恐怖的裸尸和瘦骨嶙峋的幸存者的照片拿出来，但小爱丽丝坚持要把它们

① Guillaume 的英文拼写为 William。——译者注

全部展出："我相信事实。我相信我的朋友们有权了解这些照片，他们如此无知却又怎么能如此快乐。我想他们中没有人知道我所知道的。我为此恨他们。"（30—31）在研究生院，在写博士论文时重温已故父亲的职业时，她找到了自己的职业之路。在完成第一部书时，她说："我知道他的死对我有多么重要，他的缺席，一个力场，我在其内部成了一名知识分子；他的形象，耳朵上戴着耳机，沉默而疏远，是我自己工作的一个创始形象。耳机也是孤独和孤立的象征：它们传达声音，它们接受证据；但它们不发出回声。"（197）

"也许我可以采纳两种方式，"卡普兰说，"我可以解构法西斯主义，我也可以表明知识分子也可能像任何其他人一样是法西斯分子渴望的主体。"（159）然而，她没有想到德·曼竟会是这样一个知识分子，即便她知道德·曼的叔叔亨德里克·德·曼是比利时社会学家，曾经欢呼德国的胜利。想到德·曼是"不关心其他利益的修辞学家，已经清除了家庭的历史渣滓"（161），她就从不与德·曼讨论自己的论题，而且找了一位助理教授指导她的论文。"德·曼令我很失望，"在回忆录中她写道，"只是我没有意识到这次失望。我没有找他谈，因为我不知道他是不是对我最感兴趣的问题——法西斯知识分子的问题一点都不思考。"（173—174）如她所说，"德·曼会是一个更好的老师，如果他能放下那个游戏的话"（172）。

两位芭芭拉·约翰逊

爱丽丝·卡普兰转向了德·曼所封禁的主题，但她依然把解构原则用到了德·曼时代的法国知识分子身上。当比较文学学者试图把理论延伸到原文化背景之外时，挑战性就更大了。甚至把欧陆理论用于美国文学也是一种延伸，这可从德·曼最卓越最富创造力的弟子之一芭芭拉·约翰逊的例子中见其一斑。1977年在德·曼指导下完成博士论文后，约翰逊开始了解构法国作家和理论家的生涯，但她很快就扩展到分析种族、性别和性征等问题。在1995年美国比较文学协会年会学科报告中，罗兰·格林说："我记得1983年站在百老汇和曼哈顿第98街，听到一位哥伦比亚大学的研究生郑重地对我说，有两个名叫芭芭拉·约翰逊的学者：耶鲁著名的解构主义者和研究非裔美国妇女文学的学者。"格林说他惊呆了，"这个领域对自身的看法不能够包含这样一种可能性，即其某一典范可能已经对出售给别人的那种理论焦躁不安了"，那个约翰逊与佳亚特里·斯皮瓦克一样，也可以"成功地在解构、历史主义、女性主义和阐释之间斡旋"(《他们那一代》，150)。

芭芭拉·约翰逊的发展轨迹可用她在四年内发表于解构主义杂志《变音符》的两篇文章来追溯。在《批评差异：巴特S/巴尔Z克》(1978)中，她演示了对罗兰·巴特的结构主义杰作《S/Z》的解构主义阅读。依据索绪尔的语言学，巴特提出了经典"可读性"文本与当代"可写性"文本之间的二元对立。前者的意义是由作家确定的，与后者也即具有更大可变性的文本形成对立，这种文本要求读者参与其意义的制造，如新小说。巴特展示了"可读性"文本的规范，也即对叙事网络和文化符码进行逐句分析，正是这种网络和符码构建了巴尔扎克的短篇小说《萨拉辛》。故事中，巴尔扎克的主人公爱上了一个令人捉摸不定的歌剧演员拉·赞比奈拉，结果其为一位阉伶而非女人，这一披露解决了她（或"她"）总不能随时出现的秘密。巴尔扎克由此构建了一种看似极为含混的、只有在结尾才得以解决的场景。

约翰逊把巴特的结构主义阅读倒置过来。她提出巴特本人把规则强加给巴尔扎克，后者已经在解构男性与女性、读者与作者之间的二元对立了。更确切地说，巴尔扎克的文本是在进行这种解构，不管实际作者怎么想。对约翰逊来说，“巴尔扎克的文本已经解决了读者理想的那种解构，这正是巴特努力要完成的，仿佛它与经典文本相对立一样。另言之，巴尔扎克的文本已经‘了解’了可读性文本的局限性和盲点”，因此“可读性文本本身不过是对可读性文本的一种解构”(11)。

约翰逊完成博士论文后不久就发表了《批评的差异》一文，其方法和素材的选择都是德·曼式的。然而，她很快就把解构的方法用于完全不同的文本，如1982年发表于《变音符》的文章《我的怪物/我自己》，这恰好是罗兰·格林的对话者发明其理论替身的前一年。文中，她讨论了玛丽·雪莱的《弗兰肯斯坦》，对母性问题进行了分析，其框架源自两部美国女性主义的社会分析著作，南希·弗莱迪的《我母亲/我自己》(1977)和多萝西·蒂那斯坦的《美人鱼和米诺陶》(1976)。弗莱迪和蒂那斯坦都讨论了母子缘分中的有问题的强度。弗莱迪强调女孩子要从母权获得独立所面对的挑战，而蒂那斯坦则认为社会把养儿育女的责任基本上交给了母亲，所以孩子们往往在社会引导下把仇恨不成比例地洒在了女人身上。

约翰逊认为玛丽·雪莱在《弗兰肯斯坦》中已经在探讨有问题的养育动力学了，实际上采取了比弗莱迪或蒂那斯坦都更激进的态度，因为小说中并没有描写一个起着单一作用的统一的自我。如约翰逊在论巴尔扎克的文章中所说，小说比批评家了解（或“了解”）得多，使得弗莱迪和蒂那斯坦用意良好的信息复杂化了。约翰逊讨论了维克多·弗兰肯斯坦、玛丽·雪莱与其父母的关系，以及与其后代的关系——弗兰肯斯坦的怪物、雪莱的孩子们及其自己的作品。约翰逊就这样把解构的视角用于德·曼决不会认真考虑的素材之上，把女性作家写的一部哥特小说直接与美国社会的大众心理相对峙。弗莱迪和蒂那斯坦的畅销书是与第二波女性主义浪潮相呼应的，而约翰逊则颠覆了这两位作者关于女权的呼吁，揭示出她们作品中“自我本身之兽性”的潜流（189）。

与德·曼的非个性化修辞相对仗，约翰逊认为这三部著作都是隐蔽的自传。她深入探讨了弗莱迪和蒂那斯坦著作中暗示的心理投资，描述了维克多·弗兰肯斯坦以及怪物证实自身合理性的叙述，其中可以听到德·曼论卢梭《忏悔录》的反响：“同时既是揭示又是掩盖，自传似乎在把自身构建成某种方式的对自传的压抑。”（182）约翰逊接着超越德·曼的视角指出，这种揭示性的掩盖传统上是男性的特权：“对自我的一种观念，人的生活故事的形式，从圣奥古斯丁到弗洛伊德，都是以人为模版的。”（189）她表明玛丽·雪莱为自己写序，同时既提出又否定了她的可写性权利；她把雪莱的矛盾心理与维克多·弗兰肯斯坦关于怪物的矛盾心理联系起来。约翰逊也展示了雪莱自己创伤性的母性经历，先是自己作为女儿出生时就使母亲丧生，接着就是作为母亲而失去了自己的女儿，之后才决定写小说。在约翰逊文章的结尾，卢梭露面了，但却是作为妇女必须抛在身后的一个样板：

> 卢梭的——或任何男人的——自传在故事中包含着**男人**与应该达到的标准相一致的困境。女性自传作家所面对的问题：一方面，是抵制男性自传作为唯一文学体裁的压力；另一方面，是要描写与女性理想相一致的困难。对男性来说，这理想就是幻想，而不是女性想象。（189）

在约翰逊的文章中，性别立场和文学种类都多于其导师的哲学所能梦想的。

1990年，约翰逊写了一篇探究性文章《毒药还是救治：作为药的保罗·德·曼》。基于德里达关于这个希腊术语（Pharmakon）既作为毒药又作为解药的意思，她悲伤地说，“就我们当下要么原谅德·曼，要么告别德·曼的情况而言，我们现在正在品尝自己的 pharmakon”(357)。根据奥特文·德·格拉夫的发现来评估他的著作，她说德·曼“深深地怀疑和谐和启蒙的虚假形象”，她指出，“他所揭露的那些反常观念曾经是他自己的”(360)。然而，她并没有让德·曼脱钩；她论证说，德·曼继续沉浸于一种低调的但却无处不在的极权主义，我们可以将其描述为法西斯个人崇拜的镜像：对非个性化的一种崇拜。他那诱人的非个性化成为弟子们崇拜他的砝码，对这些弟子们他既吸引又生硬地拒绝：“那个人永远在那儿，被理想化为非个性。另言之，不是‘尽管’而是‘因为’他自我抹灭，学生和同事们才不由自主地将其实体化和理想化了。”(367)①

作为这种理想化的例证，她从 1984 年德·曼纪念文章中选出两段话。一段是索珊娜·费尔曼所说的“保罗否认自己的权威性，然而，没有人比他的权威更大”(367)。接着，约翰逊不加评论地引用了自己的一段同样神秘的话，说“他最不愿意做的也许就是为世代学生和同事树立道德和教育——而非纯粹知识分子——的样板。然而，恰恰是他不想承担这些角色的那种方式使他成为一个不可替代的例外，如此启发灵感的人”(367)。她得出结论说，德·曼想要抹除历史甚至抹除他自己的种种努力注定要失败，并限制了其理论的影响。但是，她并没有把德·曼作为正常批评实践的一个特例而孤立开来，而是视其立场为更大的问题类型的一部分：

---

① 这种活力在教学中接近浮于水面。在 1976 年我参加的一个研讨班上，讨论的是一个内容多元的题目“讽刺的理论”。那是一次难忘的关于柏拉图《会饮篇》的讨论。课上，德·曼说苏格拉底恰恰是通过拒绝诱惑叛徒阿基比阿德而诱惑了他。教室里是不是只有德·曼一个人没有意识到他的阐释的直接应用？

> 并非偶然的是，很少有学生问德·曼战时都做了什么事。德·曼的颠覆性教学打破了伴随着对经典的人文主义理解的许多假设，但他没有离开传统男性作家的席位，仍然隐藏在普遍主体之非个性化之后，那个本来设定为没有性别、没有种族、没有历史的主体。（369）

相反，约翰逊说，德·曼“创造了他自己的有些独特的经典”，局限于“对经典文本和问题的一种传统理解”之内。她最后挑战读者和她自己：“进一步开放教学的颠覆性——而不失去语言的唯物主义观，这依然是德·曼真正激进的贡献，也正是我们的责任。”（369）

重置理论

当一种理论在其原生背景之外流通时，就有可能追溯其“从贫穷到富有到常态”的轨迹，如杰拉尔德·格拉夫在《以文学为职业》的倒数第二章中所说。这种变化可能在理论家未离开家乡时就开始了。在《罗兰·巴特论罗兰·巴特》中，巴特用一页的篇幅解释“回收”（Récupération）这个概念，即对女子中学的一份作业的讽刺性再生产。这份作业是选自他自己的《零度写作》（*Le degré zéro de l'écriture*）中的一段话，其中，他把风格描述成一部作品的最隐私的，甚至最秘密的特征。学生要用自己的话总结这段话的要点，然后“随便评点这个观点”（155）。在这页纸的底部是教师打印的点评，让学生们再次去做这份作业，因为他们的第一次作业并不令人满意：“大部分学生似乎跑题了，我们将坚持做这个练习，我们将指明讨论的主要方向是什么”，所有这些都基于“如何阅读一个文本的若干重要规则”。巴特对此未做评论。

在《旅行的理论》(1982) 一文中，爱德华·赛义德以此为起点，概述了理论流通的不同阶段，“观点从早期的起点向另一个时间地点运动，经历不同语境的压力”，接着，观点将在新的环境里遭遇抵制，最后是第四阶段，观点“被新的应用、其在新的时间地点的新位置而受到不同程度的改造”(227)。尽管赛义德并未援用翻译理论——这在 1980 年代初仍然被比较文学研究学者所忽视——但其理论传播的各个阶段却与文学翻译的阶段非常接近。与翻译一样，一个核心问题是理论在传播过程中的得失是什么。赛义德认为一种激进的或叛逆的理论往往在新的文化话语中被归化时失去了锋芒。比如，他追溯了格奥尔格·卢卡奇的物化概念逐渐被压抑的过程。首先是卢卡奇在匈牙利提出这一概念关键的政治时刻，然后是巴黎的卢西安·古尔德曼，再就是雷蒙德·威廉姆斯，在后者手里，这一理论“被削减了、编码了和制度化了”，甚至成为“一个意识形态陷阱”(239，241)。

赛义德对理论在翻译中丢失的这番消化不良的叙述适合于他当时与去政治化的文学批评的论战。十二年后，他采纳了更加实证的方法，卷入了他帮助激发的政治批判的洪流之中。在《重温旅行的理论》(1994) 一文中，他承认早先那篇文章表现出对理论与原点有机关联的偏爱，现在他认为，一种“越界的理论”在进入新的环境时能获得力量。他讨论了阿多诺和法侬是如何重新赋予卢卡奇的阶级斗争理论以活力的，即将其从卢卡奇的救赎性进步主义的局限性中解救出来。致使“卢卡奇的辩证法成了《地球上悲惨的人们》的基础，并得以现实化，赋予其一种严酷的现实存在，这在他对古典哲学的二律背反的痛苦思考中是看不到的”(260)。

与文学一样，一种理论可以在翻译中有得有失。而无论得失，我们都必须紧密注意其原生环境，其传播，及其在新的时间地点的适应和增补。一种理论构型的删减和强化在新的语境中可以常态化。苏源熙曾注意到德里达在《论文字学》中顺便提及的一句话“il n'y a pas de hors-texte”，经过佳亚特里·斯皮瓦克戏剧性地译成“文本之外别无其他”（“there is nothing outside the text”）之后，在美国即可成为赞成（和反对）解构的联合呼吁。这一定式意味着文本性与现实的根本脱节，但苏源熙认为这是一个误译。德里达的意思“应该是‘我没有什么文本外的、补充的实例给你，也不能告诉你去踢哪一块石头，而不遵守文本逻辑或证实其文本条件’，这一说法之朴素就像通常的翻译过于离谱一样”（《精致的僵尸》，33）。他在注释中还说：“这一误解与其说是由翻译倒不如说是由接受流通造成的：如果（美国的）公众没有准备好并愿意在解构中看到以文本为基础的唯我论，这几个字决不会开启被无休止重复的生涯。”（注释 41，85）[①]

当一种理论不仅仅从巴黎旅行到纽约，而且还进入非常不同的文化区域时，翻译和接受的问题就愈加严重。同时，新的文学实体，不同的物质环境，提供了深化和重塑一种理论的机会，检验其前提，超越其局限。赛义德展示了这种运动，那就是“法侬对卢卡奇的重塑和批判，在《历史与阶级意识》中，**民族的**因素缺失，这本著作的背景——与马克思的著作一样，完全是欧洲——法侬将此凸显无遗”（《重温旅行的理论》，261）。赛义德在此讨论的是一种旅行的理论和一个旅行的理论家，因为法侬成年生活的大部分时间是在法国和阿尔及利亚度过的。他在突尼斯患白血病，在病入膏肓之际口述了《地球

---

① 在 2016 年《论文字学》的修订版中，斯皮瓦克并没有直接回应读者对这一句译文的批评。她保留了原译，但在括弧中加上了过分直译的一种译法：“there is nothing outside the text[there is no outside-text; il n'y a pas de hors-texte].”（172）无论如何，在英语中不存在“outside-text”，hors-texte 的翻译一般不过是一个嵌入物（inset），这正是苏源熙所提议的。

上悲惨的人们》，也许毫不偶然的是，赛义德本人在写这篇论文的时候也正患着同一种疾病。

受后殖民研究的启发，理论向西方之外的世界开放已经几十年了，但仍然是一项未完成的任务，这绝不是因为“理论”依然主要是欧洲和北美的话语。基于西欧和北美的理论家的著作构成的理论经典——或超经典在世界范围内广泛传播，甚至在拒绝文学自身的“伟大之书”之经典批评家当中流传。如热瓦迪·科里湿纳斯瓦米所说，“潜心于政治的比较文学研究的学者常常正确地怀疑对（第三）世界的文学生产进行理论化的宏大元叙事”，如詹姆逊和莫莱蒂提出的理论，“但很少有人，即便在怀疑者当中，也少有人重新定义理论本身，而这又是走出欧洲中心主义的一个途径。其结果就是我们今天所看到的：没有世界文学批评的世界文学”（《走向世界文学知识》，136）。她认为欧美理论的霸权只有在比较文学研究学者开始认真关注其他地方更广泛的理论话语时才能被打破。她举泰米尔语为例，这是在印度以及世界其他地区被忽视的一个历史悠久的诗歌和思想传统。

主要理论传统可回溯至几百年前的亚洲和中东，而相当可观的文学和文化理论家遍布世界各地。但他们很少有像西方学者那样广泛流通，即便已经走出自己的国家和地区。与旧经典中的伟大之书一样，理论经典给予欧美理论以全球通用的特权，而非西方理论基本用于关于其源文化的讨论。这种隔离化（ghettoization）往往是由区域专家们自己强行促成的。研究原作，大多情况下与别人讨论他们自己的区域，他们不能及时为区域之外的人生产翻译和评论。如阿拉伯专家亚历山大·凯伊所说，

比较文学研究学者通常在欧洲和英语学界面对的问题在于，

我们的谈话由于对欧洲之外的传统相互了解甚少而搁浅。不了解一种语言文化的概念是如何发展和应用的，不了解这种语言文化的文类和学科传统发展的方向，不全面了解与自己熟悉的传统不具有任何类比性的思想的深度、复杂性和历史价值，比较研究的对话就将寸步难行。(《宫廷诗》，“Kavya”，163)

凯伊的论文发表于《南亚、非洲和中东比较文学研究》组织的一次有意义的论坛“革新与转折点：梵语宫廷文学史之构建”(2014)，这是由谢尔登·波洛克组织的，以讨论梵语宫廷诗歌的宏大历史。波洛克邀请了专研古典阿拉伯语、波斯语、汉语和日语文学的专家，对这部文集进行反思是他对传统诗学的比较研究的起点。

谢尔登回应中反复提及的话题是“表示遗憾”，即撰稿人未能让局外人充分理解这八百多页的历史。如卡拉·马莱特所说：“阅读书中的文章就好比翻阅别人家的家庭相簿。个人、关系以及由他们纠缠在一起的历史，瞬间聚成焦点，继而模糊和退却，留下的只是一种含混而迫切的感动，就像焰火消失后的烟雾。”(《梵语快照》，127）如波洛克在论坛的导言中所说：“我们需要做得更多以保证我们专业之外的、又能尽快帮助我们构建真正的全球（不再被边缘化的）研究目标的人，能找到入口，不致被未过滤的特殊知识所阻塞。”(《小语文学》，125）[1]

西方与其他地区可接近的素材之间的严重失衡由于残存不去的语言帝国主义更加雪上加霜：英语、法语以及（在一种逐渐减弱的程度

① 波洛克本人编辑了一部宽泛的文集，为非专家而编的，《美学读本：古典印度美学》(*A Rasa Reader: Classical Indian Aesthetics*，2016)，这是他给哥伦比亚大学出版社编辑的系列“印度古典思想源书”中的第一部。

上）德语是国际理论的特权语言。如果你能想到的来自地球南部的著名理论家，他们几乎都是用英语或法语写作的；用中文或印地语，甚至像西班牙语或葡萄牙语这样的全球语言写作，是决不会成名的。人们通常会遇到其一两部著作，出版几十年后才被译成其他语言，与斯皮瓦克或克里斯蒂娃等人的著作被译成自己母语的速度成反比。

大多数边缘知识分子所能到达的有限区域可以通过巴西比较文学的两位领军学者来说明，他们是安东尼奥·坎迪多（1918—2017）和罗伯托·施瓦茨。两人均在圣保罗起家。施瓦茨提出了颇有影响的迟到的边缘现代性的概念，是在坎迪多领导的讨论小组的语境中提出来的，后者是他的终生导师和忘年同事。两人都在巴西享有重要地位，这可见于保罗·爱德华·阿兰特斯的《巴西知识分子的辩证情感：安东尼奥·坎迪多和罗伯托·施瓦兹的双重感性》(1992)。但要说施瓦茨获得了某种程度的全球流通，这主要是由于他论乔其姆·马里亚·马查多·德·阿西斯的著作《马查多·德·阿西斯：资本主义边缘的大师》以及 1992 年出版的英文文集《错位的思想：论巴西文化文集》而闻名。他的许多其他著作都没有译成英文，除了 2013 年的一本文集。我发现他的书并未译成法文或德文，但至少在英语批评界崭露头角了。

安东尼奥·坎迪多没有得到同样的回应，尽管他在理论上有创新并对巴西学术和社会做出了多重贡献。他既是学者又是公共知识分子，1942 年创立一个文化刊物，当时他还是圣保罗大学社会学系的一名本科生。他终生喜爱马克思主义理论，投身于政治斗争；合作编辑一本秘密杂志《抵抗》，并与人共建了巴西工人党。获得博士学位后，他不再教社会学，而成为圣保罗大学文学理论和比较文学教授。除了两年在巴黎外，他终生都在圣保罗大学教书，成为巴西顶尖的文学批评家。甚至在今天，卡罗莱娜·克雷拉·多斯·桑托斯说，“任何论巴西文学的学术著作都带有他影响的痕迹”(《巴西文学理论的挑战》，336）。坎迪多以其综合能力著称，即把广泛的社会学洞见与对个别文本的细致分析结合起来，而非仅仅在文学作品中识别社会主题，他寻找的是文学形式与社会关怀之间的深层联系。在布尔迪厄和卡萨诺瓦出道几十年前，他就把巴西文学理解成一个动力系统，而非经典作品，这个动力系统在文学领域里推动了一系列行动者的互动，因为他们都是在回应内部与外部的事件与压力，用欧洲和乌托邦的术语来说，就是在创造新的民族文化方面迟到了。

坎迪多在拉丁美洲赢得了广泛声誉，2005 年，他被授予了墨西哥雷耶斯奖。这一奖项只授予过豪尔赫·路易斯·博尔赫斯、安德烈·马尔罗和奥克塔维奥·帕斯。在近六十年的时间里他发表了十九部书，但在拉丁美洲之外，了解他的人仅限于拉丁美洲研究的专家们。在 95 岁高龄的时候，坎迪多亲眼看到了由普林斯顿大学出版社出版的自己的文集（《论文学与社会》，2014），这是他唯一一本英文版的著作。当然，英文翻译不应该是国际闻名的前提条件，尤其是对于反对新自由主义的英国—全球主义的学者们不应该是。其实对于不做葡语文学研究的人，也不难获得足够的基础在葡萄牙攻读学位，如许多比较文学研究学者所做的那样，懂得西班牙语和法语就行。然而，仅就其在拉丁美洲之外的默默无闻而言，安东尼奥·坎迪多也完全可以用泰米尔语写作。

即使只用葡语写作，罗伯托·施瓦茨也已获得了比坎迪多更大的声誉，尽管还不如亲英和亲法的理论家，如恩古吉、法侬和格里桑。他的相对成功大多取决于在与其导师的对话中提出的思想。1938 年他生于维也纳，但一岁时就随家逃亡。他离开了纳粹占领的欧洲，但始终有一种与德国文化相关的感觉，并期望在外部世界接受高等教育。1960 年从圣保罗大学毕业后，他在耶鲁获得比较文学硕士学位，然后去了巴黎，在新索邦大学获得博士学位后，回到圣保罗教书。

1969年，他再度去法国，结果却是八年的流亡。在此期间，他提出了关于边缘性的各种思想。在论马查多的著作的序言中，施瓦茨说"我要特别感谢安东尼奥·坎迪多，他的著作和观点对我产生了全方位的影响"，但他接着又说，"如果没有卢卡奇、本雅明、布莱希特和阿多诺等构成的——相互矛盾的——传统，没有马克思的启发，我的著作也是连想都不敢想的"（《资本主义边缘上的一位大师》，4）。

施瓦茨著作的题目表明其地缘政治的重点：在英语中如在葡语中一样，所讨论的特定作者只是在副标题中出现，即在总主题的陈述之后——《资本主义边缘的大师：马查多·德·阿西斯》。安东尼奥·坎迪多熟练掌握五种语言，也同样与马克思主义对话，但他聚焦于巴西之外并不闻名的作家。最明显的是，他的开山之作《巴西文学的形成》（1959）讨论的是1750年到1870年的巴西文学，恰好在马查多开始文学生涯之际结束。霍华德·贝克——普林斯顿的坎迪多文集的编辑，在文集开首就说，他忍痛割爱，做出决定不收入《巴西文学的形成》中的文章，理由是"对本书读者来说这几乎是一种完全陌生的文学"（《论文学与社会》，vii）。相反，贝克翻译了论较出名的尤其是欧洲作家的文章。首先是论仲马兄弟和康拉德的文章，接着是从比较的视角讨论"等待野蛮人"的主题，包括卡瓦菲、卡夫卡和迪诺·布扎蒂。贝克也确实收入了坎迪多论巴西主题的一些文章，但事实上坎迪多两卷本的《巴西文学的形成》是他对后殖民和世界文学研究最丰厚的贡献。书中，他深度探讨了一种边缘文学是如何在面对外来文化中心时获得一种独特的民族身份的。如果是在与巴西相关的情况下，这涉及葡萄牙和巴黎两个中心。

巴西文学进而以国内种族和阶级的混杂，以及对欧洲文学价值的改造而独具特性，这是由一种不同的竞争的前殖民语言——西班牙语——所包围的国家。考虑到这些不同的因素，坎迪多的《巴西文学的形成》展开了一个非常不同的文学体系，这是在别处的殖民/解殖环境中所看不到的。如斯蒂芬·海尔格森最近在论他的著作的几篇英文文章中看到的：

> 如果今天的文学研究中一连串矜持的问题是围绕“世界文学”可用的（或因此而缺乏）潜力的，那么坎迪多就可以帮助我们看到为什么这些问题总是需要新的答案，即不绕开局部文学史的密度；但实际上恰恰相反，我们反倒能理解这个密度，这正是我们可以用来思考世界文学的本质。（《文学》，156—157）

文学借以被阅读和被思考的原本质就是语言，而这是比较文学学者必须参与的重要论坛，以抵制长久以来将世界上大多数批评和理论视角加以边缘化的旧方法。这远不止于阿拉伯语、印地语或巴西的葡语；欧洲内部许多语言的研究都屈服于理论话语中正在形成的臣属性（subalternity）。这一事实直接关系到乔迪·罗维特和他在巴塞罗那的合著者们。在《文学理论与比较文学》的最后一章中，安东尼·马尔蒂·蒙特尔德指出，为了完成后殖民的事业，有必要“从我们自身，即欧洲人，解殖自身”（转引自阿曼多·尼希，397）。马尔蒂·蒙特尔德用霸权语言西班牙语写了这篇檄文，六年后他向学科解殖化迈出了重要的一步，用卡塔兰语发表了四百页的历史巨著：《沉睡的欧洲：比较文学的知识史》（2011）——这是我所知道的所有语言中最好的一部著作，把19世纪比较文学和世界文学的发展错综复杂地交织在一起。

读一读巴塞罗那或巴西的理论家确实是件好事，他们积极参与与外国同行的对话，研究国际知名作家；但是，如果我们超越诸如法侬和施瓦茨这样的世界性旅行理论家，而开始认真阅读更坚实地扎根于地方的理论家，如安东尼奥·坎迪多和安东尼·马尔蒂·蒙特尔德，其著作对于世界其他地方同样具有广阔的含义，我们的视角将会大大地扩展。

文学理论

除了广泛阅读理论本身，我们还可以更全面地叙述文学自身内嵌的理论视角。在《走向世界文学知识》中，热瓦迪·科里湿纳斯瓦米提出，我们有限的文学经典应该开放，把大多数文学写作的理论维度容纳进来，包括底层和达利特（贱民）的作品。她的论题可以比作关于"中国哲学"是否存在的争论，致使哲学的范畴开放到把庄子和《道德经》也包括在内，而传统上它们不属于西方大学哲学系的课程设置。[①]如德杰拉尔·卡迪尔也论证过的，理论可以从已经出现在自觉的文学作品中的批评反思中获取很多（《世界化，全球化》）。保罗·德·曼在这一点上是不含糊的。在晚期的一次采访中，他强调他的起点"不是哲学而基本上是语文学"，他似乎自嘲地把对原文本的依赖区别于德里达的自我生成方法：

> 区别在于，德里达的文本如此卓越、如此深邃、如此强大，以至于无论发生什么，都是在德里达与他的文本之间。他不需要卢梭，他不需要任何人；我却特别需要他们，因为我从未有我自己的思想，我总是通过一个文本，通过对一个文本的批评进行检

---

① 关于这些争论和大师经典文本的贴切叙述，见 Wiebke Denecke，*The Dynamics of Masters Literature*。

验。我是位语文学家，而不是哲学家。（罗索，《访谈》，118）

德·曼自认为是语文学家，这与埃里克·奥尔巴赫从与文学文本的“游戏”中衍生出他对摹仿的理解毫无二致。

文学史家始终要把作家的原则从其作品中剔除出去，而理论家则常常从所选作家群的细致检验中衍生出宽泛的概念，如哈罗德·布鲁姆在他喜欢的英国浪漫派中辨识出“影响的焦虑”一样。甚至单一作品也能激发理论的反思，如巴特在《S/Z》中探讨的巴尔扎克《萨拉辛》中的语码结构，或杰拉德·热奈特在《人物 I—III》中提出的基于普鲁斯特的叙事学。非西方作家也同样存在理论上有重要建树或自我反思的评论。即便梵语没有伟大的美学传统，但我们在本身即是史诗之标志的《罗摩衍那》这种奠基性作品中发现了诗学。在一个惊人的元诗学场面，圣人蚁垤——被认为是这部史诗的作者——在自己作品的开头惊奇地发现他发明了诗歌。一个在森林里隐修的大师，在去沐浴的路上遇到一个令人不安的暴力场面：一个尼沙陀凶狠地杀死了一只正在交配的麻鹬：

他这样说完了以后，
他忽然抬眼看到，
一个凶狠的尼沙陀，
把那公麻鹬杀死，
凶狠塞满了心窝。

那只母麻鹬看到，
公的被杀血满身，
在地上来回翻滚，

她悲鸣凄惨动人。

这位仙人看到了，
尼沙陀杀死的麻鹬，
他虔诚遵守达摩，
动了怜悯慈悲之意。

婆罗门出于慈悲之心，
说道："这件事完全非法。"
为了安慰痛哭的母麻鹬，
又说出了下面这一些话：

"你永远不会，尼沙陀！
享盛名获得善果；
一双麻鹬耽乐交欢，
你竟杀死其中一个。"

心里面又反复琢磨：
"我为那母麻鹬伤心，
究竟说了一些什么？"

这个大智者想着想着，
又引起了翻滚的思潮，
他这个牟尼中的魁首，
便对他的徒弟说道：

"我的话都是诗，音阶均等，
可以配上笛子，曼声歌咏，
因为它产生于我的输迦，

就叫它输洛迦，不叫别名。”

牟尼说了这无上的语言，

徒弟答应着，心里喜欢；

做师傅的心里也很高兴，

对自己的徒弟喜在心间。

（蚁垤，《罗摩衍那》，1—2，季羡林译）

这个场面有几个特征与今天所理解的诗歌产生共鸣，并能告诉我们早期梵语诗学的内容。蚁垤的“输洛迦”是由艺术语言构成的，以其与普通话语的区别使诗人自己都感到惊讶。它以充满象征意义的语言表现一次经历，赋予鸟的痛苦以人的意义；它是通过一个最早的文学制度或网络被接受和传播的。

这些形式的、象征的和社会学的特征把蚁垤的诗与被剥夺同伴的鸟的呼喊区别开来。虽然多少世代以来诗人喜欢把自己比作会唱歌的鸟，但母麻鹬的痛哭只能是艺术性的；其绝望的呼叫只能令猎手高兴，他刚刚杀死了它的同伴。对比之下，蚁垤充满痛苦的话语“音阶均等，可以配上笛子，曼声歌咏”——这是给“输洛迦”的最简洁的定义。所有梵语韵律形式中最常见的，常常用来表示“歌”或“诗”的就是“输洛迦”，其典型的对句包含两行十六音节的诗行，一般分为四音节一组。这并不是唯一可能的“输洛迦”组合；与亚里士多德在《诗学》中的定义一样，蚁垤这个被认为是自发的定义是要把一种诗学置入其文化中流行的多种可能性之中。

至此，我们所看到的各个维度都与欧洲语境享有相当的共性。然而，这段引文与西方思想的最大不同点就在于它强调诗的创造，视其为一次强烈的社会行为。蚁垤并未在华兹华斯式的静寂中于数个月后回忆当时充溢的情感，也没有向远方或已逝情人发出彼特拉克式的呼唤；他的对句是遇到痛苦时即席发出的伦理回应。重要的是，新生的诗被传达给圣人的那位高兴的弟子。《罗摩衍那》是一个悠久的口传传统的结果，其序诗也没有把对句再现为通过书写而得以保留的东西。当蚁垤开始想别的事情时，它会消失殆尽。如果不是以不断重复的形式保存下来并传播给听者的，它当然也会随诗人一起死去。蚁垤总是有弟子陪伴着，这位弟子会瞬间记下“输洛迦”，“甚至在师傅说了这无上的语言之时，做师傅的心里也很高兴”。

如此保留起来，该诗一定能传播给更多的读者，在蚁垤隐修处的听者群体，这就是前面提到的热尔曼娜·德·斯塔尔所说的文学“与社会制度的关系”。蚁垤去沐浴，再回到隐修处，这时弟子正在把这个对句教给大师虔诚的听众。“他所有的这些徒弟，/ 都朗诵这首输洛迦歌，/ 他们一会儿欢喜无量，/ 一会儿异常惊讶地说：// 用等量的音节和四个音步，/ 大仙人把自己的悲痛抒发，/ 出于翻来覆去地诉说吟咏，输迦（*shoka*）于是就变成了输洛迦（*shloka*）”（1.2）。这番话由于被整个群体不断地重复而成为诗：在梵语传统中，诗歌不是艺术品，而是活动。

如在中国一样，日本的诗歌理论也经过了几百年，成为当代理论的重要基石，正是基于此，厄尔·迈纳才写出了《比较诗学》。另一方面，散文小说传统上地位十分低下，当在平安时代首次繁荣时，也很少有关于散文的正式讨论。即便如此，在《梦之桥：〈源氏物语〉的诗学》中，白根治夫却能通过严格的实践检验而衍生出紫式部的叙事诗学，并有紫式部同代人的陈述和早些时候关于其杰作的评论。如白根治夫所说，紫式部完全意识到在“自我反省和自我审查的过程中”一章一章地讲故事时，她是在革新物语这一体裁（xxii）。

紫式部的作品也常有对诗歌的反思，对出现在她文本中的近八百首诗中的许多首诗直接评论。仅举紫式部差异诗学的一个方面为例，她不仅谈到诗中的主题和形象，如我们所期待的，而且还同样重视我们也许没有期待的一个方面：其人物的书写。一首由年迈的尼姑所写的诗——“以个性和特性著称的拈来之笔”（《源氏物语》，93），而被源氏忽视的一个女人给他寄了一首诗，“纸上有浓重的胭脂味，墨有地方发黑，有地方渐显苍白”（266）。平安时代诗歌的意义既通过米纸上的实际文字，又通过大量仔细推敲过的物质效果来表达。如果我们接受芭芭拉·约翰逊关于保罗·德·曼的主要贡献是其语言的唯物主义观的说法，那么紫式部就能帮助我们把注意力延伸到——日本文学及其之外的——写作本身的物质性上来。

在把理论向更多的视角敞开的同时，比较文学研究学者需要注意到现代欧美世界之外的文本的批评性差异。都市理论家常常在非西方的素材中发现对其已知知识的证实，而这个倾向甚至可见于热瓦迪·科里湿纳斯瓦米的文章。她清楚地例示了如何把研究巴克提（bhakti）诗歌和诗学作为梵语传统精英的替代：“由鞋匠、织工、牛娃、羊倌儿、贱民和妇女（等人）创作的巴克提诗歌，依据民歌和短诗等口传传统，表达了一种炽烈的打破偶像的精神解放的幻想。”（146）然而，当她举12世纪女性诗人摩诃提毗阿卡的例子时，她强调与现代世俗女性主义紧密相关的那些因素。她说，摩诃提毗阿卡“不断抱怨对妇女的限制，一方面是父母、丈夫和公婆令人窒息的要求，另一方面是权威和僧侣的疯狂压迫”。梵语传统的“爱情的惯性结构——崇拜者与圣人之间的渴望、分离、团聚……实际上不过是传达社会进步和精神改造的一个较具颠覆性的信息”（146）。这里，与梵语传统的巴克提诗歌的批评差异几乎幡然可见，但是从当代西方的关注点来看却不那么明显。

针对性地阅读《迦梨陀娑》

无论是内嵌于文学文本还是详细阐发于美学专著，属于特殊文化的理论为模糊的普世主义和帝国主义的异国情调提供了实质性的抑制。它们可以阻止我们动辄宣布用拉康的视角透视《石头记》，以此揭示清代读者所看不到的长期以来隐藏的意义。然而，运用宽泛理论视角的任何人都将在某种程度上依据从别处派生来的术语来评估一部作品，而不是依据作品本身，甚至深深沉浸于本族文化的学者们也很少服务于未加中介的地方传统。无论是在北京还是在卡拉奇，研究清代小说或乌尔都诗歌的学者极少有不参照当代批评或理论框架去阅读素材的，而且往往是依据在别处已经完善的框架，依据非常不同的档案，如我们看到的马克思之于安东尼奥·坎迪多或罗伯托·施瓦茨的重要性。

当我们论述前现代文学的时候，问题则尤其突出。对我们今天所有人来说，“过去就是国外；他们以完全不同的方式做事”。适合于文化传播主题的是，学术读者在萨尔曼·拉什迪的《想象的家园》开首就完全可能遭遇这一线索，而不是其源出，即 L. P. 哈特雷 1953 年的小说《中间人》。哈特雷把小说背景设在 1900 年，如果仅仅半个世纪就把祖国变成了异乡，那么当我们回顾几百年之前的时代，距离又该有多大呢？我们几乎难以抹去对现代性的全部了解，我们在它的伴随下长大，接受它的教育，尽管我们尽最大努力恢复作品的前现代价值。今天的主导理论话语源自现代甚或当代，它们基本上是依据过去一二百年的文学建构的。那么，我们该如何成功地运用德里达在巴黎构建的一种理论或帕塔·查特吉——在纽约罗切斯特大学获得博士学位之后——在加尔各答构建的一种理论，去分析一千多年前在中国或印度写的一首诗呢?

挑战性在于用现代理论与在所探讨的传统内发现的理论知识对话。我用以检验这个问题的案例是《迦梨陀娑》中的叙事诗《云使》,约写于公元400年。迦梨陀娑是亚洲最早在欧洲广被欣赏的诗人之一,是南亚为早期比较文学和世界文学做出重要贡献的关键人物。东方学的开拓者威廉·琼斯伯爵于1789年翻译了他的《沙恭达罗》,琼斯的弟子霍拉旭·海曼·威尔森于1814年翻译了《云使》。该诗在主题上采取远距离交流,讲述一个夜叉、一个小天神与其恋人分离的故事。夜叉被财神爷俱毗罗从喜马拉雅宫里赶出数月,远在南方受尽煎熬。由于渴望捎信给恋人,他乞求一朵云穿过印度告诉她他未渝的忠心。接着,夜叉用该诗中111个诗节的篇幅描述云所应走过的路线,描画了大地令人愉悦的、壮观的全貌,最后描写了云与其恋人的相遇。

《云使》描写的是爱与渴望团聚这一普世主题,但是,仅就迦梨陀娑暴风雨般地援引地名、诸神、植物、鸟类和史诗传统而言,在威尔森第一次将其译成英文的时代起,西方学者就意识到地方性知识的重要性。从两千多年前巴拉塔(Bharata,又译婆罗多)的《再现的规则》开始,大量梵语诗人和知识分子就讨论诗学和诗歌语言问题了。然而,1814年,威尔森不得不依赖关于诗歌的古典主义和新古典主义概念来架构他的译文,因为西方学者几乎没有人接触过梵语诗歌。今天,我们完全可以用对位法,即用古典梵语与现代西方的理论视角加以对比的方法来处理《云使》,这将比从任一单一视角都更能全面地理解迦梨陀娑。

1976年,美国诗人和翻译家列奥纳多·奈森出版了更令人信服的译本,标题一语双关:《爱的运输》。奈森始终努力忠实于梵语原文的意思,甚至把原文印在译文的对开页上。在前言和尾注中,奈森提供了大量历史和文化信息,尽最大努力搭建亚洲与美国、古代与当代之间的桥梁。他也让译文保留了一定程度的不可译的文字，数十个外来语也在卷尾的词汇表中予以说明。即便如此——至少不会让赛义德感到惊奇的一种模式——奈森的译文大体上还是没有摆脱欧洲中心的阐释框架。虽然援引了大量的文化因素，但他还是经常以美国新批评的眼光来处理迦梨陀娑，同时在哲学上将其与古代中世纪世界的哲人相同化；而这在另一个更成熟的版本中，霍拉斯·威尔森已经做过了，并将迦梨陀娑与奥维德和贺拉斯相比较，并称其为“文雅的弗拉库斯”（154）[①]。奈森的新柏拉图主义的侧重早在前言中就出现了，声称要展示迦梨陀娑与西方假想的根本差异：“在印度诗歌期待和迎合这种期待的诗歌背后，是两个我们不予分享的假设。首先，现实不能通过个人对变化的经验世界的感官理解来探讨，而是要超越这个经验世界而到一个永恒理想的世界去寻找。……因此，诗歌是一种超越表象而经验现实的一种方式”（3）。印度不是西方，西方“大多把现象世界看作真实世界，无论超越其外的是什么”（4）。

据奈森所说，迦梨陀娑诗中所传达的不是物质世界，而是变化不居的社会和宗教世界，实际上是黑格尔或理查德·伯顿伯爵一眼就能识别出来的永恒的东方。在这个远古秩序中，奈森邀请我们去尽享“一个理想世界”的和谐，“它的美是相关的、可以交换的，在大与小、高与低、超验与自然之间有一种深切的交流”（9）。在评论中，奈森从新批评的视角把该诗看作一个反讽的平衡结构，每一个形象都服从于一个构造完美的总体，趣味优雅，秩序井然。尽管开头的诗节描写了夜叉的孤独、无能、渴望爱的痛苦、颤抖和心碎，但我们并没有认真地对待他的痛苦，因为在西方人看来他并不是一个真正的人物。在奈森的解读中，夜叉是爱欲幻想的替代，而不是受苦的个人。

① 源自 Quintus Horatius Flaccus，即英语中 Horace（贺拉斯）的拉丁语全称。——译者注

而诗中最抽象的实体——云，则是诗中真正的英雄："如果《云使》中有一个真正的人物，那就是云，通过夜叉的爱欲想象，云成了一个磁力中心，吸引着关于世界上全部事物的联想。"（7—8）

爱和语言的力量在夜叉向云口授的信息中联起手来，即从第99节开始，奈森称其为"该诗的音调高潮"。夜叉的信息表达了古典梵语分离的爱的转义，幸存于缺席的团圆，甚至强化了这种团圆。"你应该对她说"，夜叉说：

> 他，远在他乡，被厄运所阻
> 借纯粹的愿望与你心心
> 相印，他的清癯与你的
> 消瘦，他的痛苦与你的
> 悲痛，他的泪水与你的
> 泪水，他那无尽的渴望与你的
> 渴望，他那深沉的长吁与你的
> 短叹。①

奈森的构架使我们能够接受这个诗节，但对其余的信息却不足，说明隐喻不能体现一次令人满意的沟通。现在云的形象暗示视觉的丧失：

> 用红石我把你画在石板上，
> 假装愤怒，可无论我多么想要
> 把我自己画在你脚下

① 译文根据英译文译出，中译本参见金克木译文："他为厄运阻挡在远方，怀着心心相印的渴望，/ 他只有任凭清癯消瘦，凄怆悲痛，频频怜惜，/ 热泪纵横与焦灼不安，来配你的瘦弱可怜，/ 凄惨伤感，长吁短叹，珠眼盈腮和满怀焦急。"——译者注

双眼饱含着泪水
汹涌般喷出。这命运如此艰难
甚至不允许我们在画里团圆。[①]

在整个《云使》中，秩序与和谐的时刻常被完全无能为力和不确定性所打断。虽然该诗常常令人想起爱和愿望实现的快乐，但也同样讲述痛苦、暴力和空虚。一开始，夜叉的云使者是作为意义和交流的“磁场中心”出场的，但却是用来比喻转瞬即逝的和无法理解的：

一片云——气光水风的混合，
这——适合于传送音讯的人
传送音讯有什么关系？
夜叉依然恳请。那些苦恋的人
已经不再能够区别
哪些是回答，哪些是哑言。[②]

在这个诗节中，云听起来不像是柏拉图的理式，倒像是一个飘浮的能指。

德里达的读者会发现许多段落似乎是专门定制的，以展示解构主义的意义延宕和自我删除的主题。云的旅行非但没有直接把夜叉的音

---

① 译文根据英译文译出，中译本参见金克木译文：“我用红垩在岩石上画出你的情爱，/又想将我自己画在你脚下匍匐求情。/立即汹涌的泪水模糊了我的双眼，/在画图里残忍的命运也不让你我靠近。”——译者注

② 译文根据英译文译出，中译本参见金克木译文：“什么是烟光水风结成的一片云彩？/什么是只有口舌才能够传达的音讯？/夜叉激于热情就不顾这些向云恳请，/因为苦恋者天然不能分别有生与无生。”——译者注

讯送到（给）恋人，反倒成为一次无休止延宕的经历：

朋友啊，我预见到虽然你想尽快
传达我的音讯，但却会有停啊停
每一座山峰，都有鲜花芬芳
孔雀见了你也会热泪盈眶
声声呼叫把你欢迎，可是我
请求你坚定意志日夜兼程。[①]

在此，夜叉预见到一种撩人的双重延宕：云将在花草芬芳的山峰停留，仅仅为了拒绝孔雀的满足而走向另一个山峰，它将在那里停留，推延不断被延宕的音讯。这是送信者的延异，在德里达把《明信片》送给出版商的一千五百年前就已经发生了。

云走过了充满暴力的大地。在一个诗节中，夜叉告诉云"把你自己献给湿婆，换来他穿着跳舞的带血的大象皮"（39）。这样的时刻在奈森平衡和谐的阅读中被打了折扣。比如在第48节中，云经过库鲁的田野，"像阿周那的战场一样闻名，把他的箭雨射向王的胸膛，正如你把水喷在莲花上"（47）。在注释中，奈森讨论了史诗中的暴力，但仅仅是为了否认其暴力的意义：

迦梨陀娑有能力把一切都置于复杂的关系之中，这些关系构成了该诗，这在第48节中受到严格检验：云经过库鲁的田野；

① 译文根据英译文译出，中译本参见金克木译文："朋友啊！我知道你为我的爱人虽然想快走，/ 却仍会在每一座有山花香气的山上淹留，/ 但愿你努力加快脚步，如果见到有孔雀 / 以声声鸣叫向你表示欢迎而珠泪盈眸。"——译者注

> 这里曾经是战场，《摩诃婆罗多》史诗中无数士兵相互厮杀，最后只剩下了几个英雄。这个典故给这首诗的暗示如此之大，其读者对此又如此熟悉，如果诗人表现得过于明显，那就会破坏既定格调的平衡，那不是英雄史诗。事实上，以史诗中最伟大的战士阿周那的业绩为体现的英雄气概一直在背景中，仅仅用以与云的暴雨对脆弱的莲花的影响形成比较。(100)

也许这种末日般的暴力仅仅是为了确立一个纤弱的隐喻，但也许是奈森所坚持的和谐的平衡，而不是迦梨陀娑在此“受到严格检验”的诗歌能力。

在诗的结尾，社会与个人结合了。云应该让恋人安心，夜叉一切都好，且为她而憔悴。夜叉告诉云讲一个恋人之间的故事来证明云的好意。这确实很好，然而，夜叉却选择了另一件奇怪的轶事作为证据：

> 告诉她我曾说：一次
> 同床共枕，交颈同眠
> 醒来你却大声哭喊
> 我再三追问，你说着
> 心里暗笑：骗子呀，梦中
> 我见你与别的女人调情！[①]

不忠真的是要带给远方恋人的一个好消息吗？这个轶事会自行消解，如德·曼或许会说的，将导致产生所带音讯被打折扣的焦虑。这里，

---

① 译文根据英译文译出，中译本参见金克木译文：“你丈夫还说：有一次你与我交颈同眠，/人睡后你突然无缘无故高声哭醒。/我再三问时，你才心里暗笑着告诉我：/坏人呀！ 我梦里见你与别的女人调情。”——译者注

奈森和谐的阐释再次受到了严格的检验，但他敢于面对挑战："夜叉又加上一句以证明音讯的可靠性，提到了只有两位恋人才知道的一位古人。他以高超的技巧选择了一个幽默的人，或许能帮她打起精神来。"（110）高超的技巧？

在以自己的忠贞削减了自己忠贞的态度之后，夜叉揭露说云实际上可能根本不愿意传达这个音讯：

> 朋友，我信任你，会为我打理此事
> 我肯定你那严肃的眼光不会
> 预示着拒绝。你沉默地给予
> 天气所渴求的雨水。因为
> 好人对求助者的回答
> 就是给予他所想要的。[①]

奈森给我们提供了大量的语境信息，但他去理论化的阅读远非没有理论，正如他对新批评原理进行梵语化的转化一样。他受过新批评的训练。总之，很难感到奈森真的传达出该诗的怪异力量，而解构洞见的注入可以帮助我们注意到奈森阅读中所忽略的重要因素。然而，我们切不可随便断言说活力四射的解构视角取代了幼稚的新批评阅读，揭示出迦梨陀娑（明晃晃地隐藏的）秘密选择：暴力而非秩序，不忠而非忠诚，延宕而非终结。如果雅克·德里达冒失地闯进了威廉·K. 维姆塞特不敢进入的地方，其结果可能是一种不合时代的异化的阅读。

---

① 译文根据英译文译出，中译本参见金克木译文："好友呀！ 你是否已决定为朋友打理此事？ / 我决不认为你的沉默就是表达拒绝。/ 你不声不响时还应饮雨鸟的恳求给他雨水，/ 善人对求告者的回答就是做他所求的所有。"——译者注

若想对《云使》进行一种较为扎实的阅读，我们可以诉诸一部梵语诗歌理论的经典著作《韵光》，为9世纪学者欢增所著，由其追随者阿宾那比笈多收入一部延伸性评论《卢舍那》(*Locana*)之中。这部双重著作曾几次引用迦梨陀娑的例子，深刻揭示了一千多年前人们是如何阅读梵语诗歌的。如在《罗摩衍那》中一样，诗歌被看作一种人际经验。欢增和阿宾那比笈多几乎不认为他们所讨论的抒情诗描写孤独的个人，用独白与不在场的恋人说话，或不与任何人说话。欢增和阿宾那比笈多在阐释诗歌的时候幻想一个拥挤的社会景象，他们的最大兴趣在于说话者对周围社会和自然界的伦理介入。

欢增和阿宾那比笈多著名的社会诗学衍生于一千年的梵语传统，促使我们用不同的眼光看待《云使》，不同于我们对西方诗歌的期待。夜叉及其恋人通过不间断的人和存在链而在分离中获得了团聚，这些人和存在都是云在旅途中遇到的，而我们作为读者也能认同这些中间人，也能认同处于这个指意链之两端的恋人。云出发的时候，

> 男人远足时留在家中的妻子
> 撩起发梢仰望着你跨越天空，
> 满怀信心记着你带来的音讯。[①]

这里，记忆是一个关键术语，是欢增和阿宾那比笈多诗学的关键。其影响深远的“韵味”，解释了读者如何欣赏对痛苦事件的再现而不被其征服。当诗中的说话者为丧失或别离而悲哀时，这种悲哀将激发我们回忆起自己过去的类似事件。与诗中场景一道经历记忆中的创伤，

---

① 译文根据英译文译出，中译本参见金克木译文：“旅客家中的妻子掠起发梢向你凝望，望见你升向天空，便满怀信念而安心。”——译者注

我们听者就能与说话者感同身受，我们自己的记忆将得以纯化，进而从自我偏执中解脱出来。经过这一过程，独自忍受的悲伤“成了同情”，如阿宾那比笈多所评论的，它“不同于普通的悲伤，因为它所经历的基本上是对思想的融化”（Ingalls，et al.，《韵光》，115）。梵语诗歌强烈的社会性既生产一种伦理学，也生产一种情感诗学。

按此理解，我们可以转向《云使》的最后一个诗节，其中的关键词是“同情”，恰如其分地出现在奈森的译文中：

> 你对我施以如此恩情（应我的
> 不情之请），无论出于友谊还是同情
> 于我孤独的处境，云啊，遨游吧，
> 无论去哪里，雨将增大你的光荣。
> 愿你永不——哪怕瞬间——像我
> 一样，不与闪电分离。[①]

迦梨陀娑的飘浮的能指不应理解为揭示了一种德·曼式困境，仿佛云决不会携带意义的隐喻转换，而在漫游整个印度上空时注定要忍受换喻的抹灭。然而，要得出结论说一种外在衍生的解构阅读现已由一种权威的印度诗学而证伪，那就是错误的。欢增和阿宾那比笈多生活在迦梨陀娑五百年后的时代，他们对一个繁杂甚至参差不齐的诗歌传统进行了了不起的系统化。他们既是修辞学家又是神学家。他们有自己的事业，与把《诗经》的情诗加以寓言化的儒家论者不同，也与削弱传道书之激进主义的圣经传统不同。欢增和阿宾那比笈多弱化情感倾

---

① 译文根据英译文译出，中译本参见金克木译文：“你应我的不情之请，能对我施此恩情，无论是出于友情还是对我独居感到怜惜；云呀！ 雨季为你增加光彩，此后请随意遨游，祝愿你一刹那也不与你的闪电夫人离分。”——译者注

向是为了逃避同情的边界，与迦梨陀娑不同，后者是要把伦理框架复杂化，以便继续在这个框架内写作。德里达——甚至维姆塞特——可以帮助我们理解《云使》的诸面相，这是情感理论所无法说明的，即便梵语诗学提供了重要的证据，证明不能把当代理论直接应用于延宕飘浮的一朵多情的云。

* * *

今天的比较文学研究学者所面对的挑战是发展谢尔登·波洛克所称的“没有霸权的比较”。这是一个多维度的主题，我们将在最后一章中予以讨论。但是，这样一种比较研究的前提将是“理论”的开放，即对其欧洲——翻译——地带的超越。如果我们反对在许多理论讨论中仍然盛行的霸权动力，我们就能减弱久已渗透到比较文学研究中的霸权倾向。在理论和实践中，如果想要发展一种名副其实的世界文学理论，我们的路仍很漫长。

5
语言

在4岁生日之前，勒内·艾田蒲失去了父亲，但却发现了世界文学。艾田蒲虽然是一位早熟的读者，但阅读文学却几乎是连他自己都难以想到的。他于1909年生于法国西北部的马耶讷省的一个工人阶级家庭，父母在13岁就双双辍学。母亲以卖女帽为生，父亲是推销员，27岁时患肺炎去世，给以在当地卖女帽为生的孀妇留下了7个孩子。艾田蒲小时候一有空就离开全家挤在一张床上的小公寓，躲在那幢公寓楼的一个小阁楼里。他在那里发现了一个宝箱，里面装着旧书，还有《马耶讷杂志》的过刊，这些期刊就是在这幢公寓的一楼印刷的。他喜欢插图版的《堂吉诃德》，发现了更多的旅行和冒险故事。在《星际比较文学前言》的第一章，他说，“多亏了那个阁楼，我懂得了如何读书写字，在三岁半的时候，就无意中发现了比较的方法：我不知不觉地迷上了比较文学”（20—21）。该章的题目就是“阁楼上的世界：或，一个比较文学学者的诞生”。

这位未来的小说家和索邦教授当时只能读法语，而且完全可能把非凡的精力用在法国文学上了，但他对常常出现在阅读中的外语句子着迷：一位叹息他的灵魂受到伤害（doucha bolit）的人；一个呆在棚屋（wigwam）里的阿岗昆女人（squaw）。在对原始的或恶意的苏族人（Sioux）、易洛魁人（Iroquois）和休伦人（Hurons）的常常带有种族主义意味的描绘中，“我最愿意记录的恰恰是他们的语言”（25）。在读一本阿拉伯游记时，他为一句未译的话惊呆了：“*La allah il-allah, Mohammed rasoul oullahi*，在最近再版的著名的《通布图之旅》中我才明白了这句话的意思”（22）。尽管他不知道遇到的是穆斯林信仰，但“那是阿拉伯语，它就在我眼前，在我的阁楼里，醋母在比我要高许多的巨大瓶子里发挥了作用！”（23）[①]

6岁时，艾田蒲开始从A到Z逐条阅读《拉鲁斯绘本》。“那里显示的外语字母使我陷入一种既强烈又不安的快乐。虽然我能识别俄语的14个大写字母，但我不明白B为什么要读成v，H变成了n，P变成了r，C变成了s。我该问谁呢？”（25）他去问《马耶讷杂志》的印刷工，而印刷工甚至都没听说过西里尔字母。同样令他着迷的是与墨西哥蝾螈的相遇：“axolotl一词神秘无比：也许是因为这些微小生物的存在模式，但最重要的，最重要的，是词尾tl。我熟悉它在中间位置的组合，如a*tl*as，A*tl*antic，那似乎是不言而喻的。但在词尾？谁听说过呢？”（30）

---

① 艾田蒲对《通布图之旅》的迷恋几乎不是随意的。其作者勒内·卡里厄（1799—1838）是位冒险家和语言学家，不仅与艾田蒲同名，而且也出身贫寒，童年就父母双亡。他离开村子出去闯荡，为了去通布图旅游而学了阿拉伯语（当时通布图对欧洲人是关闭的），并伪装成阿拉伯朝圣者。1830年，他发表了广为流传的三卷本游记，八年后去世——与艾田蒲父亲死于同一种疾病：肺炎。——译者注

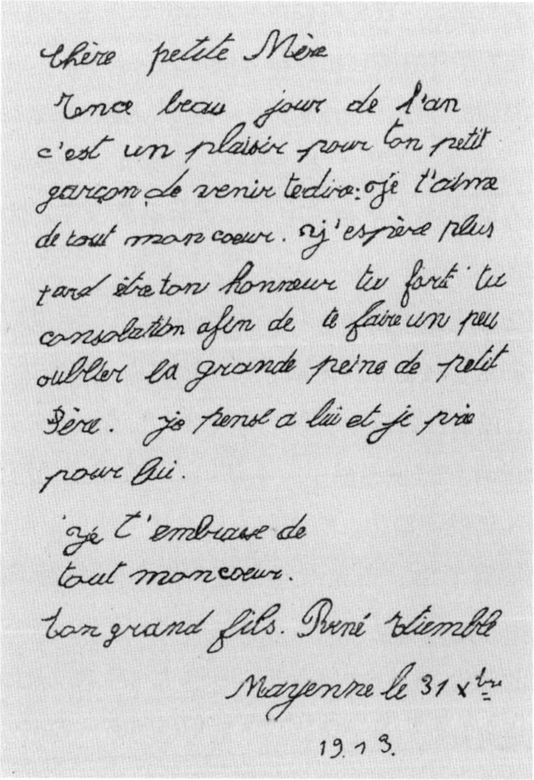

Chère petite Mère

En ce beau jour de l'an c'est un plaisir pour ton petit garçon de venir te dire: je t'aime de tout mon coeur. j'espère plus tard être ton honneur ton fort ta consolation afin de te faire un peu oublier la grande peine de petit Père. je pense a lui et je prie pour lui.

je t'embrasse de tout mon coeur.

ton grand fils. René Etiemble

Mayenne le 31 Xbre

1913.

图 5　勒内・艾田蒲，致母亲的信，1913 年。

艾田蒲在写作方面也与阅读一样早熟。在 1988 年出版的回忆录《一种生活准则》中，他用他所说的“我的第一部‘著作’”的复印本结束，那是 75 年前他在新年写给母亲的一封信，即在他五岁生日的前一天写的（图 5）。句子完美，书写工整，告诉母亲他衷心爱她，希望这封信能帮助她忘记父亲的死给她带来的极大悲伤。他说他想父亲，为父亲祈祷，然后以正规的华丽辞藻结尾：“用我的全部身心拥抱您。您的大男孩，勒内・艾田蒲。”

第一次世界大战结束时，母亲把 8 岁儿子的语言才能派上了用场：她让他学英语，这样他就能帮助她把帽子和连衣裙卖给城里的美国大兵，让他们当作礼物送给新结交的法国女朋友。三年后，他给老师们留下了深刻的印象，并且获得了一笔奖学金。他去地区首府拉瓦尔中学学习，他学会了拉丁文、希腊文和德文。他还要学会更多的语言，先是在法国高师学会了中文，然后周游世界，远远超过了勒内·卡里厄的非洲冒险之旅。

艾田蒲学会了多种语言，包括阿拉伯语、汉语、埃及象形文字、德语、匈牙利语、日语、马来语、纳瓦特尔语、波斯语、葡萄牙语、罗马尼亚语、俄语、西班牙语和土耳其语，但他从未失去对法语发自肺腑的爱。1964 年，他出版了一本热销书《你讲法语吗？》，抨击悄然进行的对法语的美国化。后来在一次采访中他肯定地说："我的语言就是我的祖国。"（Karátson，《艾田蒲与语言》，132）当有人问何以不满足于法语，他回答说，孩提时，他痛苦地意识到他所受教育的局限性，母亲的那些富裕顾客的高贵的庸俗使这种意识愈加强烈，当他骑着自行车送货时他们总是居高临下地拒绝付账。爱丽丝·卡普兰通过学习法语逃离了中西部环境的束缚，而艾田蒲熟练的法语却未能抹掉阶级差异，对那些人来说，"用我的全部身心拥抱您"这样的句子是一种习俗。如他对采访者所说："我必须逃离，无论去哪儿，通过外语的陌生化特权'走出'属于我的世界。"他说，学习语言成为"我对另一种庸俗的报复，那就是曾经囚禁我的社会阶层"（127）。半个世纪以后，法语的 r 对爱丽丝·卡普兰的意味，就是此时纳瓦特尔语中的 tl 对于他的意味。

艾田蒲在许多著作中展示了充溢的语言才能。仅举《总体（真正）文学文集》为例。在"俳句的改写与模仿"一章中，他引用了日语、法语、英语、意大利语、西班牙语、俄语、克罗地亚语、德语和现代希腊语的例子。但他已经完全意识到他只能接触世界语言中极小的一部分，于是，他竭力提倡翻译。他始终是位活动家。1958 年，他与联合国教科文组织合作创建了题为“认识东方”的一系列重要著作的翻译，由伽利马出版社出版。目前已出版 120 种，其中有关于中国、印度、日本、韩国、越南、波斯、中亚、古埃及和阿拉伯文学等。

在 1963 年对比较文学的前沿研究《比较文学的危机》中，艾田蒲为下一代比较文学学者阐明了翻译的重要性。“在 1990 年或 2000 年从事比较文学实践和教学的比较文学学者，需要多少年才能做好准备呢？”（20）他注意到，在法国（如在美国一样），能像勒内·韦勒克这样的中欧移民熟练掌握几种语言的人少之又少，他接着说：“如果必须依靠暴政而革命，才能扩大比较文学学者的队伍的话，那么在拥有足够多的有能力的大师之前还有一段漫长的时间。”（20）他说即使像他本人这样掌握多种语言的人，唯一实用的解决办法还是时常利用翻译：

> 我作为教授和小说家的双重能力使我不得不感兴趣于关于我所从事的那种文类的理论，我懂得阅读韦利英文版的《源氏物语》的种种好处，或从泰米尔语译成法语的《脚镯》，甚或新近由阮兰浣博士翻译的越南小说《金云雀传》。如果没有读过哪怕是英文版的《道中膝栗毛》，或法文版的《西游记》，甚或德文版的托尔斯泰和陀思妥耶夫斯基，那么欧洲人还敢谈什么总体小说呢？（23）

在劳伦斯·韦努蒂发表《译者的隐身》的三十年前，艾田蒲就注意到译者几乎入不敷出；翻译往往是一种闲情逸致，或是付出远远大于回报的女人们的工作。他提出比较文学项目应该“尊重翻译，不要将其视为女士或业余爱好者的职业，而是比较文学学科的本质任务之一”（25）。他提议要大幅度增加比较文学学者的语言准备：“我们要尽快培训译者毫不曲解地处理匈牙利语、孟加拉语、芬兰语、泰米尔语、汉语、马拉加什语的能力。”（25）他满怀激情，一语中的：“只要他假装从事‘研究’，一个白痴用一个索引文档就能获得一笔资助、资金、自己的研究室，毫不费力地发表无用的东西，一片片垃圾，而译者对于比较文学来说只是‘中介’，非常不适于白痴的生存。”（25）

自艾田蒲说出这些挖苦的话之后，仅在半个世纪内，语言的挑战就越来越大了。甚至拥有自己的研究所的白痴们——包括我自己在内——现在都必须不同程度地投身于翻译，这是艾田蒲自己所没有预料到的。这不完全是由于这个领域已经扩展到以前所未曾研究过的领域。比较项目不再期望每一个来研究生院的学生都懂英语、法语、德语，或许还懂拉丁文。更不能指望其他系科来修习比较文学课程的学生都拥有共同的语言知识。“民族”文学系科本身现在都开设相当规模的翻译课，翻译在今天的大多数比较文学课程中起到关键作用，即便在教师和有些学生能够读懂原文时亦如此。

幸运的是，过去几十年中文学翻译的质量稳步增强。1988 年，艾田蒲抱怨“读从英文版编撰的法文版的三岛由纪夫著作的人，无论是谁，读的不过是真品的派生物，上千个意思都随着他的剖腹自杀而死亡了”（全集，167）。今天，三岛由纪夫的著作已经由杰拉德·西亚里这样的日本学学者译成法文。在蒙彼利埃大学教授比较文学之前，西亚里曾经在日本生活了八年。翻译的质和量都有相当大的进步。荷马和但丁几乎每年都有新译本，重要的非西方著作也常常被重译。虽然艾田蒲能够用日文写作，但他读的《源氏物语》仍然是韦利的经典英文版。1960 年代，法文中的唯一选择是 1928 年的一个译本——大量借鉴韦利译本，而且只译了紫式部 54 章中的 9 章。自那以后，一个完整的法文版面世了（勒内·西艾弗尔的《源氏物语》，1988），而其新的英文译本也不少于三种：分别是爱德华·塞登斯迪克译本

（1976）、罗亚尔·泰勒译本（2001）和丹尼斯·沃什伯恩译本（2016），均受到新闻媒体的广泛关注。[①]《源氏物语》现在被译成许多小语种，往往是直接译自日语的，如罗马尼亚的《源氏物语》（2017），是由日本基金会资助的一部豪华插图本，一年内售罄。

许多现代作品也有优秀译本，包括艾田蒲列出的罕有被研究的几种语言。匈牙利伟大的小说家桑德尔·马莱也在其内。1948 年逃离匈牙利后，他四十年中始终孤独地写作。他定居美国，为自由欧洲广播电台工作，为流亡群体发表版本有限的战后读物。他在所寄生的国家里默默无闻，在本国近乎被遗忘，1989 年自杀身亡。他的作品似乎注定要永远消失，然而意大利作家和出版商罗伯托·卡拉索于 1998 年偶然发现了他的小说《余烬》的法语译本，当即意识到他发现了一位重要作家。《余烬》成了作者死后留下的国际畅销书，他的几部作品现已有几种英译平装本，包括讽刺黑色幽默小说《博尔扎诺的卡萨诺瓦》，以及动人而破碎的《婚姻肖像》。迄今，他的作品已被译成多种语言，包括加泰罗尼亚语、荷兰语、冰岛语、韩语、波兰语和乌尔都语。

再举泰米尔语的例子。2010 年以来，至少有七部泰米尔诗集的英文版问世。西方久已乐于阅读前现代的亚洲作品，如艾田蒲提到的《脚镯》[②]，发表于他的“认识东方”系列。现代泰米尔文学也已唾手可得，多产的佩鲁马尔·穆鲁甘的作品也被译成其他文字，如重要的法国或德国作家一样迅速。其颇受争议的小说《女人的一部分》（2010）

---

① 荷马翻译的流行直接影响了《源氏物语》。罗亚尔·泰勒的译本付梓时，企鹅增加了预算，印出了精美的配有木刻版画的两卷本。泰勒说：“我问纽约的企鹅公司为什么如此器重一千多年前在日本出版的一部鸿篇巨制，他们告诉我其决定因素是罗伯特·法格勒斯新译的《伊利亚特》和《奥德赛》。”（《译〈源氏物语〉》）

② *Le Roman de l'anneau*，1961；从法文译成英文，以《脚镯》为题发表。——译者注

描写一个女人想要在祭拜一个雌雄同体神的神庙里通过一次婚外性遇而怀孕的故事，该书于2013年由印度企鹅公司出版，获得翻译奖，其英文题目是*One Part Woman*，次年传入英国。企鹅显然感觉到机会来临，于2017年发表了他的另四部作品。

当今形势确实比1960年代好许多，但语言问题依然至关重要，且问题很大。全球英语的兴起使得许多文学学者舒适地安坐于英语霸权限域之内。同时，人文学科生源的逐渐减少在许多地方已使语言教学濒危。尽管越来越多的作品成功地译成英语，但译者本身始终没有意识到作品所体现或前定的原文之美或文化语境有多少无法译入。教师或译者的责任恰恰是确定传达多少或哪种语境信息，以便理解和欣赏“原作自身”，或更准确地说，教师或批评家希望用什么特殊方法和理解来传达信息。鉴于此，阅读译作的读者就面临更大的语境化挑战，因为语言携带着文学、历史和文化参照，而这些并不是一下子就能用新的语言加以传达的。介绍和注释能够起到很大作用，但译者总是要有所选择，尤其是面对具有词语游戏和细微风格变化的意义之时。

艾田蒲正确地强调了译者生产具有真正文学价值之译本的迫切需要，但是，翻译的问题并不能简单地由译者的流利表达和诗歌感性来解决。艾田蒲对翻译的倡导本身就不是能直接译入英语的。在法语原文中，他利用古意大利语表达关于不可译性的说法（traduttore traditore，即“译者，背叛者”），他极力敦促培养“不背叛（原文）的译者”。艾田蒲显然在呼应这句意大利格言，但他的译者赫伯特·魏星格和乔治·乔耀却找不到英文对译，于是采取一个较温和的说法：“能够在不曲解的情况下处理（原文）的译者”，因此即便他们尽了最大努力，还是曲解了艾田蒲自己的文字。

艾田蒲著作的标题“Comparaison n'est pas raison”就涉及一个不可译的游戏，即在比较与错误或非理性之间。由于无法用英文直接对译，魏星格和乔耀索性弃之而转用艾田蒲所用的副标题“比较文学的危机”。而这个变化不应该简单地予以否定。在《抵制工具主义》(2019) 中，劳伦斯·韦努蒂最为有力地提出要放弃语言得失的一整套说法，因为从“译者即背叛者”这个“不可译性之谚语”来看，这指的是坚持毫不改变原文的一种本质主义。他提倡用一种诠释性的理解来看待译文，正如阐释一样，激活原文的某些方面而不促动其他方面，进而重新规定作品的导向，使之满足于某一新的读者群或阐释群体的需要和兴趣。鉴于此，就或多或少出现了一种有效翻译（effective translation），正如或多或少存在着一种说服性阐释（persuasive interpretation）一样。抛却明显错译、失却原文之重要方面而无重要阐释洞见的平庸译文不谈，优秀的译文都以有效的方式将原文重新语境化。魏星格和乔耀放弃了艾田蒲原标题中矛盾修饰的机智，而选择了“比较文学的危机”，突出了主题的迫切性，与勒内·韦勒克于 1960 年发表的《比较文学的危机》一文产生共鸣，而这正是艾田蒲在该书第一页就提醒读者的。在这方面，英文标题圆满地代表了韦努蒂所提倡的阐释性翻译，即以阐释的方式把文本带入一个新的语境（《翻译改变一切》，101）。[①]

在语言的领域，我们为了进行比较研究而需要懂得的并不是三四种普通语言，西欧或其他地方的语言，也不必让我们所学的每一种语言都达到本土的熟练程度才能运用。但我们每一个人都需要知道，哪些语言对于我们的教学和研究较为重要，我们需要决定什么样的熟练程度才能满足我们的需要。我们还需要知道必要时怎样合理地使用译文，为此目的，也需要打好翻译研究的基础。最基本

① 有时，这种变化的确能改善原文。当我的《如何阅读世界文学》被译成土耳其语时，我发现我的可行的英语标题已经变成了祈使问句：该如何阅读世界文学？

的，在使用原文和译文时，我们需要了解错综交织的语言问题，以及今天每一种语言运用所面对的政治。

“他的法语真的没那么好”

1970年代我还是个学生时，美国比较文学学者的理想是能讲一口**纯正的**法语和德语。你可以是一位浪漫主义者或现代主义者、人文主义者或解构主义者，你也可以使用其他语言，但法语和德语是比较文学学科的入门证。纯正的口音标志着严肃性和熟练程度，而如果你是移民，那实际上会导致你讲英语时也带有浓重的口音。即使其他方面全部失败，但是能讲一口“优秀”或“纯正”的法语或德语也是一种自我肯定。某天我们走出保罗·德·曼的课堂，那是关于卢梭或普鲁斯特所用比喻语言的一堂内容丰富的课，我的一个同学摇摇头说：“可是他的法语真的没那么好。”她想要说的是，他的法语实际上不是非常地道的巴黎口音。德·曼从小在家就讲法语，但在法国并未住多久，因此从未改变其比利时口音。我的同学可以以优秀的口音自慰，尽管她像我一样还没有真正理解他的理论。

对掌握两三门外语的这种强调部分反映了比较文学的语文学之根，但也同样把该学科置于学术生态系统的策略之中。当比较文学学者开始跻身于美国大学之时，民族文学系科那些缺乏同情心的人总是抨击他们业余和肤浅，对此，满怀壮志的比较文学学者可以提出共建互惠共生系统予以回应。比较文学决不否认民族传统的价值，而是将其置于闪光的国际框架之内，并出于比较的需要而在语言上达到民族文学学者的流利程度。语言是这一辩护策略的关键，不仅为了证明比较文学作为一个学科而存在，也是与民族文学系科达到地域共生的基础。

以世界性多语主义为堡垒，比较文学学者能跨越语言边界，建立比法语或意大利语的专业教授广泛得多的联系，后者可能掌握一门不太熟练的德语，或一门根本不熟练的俄语。然而，与此同时，这个新学科的实践者默默地答应不去不合时宜地侵犯竞争者的语言领地。他们自己可能拥有用英语或法语合作的约定，并定期专门研究英语或法语作家，但他们常常在合作时牢牢地扣紧自己的礼帽或贝雷帽。他们在《英语文学史》或《耶鲁法语研究》杂志上发表的论文都清楚地区别于在《比较文学》或《比较文学杂志》上发表的论文。

学术区域的这种划分意味着比较研究几乎总是跨越语言和民族界限，把选择已久并拥有“民族语言”的优势转让给民族文学专家，即便在所论的语言分布在许多不同国家时亦然。于是，一篇比较文学博士论文可以是论托马斯·曼、普鲁斯特和乔伊斯的，但不能是论托马斯·曼、卡夫卡和黑塞的，后一种组合将落入“民族”文学专家的限域，尽管对德国的托马斯·曼、布拉格的卡夫卡和瑞士的黑塞的比较研究同样具有国际性。另一方面，当面对多语社会时，焦点就会从民族语言转移到民族界限上来，把美国文学留给美国学学者，把印度的本土文学留给南亚研究学者，且不管有多少美国人讲西班牙语或纳瓦霍语，有多少文学是用印度国立文学院所承认的二十几种语言所写的。

抛弃所有这些清晰划分的界限的时候到了。一对一的民族和语言认同几乎从一开始就是虚构，今天越来越微弱了，即便是民族语言罕有在境外使用的许多小国家也是如此。当代以色列文学的完整画面应该包括阿拉伯语、俄语、意第绪语以及希伯来语撰写的文学，而罗马尼亚文学则应该包括下面诺贝尔奖得主的作品，如法语的尤金·尤奈斯库、德国的赫塔·穆勒、美洲的安德烈·科德雷斯库和诺曼·梅尼，他们分别用罗马尼亚语和英语写作。在这方面，一种多语比较研究完全可以关注一个单一国家的写作，涉及广泛的语言种类，如阿拉伯语、英语或葡萄牙语。一种比较文学研究可以涵盖的不仅是相邻三国的作品，而是三个不同大陆上的作品。

在整个 20 世纪，比较文学学者在可防御的中间地带建立了语言高地。比较文学学者能够比民族文学专家使用较多的语言——但已不是多许多了。只有在要求一个人掌握多种外语的时候，人们才按标准选三种，往往都选自“北大西洋公约组织的文学”。到 1975 年，美国比较文学协会的格林报告才意识到全球化浪潮对比较文学的挑战：如果这个学科的最高目标真的是寻求宽广的视野和更加普遍的理解，那为什么要停留在欧洲的边界上？如格林以显见的不安所指出的：

> 同时也产生广泛而越来越强烈的对非欧洲文学的兴趣——中文、日文、梵文、阿拉伯语和许多其他不太熟悉的语言的文学……一个全球文学的新视野正在出现，包含我们这个星球全部历史上的文字创造，这个新视野很快就会使我们舒适的欧洲视角显得褊狭土气。比较文学学者和任何领域的学者几乎都没有准备好迎接这一不断加宽的令人眼花缭乱的视野的含义，但它们却是不可忽视的。(30)

由于自己烟花高筑，比较文学学科发现了自身的弱点，即其先前抨击民族文学对手的那种狭隘性和乡土气。格林使用斜体字意在强调“全球文学”的新视野，因而标识了这一形势的新奇性。然而，格林并没有质疑包含全球文学创作的价值；他就是不能把这样一项事业与他投身的对原文语言作品的研究结合起来，也不能与对共同文化传统内部的文学关系的研究结合起来。他对文艺复兴模仿的阅读依赖于多年对彼特拉克、龙萨、瓦特及其拉丁前辈作家们的阅读，而且是逐字逐行的阅读。用所熟练掌握的四种语言工作，格林完全进入了那些诗人们的世界，这也是任何一个民族文学专家所要求的。

随着比较文学领域的扩展，语言成为一种严峻挑战。不仅个别学者，就连整个系科也无法拥有当今世界文学选集所涉及的几十种语言。经典的、基于语文学的比较在今天世界文学这个勇敢的新世界上担当什么角色？对此问题的回答往往是：没有担当任何角色。不仅许多概况课，就连弗朗哥·莫莱蒂的“距离阅读”研究项目也依赖即便不是全部但也是大量的翻译。在《关于世界文学的猜想》（2000）中，莫莱蒂建议我们依据文学史和发表数量来图绘小说的全球流动。他推进了这一项目，以突破语文学研究的死胡同：“当然，许多人比我读得多读得好，但是，我们在此谈的是数百种语言数百种文学。……我实际上认为这是我们最大的机会，因为仅这项任务的量就清楚地表明，世界文学不可能是文学，要比文学大得多；多于我们已经在做的。它一定是别的什么。”（45—46）然而，全球视角的不同性质不是抛弃经典比较研究的语文学基础；我们需要找到更好的办法，既要解决原文的问题，也要解决翻译的问题。于是，需要掌握更多的语言，使用更多的翻译。但是，没有严重的语言曲解、伦理妥协和消极政治影响的翻译是可能的吗？

译不可译之文本

对待翻译的态度长期以来介于无所不能与无一可能的两极之间。这在二十篇“翻译论”中已清楚地说明。埃米利·阿普特的《翻译地带》（2006）开篇第一论就是“无一可译”；而最后一论则是“一切皆可译”（xi—xii）。不可译性的前提既是语言的，也是意识形态的；

此时，不可言喻的神圣语言被视作完整传达神圣信息的唯一媒介。于是，《古兰经》被广泛认为是不可译的——但丝毫未曾阻挡其在世界范围内的传播：无论在阿拉伯世界还是在非信徒的世界，它都是以翻译的形式传播的。传统上，这些翻译呈现为阐释，如穆罕默德·穆欣·汗的双语版《英语版崇高〈古兰经〉意义之阐释》(2011)。可以说，这种态度符合乔治·斯坦纳和劳伦斯·韦努蒂的诠释学理论，尽管《古兰经》设定一个绝对不变的原文，但它对另一种语言的任何“阐释”都占有绝对优势。虽然这种理解基于神学，但却不必非得是穆斯林才承认《古兰经》的阿拉伯文携带一种独立于词语理解的精神价值，只要听到虔诚的信徒以一种诗歌感性背诵的经文，任何人都可以证实这一点。原文的引力如此之大，以至于土耳其、伊朗和印度尼西亚的穆斯林常常能背诵阿拉伯语版的全文，即便他们自己丝毫不懂阿拉伯语。

在另一个极端，圣灵降临的故事宣扬一种极度可译性（hyper-translatability）。当“分开的舌头”落在各个使徒的头上时，他们每一个都“按着圣灵所赐的能力，说起别国的话来”(《圣经·使徒行传》，2：4)。今天，圣灵降临派的教友们将言语不清的现象归于这一事件，阿普特（追随丹尼尔·海勒－罗阿赞）在《反对世界文学》中将这一现象呈现为不可译性的典范。圣保罗在别处讨论过言语不清的不可理解性（《圣经·哥林多前书》，14)，但《使徒行传》所描写的是圣灵赋予使徒们与聚集在耶路撒冷的所有外国人交流的能力。那些惊讶的听众们自问道：

> 这说话的不都是加利利人么？我们各人怎么能听见他们说我们生来所用的乡谈呢？我们帕提亚人、玛代人、以拦人和住在

> 美索不达米亚、犹太、加帕多家、本都、亚细亚、弗吕家、旁非利亚、埃及的人，并靠近古利奈的吕彼亚一带地方的人，从罗马来的客旅中，或是犹太人，或是近犹太教的人，革哩底和亚拉伯人，都听见他们用我们的乡谈，讲说上帝的大作为。(《使徒行传》，2：7—11）

这段话说明，这十五个组合中的每一组都有自己的本族语；由于只有十二个使徒在说话，翻译可能在听者的耳中发生，而不是在说话者的口中。无论如何，其结果都是泉涌般的即时翻译，在谷歌翻译发明之前这是唯一一次。圣灵降临的故事提倡的是讨论完全可译性的一种语用学，高度适合聚焦使徒“作为”的一部作品。

介于二者之间的是把翻译看成可行但不理想的各种理解，如当一个少数族群拒绝向外人泄露秘密，或拒绝某一霸权语言淹没地方语言及其传统之时。这就是阿普特在《反对世界文学》(34）中描述的“军事符号的不妥协性”。虽然被压迫者或少数族群极其迫切地感到了这种需要，乔治·斯坦纳论证说，这一自我保护的驱动力是所有语言群体的基本能力。“外向的交流，语言的外向冲力是第二位的”，他说，

> 第一位的驱动力是内向的、内部的。每一种语言都储存意识的资源，氏族的词语图像。……语言在族群身份的“中间王国”周围筑起一道墙。它对外来者是秘密，对自己的世界则是发明。曾经有数以千计的语言，现在亦然，因为在过去，尤其是在社会史的古典时期，许多不同群体刻意相互躲避，以保存其遗传身份的独特源泉，致力于创造自己的语义世界，即“别种语言”。(《巴别塔之后》，212—213）

极为不同的是，不可译性是可以强行为之的，当教会权威夺走拉伯雷的希腊文《新约全书》时，其目的是不想让他基于语言挑战拉丁语《圣经》及其正统阐释者的权威。适合这一语境的是，《圣经》中描述的使徒们的"分开的舌头"是基于动词 diamerízō 的，其意思是"分化"，但也有"引起纷争"的意思。

关于不可译性的种种观点在现代主义时期得以激化，当时，作家们被鼓励以自己独特的风格写出难懂的作品。克罗齐强调"审美事实之不可简约的个性"，提出文学语言本质上是不可译的（《美学》，146）。诸如马里内蒂的声音诗《藏通通》（"Zang Tumb Tumb"）或艾略特的《荒原》等作品都是翻译所面对的巨大挑战，但是，现代主义者们也常常把极易理解的作品视为不可译的。罗伯特·弗罗斯特有一句名言："诗歌就是翻译中丢失的东西。"翻译批评家常常引用这句话，奉为普遍真理。然而，如韦努蒂已经表明的，弗罗斯特的观点基于一种非常特殊的——而且是有争议的——诗学，即一种准神秘主义的信仰，认为诗歌和散文与作者所用语言的"句子声音"不可分割（《抵制工具主义》，109—118）。此外，引用弗罗斯特这句名言的人几乎很少给出完整的语境，即弗罗斯特对朋友路易斯·安特梅耶就《雪夜停林边》一诗可能的阐释说的话："你常常——也许太经常地——听我说，诗歌是翻译中丢失的东西。它也是在阐释中丢失的东西。那首小诗的意思就是它所说的意思，既不少也不多。"（安特梅耶，《罗伯特·弗罗斯特》，18）认可弗罗斯特关于不可译性之观点的人也应该放弃文学批评。

在《反对世界文学：论不可译性之政治》（2013）中，阿普特加倍了不可译性的砝码，将《翻译地带》中的一节变成了这本新书的主题。除了言语不清，阿拉伯语还是对不可译性的基本验证。阿普特用一章的篇幅集中讨论阿卜杜勒法塔赫·吉里托的 *Lan tatakalama lughati*（2002），维尔·哈桑将其译成古雅的英文《你不说我的语言》（*Thou Shalt Not Speak My Language*）。书中，这位摩洛哥作家和理论家声称："我过去以为我的责任就是努力让我的语言闪耀其应有的光辉，让更多的人学习这种语言，等等。但当我意识到我不喜欢外国人讲我的语言时，那个崇高的目标消失了。"（87）当一个美国妇女用口语化的 wallahila 来表示惊奇，而没有意识到该词中包含"安拉"（Allah）时，吉里托才意识到这一点。如阿普特所说，吉里托的不安在于"神圣的语言被用于无知，当外国人进入其语言世界时，本土说话者之间的信任被打破"，致使他建构起"神圣的不可译的权利"（254）。

然而，吉里托的抵制并非基于阿拉伯语的某种神圣本质，而是一种文化—政治立场，而同一社群的其他成员也未必同意他的观点。吉里托本人并不反对翻译他对翻译的抨击，那番言论是 2002 年他刚出道时用法语发表的，2008 年维尔·哈桑将其译成了清晰的英语。2013 年，吉里托用法语发表了一部对抗式著作《我讲每一种语言，但却是用阿拉伯语》（*Je parle toutes les langues, mais en arabe*）。在这部论文集中（尚无英译本），他对阿拉伯著作的翻译进行了谨慎评价，重又开始帮助摩洛哥文学在国内外"闪耀其光辉"。与许多摩洛哥知识分子一样，他用法语和阿拉伯语写作，在《亚当的语言》（1996；英文版 2016）中，他承认多语性是人之原初条件，不是圣灵降临时"分开的舌头"，而是颇具讽刺意味的伊甸园中毒蛇的叉状舌头。

在上一章中，我们看到罗兰·格林的朋友错误地以为有两个芭芭拉·约翰逊，一个是解构主义者，另一个是非裔美国人，但我们也可以说有两个阿卜杜勒法塔赫·吉里托：一个是阿拉伯散文家和小说家，另一个是获得索邦博士学位的法语教授和理论家，在发表《亚当的语言》的当年荣获了法国科学院"法语语言荣誉奖"。甚至在《你不说我的语言》中，如沙登·塔杰尔丁所说，对吉里托来说，阿拉伯语的“‘不可译性’展开了一条拧向可译性的麦比乌斯带”（《不可译性》，235）。总体来看，比起《反对世界文学》，吉里托的著作更为完整地展示了埃米利·阿普特2006年论翻译文章的两方面：没有什么是可译的；一切都是可译的。

在语言之间写作

分离的、往往又相互冲突的语言在流亡者和移民的生活中交织起来，这一主题至少可以回溯到奥维德的《哀怨集》。诗中，他极为感人地描写了他在黑海岸无休止的流放中努力保持诗歌流畅的努力：

> 我不懂言语的艺术。
> 周围回响着色雷斯语和斯基泰语，
> 我以为我能用盖塔风格写诗。
> 相信我，我担心在我的拉丁语中
> 你会找到庞蒂克语，全都混在一起。
>
> （《流亡诗》，63）

奥西普·曼德尔斯塔姆在他的《哀怨》一诗中让人想起奥维德，而英国诗人杰奥弗里·希尔则在他的《哀怨 1891—1938》中让人想到了曼德尔斯塔姆和奥维德，该诗的副标题是：“告别奥西普·曼德尔斯塔姆”：“难懂的朋友，我会选择你 / 而不是他们。死者保存着封存的生命 / 我又来迟了。/……从荒芜中蕴育的形象 / 就像平原上的废墟”（《诗选》，43）。曼德尔斯塔姆的俄语，奥维德的拉丁语，都没有在这片失去的景观中出现，但希尔选集中的下一首诗《想象的生活》则让人想到那些"避而不见的灵魂，我们失去了他们的踪迹"，最后一行中一个响亮的拉丁词结束了该诗："仿佛死者的额头写着终结。"（44）

越来越多的文学作品探讨丧失，陌生人在陌生的语言中探讨写作的新的可能性，而一大批作家已经把错位的译者作为其主人公。蕾拉·阿布勒拉的《译者》（2006）中的女主人公萨玛尔是一位苏丹移民，在寒冷的阿伯丁做一名阿拉伯语翻译家，为瑞·伊思乐思提供译文，后者是位左翼东方主义者，书架上放着法侬和赛义德的著作。一个浪漫故事在他们之间展开，但当一位朋友对她说瑞是"一个不可知论者"时，萨玛尔吃了一惊，这是她以前从未听说过的一个词，他甚或是一个无神论者。她回答说瑞曾经说《古兰经》是"一部圣书"，朋友回答说："这是人们现在做研究的方式。是一种现代表达，指凡是与欧洲中心无关的东西。"（93—94）

虽然萨玛尔（和她的作者一样）在喀土穆上过英语学校，但却在苏格兰这个由生词构成的一个世界上，从"六十场"到"神奇胸罩"，想找到自己的位置。她想要找到她喜欢的香料阿巴罕（habbahan），但该词却不在阿拉伯—英语词典上。"她必须去逛超市，疯狂地寻找她无法询问的一件东西，而她就是一个翻译家，她应该懂的。……她终于找到了阿巴罕。它存在，有个名字：全绿的绿豆蔻"（97）。由于在阿伯丁感到不适，也不愿与不信教者混在一起，萨玛尔回到了喀土穆。几个月后，她接到来自一位共同朋友的一封阿拉伯语信，信上说瑞已经信教，希望萨玛尔愿意让他来拜访。"他当初那样小心翼翼。而现在却要求……她笑了。她随身携带航空信纸，一支圆珠笔，两个信封。她要用两种语言写两封信。信的内容是相同的，但却不用翻译了。"（190）

也许任何一部小说都未能像克里斯蒂·布鲁克－罗斯滑稽而忧郁

的小说《中间》(1968) 那样完整地体现了一种翻译生活的复杂性。其未命名的女主人公是一位同声传译者，大部分时间在空中度过，从一个会议飞往另一个会议，“仿佛住在一个巨大的蜈蚣里。或是一只鲸鱼肚里。谁知道呢。三个小时，也许三天的地狱生活。在做与不做之间，身体在漂浮”(395)。布鲁克-罗斯生在日内瓦，父亲是英国人，母亲是美籍瑞士人，在布鲁塞尔和英格兰接受教育。她在英国时开始写实验小说，1968年移居法国，同年发表《中间》。作为罗布-格里耶和其他新小说派的朋友，她在一些作品中使用语法约束。在《中间》中，她沉默地表达了女主人公缺乏稳定身份的感觉，既不用代词“我”，也不用动词 to be 的任何变体。

小说中包括在英国、法国、西班牙、意大利、德国、波兰、南斯拉夫、希腊、土耳其和美国的几个场景。女主人公的国际生活是由重复的行动规定的，即一种语言接着另一种语言，一个旅馆房间融入另一个旅馆房间的生活节奏：

> 现在每一瞬间某一个阳光的或年迈的或愁眉苦脸的不年轻的胸部丰满的穿着黑白服装的女仆都会端着早餐盘走进来，把它放在黑暗中的桌子上拉开窗帘要不就打开百叶窗说布宜诺斯狄阿思（días）或摩肯（Morgen）或早安（kalimera）谁知道呢，这都取决于在哪里睡的觉梦在哪儿惊醒的而在久已失去的某人主动提出别的事（etwas anderes）的恐惧中不说 merci（谢谢）danke（谢谢）thank you（谢谢你）。(396)

布鲁克-罗斯的女主人公更多的并非是遭受不可译性之苦，而是确定无疑的非圣灵降临的超级可译性之苦，她的思绪随着语言风暴不断被击打。在《在巴别塔的影子里》(2010) 中，布莱恩·列侬认为翻译是

“一种胜利、一种恐惧、一种必然和一种违背”（1）。他把《中间》视为强烈多语主义的最基本例子，探讨的是翻译的局限以及语言本身的局限。

列依开篇就引用日裔德国作家多和田叶子的一句引言，说的是讲母语非常流利的人如此迫切以至于“对任何事物不加思考和感觉而任由语言迅速自动地表达”（1）。对多和田叶子来说，反思性半流畅的表达要比本族语幼稚的流畅具有更大的优势，对于布鲁克－罗斯的女主角来说就是如此，她逐渐适应了错位的生活，从事先设定的女勤杂员、情人、妻子和男人的译者等角色中逃离出来。布鲁克－罗斯对自己生活的描述可能对多和田叶子有用。在论文学流亡的一篇文章中，她写道，“我也跨越了两种语言和两种文化”，并对流亡时的混合文化表示深切的理解：

> 流亡是一股强大的解放力，为争得额外的距离，在自己头脑中自动发展的对比结构，不仅是句法的和词汇的，也是社会的和心理的；换言之，这无疑是一大跃进，但却要付出代价。距离可能会太大，在异乡社会也会失去作家的归属……这些都是沉痛的；新的生活语言会感觉越来越远。所以你必须为所有这些付出格外的努力，尽管这努力会以忘记熟悉的语句告终，也就是想说的词，仅仅因为它不再进入你的脑海，而即便在这里也是有优势的。（《流亡》，299—300）

特别适合与《中间》进行比较的就是多和田叶子的《翻译：文学文集》（*Überseezungen: Literarische Essays*，2002）。这个题目是具有讽刺意味的关于“翻译”的一个不可译的双关语，*Übersetzungen*（翻译）只改变一个字母就变成“Overseas-tongues”（侨民语言）。这个题目也可读作：*Über Seezungen*，“关于鳎鱼”；在多和田叶子的世界，我们在语言的海洋中游泳。*Überseezungen* 所集的文章都是对真实生活中的诸多相遇的松散的虚构叙述。旅行、会议、阅读都融汇为梦，或具化为诗，而场景都是用小说家的眼光来描写的。批评家们都具体谈到“叙述者”，而不是“多和田叶子”，这个名字从未在书中出现过。正如 2016 年的文集《纯正口音》（*Akzentfrei*）的封面所说，多和田叶子的文章是“在一个中间世界里的想象旅行”。如霍米·巴巴所说，“那种‘外来’因素揭示出那个间质……成了联系中不稳定的因素，介于中间的不确定的时间性，它必须投身于条件的创造之中，通过这些条件新的东西才能来到这个世界”（《文化的定位》，326）。这个中间世界（Zwischenwelt）既是丧失发生的地方，也是进行创造的空间。

Überseezungen 是根据三种语言地理学建构的：“欧亚”“南非”和“北美”。第一个地区并未把欧洲与亚洲分割开来，而呈现一个单一陆地，而其他地区则呈现一地多语的特点。以其旅游和归属的自由，多和田叶子的全球化世界绝不是舒适的全球村。在南非，她学习南非荷兰语，她以为那是日耳曼语，但却是被彻底改造了的（66）。改造和丧失也是叙述者的重复经历。她作为住校作家在麻省理工学院住了一学期，期间思考了翻译和过渡中都丢失了什么：

> 一种语言能飞越大海吗？我常常接到不连贯的电邮。汉堡的一个朋友写给我的信正在发往美国的路上，德语的变音符经常掉进大西洋里消失了。而日语字则掉进了太平洋，再也不会到来了。海洋已经装满了变音符和词组。麻省理工学院的“海洋工程师”拿这些字母做什么？鲸鱼吃变音符吗？（109）

多和田叶子的世界总是处于“嘴边地带的无政府”的边缘，克里斯蒂纳·赞蒂凡尼把这个短语当作论 *Überseezungen* 的一篇透析文章的标题。多语主义间离各种语言，其结果是超现实的形象，这既使叙述者混淆又使其高兴。于是，“海德堡”（Heidelberg）（蓝莓山）这个名字，当把中间音节 del 解作日语的同音异义字，即“浮出水面”的意思时，这个词就有了新义。如果第一个字母听起来是德语的 hai（“鲨鱼”），那么“蓝莓山”就成了“鲨鱼浮出水面的那座山”（46）。如伯纳德·巴奴恩所看到的，*Überseezungen* 中语言的巴别塔体现了“不可译性，倾角差和断裂”（《杂记》，421）。

全书中，叙述者和朋友们拼力在一个错位和转位（dislocations and dislocutions）的世界上寻找他们的踪迹。在一个故事中（《信使》），一个名叫米卡的女人突然放弃在慕尼黑的音乐学习回到日本。听说一位朋友要去慕尼黑，米卡请她带个私信给以前的音乐教授，解释一下她为什么突然离开。她不想寄信，也不想让教授的妻子偷听到其中的原因。反而她想让朋友亲口把信息悄声告诉教授。然而，米卡的朋友不讲德语，而教授也不讲日语。于是，米卡想出了一个复杂的办法：她写了一条信息让朋友牢牢记住，但用的是有德语同音异义词的日语词。她的朋友可以背诵这些听起来随意组合的日语词，但不明白是什么意思，而教授却可以获得其中的德语信息。

故事暗示了一个创伤式背景，但从未予以解释，除非双语读者不对这一整页的信息进行破译。多和田叶子并未用日语字传达这个信息，而只是将其音译成德语，以帮助德语读者，这个事实使破译更具挑战性。而音译的结果不过是一系列毫无意义的词串：“ein faden der schlange neu befestigte küste welche schule welche richtung der brunnen des jahres wurde zweimal gemalt das bild brechen ……”（新栓的蛇的一条线亲吻哪所学校哪个方向一年的溪流图画被染两遍破裂……）（52—53）要想明白这是什么意思，我们必须重组这些平假名（片假名？），然后按照德语的写法阅读。然而，如阿尼·克拉瑞特所说，这些词中有许多不止一种写法，除了德语发音不同于日语发音外，我们还得猜测日语短语所松散地暗示的德语短语是什么。他得出结论说：“被编码的信息是作为秘密而写入文本之中的，是永远不能破解的一个秘密。”（《意音文字》，341）[①]

一股潜在的忧郁贯穿整个*Überseezungen*，并在最后一篇文章/故事（Porträt einer Zunge）中达到高峰，这是围绕叙述者与一个女人的关系讲述的，我们只知道这个女人叫P。当叙述者作为住校艺术家来到麻省理工学院时，她的朋友P来机场接她，在后来的几个月里她们在一起度过了大好时光。她们的关系以语言为中心，不断讨论，表达中总是蕴含着一种不公平的激情。“我喜欢P游泳后站着淋浴的样子，那好奇发光的脸钻出水帘，问我某个问题……我热切地等待她的声音，那声音穿过流水声向我飘来。”（144）当P说叙述者的嘴唇总是干的时，“我惊呆了，私下里很高兴她曾想过我的嘴唇”（145）。叙述者说“一个游泳的身体是新奇的赤裸，不代表什么”，然后又说：“我不想让它代表什么，更不用说占据某人的位置。但我对于她是什么呢？我没有家庭也没有工作，我不过是具有感觉器官的一个活物，一个词语收集者，不断写作的一个人。”（148）

我们不知道P是否愿意让这种关系进一步发展，该书便以两个简短的段落结束了：

> P以一种特殊的方式说出了“心”（Herz）这个词。心的中央，一个Er被吞进了喉咙，尾部的辅音在舌尖徘徊了许久。

---

① 2018年7月在东京时，我问多和田叶子她是否是从日语原文眷写为德语的。她回答说，“一定是的”，但她说（声明）再也找不到手稿了。

“是的，亲爱的心”，她有时对我说。听到“心”这个词时我总是感觉不好意思。那对我来说太热烈了，太脆弱了。而“洋蓟的心”却总是令我愉快。（152）

叙述者回德国了，回归她在永恒的中间世界的生活，但她以超现实的强度把词语视觉化，从中获得了乐趣，而她与 P 的亲密关系也将在语言中永存。她在回想起 P 去机场给她送行的情形时说：“也许我担心我们的感情会出现断裂。但现在她和以往一样坐在那里，我感到我什么都不会失去，因为我们活在语言的网络之中。”（150）在 *Überseezungen* 中，多和田叶子在其多语言的网络中捕捉到了不可译的东西。

计算尺上的语言

比较文学研究学者传统上尽可能少地使用翻译，而我们现在看到的却是翻译作品越来越多，全球流通。不管怎样，这绝不是要求不加思考地屈服于全球英语的霸权。哈拉尔德·韦因里希在 2002 年《美国现代语言学会会刊》“文学研究的全球化”专辑中看到一个反讽：尽管有几位撰稿人批评盎格鲁全球主义（Anglo-globalism），但所引用的著作几乎都是英文的——在 687 个题目中只有 16 个不是英文的。如韦因里希所说，“即使在对全球化持比较怀疑态度的作者中，多语主义也出于一切意图和目的而被废除了”（《沙米索，沙米索作者，全球化》，1343）。如今，优秀的比较文学与世界文学研究抵制这种批评的单语主义，涉猎广泛的原文文本，再辅以一定数量的具有翻译研究之批评意义的译文。

就阿拉伯语的情况而言，罗尼特·瑞奇的《翻译的伊斯兰：南亚和东南亚的文学、皈依、阿拉伯国际都市》（2011）就采用了一种灵活的多语方法。书中，她追溯了公元10世纪的一个皈依故事《千问之书》（*Book of One Thousand Questions*），已从阿拉伯语译成并改写为泰米尔语、马来语和爪哇语。对谢尔登·波洛克的"梵语国际都市"概念予以重新界定，瑞奇描绘了前现代世界文学的一幅全球图景，其根基不是欧洲帝国主义，也不是现代经济世界体系，而是伊斯兰民族（Islamic ummah）。瑞奇完全清楚不可译性的挑战，以"论'翻译'与其不可译性"一章开始研究，指出"翻译"（translation）一词在她研究的核心即南亚语言中并无直译。瑞奇使用了第一手和第二手资料，包括阿拉伯语、荷兰语、英语、法语、德语、希伯来语、印度尼西亚语、爪哇语、马来语、波斯语、葡萄牙语和泰米尔语。但在十二种语言中，她也许并未像本土人那样流利。这又使我们看到今日比较文学研究的另一方面：我们需要学习比以往更多的语言，但不必非得达到民族或区域专家的流利程度。

甚至多语专家艾田蒲也没有熟练掌握他所学的全部语言，他也没有要求每一个比较文学学者都掌握十几种语言。谦虚但却重要的是，他要求每一个学生"至少被动地了解这个行业，从事最小限度的研究，即在法国很少有人学习的一两种语言"（《比较文学的危机》，22）。即使有能力阅读原文，他也常常使用译文，在《日本小说研究》（1980）中，他只用法语译文讨论川端康成的一部小说。他当然可以读川端康成的原文作品，但他有意使用译文就是为了表明如何智慧地使用译文。

如穆里埃尔·德特里所评论的，尽管人们认为"艾田蒲是在推行一种恐怖主义，要求每一个比较文学学者学习阿拉伯语、俄语、汉语、日语等语言"，但这本书表明他"证明了非语言专家有权利讨论他们并不懂其语言的那些文学”（《了解我们的艾田蒲吗？》，419n）。在其许多著作和文章中，艾田蒲讨论了他读过的诗歌和小说，既有原文也有译文。在一篇文章中，他追溯了小说的起源，结论是：“所有这些小说都被欧洲中心主义所篡改。”（《全集》，251）他接着将梵语、汉语、日语和越南语虚构作品与欧洲小说一起讨论。他对只能读译文的阮攸的《金云翘传》的评论与他对同胞狄德罗的评论同样精彩，概括了小说叙事的重要特征（结构、人物刻画、社会背景、读者和其他决定因素），所有这些在译文中也同样清晰可见。

原文作品研究这一观念在比较文学学者中如此强烈，致使他们在只讨论翻译作品时也以为是基于原文文本。我自己的《什么是世界文学？》一书的封底就出现了这一假设，乌拉德·格兹齐慷慨地说该书涉猎“楔形文字、埃及象形文字、中世纪日耳曼女性神秘主义、印加编年史、卡夫卡译著和当代土著抗议文学，显示出相同的语文学深度、平衡和博学”。我的确在大部分研究中使用原文，除了米洛拉德·帕维奇注定被翻译的《可萨人词典》或论《吉尔伽美什史诗》的章节。这里我讨论的焦点是19世纪复兴这部史诗的帝国政治和阶级政治。这两章中，有些段落我讨论的是译文，但我没有引用塞尔维亚—克罗地亚语版的帕维奇，也没有引用一行阿卡德语的《吉尔伽美什史诗》，当时我一点不懂那种语言。[①] 我曾经以为格兹齐说该书展示了“相同的”语文学深度时，可能对我的德语、西班牙语、纳瓦特尔语和中王朝的埃及语略有讽刺之意，是针对比我一点都不懂的塞尔维亚—克罗地亚语好不了多少的总体能力的。然而，更可能的是格兹

① 在写论史诗史的《被埋葬的书》全书之前，我的确通读了胡纳加德的六百页的阿卡德语词典。甚至在那时，我就决定不去尝试苏美尔语，那是出了名的难啃的一种语言，而描写吉尔伽美什的前几首诗就是用那种语言写成的，于是我依靠译文，比如“吉尔伽美什之死”。其来世生命太短暂，不值得用永恒的语言去研究。

齐不过以为我读了我从未使用过的原文。

佳亚特里·斯皮瓦克的《一个学科之死》(2003) 的一个重要主题就是美国的比较文学学者需要学习区域研究学者传统上学习的语言，并令人信服地举例说明了非西方语言的习得。然而，当我向她提出语言学习计算尺度这一想法时，她即刻就同意了，并以其特有的直率讲了她自己的例子："我的古希腊语糟得很，常常急得直拍脑袋，我的学生们都知道这一点，但我可以用它提问题。我的法语和德语也不怎么样。"接着她说："对此我从不保密。"由于在加尔各答没有更多的学习法语和德语的机会，在康奈尔读研究生时也没有足够的时间进行语言的延伸学习，她决定"应该利用好现已实际掌握的语言，尽管不是像讲单一语言那么好"。[①] 她最近又肯定说：

> 比较文学开始坚持习语的不可简约性，甚至坚持普遍理解的翻译。当重新思考比较论（comparativism）时，我们认为翻译是一种积极的实践，而非修补术。我常说翻译是最细致的阅读行为。因此，在其可能的最宽泛的意义上，翻译与阅读一样深居于比较论的新的政治之中。(《重新思考比较论》，472)

无论是出于知识的目的还是出于对学术工作市场的考虑，每一个经过正规训练的比较文学学者都应该在"本族语"之外至少充分掌握一门语言（除非是已经在两种或三种语言中长大的），而有些人也需要至少再多掌握一门同样熟练的语言。即使我们没有达到本族语的

---

① 源自达姆罗什与斯皮瓦克的《比较文学 / 世界文学》(467—468)，基于 2011 年温哥华美国比较文学协会年会上的一次讨论。只在理论上而非在实践上掌握法语和德语的比较文学学者并非只有我们二人。我想起乔纳森·卡勒在康奈尔作英语系助理教授时曾说："我现在可以为我的法语骄傲，而不再为我的德语感到难堪。"

流利程度，中等技能也是非常有价值的，能够阅读其他语种的学术著作，使用双语版的文学文本或可用的译本。罗埃布经典图书系列的双语版长期以来受到许多比较文学学者以及英语教授的欢迎，也许同时受到一些拉丁语（和古希腊语）学者的青睐，他们的希腊语（或拉丁语）实在是比他们所能承认的要差很多。响应佳亚特里·斯皮瓦克号召并研究南亚的比较文学学者现在已有克莱梵语图书系列的五十多种双语图书（仿造罗埃布系列）。此外，印度的穆尔提经典系列的双语版也在不断增加，主要出版孟加拉语、马拉雅拉姆语、泰米尔语、乌尔都语等语言的著作。

即便达不到中等程度，基本的阅读能力也能使我们检验主要段落，而不做现有译文的囚徒。当然，并不是每一个课题都可采用这种方法。当我们必须部分或全部依赖翻译时，如果我们有能力识别出我们的能力足能完成的课题，或依照我们的能力来设计课题，我们也同样能成功。如果需要了解更多，那就需要再次进入语言课堂——在任何年龄都是值得一试的尝试，或与掌握我们所缺乏的语言能力的人合作。如果二者都不能选，那就最好让贤。

致使弗朗哥·莫莱蒂提出“距离阅读”的驱动力就是这样一个事实，即没有人能学习数百种语言，但是形势似乎大有改善，如果我们可以利用翻译进行严肃研究的话。这并不是说我们应该高高兴兴地屈服于英语（或法语或汉语普通话，如果这就是我们最基本的语言的话）诱人的便利，而不追问我们所研究的话题是否需要阅读原文文本。华威研究集体已经在《综合与不平衡发展：世界文学的新理论》中讨论过这个问题。对此，他们的宏大研究计划有许多可荐之处。七位撰稿人进出于英语世界内外，结合后殖民批判和世界体系分析，深入讨论所选择的小说家（一种很有趣的选择），从塔伊卜·萨利赫到俄国后现代主义者维克多·佩列文、斯洛伐克的彼得·皮斯坦尼克、西班牙现代主义者皮奥·巴莱塔、南非的伊凡·弗拉迪斯拉维克以及格拉斯哥的詹姆斯·凯尔曼。借用列奥·托洛茨基的综合与不平衡发展的经济理论，他们把现代文学呈现为基于不平等的中心—边缘关系的资本主义世界体系的一部分。他们显然对莫莱蒂在《世界文学猜想》一文点燃的爆竹在思想以及修辞上的亲缘性，称赞其为“智慧、落地、博学和极善思考”(7)，但与莫莱蒂不同的是，他们把全球理论与所选的细读结合起来，而不是第二手或第三手的阅读。

由于学术背景主要是英国、美国和后殖民英语国家研究，这个集体指涉广泛，从塞万提斯和陀思妥耶夫斯基到艾哈迈德·哈姆迪·唐皮纳尔和村上春树，涉及多种批评和理论；其参考书目多达五百条。然而，明显的是，他们列出的书目没有一条不是英语的，在讨论外语小说时从不指涉原文。对萨利赫的阿拉伯语、佩列文的俄语、皮斯坦尼克的斯洛伐克语以及巴莱塔的西班牙语的忽视证明他们丧失了一系列机会，限制了这个团体深入分析的能力，或将作家完全置于物质环境之中的能力，难能始于语言本身的物质现实。这里的症候在于其七位主要作家中有三位的名字是用变音符拼写的，但在引用皮斯坦尼克、皮奥·巴莱塔和弗拉迪斯拉维克时，却不是其名字本身所有的语音。他们是不用变音符的批评家吗?

在论萨利赫的《移居北方的季节》一章中，作者们说他们将根据“故事”和风格讨论这部小说(83)，但由于不讲阿拉伯语，他们无法提供任何实质性的风格分析。他们提到萨利赫的故事建基于口语传统，并顺便为译文所丢失的东西表达了遗憾(82)，但却未能让一位阿拉伯语学者加入这个集体来说明萨利赫的散文是如何回响着口头传统的。他们并未仅仅把《移居北方的季节》看作对康拉德的《黑暗之心》的重写，这的确新颖，但作者们丝毫未涉及萨利赫的阿拉伯互文本，北非的口头故事《一千零一夜》，或萨利赫的朋友塔乌菲齐·萨义夫痛苦的爱情诗，其与一位英国女人的受虐与被虐爱情故事正是这部小说的灵感源泉。

就其对翻译的最深度评论而言，作者们批评比较文学学者未能充分注意霸权语言与从属语言之间的不平等。在对埃米利·阿普特在《翻译地带》中所断言的全球比较文学的始终存在进行贴切的批判之后，他们走得如此之远竟至否认原文作品能产生真正理解的说法。“比较文学对多语性的坚持，”他们说，“与其说是投身于文化对话或社会互助，毋宁说是毫不含糊的语言拜物教的重要前沿。”（27）

他们也许切中了阿普特的要害。尽管她无疑投身于文化对话，但她用法语词（en soi，décalage，forçage）点缀其文，看上去更是为了储存法语的文化资本，而不是由于英语中缺乏同义的表达，以至于说——我该怎么说呢？——难以形容她的高端市场风格。然而，华威小组对多语主义的高尚的拒绝使他们放弃了可直接用于其分析的多种语言的运用。其中有些是其成员实际拥有的语言，包括西班牙语，而且他们完全能够增加组员以调动其他相关语言，无论是为了分析基础文本，还是为了阅读第二手资料。比如，论维克多·佩列文的最新著述都是俄语的，也有非常有用的法语和德语文章，但华威小组却置之于不顾。除了英语而排除一切其他语言，他们实际上强化了他们在理论上抵制的盎格鲁帝国主义。

学术语言

甚至在单一文学中，专家们也常常得益于其他领域的学术阅读，而对于比较文学学者来说，把眼光放在本学科学术话语的边界之外则尤为重要。在《比较文学的危机》中，艾田蒲在《关键问题》一章的结尾专门讨论了“一种普遍的工作语言？”他指出，需要分享一种共同语言或一个小的语言组合。但他知道比较文学学者只用英语、法语和德语就能进行比较研究的时代已经过去了。在语言帝国主义争霸的世界上，这个问题既是语言的，也是政治的。德语从来就不是一种全球语言。到20世纪中叶，法语已经失去了假定为文化之普遍语言的地位。虽然忠诚于语言上的祖国，艾田蒲还是认为“历史进程不可能回转，也不指望法语会由于其过去的功绩而成为人类未来的语言”（28）。

那么，既然不是英语也不是法语，哪种语言会被全世界广为接受呢？艾田蒲拒绝世界语（太人工化）和拉丁语（太天主教化，是如他本人一样的军事无神论者的决定性破坏因素）。展望未来，他预见到机器翻译在自然科学界的可行性，但他认为这项技术对于人文研究来说过于粗糙。对于人文研究来说，“语言本质无论多少都是最重要的”（27）。他大胆提出以中文为样板——不是语言本身而是其文字书写。他认为无论在哪里人们都可以学习写字，但发音却是随意的，如前现代时期的日本、韩国和越南的文人。他承认这个解决办法不太可能被接受，而有趣的是，他并非暗示要说服学者们学习数千个中国字是困难的，或让中国字采纳许多不同语言之句法的主要问题。他主要关心的恰恰又是政治问题。“不幸的是，”他说，“中国的民族自豪和现状……并不完全适合这一结论，但不管怎么说也是最明智的”（28）。他并未提出进一步的解决办法就结束了该章的讨论：“到此为止吧，一个尚未解决的问题！”（30）

1988年，艾田蒲在《二十年后的比较文学》中就提出了这个问题（《全集》，147—198）。文中，他看到比较文学研究已经远远超过了雨果·梅尔茨尔提出的“十种语言论”（decaglottism）。他提到两种日本比较文学杂志以及用阿拉伯语、孟加拉语、汉语、波兰语、罗马尼亚语、俄语和塞尔维亚—克罗地亚语所做的学术研究。如他所说，所有这些语言“已经进入学术和娱乐语言的盛大的法兰多拉舞”（162）。用普罗旺斯民间舞蹈形容学术交流，这有一点美妙的赫尔德的色彩。我们可以想象比较文学领域的周边都是橄榄树，而之内都是芳香扑鼻的薰衣草。

但他也把比较文学研究比作一个迅速走向地狱的世界上开放的花朵。他把对语言的要求与当代世界乌托邦的明显破灭结合了起来，预示了阿普特在《反对世界文学》的结尾提出的“星际焦虑”（planetary dysphoria）：

> 欧洲人和北美人最后必然明白，尽管有英美语言的帝国主义，但是，如果他们想要比较文学名副其实，为人类的未来负责，仅就可预见的而言——总是假定我们这个苦难的种属在四处受到灭绝威胁的情况下设法生存（核战争，大气和海洋污染，只能通过食人，或通过受压制的男女同性恋并只通过生育来解决的人口过剩问题）——那么，我说，该是认真考虑需要哪些工作语言这个痛苦的问题的时候了。（162）

在这一系列暴雨般的迫切语句中，艾田蒲释放出启示录般的新奇想象，与其说适合普通的学术分析，毋宁说更适于玛格丽特·阿特伍德1985年发表的小说《女仆的故事》。但他要展示的恰恰是为我们的学术追求与我们的更大世界之间的紧密联系，正是这个不可解开的联系使得这个实用的工作语言之问（question）成了真正令人痛苦的问题（problem）。

语言既是国际交流的媒介，又是世界范围的战场。艾田蒲看到的绝不是一个和谐世界的创造，而是全球化正在强化“语言间强烈的、往往残酷的、有时是强制的接触”（162）。无论大语种还是小语种，都逐渐被一种压倒一切的全球行话所污染，他挖苦地称其为“巴别语”（“Babélian”），它有“屠杀所有文学、使比较文学和总体文学的教学变得毫无意义或不可能”的威胁（166）。1952 年，埃里克·奥尔巴赫曾忧郁地预言，很快“在这个同质化的世界上只能有一种文学文化存在。甚至可能在相对较短的时间内，只有有限的文学语言继续存在，也许不久就只有一种了。如果这成为事实，那么世界文学的观念就会同时实现并消亡”（《世界文学之语文学》，254）。1988 年，艾田蒲看到这种文化和语言内爆（implosion）在加速。

艾田蒲和奥尔巴赫都并非有意屈服于全球英语的霸权，更不能说向一种沉默的“全球语”（globish）或“英语式法语”（*franglais*）投降。奥尔巴赫看到的即将到来的世界文化的统一有时被引用，仿佛这是他的终极判断，即世界文学作为一个可行观念的消失。然而，他忧郁的预见却不就是那篇文章的结论，而是他想要讨论的问题的开篇陈述。也许他的提议恰恰是要通过世界文学——即语文学意义上的世界文学——来抗衡现代大众化（massification）的效果。他指出，我们对世界的文学越来越多的接触也许最终能创造“一个能透视人类种族之各个变体的统一视角”，他说这“就是始于维柯和赫尔德的语文学的实际目的”（254）。正如他对世界局势持悲观态度一样，他对上升一代学者的乐观态度也是保持警觉的：“少数以才能和创新精神著称的年轻人献身于语文学和思想史的研究，他们给我们以希望。”（255）只要携起手来，他们就能保持对“过去几千年思想和精神发展的丰富性和深度”的意识（257）。

但是，一个世界范围内的学者群如何交流这种意识呢？对艾田蒲来说，由于已经唤起了巴别乌托邦之破灭的幽灵，他在《二十年后的比较文学》中又重谈他在 1963 年提出的工作语言的问题。学术研究越是全球化，学者们引入对话的文学就越多，就越需要一种进行学术交流的共同语言。艾田蒲提出，学术，尽可能以文学为主的学术，应该译成“三四种精心选择的语言”（166）。他并没有说谁来做这种精心的选择。而如果英语、法语和汉语没有入选，那么理论上的跨国仲裁该作何选择呢？艾田蒲表示霸权语言的实践者不太可能赞成他提出的办法，但也没有给出明确的解决办法。

自此三十年后，形势变得既好又坏。全球英语的霸权愈加发展，甚至像华威集体组合这样忠诚的后殖民主义者也没有引用其成员实际上能够阅读的其他语言的学术成果，自不必说感到学习新语言的必要性了。对学者来说，比以往更加必要的是超越全球英语和巴黎法语舒适的跨国地带，而把其他语言的学术成果包括进来。但是，语言学习在许多地区都是在威胁之下进行的，我们不再指望攻读博士研究生的学生们已经掌握了他们应该掌握的所有语言。在资源紧缩和时间紧迫的一个时代，博士研究项目应该使语言学习成为学生学习的核心，而不仅仅是学生们在必修课之外的自学内容。

十年前，我所在的系就面临这个问题，我们发现越来越多的学生想要学习新的语言或深化已经掌握的语言知识。事实上，我们始终接受研究生语言课程的学分，但必须是研究生层次的课程，如通常很少教授的语言课。这就是说，修一年级威尔士语可以拿到学分，但三年级法语却不能。我提议允许研究生修习本科生语言课时，我的一位高级同事——一位法语和比较文学的著名教授——曾表示不满：“我不知道为什么要给研究生开设婴儿法语的学分课！”但她也支持了这一改革，近年来，我们的许多学生都改善了语言能力，包括中国学生学习法语、捷克语和古教会斯拉夫语，一位来自波兰的西班牙语专家学习巴斯克语和玛雅语，以及美国人学习挪威语、土耳其语和沃洛夫语。

即使我们要开展更多更好的语言学习，我们也比以往都更需要翻译，我们的培养项目需要包括翻译研究，既有理论又有实践。始终有一些比较文学学者，如罗伯特·法格勒斯，同时也是译者；但翻译一般被认为是业余活动，次于能够给予工作机会和终身教职的学术活动。法格勒斯本人接受的是英语训练而非经典；他自学希腊语和拉丁语。完成了论亚历山大·蒲伯的《伊利亚特》翻译的博士论文之后，他出于兴趣开始翻译，很快就投身于翻译事业，他译的荷马和奥维德出版已达数百万册，但他几乎不做翻译研究，实际上也不做文学研究。《美国现代语言协会》的书单上没有他的名字——表明他完成博士论文后的兴趣转移，但也表明美国学术界对翻译的长期忽视。

比较文学学者尤其要关注基于翻译研究中"文化转向"的研究，这是苏珊·巴斯奈特、伊塔玛·伊凡–左哈、安德烈·勒菲弗尔和吉登·图里于1980年代发起的，变革了以前的形式主义研究，而转向语言的权力、不平等和政治。劳伦斯·韦努蒂内容丰富的《翻译研究读本》与桑德拉·伯曼和凯瑟琳·波特的《翻译研究指南》应该成为感兴趣于比较研究学者的必读书。在越来越多的比较文学项目中，翻译已经成为学术和实践的核心领域。获得翻译奖（奖项很多）并积极从事学术研究的教师和研究生现已大有人在。

劳伦斯·韦努蒂注意到，只是在2012年，俄勒冈大学的美国第一个比较文学系雇用了一位"擅长教授、从事和指导翻译研究"的长聘助理教授（《翻译改变一切》，62）。这就是凯伦·埃默里希，现代希腊文学翻译奖获得者，也是一位翻译理论家（著有《文学翻译与原文的构成》）。她从俄勒冈转到普林斯顿，2018年在法格勒斯创建的系科被授予终身教授职。她积极投入这里的翻译研究小组，其中包括桑德拉·伯曼、丽塔尔·列维和温蒂·贝尔切，他们合作翻译了《母亲瓦拉塔·彼得罗斯的生活与斗争》，这是一位埃塞俄比亚圣人的传记，也是最早的关于一位非洲妇女的传记。由于格兹（Gəʼəz）语中

的 ə 与法语中的 r 结合起来，再加上纳瓦特尔语中的 tl，比较文学研究的声音图景现在比在列文和格林时代更加多样化了。

跟随谷歌

除了通过纸质的方式发表，因特网还提供了新的学术翻译的可能性。自 1963 年艾田蒲为机器翻译的有限成功表示遗憾至今，机器翻译已有突飞猛进的发展。虽然计算机不能创造优秀的文学作品翻译，但对学术文章的机器翻译却达到了惊人的程度。作为实验，我曾请谷歌翻译艾田蒲的一段话，即要求多做些少有人研究之语言的翻译：

> Formons donc, et le plus vite possible, des traducteurs capables de ne trahir ni le hongrois ni le bengali, ni le finnois ni le japonais, ni le tamoul ni le chinois, ni le malgache. C'est faire admettre aux enseignants férus de *recherche* que la traduction... devrait être considérée non pas comme ouvrage de dames, occupation de dilettante, mais avec respect, et comme une des tâches essentielles de notre discipline.（*Comparaison n'est pas raison*, 50）

两秒钟内，谷歌翻译（Google Translate）把这段话译为：

> Let us train, and as quickly as possible, translators capable of betraying neither Hungarian, nor Finnish nor Japanese, nor Tamil nor Chinese, nor Malagasy. It is to admit to teachers who are interested in research that translation... should be considered not as a work of ladies, dilettante occupation, but with respect, and as one of the essential tasks of our discipline.[①]

---

① https://translate.google.com/#fr/en (accessed May 30, 2018).

谷歌不仅于瞬间内将此译成英文；还能将其译成上百种其他语言，而且在我尝试的几种语言中同样迅捷。谷歌几乎提供了艾田蒲所列的那些被忽视的语言：孟加拉语、汉语、日语、芬兰语、匈牙利语、马达加斯加语和泰米尔语。

谷歌的译法绝不是完美的。faire admettre aux enseignants 这句的译文应该是 to make teachers admit 而不是 to admit to teachers，并误译了一个细节——具有讽刺意味的斜体 *recherche*——艾田蒲用以来描写 férus de *recherche* 的学者们，仿佛他们是害相思病者（*férus d'amous*）。这句话最好译成 smitten with research（深深陶醉于研究），而不是毫无情感的谷歌所提供的毫无色彩的 interested in research（对研究感兴趣），这在其他语言的译本中也同样毫无色彩，如德语的 an der Forschung interessiert，加泰罗尼亚语的 interessats en la recerca，以及冰岛语的 áhuga á rannsóknum。于是，谷歌犯了一个错误，丢失了一个细节——但公开发表的英语译文也同样如此，尽管是由两个比较文学学者所译，其中一位是英语教授，另一位母语是法语。魏星格和乔耀提供了精心而可读性很强的译本，还在前言中强调了艾田蒲要求高质量翻译的重要性（xiv）。我们几乎找不到比这两位更好的译者了，但他们也降低了艾田蒲 férus de *recherche* 的重要性，最后译成温和的 devoted to research，意味着一种纯粹的知识追求，但没有斜体的讽刺意味或物质的抑或浪漫的暗示了。

进言之，在翻译艾田蒲所列的被忽视的语言时，他们不仅将其风格扁平化了，而且犯了一个明显属于他们自己的错误。原文中，艾田蒲安排了四组平衡的不协调搭配（ni le hongrois ni le bengali，ni le finnois ni le japonais，ni le tamoul ni le chinois，ni le malgache），而魏星格和乔耀则用光秃秃的罗列代替了原文的 neither/nor 句式（Hungarian，Bengali，Finnish，Tamil，Chinese，Malagasy）。显然，他们把 Japanese 漏掉了，而如果他们注意保留艾田蒲的优雅平衡句式就不会犯这种错误。总之，谷歌翻译在艾田蒲这段话的翻译上与人工翻译一样好，至少就具有完备数据的语言来说是如此，而且可能在最近的将来进一步改善。起码就艾田蒲呼吁翻译的这段话，机器的凿实翻译无论在英语还是其他语言中都没有背叛，反倒传达了原意。

两个弗朗西斯·W. 普里切特

学术文章一切尚可，那么诗歌呢？对于黑格尔等人来说，诗歌本质上也是可译的，黑格尔认为诗的本质是“思想”，而不是词语结构的细节。安娜·巴拉吉安的英雄安德烈·布勒东拒绝让诗歌停留在任何语言的边界。1935 年他在布拉格宣布超现实主义原则，人们创造诗歌是要“暗示不可或缺的对应：**诗歌必须让每一个人都明白**。看在老天的分上，别让我们在语言之间制造障碍了”。他用黑格尔的一句话支持自己的宣言：诗歌翻译不必有“本质的改变”，即便“声音之间的关系可以完全改变”（《超现实主义宣言》，262）。对许多读者来说，诗歌在很大程度上是声音之间的关系，不管我们多么欣赏译者在新的语言中再造作品的能力，诗歌都毫无疑问提出了特殊的挑战。

优秀的译文本身就具有诗的力量，但我们知道在我们所阅读的译文背后是一种非常不同的往往是丰富的诗歌经验。即便我们不懂诗的原文，如果我们能体验其听觉力，依然能增加一个重要维度，与《古兰经》的背诵完全相同。双语版能够产生这种效果，但罗埃布版《伊利亚特》的希腊文对于不懂希腊字母和希腊韵律原理的读者来说将不具有任何意义。没有学过梵文字母的读者在面对克莱图书馆的译文时也不会懂得那里的梵文经典。

艾田蒲承认诗歌翻译的复杂性，在《全集》中提出用一种多层次过程。开始是“对原文进行准确的语音抄写，可能的话，进行唱片或微型盒式卡带录音”，接着是“基于语义和句法的”精准的直译（170）。下一步应该是各种不同的较自由的诗意表达，每一种都展示原诗的某一效果，而任何一种译文都无法表达所有这些效果。最后，译文整体应该富有“对于理解诗歌所需的注解”（170）。在 1988 年，这似乎是艾田蒲提出的另一个不可能实现的计划，但在因特网时代它已经是一个活生生的选项了。

一个典型的例子就是“可抛弃的玫瑰”，这是哥伦比亚的弗朗西斯·W. 普里切特为莫卧儿大诗人加利布（1797—1869）的乌尔都语抒情诗创建的一个网站。如她所说，在 1999 年项目开始时，她阅读了三卷本的学术版和评论。但不久就发生了“9·11”袭击，于是，她决定让更广泛的世界了解这位世界性莫卧儿诗人。其结果，她写道，“这是迄今为止我从事的最大的学术研究项目”（《关于这个项目》）。从此她坚持开办这个网站，结果是一个巨量汇编，满足并超越了艾田蒲提出的诗歌翻译的全部目标。加利布的 234 首乌尔都语抒情诗全在其列，不仅有波斯—阿拉伯语原稿，还有语音抄写稿，都被译成拉丁语和梵语。每一首抒情诗都有逐字翻译的直译稿，并提供了相互之间的关联。每首诗中的每一对句都用附页阐述语法注释和乌尔都语评注的摘录。这个网站的其他部分展现加利布的生平、乌尔都语言和乌尔都诗学，还有供扩展阅读的一个延伸书目。手稿图像和加利布在安哥拉和德里的照片穿插于网站各处——艾田蒲所没有考虑到的一个视觉维度。

在“关于抒情诗”的页面上，普里切特说“以严肃的文学方式”翻译这些抒情诗是“注定失败的使命”，“基本上是不可能的”。即便如此，她还是收集了加利布两首最著名的抒情诗（第 20 首和第 111

首）的译文，从 1940 年到现在每一首大约有五十种英译文。其中许多缺乏想象，但最好的译文却取得了美的效果，这可以从第 111 首诗开篇对句的不同译文中见出，如诗人、翻译家阿德里安·瑞奇和 W. S. 莫文的译文。请看瑞奇译的对句：

归家的只有少数而非全部玫瑰郁金香；
那张张面孔一定还覆盖着尘沙！
（Not all，only a few, return as the rose or the tulip;
what faces there must be still veiled by the dust!）

对比之下，莫文把每一行扩展成独立的没有标点的短诗节：

到处都是玫瑰和郁金香
副副面孔中几张
（Here and there in a rose or a tulip
a few of the faces）

只有几张
可是想想那些被浮尘
覆盖的脸吧
（only a few
but think of those that the dust
keeps to itself）

普里切特想把我们带入原文。她并未提供其他抒情诗的诗体译文，但她自己的直译和评论却是对加利布诗集的理想伴读，无论我们选择哪一种，你一定会在“可抛弃的玫瑰”中流连忘返。

此外，普里切特还创建了“克什米尔花园”，这是奉献给另一位伟大的抒情诗人米尔·穆罕默德·塔奇·米尔的一个网站。她还贴出了许多乌尔都研究的辅助材料，而这还不就是全部。她网页上的一个链接还带我们进入了一个完全不同的项目：Igbo Language and Literature: Resources for Study。这个网站拥有丰富的关于伊格博文化的信息，还有弗朗西斯·W. 普里切特的一整套译文，其中包括一部早期小说，皮塔·恩瓦那的《奥美努克》（*Omenuko*，1933），三部戏剧和1980年的一部中篇小说《夜幕在下午降临》，既有原文又有译文。我们又几乎可以说，有两个弗朗西斯·W. 普里切特，著名的印度学学者和业余的非洲学学者。但我们说“几乎”都是错的，因为这些网站事实上是两个不同的普里切特创办的，母亲与女儿。

老弗朗西斯·W. 普里切特（1922—2012）出生于纽约的斯塔腾岛，是喜欢语言和数学的天才。据网站贴出的一份地方报纸报道，她在一家地方大学接受教育，毕业后成为一名法务秘书。结婚后，她与丈夫移居阿肯萨的小石城，女儿就是在那里长大的，之后开始追求母亲从未曾尝试过的一种职业。故事可能到此就结束了，但在1970年代初，老弗朗西斯·W. 普里切特参加了反越战抗议，并在种族分化的小石城积极参与民权运动。她还让两个尼日利亚的大学生住在家里，听他们用伊格博语说话，她惊奇地发现她对非洲文化几乎一无所知。她决定学习那种语言，几年的自学和辅导学习之后，她开始了三次尼日利亚之行的第一次。在一个网页上，她描写了“我是何以喜欢伊格博语的”。她说：“我想，为什么不让他们把矛头指向我，看一看在黑色脸庞的海洋里唯一的一副白脸会是什么感觉。”她又说：“我也想在很多人都不懂英语的一个地方尝试一下我刚掌握的语言技能。”她在文章最后呼吁——这在今天太及时了！——美国人要欢迎客人和移民。

普里切特持续工作直至漫长生命的结束。2010年的一张照片显示这位88岁的老人还在学习一种名为尕（Ga）的新语言，身边是一位非洲老师。虽然她从未有机会从事非洲研究，但她流畅的翻译却由她的网站而传播广远。这个网站是由她女儿帮助创建的。把“伊格博文学”输入搜索引擎，你会获得五千个结果，她的网站是第一个。尽管艾田蒲为翻译成为“女士和业余爱好者”的职业而感到遗憾，但这位业余的非洲研究者把一系列作品献给了这个世界，而且都不是专业人员翻译的，在20世纪80年代和90年代也不会有任何出版商会愿意出版这些译本的。就她本人来说，有终身教职的印度学学者弗朗西斯·W. 普里切特也是业余爱好者，就词根意思而言，业余爱好者（dilettante）的动机就是diletto或爱好（delight）。她的网站充溢着她对加利布及其世界的爱，它接受的不是几百名纸质作品的读者，而是**每周**一万四千次的浏览——每十六个月就是百万次浏览。弗朗西斯·W. 普里切特母女二人已经表明创造性的语言活动家该怎样打开这个世界，进行当今真正的全球比较研究。

6

文学

在对各种文学的比较中，我们不仅需要充分理解我们所说的“文学”；我们还需要考虑文学是什么——作品的累积进而构成了一种文学文化，包括其经典和历史传统。这显然不是问题，尤其是考虑到西方世界之外许多传统的创造，或在西方内部，在18世纪法国提出的纯文学观念被普遍接受之前的各个时期。这些都是民族文学系科的研究领域，根据文学史将其研究分成大的时期，再细分成时期之内的各次运动。每一时期和运动都有其特定的主要人物和次要人物，他们几乎无一例外都是用民族语言创作的，为民族语言的纯化做出了贡献，为民族增了光。比较文学与如此构建的民族文学的关系总是令人不安的，无论是在观念上与民族主义的对立，还是对本质上被视为自治实体的民族传统的乡土主义感到不耐烦，但民族文学甚至在跨民族的时代也依然是一股重要的力量。

对民族文学之比较观念所持的不耐烦在阿尔伯特·杰拉尔德于1958年发表的一篇题为“这是比较文学吗?”文章中已有典型的表达。杰拉尔德以欧洲迫在眉睫的经济一体化做了类比，预见说“比较文学将在其胜利之际消失；正如法国与德国之间的‘外贸’将在共同市场上消失一样；正如这两个国家之间的‘外交关系’将被一个共同的国会所吸纳一样”(4)。由于未能预见到当今欧洲地带的剧烈张力，杰拉尔德认为对比较文学学者来说统领一切的问题是“我们如何并在何时自杀?”他的回答是：“还不到时候：只要民族主义异端还没有灭绝，我们就有存在的必要性。”(5)对民族文学传统的这种轻蔑在1950年代比在今天更具有合理性。民族文学领域中越来越多的专家都在探讨跨国和国际问题，如苏源熙在2006年《美国比较文学协会报告》的《前言》中所说，宽泛的理论视角现已融汇了许多民族文学系，致使比较文学学者不再声称“理论”的所有权。即便如此，我们有时依然发现知名比较文学学者以对抗的态度谈论民族传统。2000年，弗朗哥·莫莱蒂就宣告：

> 你出于非常简单的理由成为一名比较文学学者：因为你相信比较的视角更好些。这具有强大的解释力；这在概念上更简明；这避免了“片面性和心胸狭隘”；别管是什么了。关键在于世界文学研究(以及比较文学系的存在)的合理性除此别无其他：它是背上的一根芒刺，是对民族文学永久的知识挑战——尤其在地方文学领域。如果比较文学不是这样，那就一无是处。一无是处。(《世界文学的猜想》，68)

这样的声明在美国语境下可能具有进步性，以对抗提倡分离主义的民族主义，这种民族主义将导致对移民的妖魔化和对更大世界的忽视，包括这个世界的文学。然而，在霸权内写作的批评家有嘲笑“民族主义异端”或成为民族文学背上之芒刺的特权。在被殖民或被统治的人口中，文学长期以来是孕育民族身份、对帝国或霸权进行联合反抗的一股重要力量——如我们在胡适身上所看到的，文学的民族构建往往具有一个重要的比较和国际维度。反对民族主义的轻蔑态度对许多民族文学的国际主义来说并不公平。

此外，在大国以及小国文学中，地方传统甚至对促进跨国进程的作品都具有构成性作用。珍妮·厄潘贝克颇具感染力的小说《去，去过，去了》(2015；英文版 2017）透过一位退休的古典主义者（如作者本人）的眼光展现了在柏林的北美移民痛苦的错位感。他以前是东柏林人，现在感到是自己城市里的外来人。在侦探小说的全球文类中，鲍里斯·阿库宁讲述了福尔摩斯式的探案故事，他笔下的侦探伊拉斯特·彼得洛维奇·范多林生活在俄罗斯帝国的末年，他的故事不但与柯南·道尔和阿加莎·克里斯蒂，而且与普希金和陀思妥耶夫斯基构成了对话。厄潘贝克和阿库宁并未仅仅致力于自己的民族传统，但脱离这个传统又都无法理解这两位作家。如果我们现在试图超越比较文学学者与国别文学学者之间的相互蔑视，那么，后殖民主义者和民族文学专家学习更多的语言就不仅仅是重要的了；每一个致力于民族文学研究的人都需要更具创造性的民族传统的生命力，这对于我们自己的研究既必不可少，同时又是我们所对抗的。

两个图书馆的故事

一个好的开端是卢布尔亚那。斯洛文尼亚的文学传统可回溯到数百年之前，其首都也在两个大图书馆（knjižnici，普通斯拉夫语中

图6　神学院图书馆（1701—1724）（上）、国家和大学图书馆（1936—1941）（下），卢布尔亚那。

“书”的意思）存有各种书籍：18 世纪的神学院图书馆（图 6 上）和 20 世纪的国家与大学图书馆（图 6 下）。实地参与这些收藏的历史，我们就会了解即便非常小的国家（斯洛文尼亚的人口仅仅二百万）的民族传统的历史也是非常复杂的：其录入和排除，以及继续改变民族经典、图书收藏和经常光顾图书馆人员的暗自竞争。

巨大的国家与大学图书馆是 1936 至 1941 年间由受训于维也纳的斯洛文尼亚建筑师霍兹·普列茨尼克设计的，其宗旨是要建构南斯拉夫战争期间斯洛文尼亚与塞尔维亚、克罗地亚的民族身份。登上微暗的中央台阶，你来到阅览室，高高的天棚、侧天窗和四周的玻璃墙，使你沐浴在明亮的阳光之中，头顶上是几何形状的枝形吊灯。你从下到上的路程体现了普列茨尼克的进步观，即“从无知的昏暗到知识和启蒙的光明”（《霍兹·普列茨尼克》）。

与戏剧性的顶楼同样重要的是手稿和稀有图书档案馆，位于阅览室下面的一个拱形地下室里。来访学者可以通过预约获许进入。档案馆员先用巨大的铁钥匙打开地下室的原锁，然后打开一个中世纪的门栓，最后按键盘上的密码——这一过程鲜活地展示了锁器技术的发展史。接着你会看到斯洛文尼亚语写作的重要早期案例，包括斯蒂茨纳手稿（1428）。你也可以寻找现代作家的手稿，如弗朗斯·普列塞伦（1800—1849）的手稿，他是斯洛文尼亚民族诗人，其雕像就立于市中心的普列塞伦广场。在他自己褪色的手稿上，你可以读到他的诗《祝酒》（“Zdravljica”），后来成为斯洛文尼亚国歌，尽管一位奥地利审查官认为这首诗泛斯拉夫化，并删掉了一个诗节。较具浪漫气质的来访者可以找到普列塞伦唱给缪斯的十四行诗，这位缪斯就是茱莉亚·普里米克，她的半身像也位于普列塞伦广场。从缪斯在墙上的栖身之所到诗人的塑像，茱莉亚始终都在凝视着诗人过早失去的可能的情人，她先是嫁给了一个有钱的商人，接着酗酒致死。

斯洛文尼亚文化的另一个不同形象是神学院图书馆，它是这个国家第一个向公众开放的图书馆。1701年建立这座图书馆的教士中有詹恩斯·科尔斯特尼克·普列塞伦——不是刚说过的那位诗人，而是大教堂的教长。教士们所关心的既有天堂的缪斯，也有世俗的缪斯。在拱形天棚的中央圆顶上，是1721年意大利艺术家画的一位天使，手里是打开的拉丁文《圣经》。这里的书引导人们敬仰上帝，而国家与大学图书馆则净化人对书的尊敬。但普列塞伦教长及其同事们是真正的启蒙人文主义者，他们的目标是哺育一批斯洛文尼亚知识分子，将其古典和宗教遗产与最新的欧洲哲学和艺术结合起来。他们藏有多种语言的古典和现代作品，此外还藏有重要的歌剧集，所藏书籍甚至有许多是教皇所禁止的。普列塞伦教长个人也藏有马基雅维利以及新教神学家们的著作，他还对法国色情作品情有独钟，包括这种可以接受的《不穿连衣裙的美女，或复活的夏娃》(维德马尔，《但他们还是读了这些书》，50)。

抛开图书馆创建者广泛的人文主义不谈，其禁书中有许多在19世纪以不适当为由被拒绝、被卖出或制成布浆料。神学院图书馆今天依然保持其世界主义特征。对比之下，在国家与大学图书馆，国际主义则退居第二位，占据首位的依然是斯洛文尼亚的文化身份。然而，弗朗斯·普列塞伦死后被誉为民族诗人，却是懂几种语言的嗜书如命的读者。他用斯洛文尼亚语和德语写作。他的诗与拜伦和亚当·密茨凯维支构成了对话，也与他们之前的彼特拉克构成对话。他还与奥维德极为相近，都是抒情诗人，并在黑海海岸作为政治流放者书写他们的《哀怨集》。

民族主义和国际主义在这个国家的历史上始终是交织缠结的，而普列塞伦的《祝酒》本身就是对国际主义的公开强调：

上帝给所有民族的祝福

渴望实现那光明的日子

让地上所有的居民

没有战争，没有争斗

渴望看到

人们全部自由

没有仇敌，都是邻居！①

这种情绪不纯粹是以前时代的遗留。《祝酒》于1905年被谱成乐曲，但在1989年才被指定为国歌，当时斯洛文尼亚正在南斯拉夫社会主义联邦内鼓动独立。两年后，这个国家终于如愿以偿，在此之前她是在神圣罗马帝国之内的千年从属，五百年的哈布斯堡统治，以及在南斯拉夫内部几十年的塞尔维亚统治。这首国歌现在是受到精心呵护的民族身份的象征，其使用受到1994年颁布的"斯洛文尼亚共和国军服、旗帜和国歌以及斯洛文尼亚国旗法案"的保护。同时，斯洛文尼亚的民族独立促使这个国家树立起国际形象，而普列塞伦的肖像出现在斯洛文尼亚两欧元的硬币上。这是珍惜并信赖其民族文学的一个民族。

① 译文源自斯洛文尼亚共和国网站：www.vlada.si，同时提供匈牙利语、意大利语、德语、法语、西班牙语和克罗地亚语版本，但有趣的是，没有塞尔维亚语版。

从民族文学到民族市场

普列塞伦硬币提出了文学市场的问题，而这很少局限于源自地方的产品：民族传统从不像民族主义文学史所想象的那样严密。移民和继承遗产的人们常常用主导性民族语言之外的语言写作，但最近用西班牙语和意第绪语写作的美国诗人却很少被收入美国文学通史或选集之中，而爱尔兰语和威尔士语文学则被直接排斥在19世纪英国文学的课程之外。甚至重要的经典作家，如弥尔顿，也只在普通的英语诗歌课上出现：就我所知，英国文学通史并未谈及弥尔顿的拉丁语诗歌。尽管弥尔顿讲一口流畅的拉丁语，为自己用外交语言写诗的能力和人文主义探索而感到自豪，我们还是想当然地认为他的拉丁语诗不值得一读——这是在从未读过这些诗的情况下做出的判断。同样，用波斯语和乌尔都语写作的加利布深受印度人的爱戴，但却是作为乌尔都语诗人而不是作为波斯语诗人——尽管加利布本人更喜欢他的波斯语诗歌。

随着对民族文学内部多语性之重要性的理解，我们需要更加重视翻译作品，不仅作为远距离的资源或影响，由此而编织伟大的民族作家的伟大性，而且在许多情况下，翻译作品真正成了被译入文学文化的组成部分。如果对特定时间和特定场所正在发表和阅读的作品稍加注意，我们就会发现民族文学空间中常常包含着大量的翻译作品，比我们的通史和文学史课所能允许的比例要大得多。如英国小说的发展，英文系提供从《贝奥武甫》到《坎特伯雷故事集》再到笛福、理查逊、菲尔丁和斯特恩的通史课。然而，这种乡土气的演进会令亨利·菲尔丁震惊，他的《汤姆·琼斯》(1749) 是他与史诗大师维吉尔的滑稽对话，而不是与乔叟。他从未听说过《贝奥武甫》，后者的手稿是由格里穆尔·约翰生·托尔科林在1786年访问英国寻找斯堪的纳维亚资料时发现的。当劳伦斯·斯特恩固执的主人公特里斯坦·项狄讨论他喜欢的作家时，他既没有提到乔叟，也没有提到笛福。他最大的愿望是“我亲爱的拉伯雷，更亲爱的塞万提斯”（《特里斯坦·项狄》，169）。他完全可能读过查尔斯·杰维斯1742年翻译的塞万提斯，也完全可能读过托马斯·乌尔夸特1653年开始、彼得·默托于1708年完成的《热闹的拉伯雷》。

难怪特里斯坦喜欢《堂吉诃德》而不喜欢《坎特伯雷故事集》。塞万提斯在18世纪的英国广为流传，而且绝不是唯一具有重要影响的外国作家。如一位译者早在1654年就指出的，“译文比以往任何时候都多”（索尔，《容忍与翻译》，276）。从16世纪到斯特恩的时代，在伦敦的书店里，西班牙语和法语著作大大多于本土产品。其情节、主题和形象进入英语作品，就像本地素材一样被作家所利用，他们并不把译文与英语原文区别开来而放在单独的精神文件夹里。英语的重要著作也不都是在英国出版的，甚至不是英文的。托马斯·莫尔的《乌托邦》——1516年用拉丁文写成在荷兰出版，在莫尔有生之年从未在英国出版过，到1551年最终被译成英文而在伦敦出版时才成为（狭义上的）“英国”文学的一分子。

身处半边缘文化之中的学者们早已意识到翻译作品作为民族传统之构成因素的积极在场，尽管他们的洞见很少为霸权文化中的文学史家所采纳。1894年，墨西哥散文家马努埃尔·古提埃莱兹·纳杰拉对他所处时代的半岛学者所持的西班牙中心论提出异议。他断言西班牙小说家之所以成为优秀作家并不是由于阅读其前辈的作品，而是通过阅读外国作品，并强调说民族文学是进出口市场：

西班牙文学从德国、法国、英国、意大利、俄国、北美和南美等地进口的散文和诗歌越多，它就能产出越多，其出口也才能越加丰富和越多。我用这种平民的商业用语来谈论文学似乎不太合适，但我找不到能够传达我的想法的其他术语。……西班牙小说的复兴与众多翻译的出版相偶合——而且必然会偶合。今天的西班牙人读了许多左拉，许多都德，许多布尔盖，许多龚古尔。……换言之，西班牙小说旅行了，并从旅行中学到了很多。（西斯金德，《世界性欲望》，138）

马里亚诺·西斯金德评论说，古提埃莱兹·纳杰拉对边缘作家予以肯定，他们从文化中心进口商品："甚至在西班牙或墨西哥或拉丁美洲各国普遍走向世界之前，他们的边缘环境就决定了他们作为进口商的角色。但通过进口，他们改变了边缘性的符号，成了进出口文化。"（138）这是斯洛文尼亚比较文学学者马可·朱凡标识为"边缘中心主义"的一种意识形态立场，是边缘文化与译者基于地方的世界主义模式与中心进行斡旋的手段。（朱凡，《边缘中心主义》）

民族文学文化对许多外国文学作品来说已经成为"离家之家"。这种国际主义不仅见于边缘文学之中，而且也是世界性文学的一个重要特征。从这个视角来看，像巴托洛梅·德·拉斯·卡萨斯这样在国际上非常有影响的作家就应该既是西班牙殖民文学的组成部分，同时又属于英国文学。他的《印度群岛毁灭的简报》（1552，以下称《简报》）是对西班牙在墨西哥和加勒比海地区统治的重要批判，17世纪其英译本在英国流传，取得了文学和政治效果。最有意思的是1656年伦敦出版的第二版英译本。译者约翰·菲利普斯——也是《堂吉诃德》的一个早期译者——显然是在受舅舅约翰·弥尔顿之托翻译此书的，弥尔顿几乎将其视为养子。《简报》曾经几十年前就有译本，但正如伊丽莎白·索尔在《容忍与翻译：拉斯·卡萨斯、菲利普斯和弥尔顿之案例》中所说，当时奥利佛·克伦威尔正寻求在新世界与西班牙霸权相抗衡，因此新的译本会对他有用。他的直接行动失败了；1654年西班牙成功地击败了他派往加勒比海的一支舰队。克伦威尔于是转向文本。1655年，他发表了《议会提议下的国王陛下宣言……执行抵抗西班牙的正义事业》，弥尔顿将其译成拉丁文以供外国人阅读。此后不久，约翰·菲利普斯受命翻译拉斯·卡萨斯，作为宣传西班牙邪恶统治的证据。

在为译文所写的前言中，菲利普斯面对“所有真正的英国人”采用了舅舅在《关于与爱尔兰叛逆者之和平条款的观察》中所用的语言，这是弥尔顿所写的一个小册子，支持克伦威尔暴力镇压1649年的爱尔兰叛乱。用现代眼光来看，英国的爱尔兰属民更像是被殖民的美洲人，而不像西班牙征服者，但对于弥尔顿和克伦威尔，他们的共同语言是天主教，他们奋力斗争的是当时日益增大的教皇势力和由西班牙君主统治的神圣罗马帝国。在翻译《简报》的过程中，菲利普斯重新上演了拉斯·卡萨斯丢弃的西班牙所实践的人间喜剧。“印度群岛的毁灭”——印度群岛这个地区——变成了“印第安人的眼泪”，被人格化的受害者。这一扩展的副标题相当于对西班牙帝国主义的全面攻击，从地貌上指向西印度群岛，即英国与西班牙帝国相互争夺的最主要地区（图7）。

英文版页面以清晰的意象表现了暴力色情，明确了文本指向。文字说明也清楚地把政治和宗教关联起来，图中那些西班牙征服者们正在进行一场“血腥的审判”。左下幅中无助的土著人在一支大锚的重压下倒了下去，这既象征着西班牙海军的威力，又象征着宗教的锚形期。背负大锚的土著人被西班牙魔鬼鞭打着，仿佛他们就是背负十字架走向各各他的耶稣。所有四幅画中都有燃烧的火焰，强化了西班牙征服者与魔鬼侍从之间的认同，在视觉上与菲利普斯的前言相呼应，

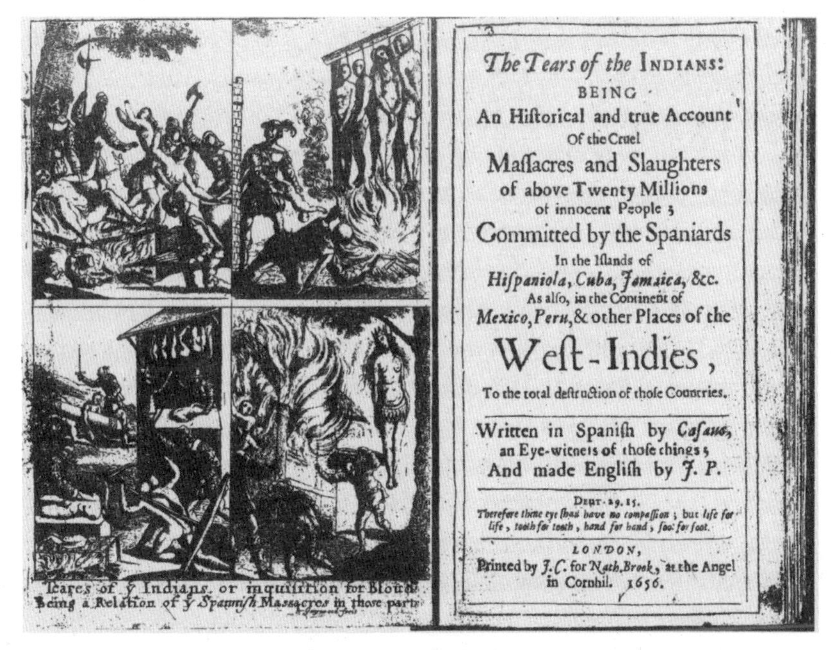

The Tears of the INDIANS:
BEING
An Hiſtorical and true Account
Of the Cruel
Maſſacres and Slaughters
of above Twenty Millions
of innocent People;
Committed by the Spaniards
In the Iſlands of
Hiſpaniola, *Cuba*, *Jamaica*, &c.
As alſo, in the Continent of
Mexico, *Peru*, & other Places of the
Weſt-Indies,
To the total deſtruction of thoſe Countries.

Written in Spaniſh by *Caſaus*,
an Eye-witneſs of thoſe things;
And made Engliſh by *J. P.*

Deut. 19. 21.
Therefore thine eye ſhall have no compaſſion; but life for life, tooth for tooth, hand for hand, foot for foot.

LONDON,
Printed by *J. C.* for *Nath. Brook*, at the Angel in Cornhil. 1656.

图7 巴托洛梅·德·拉斯·卡萨斯与约翰·菲利普斯:《印第安人的眼泪》(1656)。

他在前言中宣称:“毫无疑问这是这位暴君的撒旦式统治,把所有欧洲王子设为异端,让他们忙于国内事务,因此就没有闲暇来武力攻占他的那些黄金地区。”(25)

串成串的肢体进一步深化了撒旦主题,把西班牙人与食人的阿兹台克牧师联系起来,看上去是魔鬼的侍从却被打扮成了墨西哥的战神。一个西班牙人正从被他肢解的受害者的身上取出心脏。由此可以看出,菲利普斯的版本完全不同于西班牙语原版。拉斯·卡萨斯对西班牙征服者的批判尽管严厉,但他仍在呼吁对帝国事业进行改革。而在约翰·菲利普斯手中,该书是对西班牙统治的全面否定,甚至抨击了整个天主教文化——这是会使拉斯·卡萨斯极为震惊的一种彻底修正。

如果约翰·菲利普斯用舅舅的小册子作为其翻译的框架,那么,

《印第安人的眼泪》反过来就又成为弥尔顿的一个资源，演变为《失乐园》中对撒旦的描写。弥尔顿笔下的撒旦传统上被视为古代异端，但也与天主教帝国主义密切相关，弥尔顿研究者们近年来都强调了这一点。在《失乐园》第四部中，撒旦从地狱来到大地的“无边陆地”，希望在那里“占领这个新世界 / 以加倍的复仇扩大他的荣耀和帝国”（4.390—391）。当亚当和夏娃身穿新缝的衣服沉思他们堕落的身体时，印第安人的眼泪进入前景：

噢，多么不同啊
那原初的裸体的荣光。就好比
哥伦布发现的美洲人，腰缠着
羽毛饰带，别处却都裸露着
藏在岛上的林中和多树的岸边。
他们以为这就遮挡了部分羞丑
而藏起其余部位或心灵的安宁，
他们坐下来抽泣，泪水
不仅湿透了眼窝，还有内心的飓风
开始刮起，高涨的激情，愤怒，仇恨
猜疑，怀疑，冲突，痛苦地扭动
内在的心境，那曾经的安宁
那充溢的和平，在颠簸翻腾……

（9.1114—1126）

一个西班牙撒旦使得亚当和夏娃泪流满面，这是菲利普斯笔下魔鬼式的西班牙君王迫使印第安人留下眼泪的镜像。这位君王为了让对手远离新世界的财富而挑起了欧洲各国间的冲突。如伊丽莎白·索尔所说，“在英国身份构成的辩证过程中，其与西班牙的宗教、文化、政治和经济关系起着决定性的作用”(《容忍与返回》, 272)。她得出结论说,“文本的再现、挪用和翻译依次起到至关重要的作用,但却作为‘民族性形式’而遭到忽视,从而展示了文学在英国身份构成的充满焦虑的历史中所起到的作用”(286)。《印第安人的眼泪》既是西班牙作品,也是英国作品,是约翰·菲利普斯为英国读者进行的重构。实际上,他的封面非常适当地处理了这个问题:西班牙语原文就是由J. P.[①] “制造成英文”的。

* * *

作家及其作品可以被置于民族和语言归属的广阔光谱之上,许多重要作家就都拥有了跨民族身份。我们总是能在民族文学空间内识别出一些深受欢迎的移民作家:T. S. 艾略特被常规地收入英国文学选集中,尽管美国学者也有充分理由继续说他是他们自己的作家。他生长在圣路易,在哈佛接受教育,但在英国谋职,成了英国公民,通过他的诗歌、批评和在菲伯尔与菲伯尔出版社的编辑工作而对英国文学生活产生了重大影响。那么,玛丽·德·法兰西呢?尽管这位重要的中世纪作家也在伦敦谋职,尽管她在《故事集》中重点突出了亚瑟王的主题,但直到最近她始终是完全属于法语系的辅助读物,而且仅仅因为她用盎格鲁诺曼语而非盎格鲁–撒克逊或中世纪英语写作。尽管她的名字意思显然是来自法兰西的玛丽,这依然是事实——活跃在法国的任何作家都不会启用这个名字。如果玛丽放弃她那有教养的法语,而采用伦敦的街头语言写作,她也许早就属于英文系了。

另一种类似的语言短视限制了我们对当今美国文学的看法。从《洛丽塔》荣登畅销书书单的时候起,弗拉基米尔·纳博科夫就被视为重要的美国作家。美国的纳博科夫研究也常常收入他的俄语作品,

① J. P.,约翰·菲利普斯的英文缩写。——译者注

当德米特里·纳博科夫在父亲的监视下将其译成英文后，这些作品也进入了美国文学文化。还有玛格丽特·尤瑟纳尔。与纳博科夫一样，她在成年后相对较早地移居美国，并在这个寄居国度过了大部分工作时光。但她从未从法语转向英语。她继续把小说和回忆录的背景设在欧洲，1980年她成为第一个入选法兰西学院的女性。尽管她无疑是重要的比利时一法裔作家，但如果我们视其为永恒的欧洲人，那我们就错误地展现了她的作品以及她所处时代的美国文学文化。

尤瑟纳尔1939年移居美国，当时她36岁。她在新英格兰居住十几年后，出版了代表作《哈德良回忆录》(1951)。她在法国时就开始了这部书的写作，之后搁笔，直到1949年才再度拾起。她于1947年成为美国公民，从法律上说，她开始创作这部最著名的小说时实际上已经是美国作家了。1987年逝世前，她始终住在缅因的东北港，与美国伴侣格拉斯·福利科共居于“小欢喜地”，后者现已是她的生平博物馆。然而，与她之前的玛丽·德·法兰西一样，尤瑟纳尔却完全成为法语学者讨论的对象，将其在美国的定居看作在文化荒漠上的一次漫长流放，“一个她并不喜欢的国度”(苏尔,《玛格丽特·尤瑟纳尔》, 28)。这一视角充斥于1993年乔思雅那·萨维格诺所写的传记之中，在该书所做的美国索引栏中是“尤瑟纳尔抵制的美国语言与文化”(《玛格丽特·尤瑟纳尔》, 506)。萨维格诺把格拉斯·福利科描写成一个操控型引诱者，从法国把尤瑟纳尔“抢”过来，在日常生活中对她施行暴政（149，154）——一种曲解，现已被琼·霍华德给福利科写的优秀传记《我们在巴黎相遇》(2018) 中纠正了过来，书中详尽地描写了尤瑟纳尔与美国的关系，以及与其伴侣复杂的恋爱关系。

尤瑟纳尔是具有钢铁般意志的女性，自愿做出了远离巴黎的选择。她和格拉斯·福利科共同生活了四十年，在美国到处旅游，并对美国辽阔的幅员予以赞美。“如果我是你，我将开始徒步旅行到圣安东尼奥或旧金山，”她给一个朋友写信说，“要用一些时间了解这个国家，既如此广大又如此神秘。”（萨维格诺，197）她深切地即便是有选择地感兴趣于美国文化，在南方收集美国黑人灵歌，翻译并集成一卷以“深沉的大河，忧郁的小溪”为题发表。1947 年，她出版了亨利·詹姆斯的《梅西所知》法译本，两年后重新开始哈德良回忆录的撰写，后来又翻译了詹姆斯·鲍德温的作品。

尤瑟纳尔与美国文学和文化的动态关系大体上被法语学者所忽视，也没有受到美国学学者的重视。他们几乎没有研究过这位作家。[①] 完全有可能的是，她的美国经历丰富了她对哈德良的广袤帝国的沉思，令她的主人公考虑对罗马治下的犹太人等少数族裔施以宽容。在写作《哈德良回忆录》时，她住在康涅狄格，并在萨拉·劳伦斯学院教书，当然会从学生们身上获得一些印象，从耶鲁图书馆收集资料。也正是在耶鲁图书馆里她做了广泛的研究，为小说写作奠定了坚实的基础。甚至她对美国通俗文化的摆脱也可以看作她对罗马皇帝的奥林匹亚式描写的贡献。如埃德蒙·怀特在评论萨维格诺的传记时所明确指出的，“尤瑟纳尔在萨拉·劳伦斯学院的孤僻听起来与弗拉基米尔·纳博科夫在康奈尔的情形非常相似”（怀特，《评论》）。这两位比较文学学者在各自的大学教授文学的比较，这些年中，纳博科夫在康奈尔收集《洛丽塔》的地方色彩，而尤瑟纳尔则在康涅狄格和缅因策划哈德良的普世化肖像。

---

① 2019 年 5 月，《现代语言学协会国际书目》中有 141 个条目讨论尤瑟纳尔的小说，共有三篇出自美国学学者之手笔。在法国学学者中，一个罕见的例外是斯蒂芬·杜兰的《壁橱里的翻译》（2015）。书中概述了《哈德良回忆录》与薇拉·凯瑟的《死亡降临到主教头上》之间的重要雷同，在重写自己的小说之前不久，尤瑟纳尔曾经尝试翻译过凯瑟的这部作品，但并未成功。

她之所以选择定居美国，后来她说，“并不是因为美国与法国敌对。这传达了对剥离所有边界的一个世界的兴趣”（萨维格诺，197）——一个十足的美国人在其所处时代做出的生活选择，那正是杰克·凯鲁亚克的《在路上》所描写的时代。在《哈德良回忆录》的后记中，尤瑟纳尔谈到重拾搁置已久的这部小说时的兴奋，当时她正在进行自己的长途火车旅行，那是1949年2月：

> 封闭在我自己的车厢里，那仿佛埃及古墓里的一个隔间，在从纽约到芝加哥的火车上，我工作到深夜。第二天，在芝加哥火车站的一个饭馆里，我等待一辆被暴风雪阻隔的火车，之后，我独自一人在桑塔菲有限公司的一辆观景车上工作到黎明，周围是科罗拉多山脉黑色的陡坡，还有那些永恒不变的星星的形状。我一口气写出了那一段段关于食物、爱情、睡眠和对人的认识的文字。我几乎想不起来还有哪一天比这一天更加努力，或哪一夜比这一夜更加清醒。（328）

尤瑟纳尔始终对地点非常敏感——她和格拉斯·福利科在晚年都成了环境活动家——她也从广袤的美国大地汲取灵感，既有地方的也有普世的（被落基山黑色的山坡和永恒不变的星星所环绕），既与大地相关联又与其相分离，“独自坐在桑塔菲公司的观景车上”。

《哈德良回忆录》1951年在巴黎出版，1954年进入美国文学空间，当时，法拉尔·斯特劳斯出版公司推出了其流畅的译本，这是福利科与尤瑟纳尔在东北港的亲密合作的结果。《哈德良回忆录》一经出版便受到闪光的评论，连续20个星期位居《纽约时报》畅销书榜，即从1954年12月到1955年5月。最终它被一些美国小说和进口小说排挤出排行榜，包括弗朗索瓦·萨甘的《你好，特里斯提斯》、托马斯·曼的《菲利克斯·克鲁尔的自白》，以及——在领域和语气上都非常不同的一本书——麦克·海曼的军事喜剧《没时间了，中士》，其特征在于封面上的产品推介：贝内特·赛弗将该书誉为“四星级，百分之百的成功”。当时《洛丽塔》刚付梓，纳博科夫正在策划下一部小说；他完全可能已经迷上了移民同胞描写的同性恋哲学王。虚构的哈德良回忆录的市场成功为纳博科夫下一部小说的接受铺垫了道路——被罢黜的赞布兰君主查尔斯十世金波特。

弗朗斯·普列塞伦、巴托洛梅·德·拉斯·卡萨斯和玛格丽特·尤瑟纳尔加在一起，可以说明在民族文学文化中夹杂着国际变体。这些例子说明民族的和全球的绝不是相互对立的。如果我们采纳古提埃莱兹·纳杰拉的“通俗的商业术语”，跟着金钱走，我们就发现地方产品与国际进口产品分享着书店的书架，当所有作品的藏书在民族市场内部发挥有效作用之时，民族文学才能得到最充分的理解。

经典与超经典，少数与极少数

我们可以根据文学市场来思考问题而不屈服于市场。学者们总是希望介入学术市场，最终影响广大民众，把注意力转向被忽视的作者、文本和方法。比较文学研究学者尤其与民族市场保持一种间接的或可以说是横向的关系。我们常常收集和评价不同于民族经典内部排序的那些作家，我们迫使专家同行在其领域内外更加充分地转向国际维度。民族文学经典与国际文学经典经常是互换的，改变着学术介入和阅读趣味。

在美国，1960 年代的民权运动和女性主义运动主要打开了过去几乎完全是白人男性的经典之门。这些变化很快就影响到文学理论，如我们在第 4 章中看到的芭芭拉·约翰逊和佳亚特里·斯皮瓦克。今天，贝德福德、朗文和诺顿出版的六卷本英国、美国和世界文学选集在六千页的篇幅中呈现了五百名作家，世界选集中收入的国家也有几十个，而这在过去仅限于欧洲作家。甚至可以说旧的欧洲中心经典正在隐退。如克里斯多弗·布莱德于 2006 年在苏源熙报告中撰文说，当代后殖民学者“不仅完成了对文学经典遗产的批评解构，而且把欧洲大都市从比较文学研究的传统中心移植出来了”（《关于丰碑与文献》，161）。

然而，这种解构只是故事的一半，不仅因为它还未能实际发生，以至于导致后结构主义或后殖民理论的成功。我们可能生活在一个后经典时代，但这个后经典时代与后工业时代并无什么不同。后工业经济的新星毕竟与旧的工业模样相同：亚马逊需要砖和水泥建造的仓库；苹果和联想也已建有巨大的组装流水线工厂，完全没有有害化学物品和污染问题，同时越来越多粗制滥造、迅速过时的产品来充塞我们的柜橱和世界垃圾场。旧式工业化的这种复燃还伴随着第二个因素：许多传统既定工业在后工业时代证明仍很有用武之地。汽车、图像和旧工业经济的支柱并没有从信息高速时代的驿站退出。公路上的小轿车比以往任何时候都多，尤其是豪华车。雷克萨斯、梅赛德斯及其高端车友们通过数十种微处理器来增值获利，从省油到记忆驾驶位置。

比较文学也呈现相同的态势，这部分由于文学理论的介入，并忙于对文学进行解构和祛中心，再未留下空白以填充新的经典。如果我们不再聚焦于由文学杰作构成的普通经典，而这些是我们希望学生们学习的、读者所应该了解的，那么，我们就需要换一套基础作品。于是，我们依赖巴特勒、福柯和斯皮瓦克来提供讨论的基础，这在以前是由我们对但丁、莎士比亚和波德莱尔的共同认识来担保的。但这些“旧经济”作家真的被抛弃了吗？完全相反：关于他们的讨论比以往任何时候都多；他们继续出现在概览选集中，几乎比近几十年的新发现都更加频繁。如雷克萨斯一样，高端作家通过在后经典潮流中的增值而巩固他的（“她的”则极为少见）市场股份：欧洲现代主义主流研究中的核心人物詹姆斯·乔伊斯现已出版巨制文集，如《半殖民的乔伊斯》和《跨国的乔伊斯》。不可否认，今天的比较文学研究学者越来越注意“各种论辩式的、底层的或边缘的视角”，如1993年伯恩海姆报告中所敦促的（44），然而，大多数以前的重要作家依然与我们同在。

何以如此呢？有些物品是一定要给出的。一天中有数个小时、一个学期中有数个星期都没有随着文学经典的扩展而扩展，但我们无疑都在阅读超越旧的“西方杰作”范畴之外的各种作品。我们必须阅读这些作品以代替**某物**：因此常常听到这样一种说法，尤其是最新扩展之杰作的反对者的说法，即我们为了托尼·莫里森而丢掉了莎士比亚。但情况并非如此。在后工业经济时代，经典已经从二级系统形变为一个多层级的系统。以前，民族文学被清晰地分为“大作家”和“小作家”，甚至在杰作盛行的日子里，西方一系列小作家仍然在选集中、在课程设置上以及在学术讨论中与大作家相伴共存。1956年的《诺顿世界文学杰作选》（当时如此称呼）在收录的73个作家中没有女性；只是在1976年第三版中最终收录了共两页篇幅的女性作家萨福。但他们却有足够的篇幅收入俄国象征主义者亚历山大·布洛克和一个小作家，即葡萄牙现实主义者拉乌尔·布兰达奥，随之还有从但丁到陀思妥耶夫斯基的一长串选篇。

大小作家这个两级模式近年来发生了变化。旧的大作家非但没有退隐，反而上升为人们所称的超经典——相当于百分之一的先富者。这里再次与社会经济阶级构成了类比，“大作家”这个范畴还可以细分为“上层大作家”和仍然闻名但不那么经常被人讨论的“下层大作家”。同时，小作家的范畴被“极小作家”的范畴所充实。“极小作家”这个提法源自法罗比较文学学者伯格·莫伯格，他生造这个词用指非常小的国家或语言群体，如他自己的语言（《极小作家》，2017）。在经典语境下，这个术语也可以用于个别作家。这些个别作家在国内往往是重要的甚至是大人物，但却很少受到其他地方学者的青睐。

作为图绘这些分化的一个方法，我调查了近年来研究的二十几位作家，看看他们在2008—2017年间被列入《现代语言学协会国际书目》的频率。用我的标准，“极小作家”是在十年中每年平均被列不到两个书目的作家。“小作家”是在十年中被列入20—100个书目的作家。“下层大作家”被列入100—250个书目，而“上层大作家”被列入250—750个，而“超经典作家”则被列入750个以上，往往会更多。图8是这次调查的结果。自不必说，这不是数据采掘中的综合性做法，一是因为我个人对作家的选择，二是因为《现代语言学协会国际书目》虽然冠以国际之名，但在国际学术的收录上远不是完整的。它

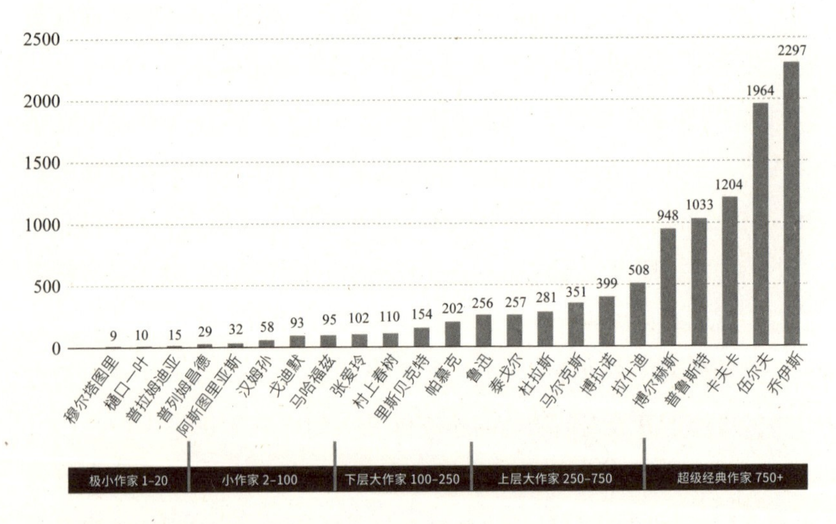

图8 《现代语言学协会国际书目》之引文展示的经典性

现在的收录比以前更广泛了，包括中国、日本和阿拉伯的学者，但还是倾向于向现代语言学协会汇报篇目的美国和欧洲杂志。即便如此，这个图表还是揭示出学术焦点的惊人差异，而这些差异与作家在国内的地位以及由诺贝尔奖等标识作见证的国际认可度只有部分的关系。

如图所示，超经典包括的都是老一代重要作家，他们不仅已有立足之地，而且近年来还收获甚丰。普鲁斯特、博尔赫斯、卡夫卡、伍尔夫和乔伊斯在我的样本中占据了这个范畴，他们每一个都在“上层重要”范畴中占据除重要作家之外的许多其他条目。应该看到，大多数上层重要作家以及全部超经典作家都是用格奥尔格·勃兰兑斯于 1899 年认同的三种霸权语言——英语、法语和德语——外加一种全球语言西班牙语写作的。全球英语的权力在乔伊斯和伍尔夫的超大条目中反映出来，比他们的超经典邻居还要高出许多，而法语坚持的超越大多数世界语言的优势在玛格丽特·杜拉斯的 281 个条目中显示出来，超过了诺贝尔奖得主拉宾德拉纳特·泰戈尔（257 个）和奥罕·帕慕克（202 个），以及中国现代主义的枢纽式人物鲁迅（256 个）。杜拉斯是位优秀作家，但其在国内外的声誉却远不如非霸权语言的其他重要作家。

总体轮廓清晰了，尽管有一些例外。诺贝尔奖得主和全球英语的权力都没有让娜丁·戈迪默与那些经常被讨论的作家为伍。她的市场价格随南非反种族隔离斗争而大涨，以 1991 年的诺贝尔奖为收益。在 1988—1997 年间，她在《现代语言学协会国际书目》中有 202 个条目。在以后的十年里下降到 135 个，而在最近的十年里则降为 93 个，比 1978—1987 年的 80 个稍高一点。

她至少是用英语写作的。如勃兰兑斯所预见的，边缘国家的重要作家依然面对许多挑战，在世界语言体系中边缘国家的语言依然是边缘的。因此，诺贝尔奖得主纳吉布·马哈福兹和克努特·汉姆孙尽管在本国及其整个地区的文学史上举足轻重，但依然在小作家的范畴内滞留枯萎。名单上所有落入底层重要范畴的作家都用非霸权语言写作：阿拉伯语、中文、日语、葡萄牙语和土耳其语。其文学传统都在原则上得到广泛认可，但实际上在专家圈子之外却无人理睬。甚至鲁迅，以256个条目居上层重要范畴的底部，但如果将131个中文条目刨除，他也将落入底层重要的范畴。极小范畴包括日本的樋口一叶、印度尼西亚的普拉姆迪亚·阿南达·托尔和荷兰作家穆尔塔图里；小欧洲语言大致与非西方主要语言一样处于劣势，正如勃兰兑斯于1899年所发现的，三流法语作家比最好的斯堪的纳维亚作家享有更大的声誉，对此他极为愤慨。

这个极具选择性的图表说明，过去的许多重要作家与新来的邻居舒适地共存。表中全部超经典作家50年前就在《现代语言学协会国际书目》上占优势了，而名单上的其他作家（加西亚·马尔克斯除外）当时仅有寥寥几项。此外，所有超经典作家在过去的十年中比五十年前更占优势。乔伊斯和普鲁斯特增加了三分之一；博尔赫斯增加了一倍；而伍尔夫则几乎翻了五倍。加西亚·马尔克斯也收获甚丰，但与半个世纪前的五位超经典作家相比他依然属于底层。旧的重要作家绝非受到不熟悉的邻居的威胁，而是通过与这些邻居的接触而获得了新的生命力，只有在罕见的情况下，他们才需要把其中某位招进自己的俱乐部。当然，这里的“他们”，我实际上说的是“我们”。正是我们这些教师和学者决定哪些作家有效地进入我们的课堂、参加我们的会议、写入我们的文章和著作。

我们今天依然在维持这个体制。过去的“小作家”往往隐退到背景之中，成为一种影子经典，老一代人仍然知道他们（或存留在很久以前的模糊记忆之中），但几代年轻的学生和学者却越来越少与其相遇。这个过程甚至也发生在民族文学之内，尽管时间和范围的压力远不如在更大规模的比较文学和世界文学中明显。莎士比亚和乔伊斯原地未动，专用图书馆也不断增加宽敞的新翼，但哈兹里特和高尔斯华绥即使有存放之处，却也总是捉襟见肘。其文化资本耗尽、旧房拆毁的日子为期不远了。

经典的这种分叉甚至也显见于单个国家内部。在世界文学中，就所涉及的时间和数量压力而言，注意力的歧异则尤其具有戏剧性。如果为此目的将世界文学定义为在作者出生国或地区之外的专家圈子外依然受到关注的作品，那么超经典的潮流就远远超越了新批评及其不同分支以前所界定的那些领域。在世界文学中，如同在某种文学的“宇宙小姐竞赛”中，一个作家就能代表整个国家：印度尼西亚，实际上是图表中的第五大国，文化传统悠久，但其再现，如果有的话，却只见于普拉姆迪亚·阿南达·托尔。而豪尔赫·路易斯·博尔赫斯和胡里奥·科塔萨尔则共享“阿根廷先生”的称号。

就世界文学的新格局而言，高度选择性也许是可以理解的。然而，重要的是要看到原初的超经典是如何在所选的闻名北美的非西方作家中制造分化的。后殖民研究在过去的四十年中发展迅速，但这种发展似乎以非常不均衡的方式影响了作家，以至于在艺术性或文化影响上比例失调。少数公众瞩目的作家进入后殖民超经典（把“上层大作家”的条目作为后殖民研究这个特殊领域中超经典性的索引）。奇努阿·阿契贝、J. M. 库切、萨尔曼·拉什迪、德里克·沃尔科特等作家加入了加西亚·马尔克斯——这再次是男人主导，而且主要是用英语写作的男人们。我没有找到受到如此重视的其他后殖民作家。相反，我们很快就看到每年一些名字达到了一定层次，甚至包括芒什·普列姆昌德和诺贝尔奖得主米盖尔·安赫尔·阿斯图里亚斯。这些被挂在嘴边上的作家可以说是后殖民研究的哈兹里特——当然，仅就其作品的优秀程度和在本国的知名度，这样看他们似乎很怪异。

然而，数字显示，一旦用“小”浪漫派诗人和散文家来衡量，他们在国际上就成了边缘人物。

这个影子经典中一些成员以前常常出现在殖民和后殖民文学的讨论中，但现在被进入上层重要地位的作家淹没了：阿斯图里亚斯被加西亚·马尔克斯淹没了；R. K. 纳拉扬被萨尔曼·拉什迪抢去了风头；而在1980年代，阿兰·帕顿则让位于娜丁·戈迪默。戈迪默现在又被摘取诺贝尔桂冠的同胞库切挤出，后者在1980年代与戈迪默平起平坐，但此后则以优势胜出：在2008—2017年间，库切以759个条目远超戈迪默的93个。总而言之，甚至在没有特定作者、杂志和特殊兴趣群体（如“华兹华斯圈”和英美莎协）的遗传支持的情况下，后殖民研究也在走超经典歧视基于旧欧洲之领域的老路。

1995年，周蕾曾提醒说，扩展比较文学研究之光谱的早期努力不但没有解构超级大国的经典，反而扩展了其影响，使几个新的大国加入其联合中来：

> 如果我们仅仅用印度、中国和日本代替英国、法国和德国，问题并没有解决……在这种情况下，文学的概念严格从属于社会达尔文主义对民族的理解：“杰作”（masterpieces）对应于“宗主”国（“master” nations）和“宗主”文化（“master” cultures）。印度、中国和日本被视为亚洲的代表，在西方的接受中，韩国、越南等不太知名的文化都被搁置一边——被边缘化为“他者们”，而其“他者”恰恰是“伟大的”亚洲文明。（《以比较文学之名》，109）

此后，她的警告也许部分转向了民族，回归到了名作家的层面。

在未来的岁月里，我们该如何回应这种情况？作为读者，我们应该予以抵制；作为学者和教师，我们应该令其为我们所用。我们现在有了资源，如选集和个别著作，让学生们进行较广泛的阅读，接触较广泛的资料。当然，与伍尔夫一样，拉什迪是可以从多重目的出发加以讨论的有趣人物，但我们不能总是并且到处都讨论这几个相同的人物。我们应该比以往任何时候都注意协调教学大纲：来自学院的一个学生往往已经读了三遍《瓦解》、四遍《宠儿》，但从未读过马哈福兹或加利布的作品。

我们应该抵制超经典的霸权，但只要这仍然是一个生活事实，我们就应该充分利用它。学生们也许不必注册他们没有听说过的作家的课程，所以，如果我们确实想要扩展其视野，那就应该收入足够的超经典人物以引起他们的注意——这绝不是因为作家们只有在广泛而不同的语境中被积极阅读和谈论之时才进入超经典的。但我们所提供的不必非得是永久的拉什迪，就像他们无时不需要莎士比亚一样。如我的合作编辑和我所发现的，超经典与反经典作品可以归为一类，这对二者都有好处。

在超经典之外，令人惊奇的是几乎没有什么跨越的工作把地区空间和帝国网络之外的作家联系起来。几年前，当我应哥伦比亚大学英语系研究生的特殊要求上“一门乔伊斯课”时，我就彻底明白了。如他们所看到的，乔伊斯的地位竟至能（使一门关于他的课）给学生提供现代主义、后现代主义、后殖民研究和小说史研究的训练。我马上同意开这门课程，但作为比较文学学者，我想要拓宽视野，于是围绕乔伊斯的作品加进了一些先驱者、同代人和后继者。这些读物表明了直接影响：从易卜生到乔伊斯，后者曾经学过丹麦－挪威语以便阅读其笔下主人公的原文资料；再从乔伊斯到克拉里斯·里斯贝克特。其他选篇，如《斯万家那边》，意在表明乔伊斯写作时身处其中的现代主义“场域”。我想让学生们了解在1890年代，当乔伊斯开始写作

《都柏林人》时，现实主义是如何处理性别问题的，于是就让学生读易卜生的《玩偶之家》，对这部作品乔伊斯是了如指掌的，同时还有樋口一叶的短篇故事《分居》。

乔伊斯可能从未听说过樋口一叶，但她的故事却可以与乔伊斯讲述的家庭分裂故事相媲美，而且是以诗意的自然主义讲述的。出乎意料的是，易卜生却是比较文学研究的共同话题。在 1896 年对樋口一叶的一篇热情洋溢的评论中，小说家森鸥外宣称，在她的作品中，"人物并不是人们常常在易卜生或左拉的作品中见到的野兽一样的人，后者的自然主义技巧已经模仿到极致。樋口一叶的人物是真实的，是我们与之一起苦笑的人类个体"（但利，《在春叶的影子里》，148）。除了对自然主义的回应，樋口一叶与乔伊斯之间的另一个比较点是他们早期对边缘杂志和报纸的参与，这将在下一章中讨论。

这种策略性链接能使我们避免在选择上走极端，一方面是基础牢靠但限于直接影响的研究，另一方面是毫无基础但将毫无关联的作品加以普世化的并置，如阿兰·巴丢在《非美学手册》中提倡的模式或艾田蒲所倡导的"不变项"。聚焦于超经典与非或反经典作家之间的比较可以明确区分熟悉的和新发现的作家，并能解决研究这两种作家时所面对的读众问题。如果大多数非专业读者从未听说过樋口一叶，那该如何让他们对她的作品感兴趣？尤其是当我们不想把她简约为一个边缘作家，以展示欧美理论家所说的宏大叙事的时候。相反，在过去 50 年中，所发表的关于乔伊斯的著作和文章不少于 10778 种，每一首爱尔兰童谣都被追溯过了，《尤利西斯》的每一章——几乎每一句话——都被热情地切割、争论、重新阐释过了。如果我们梦想写第 10779 篇文章，还有什么可说的呢？在这种情况下，跨文化比较证明非常新颖和富有启发性。此外，做这种比较文学研究有助于减弱上层重要或超经典作家与几乎每一个其他作家之间的根本失衡。

比较文学研究常常在超经典作家之间进行：多年来，共有 91 部书比较乔伊斯与普鲁斯特，仅在过去 10 年中就有 26 种。但乔伊斯与克拉里斯·里斯贝克特呢？她是 20 世纪后半叶最重要的作家之一，而且与乔伊斯构成的对话要比普鲁斯特直接得多，普鲁斯特从未读过乔伊斯，在仅有的一次见面的场合也没有与乔伊斯说过什么话。里斯贝克特把她的第一部小说题名为《靠近狂野的心》(*Near to the Wild Heart*)，是取自《一个青年艺术家的肖像》中的一句话，而其相关短篇故事集则是《都柏林人》的最具创造性的后继者。在《现代语言学协会国际书目》过去十年的目录中她有 154 个条目，但其中没有一条是将其与乔伊斯加以比较的。那么泰戈尔呢？作为现代孟加拉文学的扛鼎人物，泰戈尔也分享乔伊斯对殖民主义、语言间张力以及现代性对抵抗传统社会的影响的关注。然而，在过去 50 年中关于泰戈尔的研究有 551 条——乔伊斯的研究超过 1 万条——但只有 1997 年发表了一篇论泰戈尔与乔伊斯的文章。仅就对普列姆昌德或樋口一叶的极少关注而言，也许并不足以为奇的是，尚没有一篇文章讨论二者与乔伊斯的关系。而（如果一个空洞组合还有一个更空洞的次组合的话）论普列姆昌德与樋口一叶的文章就更少了。

自伯恩海姆报告发表以来，我们已经走过了四分之一世纪的历程，但我们似乎太过轻易地屈服于时代的压力和超经典名家的诱惑，无论西方文学还是非西方文学均如此。或许我们不假思索地采纳了乔伊斯那位难以捉摸的口齿不清的人物，即那位“女孩侦探”在对《尤利西斯》的稍有些遮掩的批判中提出的建议：“尽管一天就像十年那样紧凑”，她警告我们，“你还是必须在未分割的现实的某处画出一条线来”（《芬尼根的守灵夜》，292)。不是一条，而是多条：跨越相互冲突的民族和文化的关联线，以及世界文学中超经典与反经典之间分化的新的比较线。

全球媒介空间中的文学

文学总是与其他艺术表现方式一起流通。绘画、雕塑和音乐都是艺术间比较的古典主题，近年来又增加了越来越流行的电影研究。但比较文学研究学者却相对较少地涉足较新的媒介，将其留给了基于民族传统的媒介研究专家。然而，愈加清楚的是：今天，文学与迅速发展的新媒体构成了世界范围内的竞争，从有线电视到音乐视频到网络游戏，文学研究学者不安地感到文学在这场竞争中已经逐渐失去优势。随着读者让位于观者，最终也许难以识别出作为其前任的文学渊源了。

比如吉鲁佳木苏这个咄咄逼人的人物（图 9）。这个人物其实就是吉尔伽美什，世界文学中第一部重要作品中的主人公。现在再生为坂口博信畅销视频游戏《终极幻想》中的武士，1987 年由任天堂第一次发行，自此出售约一亿五千件。全球各个传统都接受了这个再生的吉尔伽美什。他的八条胳臂令人想起古代印度教神的肖像，而使用的武器则有其国际谱系。一位游侠剑客，浑身的“源氏装备”，源自日本中世纪《平家物语》（似乎奇怪地同化了紫式部的诗意王子源氏）等诸多叙事；而在《最终幻想》系列中，他又在寻找亚瑟王的石中剑。我们该如何对待这样一个人物，内聚诸多世界文学传统的一个人物？文学研究学者能否——或该否——研究这种素材？或仅仅视其为一种文化噪音而不予理睬？更为不祥的是，这种虚拟化身是否预示了我们所知的文学研究正在到来的终结？如果我们的学生想要做的无非是玩这种游戏，那么，分析《亚瑟王之死》，或关于是否将《吉尔伽美什》与《源氏物语》置于概论课中的争论，还有多少价值呢？

黑暗的电子艺术压倒文学的趋势是苏源熙 2006 年美国比较文学

图 9 《最后的幻觉》，吉尔伽美什人偶。

协会报告中就学科现状表示焦虑的根源。“我们生活在一个信息丰富的时代，信息如此之多以至于几乎毫无价值”，苏源熙说。他继而问道：“如果马塞尔面前总是摆着阿尔伯丁的全球定位、心率、血清指数、最新的 500 个谷歌搜索、过去一年的借贷交易、交友状况、快速拨号表，以及 25 首最受欢迎的歌曲，那他了解不了解阿尔伯丁的内心这又有什么区别呢？”（《精致的僵尸》，31）苏源熙看到《战争与和平》的电子档案可以“从古腾堡项目下载”，在硬盘上只占六十秒的空间，与《姆音：年轻的波兰真实电子音乐》相同。在这个语境下，“大多数文学读物就好比以前数据不足、低宽带交流时代的残骸。文学读者是古生物学者，刮下几块残破的骨头拼凑起来，去想象一个十层楼高的怪兽”。他冷静地结论说，“当涉及细节时，传统文学批评的细读和悖论一定会成为过去信息缺乏交流的症状”（32）。

即便我们也有苏源熙的焦虑，但我们还不至于由于历史悠久、阅读困难的小说在课程大纲上近乎绝迹而深表古生物学家的遗憾，我们大可以利用新媒体。事实上，美国比较文学协会报告发表五年后，苏源熙本人就与人合作在比较文学与文化网站发表线上专辑。题为《物质文化与媒体间实践的新视角》（托托西·德·蔡普特耐克等，2011），收录了颇有价值的论文。其论题包括电子游戏、图像小说和关于数字媒介的补习。这种媒体间的研究实则为翻译和阐释的问题。如凯伦·利陶所说，“对文学位置的适当的‘世界性’叙述也许比以往任何时候都需要翻译，不仅是语言间不可简约的，而且还是媒体间的和跨媒体的”（《世界文学的两个时代》，161）。把我们的工作扩展到全球媒体景观可以为比较文学研究提供新的可能性——如果我们能把文学批评的技能用于这些物质，并用于这些物质所反映的新物质条件的话。

从最新发展来看，媒体研究领域发展迅速，主要是在文学之外的各个学科：比如德国的社会学、政治科学和电影研究，美国的传播学和美国学研究。这两个国家的一些学者已经开始把文学分析用于新媒体，如厄恩斯特·黑斯－吕提奇的《网络文学是新文类吗？》，以及克耐琉森和莱特博格的文集《数字文化、游戏和身份》；尽管十三位撰稿人中只有一位来自文学系。早期进入该领域的一位比较文学研究学者埃里克·哈约克在一篇文章中分析了网络游戏中的虚拟世界，这是在 2012 年发表《论文学世界》之前的文章《阅读游戏 / 文本》（2004）。2013 年他成为美国比较文学协会主席。比较文学研究可以在新近扩展的媒体环境中兴旺发达，把新的读者带到我们喜欢的作家面前，给关于语言、叙事和再现的新媒体研究提供文学和跨文化的视角。变化着的媒体景观将导致我们在一些方法上的转向，前因特网时代的经典并非都能度过这一过渡阶段。然而，有一些是能度过的：经典作品几百年来之所以能够持续存在，恰恰是由于其对新时代和新媒体的适应能力。

为一位吟游诗人的《伊利亚特》表演而入迷的听者在公元前10世纪决不会想到荷马的诗歌会用文字或书写这种奇怪的新技术得以有效地传达。随着旧的口传传统的消失，大量的诗歌失传了，但通过书写媒介，《伊利亚特》和《奥德赛》却在最后一位文盲歌手死后长期流传下来。两千多年来一直埋在伊拉克沙土里的《吉尔伽美什》略过了从泥板和卷轴到印刷术的发明这一整个过渡时期，恰好在现代媒体时代的黎明时分得见光明。而这并非就是一个全新的时代，我们可以搁起泥板或卷起卷轴而阅读PDF版的《吉尔伽美什》。由于胶片和音像等新技术，数以百万计的观者可以听到《星际迷航》里的船长皮卡德在遥远的埃尔－阿德莱尔星球上对奄奄一息的塔马里安人讲述吉尔伽美什的故事。这个场面绝不是装饰门面，"我们这个世界上最古老的故事"，如皮卡德所说，是种属间理解的一个关键时刻，以内塔马里安语所包含的全都是隐喻。由于直接话语无法沟通，皮卡德发现他只能用诗意的语言讲故事。[①]

为了说明今天对经典的重构，我们举但丁的《炼狱篇》为例——不是《神曲》的前三分之一，而是电子游戏。2009年12月，电子艺术有限公司发布了一条新闻，宣布这个游戏即将面世：

> 第三游戏站的所有者请注意：撒旦将来看望你！谢谢耐心等待！
> **请与但丁《炼狱篇》里的魔鬼一起在地狱里度假吧！**

---

① "达摩克"，《星际迷航：下一代》第102集。www.startrek.com/database_article/darmok (accessed July 10, 2018).

强壮的基督教在这个游戏中变成了类固体，一个全副武装的但丁穿过地狱从撒旦的手上抢夺丰满的比阿特丽斯。当这个魔鬼被释放出来时，游戏的“官方网站”给出下列总结：

> 玩者将体验快速打杀的战斗，在开始抵制死亡的终极战斗之前击退敌人的攻击浪潮。在打败老板之后，但丁将拿到死亡大镰刀，一个有魔力的圣十字架，时刻准备打开地狱之门。……制作人乔纳森·奈特说，“从游戏一开始，我们的主要目标就是进行一次旅行，玩者能真实地感到是在穿越地狱”。[①]

游戏制造者随意挪用经典，显示出影响焦虑的迹象，尽管不是文学性质的焦虑；相反，他们所关注的是如何在游戏市场上区别于直接的前任。因此，《源氏物语：刀叶时代》（《索尼计算机娱乐》，2006）宣布，该游戏“揭开美丽的下一代图案，以及第三游戏站已经大大改进的游戏。离开传统的游戏体验，你将发现第三游戏站在行动与冒险上都达到了一个新高度”。这里的“传统的游戏体验”仅指“两年前”，而“下一代图案”是说“比你老哥的图案好”。《源氏物语》曾以插图版流行了几百年，近几十年来变成了动漫，但《源氏物语：刀叶时代》走得更远，把源氏变成了舞刀弄剑的武士，与紫式部笔下诗意的带有香水味的主人公完全不同。

2003年，詹·凡·陆毅和詹·巴腾思发表了题为《细读新媒体：分析网络文学》的一部文集，新媒体的学生们越来越感兴趣于西蒙·埃根菲尔德－尼尔森所说的“电子游戏研究的文化转向”。他认

---

① www.dantesinferno.com（accessed March 9，2010）. 这个网站已经不存在了——这在流动的游戏世界是常见的。

为“对电子游戏的细读利用玩者所体验过的故事”，并提倡探讨“游戏设计的诗学”（《理解电子游戏》，189—192）。这里，在数字与印刷文化之间已经存在着一种本质的共生关系。就拿但丁的《炼狱》来说吧，尽管制作者拥有使用原版的全部自由，但电子艺术公司同时出版了纸质版的但丁原版《炼狱》，其发行者是不比电子艺术公司小的蓝登书屋。他们是在电子游戏发行前三个月出版但丁版的，是为游戏版准备的一种悬念（图10）。

在这一版中，电子艺术除了诗本身外，还增补了游戏制作者的一篇文章，以及把游戏场景与经典中的地狱图像相并置的彩色加页。正是这些图像给制作者以灵感，包括耶罗尼米斯·博斯到古斯塔夫·多雷作品的插图。与电子游戏盒一样，该书的封面是戴着尖刺头盔的武士但丁，腰部以上裸露，涟漪般的胸大肌上画着一个血红的十字架（或许照应了斯宾塞的红十字架骑士？）。这位武士但丁举起一把巨大的闪光镰刀，正要砍向博斯式背景画中的几个麻木迟钝的魔鬼。但丁的诗成了游戏的前篇，如封面所宣布的：“这部文学经典激发了电子艺术制作这部史诗游戏的灵感。”封底展示的是适于史诗原版向上运动轨道的预言式乐观主义，是庆祝游戏实际发行之前的几个月里电子游戏所取得的巨大成功：

> 地狱之门全部打开。电子艺术中惊艳的电子游戏《但丁的炼狱》爆炸性地出场，这是为其创作提供独到见解的一本书。与亨利·瓦兹沃斯·朗费罗对但丁史诗的久负盛誉的译本一起回归本源。这里整体展现了其基础和灵感。然后了解游戏制作者如何把但丁著名的地狱九层变成了炙手可热的游戏。

我们应该如何处理这个炙烤的炼狱？

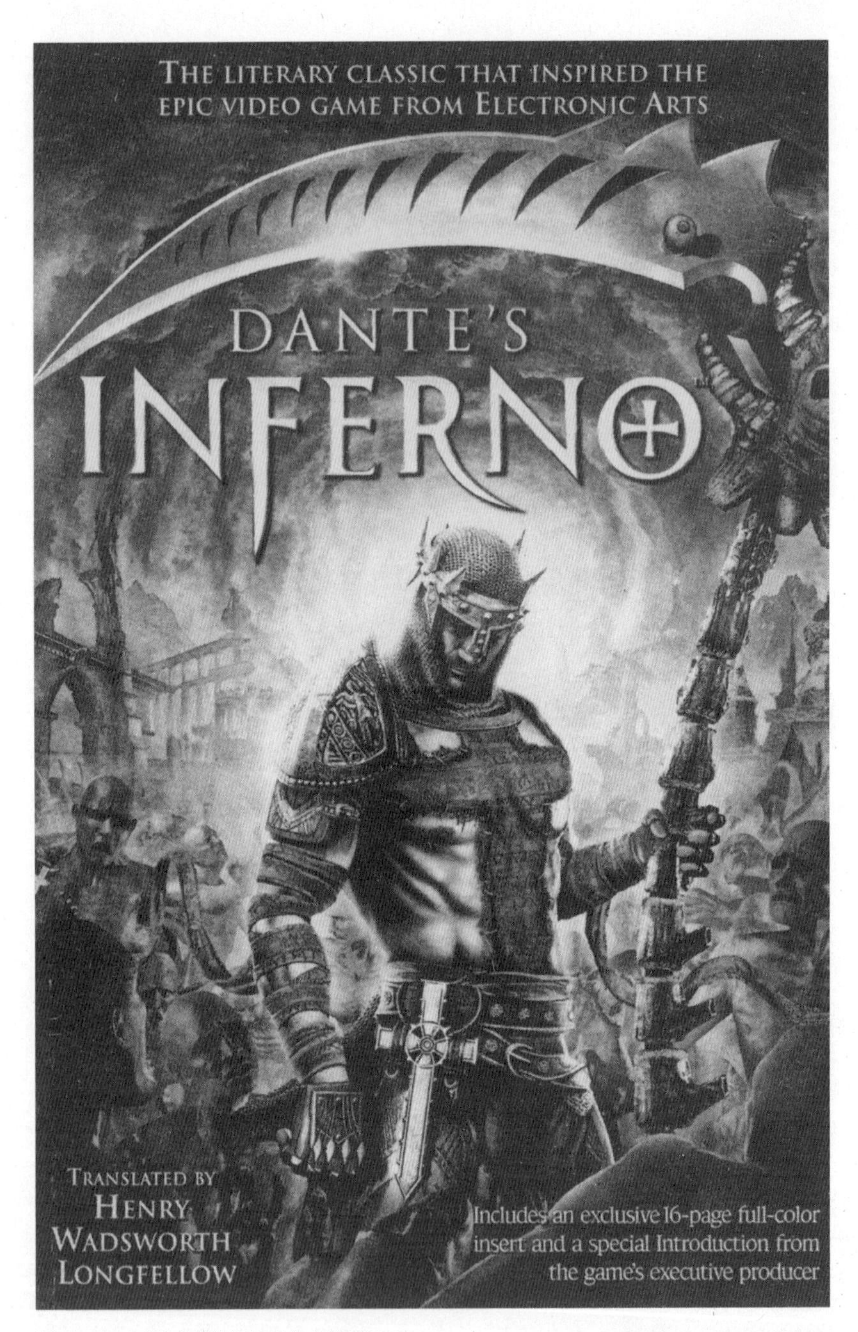

图 10 但丁《地狱篇》的电子艺术版（2010）。

我们当然不能不加批判地接受这一市场策略，也不能虔诚地拒绝电子艺术公司推出的黑暗艺术，仿佛这种游戏只能吸引最幼稚的和文化上无知的消费者一样。事实上，对但丁诗歌这一挪用的重要反应在游戏发行之际就已经在游戏群内引发争议。游戏迷网站 Destructoid.com 的三个帖子表明了不同观点。一个借鲍斯汀吉之名跟帖的玩者显然感到被事先发表的但丁文本所误导："这狗屎究竟要搞什么？"接着又说："买这本书的人会比这狗屎高出许多的。"[①] 鲍斯汀吉显然期待从吉普力马游戏出版社（兰登书屋的另一个分支）出版的《但丁的炼狱策略指南》获得一些线索，所以为被误导购买了西方文化的一本基础文本而烦恼。

其他帖子表达了非常不同的观点。一位名叫乌兹的玩者站在阿诺德的高度宣称："词语难以表达这该是多么大的错误。"尽管乌兹圆滑地拒绝对西方经典的这种贬损，另一位 Destructoid 博客表达了更加微妙的观点。这位博客名叫怪兽 210 先生，索引图像显示这是一个大胡子男人，戴着鲜红色镜片的人阳镜，一位硬核玩家，但却并非没有自己的观点：

> 这个游戏的即将发行的确激励我去读原作。我并不认为这个游戏"毁坏"了什么。诗是好诗，将来依然是好诗。游戏也是好游戏。这本书也许能很快赚到钱，可谁知道呢？硬拷贝的 AVP：《三次世界大战》已经控制了我和我的钱包。谁知道我还能不能落入那个市场阴谋呢。

怪兽 210 先生是由于电子游戏公司的推介而读但丁的诗的，但是，虽

① www.destructoid.com/blogs（accessed March 9，2010）. 这个网站已经不存在了。

然但丁的诗给他留下深刻印象，他还是对那游戏表示怀疑。持这种态度的当然不止他一人。在一次重要营销活动中，电子艺术公司购买了2010超级碗广播电视台32秒的广告，是当年最昂贵的电视广告。但丁本人决不会在美国电视上如此亮相，我们也希望怪兽210先生只是由于游戏促销而阅读但丁的许多顾客之一。

然而，推出《但丁的炼狱》的目的也许不仅仅是引诱观者去阅读一部经典。没有人会错误地以为游戏中的卡通人物和暴力行动是但丁创造的，但其视觉艺术却是另一回事，它能够丰富《神曲》读者的诗歌经验。游戏的视觉成功来自电子艺术公司委托韦因·巴洛进行设计的决定。巴洛是作家和插图画家，以但丁式奇幻作品《巴洛的炼狱》（1999）闻名。一位既欣赏但丁又羡慕巴洛的人就这项颇有成效的合成这样写道：

> 说实话，对细节的表现简直妙极了。那些墙都成了被困的罪犯，当你走近时，弥诺斯在背景中大喊着判决，罪犯们尖叫着，一个人在冥府渡神的船舱里向尤利西斯求救，还有开始时从被诅咒者尸体中突出出来的巨大头骨。这规模简直是巨大宏伟的，如果你曾经读过但丁，活着看到把他的地狱搬到银幕上……那么玩这个游戏你绝对不会失望的。[①]

今天的电子游戏世界对于消费者以及学者来说都是值得探讨的内容相当丰富的世界。如耶斯帕尔·朱尔在其《半真实：真实规则与虚构世界之间的电子游戏》中所说："电子游戏所投射的世界常常在本体上是不稳定的，但电子游戏的规则在本体论上却是相当稳定的。……虚

---

① *Sammycat* 评论，2010年9月2日。Amazon.com/Dantes-Inferno-Divine-Playstation-3/product-reviews/B001NX6GBK（accessed November 9，2019）.

构游戏世界的绝大多数是不合逻辑的，这并不意味着电子游戏不能发挥小说的功能，恰恰相反，它们以自己摇曳的、临时的和选择性的方式投射出各种虚构的世界。”（169）

大盗奥维德

学者和教师们都能找到进入这些摇曳的世界的门径。把文学与新媒体加以融合的一项宏大制作可见于称作《大盗奥维德》的表演，自2009年以来曾在纽约市及其他地方以多种不同的形式呈现。《大盗奥维德》是爱德华·金的发明，金是康涅狄格州一所私立高中的戏剧教师。金注意到他的许多学生，尤其是男生，在网上玩电子游戏的时间远远多于阅读文学的时间，于是决定让学生们把这些兴趣结合起来。他让学生们从奥维德《变形记》中挑选出一些情节，将其用于他们喜欢的某一或更多的电子游戏中。每个人物都有化身，并为每个故事寻找适当的背景和情境。学生们所用的一个游戏是《大盗奥托》，为《大盗奥维德》机智的标题提供了基础，所用的其他游戏包括《魔兽世界》和《光环3》。

这份作业很成功，从而金着手将其制作成表演剧。我第一次看《大盗奥维德》的演出是在纽约市的一家实验剧场，现场有拥挤不堪的嬉皮士外加我自己。几个学生坐在那里，膝上是连接因特网的笔记本电脑（图11），而另一位学生则在读奥维德的文本。所有情节都是逐行摘自《变形记》的，学生们则经常为故事找到新的背景（如伊卡洛斯成了一位军队飞行员，他的直升机坠毁了）。有趣的并置场面都设在《魔兽世界》里，而《大盗奥维德》剧组周期性地使用穿越空间的各不相关的组合。游戏允许玩者对某一特定房间里上网的任何人给

图 11　EK 剧院上演的《大盗奥维德》。

以评论，金的学生们还与《魔兽世界》的常客进行过几次交流。当这些常客发现奥维德侵入了他们的神话世界，有人表示惊奇，有人表示厌烦。

所有情节都很有趣，尤其是尼俄伯的故事。她拒绝膜拜女神拉托娜，即阿波罗和狄安娜的母亲。尼俄伯夸口说她比这位女神更值得膜拜，因为她有十四个孩子，而拉托娜只有两个。于是，愤怒的女神让儿子拿起弓箭，射死了尼俄伯的孩子们。剧组把这个情节置入《光环3》，就其通用称呼来说，这是一个“第一人称射手”游戏。这一选择产生了异常效果：我们观者不知不觉进入一片由山野石头构成的不毛之地，站在机枪的枪管后无助地加入了这位看不见的神的队伍。他正在扣动扳机射杀尼俄伯的七个儿子，然后是她的七个女儿。他们每一个都会出现在某一隐蔽之所，设法逃脱或安慰将死的兄弟姐妹。其结果是一种对伊拉克战争或《李尔王》的覆盖，“我们对这些神就像苍蝇之于嬉闹的男孩；他们为了娱乐而杀死我们”（4.1.36—37），格罗斯特在该剧接近尾声时以严峻的口吻说。[①]

《大盗奥维德》中的尼俄伯情节有力地回击了彼特拉·格林和海因里希·巴杜拉在文集《媒介—伦理—权力》中批判的虚拟—现实暴力的乏味效果。随着游戏活报剧的上演与伴随的奥维德诗歌朗诵，《大盗奥维德》也复杂地表现了强加于现实的虚拟性，也就是安得泽耶·吉帕斯所讨论的“真实的虚拟性”（《文化中的媒介》）。事实上，变化着的现实就是改变《大盗奥维德》自身，如爱德华·金让学生们定期制作新版，无论是从奥维德原作中选新的故事，还是重新制作现存的故事。YouTube 中有两个讲述尼俄伯的故事，分别为“EK 剧场——尼俄伯 2010”（本文所描述的版本）和“EK 剧场——‘尼俄伯’光环：抵达”。2016 年 4 月我请他们来哈佛演出时，我发现他们给“尼俄伯”设计了一个城市背景，不再是荒漠战争，而是与学校里群众枪击案密切相关了。

通过教师与学生之间这种创造性的合作，《大盗奥维德》就其对源出的忠实性上有别于电子艺术公司的《但丁的炼狱》。表演让奥维德重上舞台，如同彼得·塞拉斯在 1980 年代赋予莫扎特的歌剧以新生一样，运用原版的总谱和歌词，但却把《唐·吉奥瓦尼》的背景设在西班牙的哈勒姆，把《费加罗的婚礼》的背景设在了特朗普大楼。《大盗奥维德》与《但丁的炼狱》的区别还在于对译本的选择上。在发表《炼狱》前篇时，电子艺术公司用的是 19 世纪亨利·瓦兹沃斯·朗费罗慎重而呆板的译本，部分出于对其详尽注解的需要，但无疑也是不想为现代流畅的译本付一笔稿费。对比之下，《大盗奥维德》用的

---

① 这个引语恰到好处地为一位玩者基于《终极幻想》创写的电子故事提供了标题。

是流畅的现代译本，表演时在极少量电子音乐的伴奏下其阅读极为动听。后来在与一个学生表演者聊天时，我了解到他曾在拉丁语课上读过奥维德，很高兴能在制作这款游戏时有机会对照原文。

电子艺术公司由于戏剧的如此改动而受到但丁专家的全面围攻，尤其是对比阿特丽斯的刻画。从但丁文本中的救星变成了袒胸露腹的困境中的少女，等待着**他**来救**她**。如哥伦比亚大学的特奥多林达·巴洛里尼在《娱乐周刊》中极尽嘲讽地评论——也许是第一个带西班牙口音的人在此发声——说："在所有令人烦恼的事物中，比阿特丽斯的性欲化和婴儿化是最糟糕的。……她竟然成了这样一个怪异堕落的芭比娃娃"（《一个常青藤教授的见解》，79）。但在转向虚拟世界之前，游戏的执行制作人乔纳森·奈特曾在波士顿大学获得戏剧专业的艺术硕士学位。正是在那里他开始感兴趣于改编经典，并导演了汤姆·斯多帕德的《十五分钟哈姆雷特》。在介绍该游戏的出版版本时，奈特说他想要在游戏中安排一个坚强的女性人物。明显选择的就是比阿特丽斯，但在《炼狱》中她只在结尾时才出场，取代维吉尔带领但丁去往天堂。为了让她进入《炼狱》，奈特与合作者们"决定创写一个基督教的珀耳塞福涅的故事覆盖在史诗之上"（xxi），于是就讲了一个背景故事。故事中，撒旦劫持了比阿特丽斯，正如哈德斯劫持珀耳塞福涅使其成为冥府的新娘一样。与此同时，比阿特丽斯又扮演了但丁笔下俄尔普斯的欧律狄刻，在去拯救她的时候不相协调地佩戴一把大镰刀，而不是一把里尔琴；而随着游戏的进展，但丁不时地勾起她等待援救时的性期待。对古典母题的这种融合可能对特奥多林达·巴洛里尼很有吸引力，如果这是阿里奥斯托的作品的话；但她也显然被延迟了，在游戏中她给人的第一印象是其互文遗产所展现的文学批评技巧。

电子艺术公司绝没有忽视文学研究学者的洞见，而启用了一位但丁专家，得克萨斯大学的古伊·拉法，专任这个游戏的文学顾问，并为其网站撰写评论。选择拉法是正确的；他建立了一个很大的网站——但丁世界，“一次综合的多媒体旅行”（http://danteworlds.laits.utexas.edu）。拉法的网站充满美好的形象和信息，并与《神曲》的线上文本有链接，包括一个双语版，将意大利文本与罗伯特·霍兰德光彩照人的译文并置。这个游戏具有的文学和艺术基础是巴洛里尼所没有意识到的，尽管在一个理想的地下世界，拉法能比乔纳森·奈特所立意表现的比阿特丽斯更具奥维德的共鸣，但是巴洛里尼也许不是第一个看不到这一点的人。至少，当开始准备最后发行时，拉法应该阻止电子艺术公司启用几乎不可读的朗费罗译本。他应该坚持跟着他的网站走，使用霍兰德的译文，所用稿费无论如何也不可能损害其耗资巨大的预算。

隔离区里的奥维德

比电子游戏更直接具文学性的是现在因特网上创作的数字叙事，尽管这常常需要不同于传统印刷文本的阅读——或观看——模式。如杰西卡·普莱斯曼在2017年美国比较文学协会报告中所说，电子文学“生于数字”。多媒体和多模态的电子文学“要求读者比较地阅读和思考，因此挑战一般传统和学科界限等”（《作为比较文学的电子文学》，248）。这种新媒体代表一种重要的变化，用古典比较文学研究的标题来说就是“文学与其他艺术”，可以列在下列话题之下：文学作品中对艺术作品的描述（ekphrasis），或诗歌、音乐和艺术中的巴洛克概念。电子文学既是视觉的也是词语的体验，产生一种艺术间的内爆，而不是文本中描述其他艺术的时刻或一种独立媒体中的类似物。

《大盗奥维德》

对于比较文学研究而言，其物理的和虚拟的世界比以往任何时候都更开放，在今天展示了三百年前普列塞伦教长在其图书馆的藏书，神学论著、歌剧脚本和隐藏的性欲描写的作品有一种看似不可能的结合。这座神学院图书馆也为奥维德腾出了位置，其部分传播链把他的作品放在了爱情上失恋、政治上失宠的 19 世纪诗人弗朗斯・普列塞伦手里。今天，在奥维德由于自己的不检点和政治取向问题而被迫流亡的两千年后，他依然在我们忽隐忽现的虚拟世界里以出乎意料的变形复活了。

7
世界

在《指环王：魔戒再现》的开篇，比尔博·巴金斯为自己也为弗罗多开了一场奢侈的宴会，弗罗多既是他年轻的侄子又是继承人。比尔博并未为这次大事件花费什么；他马上就 111 岁了，而弗罗多则刚刚跨过霍比特成年人的门槛，33 岁。比尔博为此请了 144 位客人，恰好是他们两人年龄相加的总和。然而，只有比尔博知道这次宴会将是他在夏尔生活的结束，当大家依然清醒的时候，出乎众人意料地宣布他要离开，然后戴上至尊魔戒消失了。托尔金为这一戏剧性的场面精心准备了严丝合缝的各种细节，并用一种现实生活的方式娓娓道来，令我们完全进入他的想象世界，直到黑暗势力在大多数霍比特人毫不知情的情况下入侵了霍比特世界。宴会上，比尔博把罕见的礼物送给孩子们：

> 在这种场合，礼品都是非同寻常的。霍比特的孩子们极其兴奋，几乎忘记了吃东西。玩具是他们以前从未见过的，那么美，而且有些显然具有魔力。其中许多是在一年前就订了货的，从大山里和戴尔直接运来的，确确实实的矮人制造（28）。

如果这些玩具是由现实生活中并不存在的童话里的矮人制作的，那么这些玩具又能有多少真实性呢？

考虑到文学作品的世界性在场，我们需要考虑作品如何通过它们创造的世界与周围世界相关联。一部小说筑起的、一位戏剧家搬上舞台的、一位诗人所展望的想象世界究竟有哪些维度呢？其疆界、环境、历史、社会学或民族志、经济和阶级决定因素以及性别关系都是什么呢？如果有的话，它们从不可能性中、从日常生活中表现了什么样的混合，如矮人的地下世界，要从那里购买优秀的玩具需要提前一年预订吗？

在《虚构世界》(1986）里，托马斯·帕威尔讨论了一部作品可能具有的变化的"参照密度"，每一页、每个场景或每个诗节就作品所展望的世界而言，其所提供的信息都相对丰富或贫乏。如安伯托·艾克所说，"一部作品把我们封闭在其世界的疆界之内，并引导我们走向一个或另一个方向"(《六种走法》，78)。诸如托尔斯泰或君帕·拉希里等现实主义作家需要提供足够的参照细节，以创造一种可信的现实效果，但其虚构世界却与我们在周围看到的、或我们所知的俄国历史相吻合。幻想世界的发明者承担一种特殊的要说服我们的压力，即他们笔下的精灵或火星人是在一个与生活相像的环境中活动，这个环境超越了我们所见的特定细节。

以帕威尔、艾柯和他自己上一部论电子游戏的著作为基础，在《文学世界》中，埃里克·哈约克集中讨论了"振幅"和"完整性"等特征，以描述作家在创造虚拟的文学世界时所用的坐标和基本构架。托尔金笔下的霍比特人、矮人和巫师由于其世界的振幅和完整性而让你不能不信。中土可以比作托马斯·莫尔伯爵开拓性的替代现实的虚构《乌托邦》(1516)。《乌托邦》的开篇是莫尔与安特卫普的几个朋友的通信，他们都是真实世界里的人；信的内容是亚美利哥·威斯普奇1504年发表的巴西海岸游记。莫尔及其朋友们是从威斯普奇虚构的船员拉斐尔·希斯罗厄斯那里了解到乌托邦的。正如四百年后托尔金所做的，为了给虚构世界打下坚实的基础，莫尔给乌托邦国提供了一段历史、一幅地图，甚至展示乌托邦语字母的字母表。但托尔金远远超越了莫尔（非常可能是前无古人后无来者），创造了一个完全超越其小说的世界。托马斯·莫尔不可能通过讲乌托邦语来救自己的命，但托尔金实际上却发明了埃尔维语。那是一种并非真实的但却完全有效的语言，托尔金将其描述为“以其亲密性、特别羞涩的个人主义”而具有无限的魅力，一种只有他才会讲的语言（《秘密犯罪》，213)。

作家们常常暗指发生在作品之外的事件，这意味着他们讲的故事并不是仅仅发生在虚假的舞台上的。在《福尔摩斯探案集》中，福尔摩斯提到了一系列从未公开过的案件，包括一个涉及“苏门答腊一只巨鼠的故事，这个世界还没有准备好听这个故事”（《萨塞克斯吸血鬼的冒险》，2)。这里，福尔摩斯指的是一种完全在故事边界之外的一种生活，更准确地说是超越“萨塞克斯吸血鬼”的故事之外的一个案例。他在翻阅卷宗寻找线索，并怀疑自己能否掌控有人请他调查的这个局面：有人发现一个年轻的妈妈在自己婴儿的脖颈上吸血。“可是我们对吸血鬼又有多少了解呢？”他问华生，“我们似乎真的转向格林童话了。”(2)“转向”在此是一个铁路隐喻，而且不是电子的：福尔摩斯担心他的注意力可能被转移到恐怖故事的轨道，脱离了可以用智力解决的惯常罪案。幸运的是，在故事的结尾他对华生说，由于“理智的火车在贝克街穿过了我的心智”（10），所以他几乎马上就得出了结论，甚至在维多利亚火车站乘两点的火车赶往萨塞克斯之前就已经有了答案。

柯南·道尔通过一种元小说索引而暗指一个并不存在的故事，涉及生活在地球另一侧的一个想象的种属，因而使其世俗故事格外具有魅力。世界也许没有准备好阅读福尔摩斯的故事，甚至比吸血鬼母亲更怪异的故事，但柯南·道尔却为这个世界做好了充分准备，去接受苏门答腊巨鼠的故事——事实上，他如此成功以致后来还有几位作家继续写这个故事。不啻如此——2007 年，当在巴布亚新几内亚发现一种巨型啮齿动物时，《纽约时报》报道文章的标题就是《苏门答腊巨鼠：活着且活得很好》（里昂斯），尽管记者不得不承认巴布亚新几内亚坐落于“其右边很远的几座岛屿上”——事实上，将近三千英里以外的地方。巨鼠可能会于某一天出现在苏门答腊——必要的话，可以被福尔摩斯迷们偷运到那里，但我们知道萨塞克斯绝对不会出土吸血鬼文物的。尽管那位母亲宣称福尔摩斯“似乎有魔力”（10），但那位大侦探却对她的怪异行为给予了一个世俗的解释（吮吸箭毒，那是另一个孩子出于嫉妒而加害于受害孩子的）。如福尔摩斯对华生所说，“这种做法是有根基的，它就是那个样子的。这个世界对我们来说足够大了。不需要装神弄鬼了”（3）。贝克街非正规军世界范围内的网络表明：福尔摩斯的追随者们仍然想要用他的世界观照我们自己的世界的各个维度，即便他们私下里都明白并不存在德里达或斯皮瓦克所说的“文本外”（*hors-texte*），在某处的皮箱里并没有久已失传的案卷，有的只是实际现存的 4 部小说和 56 个故事。

对比之下，托尔金需要我们相信，在性质上完全不同于福尔摩斯在萨塞克斯或苏门答腊所能遇到的一个世界上，巫士们真的有魔力。托尔金将其三部曲建基于一个巨大的档案之上，他用了几十年编撰这个档案，因此才能完全自然而然地依赖一种充分实现的“亚创造”或“第二世界”。他在1939年的一次讲座中用了这些术语，当时他正在创作《指环王》，这次讲座——“论童话故事”——是一次虚拟宣言。在为幻想艺术进行广泛辩护的过程中，他反对柯勒律治关于“愿意悬置不信任”的浪漫主义概念，艾柯将其描述为读者与作家达成的一次必要的协议（《六种走法》，75）。托尔金则对这种虚构契约持不同看法。所谓的“愿意悬置不信任”，他说，

> 在我看来并没有很好地说明所发生的事。真正发生的是，故事制作者证明是一个成功的“亚创造者”。他创造了一个你的精神可以进入的第二世界。他在这个世界上所说的一切都是真的，都符合那个世界的规律。因此你相信这个世界，仿佛你就在其中。不信任感出现的那一刻，咒语就破了。魔力，甚或艺术，也就失败了。（《论童话故事》，132）

在托尔金看来，只有在一个作家失败的时候，我们才愿意悬置起我们的不信任，“我们在屈尊于游戏或假象的时候使用的一个诡计”（132）。托尔金不想让他的读者看到制造玩具的矮人之后咯咯一笑，然后便将他的书放在青少年小说的架子上，或继续读下去而没有认真的情感或伦理投入。他真的要创造一个完全可信的世界，尽管不同于拜伦或乔伊斯，他不想与上帝的创世相抗衡：因此中土是一个亚创造，不能与我们的世界相混淆。

托尔金的美学和政治学都不同于伯托尔特·布莱希特的，但他笔下的精灵和兽人却创造了他们自己的“间离效果”，这是布莱希特在托尔金做这个讲座的四年前就提出的一个术语。布莱希特和托尔金都不想让我们迷失在一个充满闹剧幻觉的世界上：相反，我们要**发现**自

己，获得新的伦理或政治觉悟。要把我们的普通世界陌生化，布莱希特把招牌立在了舞台上，把我们带到了四川、早期现代的伦敦或三十年战争期间。托尔金把我们带到了较远的过去，在那里，像阿拉贡这种“真实的”人与准人类（霍比特人）、与“真实的”童话人物（精灵、矮人、巫士）以及完全是发明出来的存在（兽人、树人、戒灵）混合在一起了。这些人物居住在同一个世界上，我们可以想象地进入其中，而从不忘记我们是在一个故事虚构的世界里，它能够唤起和引导我们的道德情感。

托尔金让他的亚创造充满了历史，从远古的过去到充满展望的当下日常生活。甚至对比尔博宴会礼品的短暂描写也经过小心翼翼的安排而传达出大量的参考信息。最好的玩具都是“真正的矮人制造”，但这句话并未让我们质疑矮人存在的现实，如同在约翰·巴思的后现代讽刺故事中一样。相反，这个细节通过设置一个只有某些玩具才是真的矮人制造而微妙地强调了矮人金利和格洛音的现实，而这是在我们见到他们之前许久的事了。其他玩具不过是纯粹的霍比特制造，其中有些是仿造的矮人制造，根本不是真品。此外，比尔博的礼品中也只有一些“显然是有魔力的”，这意味着另一些没有魔力，还有一些也许有魔力，但初看上去不像。这个概念格中的第四个可能是看起来有魔力的玩具但实际上没有。当然这不在比尔博的礼品当中，也是孩子们从未见过的，但在过去不这么奢侈的宴会上，孩子们很可能会得到这种令人失望的廉价玩意儿。只两句话就向我们暗示了这个充满可能性的世界，它们与情节无关，但却是托尔金童话世界的创造的根本。

姑且从文学作品内部创造的世界开始，这是为了强调任何实质性的文学作品都创造其基本文本，即它的世界，我们可以探讨它自身，也可以探讨它与其他文学世界、与文本之外的社会世界的关系。比较文学研究学者常常受到民族文学专家的批判，说他们对所讨论的作品得以创造的语境认识不足，而世界文学的学生也受到来自以区域为主的比较文学研究学者的相同批判。讨论语境是好事，但如我在第六章中所论证的，对某一特定方法来说，最相关的语境也许是国际的或跨民族的，而不是地方的。然而，甚至在我们进入任何外在语境之前，一部重要的文学作品——无论是矮人制造还是托尔斯泰的作品——都将在它为我们创造的语境内发挥魔力。针对他的每一部小说，石黑一雄曾经说过，“我感到**我在把某一新奇怪异的地方封闭起来**，不知为什么它使我着迷，我不知道那个地方是什么，但在每一部书中我都似乎被封闭在这个奇怪的领域”（沃达与贺新格，《访谈》，150）。学文学的学生、教师和学者的一个基本任务就是探讨我们研究的作家所创造的这些奇怪的领域，不管我们选择什么样的语境来安置他们创造的独特世界。

民族的、国际的、超民族的

我们进入作家的第二创造越深，就越能充分理解它是如何反映——或用一个更好的说法，如何折射——作者所知的世界的，并领悟其对我们今大所知的这个世界的含义。如埃里克·哈约特所说，“审美世界性是一部作品在作品的内部世界与其外部世界之间建立关系的形式”（《论文学世界》，45）。甚至以遥远的过去或另一个星球为背景的小说也总是与作家的世界相联系，不管多么间接，但对这些联系的理解却是非常不同的。

我们需要做的基本选择之一就是我们赖以进行讨论的框架。对此，我们可以参照斯洛伐克比较文学研究学者迪奥尼兹·杜瑞新的做法，他于 1992 年写了题为《什么是世界文学？》一书，其起源和日期提醒我们当代世界文学的讨论绝不仅仅是北美或后“9·11”现象。在其一篇相关文章《作为文学史目标范畴的世界文学》(1993)中，杜瑞新对三个不同但却相关的语境层面加以区分：民族的、国际的、超民族的。不妨继续以托尔金为例。他的作品激发了大量的学术研究，但几乎全部在民族层面。2019年4月，《现代语言学协会国际书目》列出了不少于2880种书和文章，在主题项下有托尔金的名字；这些书和文章的作者毫无例外是论述托尔金奇幻世界本身或其英国语境的学者。

《指环王》常常被视为英国传统的组成部分，这是维多利亚奇幻文学、中世纪英语和盎格鲁-撒克逊叙事，托尔金是这个领域的专家，尤其精通《贝奥武甫》和《高文爵士与绿色骑士》。托尔金的历史语境也是人们讨论的话题，从其本人在第一次世界大战战壕里的亲身经历，到大英帝国开始衰落，有时也提及他在南非的童年，以及中土南部和东部的令人不安的种族地理。另一些学者探讨托尔金对严格加以戏剧化的魔都和欧散克工业化的批判，直击三部曲结束时萨鲁曼对夏尔的接管。在这个语境中，《指环王》(开始于1939年，结束于1954年)被列入了英国未来派的行列，包括阿尔多斯·赫胥黎的《美丽新世界》(1932)和乔治·奥威尔的《一九八四》(1949)，以及默文·匹克描写中世纪的三部曲《歌门鬼城》(1948—1959)。目前还没有人就托尔金和赫胥黎加以比较，但有六七篇文章讨论托尔金与奥威尔，也有几篇将他与戈尔丁或匹克加以比较。

《指环王》也可以置于国际框架内进行研究。常见的讨论是其与日耳曼和北欧神话的联系，以及与宾客罗曼司(guest romance)文类的关系，但几乎没有人讨论托尔金与英国之外的现代作家的关系。在国际语境中看待托尔金有助于我们更好地理解他的英国性和他的现代性；不应忘记的是，中土世界包括整个欧洲，而不仅仅是英国。就中世纪研究学者推出的畅销书这一范畴而言，曾有人将托尔金的三部曲与其朋友C.

S. 刘易斯的纳尼亚传奇系列和《太空三部曲》加以比较，但没有人把托尔金与安伯托·艾柯放在一起来讨论。然而，《玫瑰之名》也把当代政治关怀设置在中世纪背景之中，对一个神秘莫测的符号世界上的语言进行了精准的讨论。在这种比较中，艾柯与托尔金或可与柯南·道尔构成三角关系，因为艾柯将福尔摩斯和华生改写成巴斯克维尔的威廉与其助手米尔克的阿德索。灰发甘道夫也与福尔摩斯有许多共同之处，如侦探技巧和许多其他方面，包括抽旱烟，在阿尔卑斯山深渊里与不共戴天的敌人进行似乎致命的长期斗争之后回返生活的经历。

再举一个意大利的例子。《指环王》完全可以与伊塔洛·卡尔维诺 1950 年代发表的中世纪三部曲相比较，即《分成两半的子爵》《树上的男爵》和《不存在的骑士》，1960 年集成《我们的祖先》。在这些小说中，卡尔维诺为了超越他基于意大利抵抗时期经历的早期作品而转向奇幻小说。托尔金总是不合情理地否认他的三部曲与第二次世界大战有关，但他承认与第一次世界大战的创伤经历有某种联系。1916 年他曾参加索姆战役，到战争结束时，他的亲密朋友几乎全部阵亡。1917 年他伤残后回到英国，开始构思他那巨大的奇幻世界，动笔写作那部颇能引起共鸣的《失落的传说之书》。

与卡尔维诺的比较可以开始于他从 1950 年代的三部曲到《看不见的城市》，这些作品把《天方夜谭》的东方主义融入了机械化战争、人口过剩和生态堕落等不合时代的因素，这也恰恰是《指环王》的重要因素。卡尔维诺说，那些看不见的城市（città invisibili）逐渐成为不适于生存的现代城市（città invivibili）。（《表现》，ix）从叙事学上说，这两位作者的核心关注都是故事内关于故事的故事。按托尔金的嘱咐，《指环王》封面为红色，用精灵语和矮人字母描述，这是基于《西界红皮书》的设计，也即《指环王》结尾时比尔博·巴金斯努力要完成的历史和回忆录。就卡尔维诺来说，他笔下的马可·波罗讲述了忽必烈汗治下一系列奇幻的城市，隐含地解剖了他从未讨论过的一座城市，他自己的家乡威尼斯。迄今已有三十三位学者将托尔金与C. S. 刘易斯加以比较，但没有人比较托尔金与卡尔维诺的作品，这是战后欧洲最重要的两位奇幻小说作家。

托尔金与卡尔维诺或艾柯之间比较文学研究的空缺也许源自广为接受却又罕有质疑的一些假设，比如，“通俗”文学与真正的文学写作处于完全不同的两个宇宙；后现代经典作家与尚未重写过普鲁斯特、乔伊斯或塞万提斯的当代作家几无共同之处；政治进步的作家构成了一个封闭的圈子，不欢迎反进步论的作家，如是云云。然而，这些排除限制了我们对现代小说之于战后世界各种审美和政治关系的理解。现代性总是处于与各种反现代性的辩证关系之中，而文学却不必非得是现代主义的才是现代的。近年来，现代英国文学研究已经远远超越长期以来以弗吉尼亚·伍尔夫为核心的自证局限，扩展到几乎完全被封闭的比伍尔夫更流行（事实上非常有趣）的对手阿诺德·贝内特。H. G. 威尔斯卓越的《托诺－邦盖》很少与康拉德的《黑暗之心》和《诺斯特罗莫》放在一起来讨论，尽管威尔斯在许多方面极大地改变了“康拉德式主题”。威尔斯和贝内特都是畅销书作家，以可接受的散文写线性叙事，但我们现在可以看到20世纪前几十年的文学并不仅仅局限于布鲁姆斯伯里团体所承认的那些优点。拉尔夫·伍德的文集《现代派中的托尔金》已经开始探讨托尔金与英国现代主义的关系，但还是没有关于他在现代语境中的比较文学研究。

至于人们把《指环王》视为通俗小说文类的看法，毋庸置疑，原因是其广泛的流行。以其十五亿的销量，它即便不是所有时代的、也必定是20世纪的最佳畅销作品。而在赫尔德的民粹主义走出长久以来被歌德的中坚主义覆盖的阴影之时，通俗文学在比较文学和世界文学研究中愈加重要。这可见于《作为世界文学的犯罪小说》这样的文集（尼尔森等，2017）。文集中收录了奥罕·帕慕克、诺迪克·诺瓦尔、默西哥纳克的中篇小说，以及阿加莎·克里斯蒂的保加利亚语译文。学术界对《玫瑰之名》的接受是迫于这样一个事实，即艾柯用心把小说建基于侦探故事，在这个过程中赢得了大量读众，销量达五亿册，超过了最成功的廉价小说的总和。此外，托尔金与其说在写作文类小说，毋宁说在发明人们久已知晓的奇幻小说，远远超越了他作为开端的后维多利亚时期儿童文学的范围。如果他未曾写出他的三部曲，那么今天人们就会将《霍比特人》与《柳林风声》《小熊维尼》放在一起来读，也会被改编成（托尔金所鄙视的）迪士尼电影，而不是彼得·杰克逊的影片。

除了现代文学或欧洲战争戏剧的国际框架，托尔金的许多主题也是迪奥尼兹·杜瑞新所说的超民族的。这个维度并不依赖民族或地方语境，而涉及世界范围内的问题，如托尔金深切关注的环境问题。他还触及并非属于民族或国际性质的而是一般的心理问题。在《没有前兆的可能》中，克里斯多佛·伊诺霍萨分析了魔戒令人着迷的效果。在彼得·杰克逊的影片《魔戒的友谊》中，当着了迷的比尔博试图从弗罗多手里抢过魔戒时，这一方面就有力地展现出来。一些学者曾探讨过中土的性别问题，如克里斯蒂·沃格－威廉在《战友》一文中讨论的霍比特的同性社交，而托尔金笔下的树人则是依据后人类状况讨论的（凡·库伦，《生态批评与穿越物质》）。然而，这些讨论一般要通过细读而非比较分析来进行，甚至托尔金作品明显的跨民族生态维度也是依据地方状况来讨论的，援指其英国乡村的养育或其“生态的中世纪研究”。

对于托尔金，如同对于超经典之外的许多其他作家，这个领域对国际和超民族比较文学研究是开放的，包括第二次世界大战时期的历史小说，如尤瑟纳尔的《哈德良回忆录》（1952）或赫尔曼·布洛赫的

《维吉尔之死》(1945)。与托尔金一样，尤瑟纳尔和布洛赫都创写了双重陌生化的历史小说。他们不是回顾自己国家的最近的过去，如托尼·莫里森在《宠儿》中所写，而是在时间和空间上回溯得更远，把作品背景设在古代地中海——拉丁文的"地球的中间"("Middle of the Earth")——在小说所用的现代语言得以创造之前很久，那里的人们讲的是古代的各种语言。

在欧洲之外，我们可以把托尔金的世界与魔幻和现实的混合相比较，如阿莱何·卡彭蒂埃于1949年所标识的"超自然的现实"：现实主义魔幻而非魔幻现实主义。即便做过如此区分，托尔金的夏尔仍在许多维度上相似于加西亚·马尔克斯《百年孤独》(1967) 中的马孔多。另一个发明的世界，既是、又不是其所分离的更大世界的组成部分。人们常常把马孔多与福克纳的约克纳帕塔法相比较，而且是出于充分的理由，然而福克纳的现实主义中毫无魔幻可言。与加西亚·马尔克斯的吉卜赛人梅尔吉亚德斯更近的是巡游巫士甘道夫。两人都会使用魔术，甚至都能起死回生；两人都是古文字预言的大师，只有他们能读懂这些预言。

对这两部书的完整比较当然包括其差别，如托尔金的怀旧保守主义与加西亚·马尔克斯左翼进步主义的不同后果。但纯粹将二者对立起来是站不住脚的。两位作家都关注多民族工业入侵本国乡村的灾难性后果，尽管托尔金谈到在魔都了解到萨鲁曼的进口方法，而加西亚·马尔克斯则直接论及联合水果公司。托尔金对极权主义者索伦与其傀儡萨鲁曼的刻画完全可以与拉丁美洲的独裁者小说相比较，这是与米盖尔·安赫尔·阿斯图里亚斯的小说《总统先生》(1946) 同时问世的。这部小说也具有神秘母题，作者在为其《危地马拉传奇》收集资料时获得了写作这部小说的灵感。

将托尔金与其拉丁美洲同代人进行比较文学研究则更充分地把

《指环王》置于20世纪中叶的文学和政治语境之中，有助于我们理解这部作品何以在全球范围内获得巨大成功。这番比较文学研究也将突出这样一个事实，即魔幻与现实的结合并不是第三世界架着飞毯的土著人的特殊领域；也不反映独特的拉丁美洲现实——加西亚·马尔克斯在诺贝尔奖演说《拉丁美洲的孤独》中提出的一种新东方主义。如比较文学研究学者注意到的，加西亚·马尔克斯不仅与拉丁美洲的对话者相关，而且属于战后时代和现代小说的超民族语境，这才是对他的最佳理解。

因此，在弗朗哥·莫莱蒂的《现代史诗：从歌德到加西亚·马尔克斯的世界体系》中，《百年孤独》成了这个体系的被祛魅的结尾：从《浮士德》和瓦格纳的指环系列，到《白鲸》《尤利西斯》《荒原》和《百年孤独》。莫莱蒂修正了卢卡奇的观点，把这些杂乱无序的作品看作被史诗所抛弃的世界的史诗。如果他把托尔金自觉的现代史诗也包括进来，那么他的故事就会以多种有趣的方式扩展开来。在本科时，托尔金就着迷于《卡勒瓦拉》，为了自学芬兰语而忽略了古典希腊语的学习。1920年代他翻译了《贝奥武甫》，以《贝奥武甫：怪兽与批评家》（1936）一文改变了贝奥武甫研究的进程，认为该诗并不是幼稚的中世纪奇幻，而是对人类命运的深度探索。在《指环王》三部曲中，他重写了瓦格纳在指环系列中他先前写的日耳曼传统，对此莫莱蒂进行了详尽讨论。如同瓦格纳但却是以自己的方式，托尔金试图创造适合于现代的一个神话。他在许多方面与当代世界不一致，是献身于失去的世界的一位天主教徒，但莫莱蒂也讨论了同样保守的英国天主教徒 T. S. 艾略特。托尔金严肃的史诗创作完全可能构成乔伊斯和加西亚·马尔克斯的反史诗的一种有价值的对位关系。

乔伊斯笔下的都柏林、加西亚·马尔克斯笔下的马孔多以及托尔金笔下的中土，它们之间的重大差异有助于我们理解现代写作（区别于现代主义写作）的整体，并洞见每一位作家的个体选择。这一双重获益恰恰是迪奥尼兹·杜瑞新认为超民族层面是今天比较文学研究的最重要领域的原因。不妨重申，这个领域是开放的。加西亚·马尔克斯和托尔金在《现代语言学协会国际书目》上各有两千条目，但尽管有四十几个条目将加西亚·马尔克斯与福克纳相比较，但却无人将其与托尔金相比较。从比较文学研究学者对托尔金的忽视来看，他完全可以用精灵语去写他的三部曲。

从文学的诸世界到世界的诸文学

文学世界不可简约的多样化是佳亚特里·斯皮瓦克所说"'文学本身'的独特性和不可证实性"（《后殖民理性批判》，176）的一个关键方面。这种独特性防止范畴的模式化——对任何文学分析来说都是一种诱惑，而比较文学研究学者则尤其容易上当。属于某一传统的专家们比较愿意对所选传统内的不同作品有综合了解，不愿意将某一时期或国家简约为单一的定义。比较文学研究学者必须特别注意基于有限案例进行粗线条概括的危险，用我们自己的话来说就是伊安·瓦特根据三位英国小说家的作品来外推"小说"的兴起的做法。

20 世纪太多的比较文学研究把"法国"与"德国"传统对立起来，或把"东方"与"西方"诗学对立起来，把众多作家聚集在一种专横的二分法之内（我们将在下一章讨论这个主题）。如今，"东方"和"第三世界"我们听到得不多了，但却普遍与"南半球"（"Global South"）对峙起来。这个术语表明在旧的"东 / 西"二分的东方主义研究之外已经打开了一个受人欢迎的开口，而其重点则在前殖民地与其宗主国之间的线性关系上，但也承担一个更大的现已是半球规模的同质化的风险。当这种模式化被切割时，人们通常要谴责新自由派的“世界体系”，但它也同样是学者自己选择的一件艺术品。斯皮瓦克说，“我认为南半球是一个反转的种族主义术语，忽视了欧洲和美国之外的令人生畏的多样性。我们将通过一点学术旅游来定义我们之所不是”（《现在我们如何写作？》，166）。

如德里达所强调的，这种二元对立鲜有中立性。通常，一个不太受欢迎的简单表达被认为是常数，以证明那个受欢迎的术语用来聚集作品的那些令人羡慕的特性。为了避免再造这种根深蒂固的倾向，现在拒绝某一黑格尔式的非历史的东方还不足够，它会以其他伪装干扰我们的学术，甚至像本尼迪克特·安德森这样进步的思想家。在《想象的共同体》（1983）中，安德森巧妙地把欧洲、东南亚和拉丁美洲综合起来，为现代文学和文化分析创造了比他之前远较公平的一个平台。但他的论点却基于另一个模式：世俗的现代性与超俗的前现代性之间的对立。

在其开篇“文化之根”一章中，安德森提出现代民族主义产生于前现代的宗教和政治；民族通过采纳一个准宗教维度而巩固了其合法性，赋予基督教、佛教或伊斯兰教这些永恒的想象共同体以某种世俗的动力模式。对此我并无异议，但是他根据已知鲜明的历史分化来讨论宗教和民族主义，“在西欧，18世纪不仅标志着民族主义的黎明，而且也是宗教思维方式的黄昏”（11），这需另当别论了。该章通篇贯穿这种二分式思维，基于安德森本人描述的“头脑简单的观察”（11），始终不利于陷入时间循环概念的宿命论的、反进步论的前现代人。东方主义已经从现代亚洲退避三舍，但却在前现代世界上找到了安身之所。

今天的学者们大都意识到避免把作品和文化简约为最低的概念公分母的必要性。于是我们常说复数的现代主义而非单数的现代主义，复数的性征而非单数的性征，复数的主体立场而非单数的归属。

如布鲁斯·罗宾斯和保罗·莱莫斯·霍塔在其2017年的《世界主义》文集的前言中所说，“在这一点上，如果没有最后的复数形式s，那么世界主义就会显得赤裸裸的”（1）。世界文学研究中也发生了一种相似的演进。在新纪元之初出现了趋于理论单一化的倾向，如弗朗哥·莫莱蒂的《世界文学猜想》（多种猜想，这一点毫无疑问，但揭示的是一条普通的“文学进化规律”），帕斯卡尔·卡萨诺瓦的《文学世界共和国》（文学的多元性演变为一个单一共和国，在任何特定时候都有一条“格林尼治子午线”），或我自己的《什么是世界文学？》（“一种流通和阅读的模式”）。当时，努力构建关于世界文学的一个普遍概念是有用的，因为这个领域刚刚开始走出欧洲，但很快一整套有时相互矛盾的范畴就出现在总体这个概念之内。

如斯蒂芬·海尔格森和彼得·沃默伦在其《世界文学体制》（2016）的前言中所说，“关于这个术语的大多数混淆都是由于不承认该词的意义和本质，有时差异相当大，这取决于谁在使用，用在什么语境，并出于什么目的”（2）。在过去的十五年中，关于世界文学的争论涉及一系列尝试，即要明确这个术语在各种表白和语境中都是什么意思。这是对一个宽泛概念进行精细化的正常做法，尽管埃里克·哈约特认为这些尝试是“不坚固的表征，甚至在当代用法中表示世界的朦胧性，它的出现似乎只是为了宣布它要变成什么而非它是什么意思，它无法保证曾经许诺的那个空间范畴”（《论文学世界》，36）。他举克里斯托佛·普伦德加斯在《关于世界文学的争论》（2004）中提出的常识为例，即实际上没有人研究世界上的全部文学。哈约特在结论中说：“普伦德加斯想要表明的是，无论世界文学中的世界指什么，它所指的‘绝不是整个世界’。如果没有别的意思的话，这很怪异。”（36）我可以想象哈约特为这个“世界系列”该感到多么震惊。

在二十年的持续争论之后，现在应该可以充实“世界文学”这个幽灵般的或吸血鬼式的概念了。这不应该由表面上和谐的不同方法来完成，更不能不采纳其中大多数方法，恰恰相反，通过澄清这些方法所展望的各异的世界，各异的方法才能聚集在世界文学这个术语的麾下。如文学理论的使用一样，不需要把每一种方法都应用于世界文学；我们需要了解的是，当我们就世界文学中的"世界"采纳了某种定义，而且能够出于不同目的而采纳不同定义的时候，我们做出了什么选择，为什么做出这样的选择。在下文中，我将概述世界文学的几个维度，它们对于我们做出这些选择至关重要，并涉及范围、语境和政治等问题。

首先值得进行一种总体区分。在英语中有一种混淆，即作为重要文本之总体的世界文学与作为一个研究领域的世界文学之间的混淆。两者非常不同，这两种世界文学不必严丝合缝地结合在一起。1886 年哈钦森·马考雷·波斯奈特在其《比较文学》中就"世界文学"的社会根源表示极大怀疑，但他自己的著作却无疑是世界文学研究中的一部鸿篇巨制。虽然英语用法中缺乏德语中的清晰度，即 Weltliteratur（世界文学）与 Weltliteraturforschung（世界文学研究）之间有明确区别，但重要的是要明确在特定语境下它究竟意味着什么。首先，开头大写字母的世界文学（World Literature）指的是一个学科，如埃米利·阿普特在《反对世界文学》中所用的，或更一般的用法，是指一个概念、一组文本、一个教育项目，或一个研究领域，下文中将对此逐一讨论。

世界作家的世界文学

麦兹·罗森达尔·汤姆森曾就理论进行了有益的区分，即针对个别读者或作家的理论，产生于教学的理论，以及提出广义研究方法的理论（《测绘世界文学》，20）。近年来关于世界文学的大多数争论都聚焦于学术，少数聚焦于教学，但对作家自己的思想却极少关注。虽然歌德首次提出世界文学这个概念时他还是个实践型作家，想的是外国作品以及他自己在国外如何被阅读。如约翰·皮泽和迪特·兰平分别在 *The Idea of World Literature*（《世界文学的观念》）和 *Die Idee der Weltliteratur*（《世界文学的观念》）中所详尽探讨的，歌德之后的许多作家都思考或讨论这个概念，而在不同时期和不同地点都对其有不同的理解。

作家们倾向于视世界文学是为其所用的消息：他们不太感兴趣于一部作品在国内语境意味着什么，而更在乎能否为他们所用。用罗马尼亚诗人和小说家米尔恰·卡塔里斯库的话说，“我不在乎安德烈·布勒东在哪个国家生活和写作。我不知道布尔加科夫笔下的基辅在地图上是哪个位置。我不是根据地图去读卡图卢斯、拉伯雷、坎特米尔或弗吉尼亚·伍尔夫，我只是从他们并排排列的图书馆书架上把他们拿下来”（《欧洲》）。卡塔里斯库的方法正是塞萨尔·多明戈斯所认同的“普通读者的经验，即为建构某种意义而跨越各种界限（实践、空间、语言、文化等界限）的阅读经验”（《比较文学概论》，xiv）。如 1940 年阿尔伯特·杰拉德在《世界文学前言》中所说的“对普通读者来说，世界文学不是理论，而是条件”（5）。

当作家们退而对其写作技艺加以理论化时，他们常常依赖一系列世界作家。在《诗辩》中，珀西·雪莱援引六七位英国诗人，提及近几十位古典和欧陆作家，还引用了意大利的但丁和塔索。即便是卡塔里斯库和奥罕·帕慕克这些嗜书如命的读者也为自己创造了一个私人用的作品经典，这些作品都深深地影响着他们，他们对这些作品或掠夺或抵制，或二者兼具。这些个人经典可以随时间的变化而改变。在基于 2009 年诺顿演讲的《土著与伤感的小说家》中，帕慕克给《安娜·卡列尼娜》一个显眼的位置，这并不奇怪，因为当时他刚刚完成极具托尔斯泰特征的《天真博物馆》。如果在1990年代初他就做了诺顿系列讲座，即在他写作《黑书》的时候，那么陀思妥耶夫斯基的《群魔》就完全可能取代了《安娜·卡列尼娜》；而如果在写作《新生》的时候做讲座，但丁和卡尔维诺就可能担当更重要的角色。

如果一个年轻作家在选择不同于本国主导标准的关键时刻就与世界作家发生一点哪怕是非常有限的联系，也可能产生改造性效果。加布里埃尔·加西亚·马尔克斯说，当一位大学同学借给他卡夫卡《变形记》的西班牙语译本时，他就找到了当一名作家的出路：

> 第一行就几乎使我从床上掉了下来。我是那么的惊奇。第一行这样写道："一天早晨，格里高尔·萨姆沙从不安的睡梦中醒来，发现自己躺在床上变成了一只巨大的甲虫……"我读完这句话，我想我还真不知道人们会允许作家这样写。如果我知道的话，我早就开始写作了。于是，我马上开始写短篇故事。(《小说的艺术》)

如他所声称的，一句话就决定了加西亚·马尔克斯的未来之路。而对莫言来说，读过威廉·福克纳以及加西亚·马尔克斯的"几页"就产生了这个效果：

> 在创建我的文学领地"高密东北乡"的过程中，美国的威廉·福克纳和哥伦比亚的加西亚·马尔克斯给了我重要启发。我对他们的阅读并不认真，但他们开天辟地的豪迈精神激励了我，使我明白了一个作家必须要有一块属于自己的地方。……尽管我没有很好地去读他们的书，但只读过几页，我就明白了他们干了

什么，也明白了他们是怎样干的，随即我也就明白了我该干什么和我该怎样干。(《讲故事的人》)

另一位诺贝尔奖得主大江健三郎演讲一开始就谈到孩提时有两本书帮助他解决了战时日本留下的创伤，“当时全世界都被恐怖的浪潮所吞没”(《日本、含混和我自己》)。这两本书都是外国故事，讲述男孩从熟悉的环境中逃出来去冒险的故事：马克·吐温的《哈克贝里芬历险记》和诺贝尔奖得主塞尔玛·拉格洛芙的《尼尔斯骑鹅历险记》，大江说正是后一本书让他有了学习鸟语和总有一天要去瑞典旅行的雄心。拉格洛芙的书对大江产生了经久的影响，远不止 1906 年的《尼尔斯骑鹅历险记》。在日语和英语版本中，人名和国家都不见了，但内容与原书仍是一致的。拉格洛芙受瑞典国家教师协会的委托，写一篇故事帮助学龄儿童了解瑞典地理。她构想了一个情节，其中调皮的尼尔斯变成瑞典民间故事中人皆熟悉的一个小精灵，有与动物对话的能力。尼尔斯骑着大鹅走遍了瑞典的二十五个省，边走边了解其地理和民俗。

以其邋遢的主人公和民俗小文，拉格洛芙的书深受世界各地许多读者的欢迎。1907 年该书就有了英译本，1916 年有了日译本——这是 1940 年代大江健三郎最初读过的译成日语的读物之一。对于外国读者来说，尼尔斯跨越全国的旅行变成了一个想象国土上的一系列“冒险”(如英译本的标题所示)。[①] 该书不是地理课本，而更接近于《霍比特人》，因此也给读者带来一种新的不同的感染力，即便注意到尼尔斯在瑞典的一个省没有停步亦如此——而这一疏忽致使拉格洛

① 马努埃尔·阿苏亚杰－阿拉默告诉我，日语标题中用了 fushigi（奇妙）一词，近来日译本的《爱丽丝漫游奇境记》中也用了这个词（即英语的 wonderful）。

芙受到了那个被忽视地区不满的居民的批判。相反，大江在尼尔斯身上看到了一个尽一切努力克服困境而成熟的男孩。“父亲！母亲！”最终回到家时他这样喊道，终于恢复了原状：“我是个大孩子了。我再次成为一个人！”大江在许多年后引用这句自证的话时说，他常常重复这句话，并从他与尼尔斯的认同中获得力量。

大江在大学学法语。他的老师渡边一夫是位拉伯雷专家，曾经翻译过拉伯雷的小说，尽管巴黎的老师们都警告他说《巨人传》是“不可译的”。由于没有受过任何文学训练，渡边的译文乃是他对日本军国主义兴起的反应。“在第二次世界大战前夕和期间，身处疯狂的爱国主义热情之中”，大江在诺贝尔获奖演说中说，“渡边独自梦想把人文主义观移植到日本传统美感和自然感知之上”。在战争岁月和美国占领期间，大江“尽自己最大的努力把法国人文主义者的生活和思想移植到当时混乱的毫无方向感的日本，这些人文主义者都是拉伯雷的前辈、同代人和追随者”。

渡边的译文激励大江把他——引用巴赫金的话——所说的拉伯雷的“荒诞现实主义”和“颠覆等级关系的笑声”融入自己的写作之中。大江在演讲结束时讨论了他与亚洲其他地区的当代作家的关系。他所想起的不是文学节日里同杯共饮的情景，而是共同的政治抱负：

> 通过使用那些旧时的、熟悉的但却是鲜活的隐喻，我不自觉地与韩国的金芝河和中国的两位作家走到了一起……在我看来，世界文学的兄弟情谊就建立在这种具体的联系之中。我曾经为一个有才气的韩国诗人的政治自由参加过绝食罢工。

对于大江这样一位作家来说，个人与政治深深地交织在一起。世界文学则是一个避难所、一种资源，也是一件武器。

教室里的世界文学

大江健三郎在大学时读的拉伯雷，因此他对拉伯雷和其他世界性作家的理解是由一种深厚的文学批评意识构成的。并不是每一位诺贝尔奖得主都在获奖词中引用米哈伊尔·巴赫金。高中和大学课堂正是许多教师发现世界文学的地方，尤其是以前各个时代的作品。许多世界文学作品之所以没有绝版，正是因为在课堂上的使用——无论是单本还是选集。周期性地出现在教学大纲中的作品，也就是苏珊·加拉赫所说的在一个国家的教育体制内流通的教育经典（《偶发与交叉》）。学生在教育场景内接触这些经典作品，它反映了教师对理论方法和主题的偏爱和选择。

在许多不同国家，往往在不同民主结构中，“世界文学”项下提供的课程越来越多。在中国，“世界文学”通常设在外国语言文学系，而比较文学课程则由中国语言文学系开设，因此其重点是中国作家作品与外国作家作品之间的关系。在美国，标识为“世界文学”的课程往往是给一二年级本科生开设的通识课，设为英文系或系科之间的普通项目，通常并不由专业比较文学研究学者或外国文学教授授课。在多卷本的《比较文学：葡萄牙视角》的前言中，海伦娜·卡瓦拉奥·布埃斯库谈到这套书是里斯本的学者们编撰的。如果是在葡萄牙语世界的其他地方，结果可能会完全不同。她强调说，对文学的一种真正的全球理解必须始终是一种“比较的世界文学”，反映“在世界文学框架内的历史的和比较的阅读”（《葡萄牙语世界》，1：25）。

在过去二十年中，北美市场出版的大型世界文学选集吸引了一大批感兴趣于探讨、批评现行世界文学研究发展的学者们。作为这些选集之一的主编，我自然高兴地发现这些选集除了课堂使用外（多为二年级的通识教育课)，还受到学者的青睐。然而，在我看来，这些通识性选集常常被不假思索地用作整个领域的转喻，无论是称赞其包容性还是严厉谴责其“集成和流通世界文化资源的贪婪的企业动力”(阿普特,《反对世界文学》，3)。而人们常常忽视的是，高级课程教授世界文学的方式是非常不同的，通常是通过对有限文本中的某一特定主题或问题进行详尽探讨，主要涉及教师所懂的各种语言。甚至在介绍性的通选课上材料也是有选择的，主题也比较集中。如果使用选集的话，也并不仅是所用选集目录中之所列。我为现代语言协会编辑选集（《教授世界文学》）时就发现教师往往会使用许多不同的方法。

二年级通选课在选用不同国家和不同时期的作品时确实存在一些特殊问题，并受到基于语文学和出于政治理由的批判。一个深思熟虑的批判是由马歇尔·布朗提出的，他本人担任《朗文世界文学选》合作主编不久就发现了问题。布朗在其文章中对这些课程中惯用的修辞(如我自己的《如何阅读世界文学》）提出异议，即为学生们提供在遥远文化中遨游并提供会有所发现的机会等说法。他认为，恰恰相反，我们无法接近作为整体的世界，我们对陌生国度的基本经验就是错位和不和谐。布朗认为文学的意义在于其特殊性，这种特殊性所引起的后果非常明确：“当然，”他说，“特殊性意味着地方主义，向全球的开放一定要牺牲地方之根。要想得到普遍理解，一个情景必须摆脱其语言和社会特性。它必须展平，简化为一个公分母。”(《面对世界》，357)

布朗通过奇努阿·阿契贝、德里克·沃尔科特和彼特拉克所描述的面对世界的方式来说明这个问题。这些作家发现这个世界“不在家”(unheimlich)。布朗认为翻译创造了一个人为的“在家性”，非常不同于这些作家充满焦虑的“世界性”：“世界文学开始于一个地方情景，将其译成一种普通语言……然而，翻译和扩展都改变本性；光晕失去了。因此，共性必然使事物虚假，并因此而转化为庸俗。”

（358）他得出结论说："对于我，世界文学不是通过翻译有所收获的写作，而是即使在原文中也保有陌生性的写作。"（364）

布朗的观点恰好在劳伦斯·韦努蒂等理论家的对立面，后者提出的是翻译的诠释学方法。针对本雅明对失去的光晕的怀念，或布朗"当然"认作文学意义之核心的地方之根，韦努蒂强调作品在新的语境中的重写。这些最终是关于文学语言本身的不可调和的观点。加林·提哈诺夫曾提出，这些分歧可以追溯到俄国形式主义者，他们"重新开启了那场最重要的争论，即应该在语言的视野之内还是之外看待文学"（《世界文学的定位》，474）。形式主义者们总的来说认为文学文本的本质固存于其"文学性"之中，但就文学性所真正导致的结果却意见不一。罗曼·雅各布森认为文学性与作品的语言机理不可分割，因此他致力于用原文语言讨论诗歌的文学分析。如提哈诺夫所说，与雅各布森非常不同的是，维克多·什克洛夫斯基和鲍里斯·艾亨鲍姆"认为文学性的结果也是（而且在某种意义上）在语言之上和之外的层面上产生的"（474），而且与翻译直接相关。

布朗实际上说的是世界文学通识课的教学。他反对强调读者与文本中的世界建立联系的教学方法，而提议与"原文中的陌生性"相遇。这样一种视角显然适用于任何课程，包括对单一文学甚或单一作家的教学。据此，布朗就彼特拉克第35首十四行诗给以令人信服的解读：

> 孑然一身，忧心忡忡，
> 在废弃的荒漠里，
> 拖起沉重缓慢的脚步；
> 双眼紧盯着逃亡，无论哪里
> 只要沙滩上有人的踪迹。
>
> （《面对世界》，358）

诗人把世界体验为荒漠，一片空虚，绝对没有离家之在家的感觉。如布朗所说，“这首抒情诗与世界相遇的结果在第一首描写劳拉之死的诗的最后一行清楚地表达出来：Ma'l vento ne portava le parole——但是风吹走了那些词语。世界成了许多个世界，最终都终结于失语症”（360）。

然而，彼特拉克的十四行诗并不涉及与陌生文化、遥远时代或外来语言的相遇，这些都与世界文学课程密切相关。这里的问题关涉经验的本质以及传达经验的诗歌语言的本质。虽然布朗不承认翻译在不破坏意义的情况下传达作家的意思，但他讨论彼特拉克失语诗的主题即便在他所举的意大利译文中也得以清楚地说明。“风吹走了那些词语”（The wind carried off the words）与Ma'l vento ne portava le parole一样完整地表达了语言的蒸发，甚至在形式上也以头韵法相对应（portava/parole与wind/words）。想要强调失语症与不和谐音的教师在世界文学课上甚至在使用译文时也可以随手拈来，实际上，很难想象以其他任何声音来教授彼特拉克或卡夫卡的文学课程。“我与犹太人有哪些共同之处？”卡夫卡自问并因此而闻名。“我几乎与我自己毫无共同之处。”（《日记》，252）当然，可以用彼特拉克的意大利原文来看他的特殊用词，而用优秀的诗歌译文也优于平庸的散文表达。然而，甚至一门概述课也至少要为所选的诗歌提供原文。事实上，《朗文选集》在彼特拉克和许多其他作家项下都做到了这一点；不仅提供一种而是几种不同的译文，使得教师和学生能够聆听原文，并探讨不同语言之译文的不同效果。

那么彼特拉克的原文语境又如何呢？人们使用选集的一个理由是，选集的确通过简介、注释和相关阅读而提供了关于作品文化和历史语境的大量信息。需要更多语境信息的教师要么增补选集所提供的读物，要么选择个别文本，要求读少量作家的完整文本。二年级的通识课往往选择某一时期或地方的作品，而非“如果是星期二，就必须是文艺复兴的佛罗伦萨”之类的课。然而，这种宽泛的课程也有很多益处，能打开不同的视角和文学体验模式。如果英国、法国、波兰的诗人们需要在优秀选集提供的介绍和注释之外了解更多的关于彼特拉克的生活和时代的话，那么彼特拉克的《歌集》就绝对不会在全欧洲创建一个彼特拉克传统。

把根深蒂固的地方语境与全球流行的去语境化相对立，这是过分简化的做法，即便是基本的介绍性课程亦如此。如约翰·吉罗瑞在《文化资本》中所强调的，正是教学大纲本身为一门课程的读物提供了基本语境，它是由教师的主题重点、阐释倾向和观念预设构成的。就拿彼特拉克来说吧，我在一个三重语境中讲他的十四行诗：形式、历史和理论。我把他的“Una candida cerva sopra l’erba”与托马斯·怀特伯爵的适应性译文“Whoso list to hunt”加以并置，让全班同学共同探讨怀特何以把这首十四行诗的背景设在亨利八世的王宫，并趋向于英语的语言资源。我们接着把这两首诗与后来路易斯·拉贝和莎士比亚的十四行诗加以比较，后者创建了不同的十四行诗体，颠覆了彼特拉克传统。我又用莫莱蒂的《更多猜想》来框定这些比较，他认为彼特拉克的诗歌能和小说一样说明他提出的中心—边缘论。尽管我想要指出的大多数重点都可见于译文，但我用的依然是意大利语和法语双语版，尽量帮助学生走出彼特拉克的陌生世界以及十四行诗这一不断更新的传统。我甚至可以说，我的彼特拉克几乎与马歇尔·布朗的彼特拉克同样令人抑郁，尽管他的诗并非如此。对我来说，正是彼特拉克的爱情生活以失语症结束，而不是其技巧高超、表达流畅的十四行诗，这些诗把我们深深带入了他那丧失和渴望的抒情世界。

想要开设世界文学课程的教师需要决定是否用选集，也要做出最好的读物选择。所能教的只不过是六卷本六千页的选集的一小部分而已。选集规模如此之大，这部分是由于文学领域的扩展，但也同样是许多不同类学校的教师所选择的不同方法和重点之多所导致的。通常同一所学校内的不同教师也有不同选择，因而由其所选择的页面而开创了不同的路径。为市场制作的一部世界文学选是依据全国通用的教学大纲选篇的，只用其篇幅的四分之一就足以达到全部目的。

然而，通识性选集就其贪多的特征而言，仍然体现出世界文学课程的严重局限性。如劳伦斯·韦努蒂在《抵制工具主义》(51—52) 中所说，选集相对极少使学生——和教师——意识到使用译文时涉及的阐释问题。进而言之，欧洲文学在所有文选中占据一个失衡的比例；西方重要经典作家比少数西方普通作家占据的篇幅要大得多。由于选集是依据领域内的教师调查决定的，其结果反映了要给学生布置阅读作业的教师的普遍期待，而不是主编们自己的喜好。美国的世界文学课程通常是由出身西方文学专业的教师任课，他们倾向于选择自己最熟悉的篇目。玛丽·安·考斯和克里斯托佛·普伦德加斯在 1990 年代就遗憾地发现了这一点，并果断带头编选了《哈珀柯林斯世界读本》。其全球性目录受到出版界评论员的好评，但选集出版后，却少有教师选用。诸如但丁和陀思妥耶夫斯基等作家的选文篇幅的不足完全出乎他们的意料。

甚至对主编和教师想要收入的作家们，选集的内容也受到译文的有无可承受性的严重影响。许多可用的译文由于版权所有者索要费用太高而被排除在外，甚至无论费用多高也不愿入选。对非西方作者来说，尤其是在早期，常见的往往是源语言读者用作辅助读物的译文，这些译文本身不能独立使用。由于所有这些因素，对选集篇目选择的分析就需要了解造成最终结果的种种复杂因素，包括一个地区内学术发展与其在非专家所教课程中的反映之间的时间滞后。[1]

在允许以学术为直接导向的教学大纲进行这些纠正的情况下，看一看国内国外的选集和手册，看一看其他地方比较文学和世界文学的课堂教学，也许是有用的。在美国尤为突出的是出现了一批胸怀全球的比较文学研究学者，在做制度性安排时主要考虑自身的民族环境。法国比较文学研究学者迪迪埃·考斯特在一篇论佳亚特里·斯皮瓦克的《一个学科之死》的文章中提出了这一观点，认为她的重点是“美国大学的环境”。“在美国大学的环境中”，他评论说，“美国意识形态所理解的重要事件始终是最近发生的（苏联的解体、恐怖分子对纽约和华盛顿的袭击），取代了稍远些时候发生的，遮盖了过去以及将来的长久逻辑”（“Votum Mortis”）。对比之下，法国学科的构型几十年不变，除了像艾田蒲这样偶尔才出现的叛逆性呼吁。

虽然美国比较文学的重点确实越来越趋向于20和21世纪，但意大利语的本科教学却呈现出另一幅图景，即罗马萨皮恩扎大学的皮埃罗·波娃塔尼和艾米莉亚·狄·洛克所著的《比较文学研究导读》（2013）。他们在前言中讨论了古代文学，接着讨论早期基督教《圣经》研究、中世纪、文艺复兴，最后是世界文学和现代比较文学的介绍性论述。对早期的强调贯穿全书，如在论抒情诗的一章中，其前四节追溯了从古代到中世纪的发展，而第五节和最后一节讨论了“现代抒情诗”，即从彼特拉克到现代的六百年的历史。

波娃塔尼和狄·洛克的比较文学视野完全是西方的，大体上是欧洲的，但他们眼中的欧洲甚至不是另一个欧洲国家的学生导读中的欧

---

① 关于一位阿拉伯专家对《朗文选集》的贴切批评，见 Omar Khalifah 的“Anthologizing Arabic Literature”，以及我的回应，“Contextualizing Arabic Literature”。关于一般比较文学研究中阿拉伯文学的位置，见 Waïl Hassan，“Arabic and the Paradigms of Comparison”。

洲。其部分原因是作者们收入了大比例的意大利作家，这在其他任何地方都没有做到。于是可以说，他们眼中的欧洲是意大利的欧洲，而且几乎没有援引任何非西方的材料。在讨论世界文学时，也只涉及欧洲抒情诗和神话。他们开宗明义，说重点“基本上是欧美比较文学。我们想借此表明如何基于西方文本‘做’比较文学研究”（xxi）。

就其以早期为重点和毫无愧疚的欧洲中心主义而言，《比较文学研究导读》似乎是迪迪埃·考斯特不变的法国比较文学研究的意大利翻版，但实际情况并非如此。其标题（复数的比较文学的字面意思是“比较的文学”）暗示了对旧的基于民族的研究方法的突破，波娃塔尼和狄·洛克也确实把民族传统搁置一边，先是以文类然后以主题来组织全书。在与美国和法国比较文学研究的深入对比之下，这两位作者给宗教文学以相当大的篇幅。在该书基于文类的前半部分，他们用专章讨论“神圣”——尽管他们承认“神圣”并非普通概念上的文类——并专节讨论了《圣经》和赫西俄德、智慧文学和四福音书，最后以福音书对但丁及其后作家的重要影响结束，从拉辛到陀思妥耶夫斯基和（颇为有趣的）诺曼·梅勒。

这不是哥伦比亚大学或新索邦大学所研究的比较文学。事实上，这也不是米兰所研究的比较文学。在米兰的私立传播和自由大学，比较文学研究设置在该大学日益兴旺的翻译研究项目之内。另一个不同是，米兰比克卡大学的项目聚焦于诗学和文化研究。弗朗西斯科·德·克里斯托法罗 2015 年出版的《比较文学》把重点放在现代欧洲文学和理论上，这是他和意大利国内九位同事合著的学生手册。该书的前言从“块茎”视角提出文化的多样性，使该领域超越了传统的欧洲中心主义（13）。围绕这一重心，前言用一节篇幅讨论了“全球维度”（14—22），详尽地讨论了世界文学和后殖民研究的最新发展。但在该书的主体，重心几乎完全在欧洲和美国的文学。甚至第七章

“现代文学：东方与西方”也大多讨论欧洲概念，只用极短的篇幅涉及了欧洲人所阅读的非西方作家。这部手册的块茎依然扎在欧洲。

了解比较文学在其他国家的教学情况有助于比较文学研究学者找到想要使用的方法，或仅仅对较大范围的研究状况有一个比较清晰的认识，看到我们自己的民族学科是如何做出选择的。此外，看到在意大利这样的单一国家里的不同侧重，甚至在米兰这座单一城市里的不同侧重，有助于我们调解自己民族语境中的各种差异。把世界文学看作单一实体因而固有一些局限性（布朗和阿普特的观点）的人不仅忽视了世界范围内的多样性，而且在许多情况下也忽视了他们自己国家内的重要差异。

世界文学研究近年来往往拒绝比较文学悠久的欧洲中心主义，无论这一扩展被视作伦理上可行的包容性而受到称赞，还是被视作文学旅游而受到批判。许多世界文学课程仍然大部分或完全以西方文学为重心。其中有些课程使用两卷本的《诺顿世界文学选》，萨拉·拉沃尔在《西方与其余地区》一文中对其缘起和目的进行了贴切的分析。[①]另一些教师将从较具全球性的世界文学选集中选择西方作品，或使用他们自己选择的单个文本。没有理由坚持单一的世界文学定义，而否定仍然普遍流行的视欧洲文学为重要的世界文学空间的观点。无论是“欧洲文学杰作”课程还是教学内容主要为西方文学的“世界文学”课程都是如此。

在课堂之外，作家本人常用“世界文学”指欧洲文学。米兰·昆德拉曾在布拉格任世界文学教师，后来移居法国，在雷恩担任比较

① 《诺顿西方文学选》2014年发行第九版。2018年马丁·普什纳与其合作主编决定不做第十版，表明纯粹西方的世界文学课程已逐渐减少。西方版依旧在印刷，但亚马逊以超现实的手法将其列入“西方文学”经典的行列，与《孤独警长的救赎》和《枪王》为伍。

文学教授，他在《世界文学》一文中详尽讲述了他的学术经历和小说家的视角。昆德拉谈到歌德的世界文学概念及其与今天一大批作品的相关性，从北欧传奇谈到卡夫卡、贝克特、尤奈斯库和许多其他欧洲作家。他的焦点完全是作为世界文学空间的欧洲，“极小空间内最大的多样性”的一个角逐场（31）。当他提到“一个我们几乎一无所知的遥远国度”（33）时，他是在嘲讽地引用耐维尔·张伯伦轻蔑的评判——那是1938年慕尼黑会议上把捷克斯洛伐克割让给希特勒之时。对昆德拉来说，东西文化政治的问题显见于西欧与“欧洲东部”之间的关系，他把欧洲东部描写为“完全的另外一个世界，欧洲东部的世界”（43）。

在日本，小说家池泽夏树——芥川龙之介奖和谷崎润一郎奖的获得者，于2005年发表一系列演讲，题目是《解码世界文学：从司汤达到品钦》。演讲中他讨论了五位欧洲作家（司汤达、托尔斯泰、陀思妥耶夫斯基、乔伊斯、托马斯·曼），四位美国作家（麦尔维尔、马克·吐温、福克纳、品钦），仅有一位来自世界其他地区（加西亚·马尔克斯）。2007—2011年，池泽夏树编辑了30卷世界文学全集，题为《池泽夏树世界文学选全集》。他出于个人爱好选编了这套鸿篇巨制，认为日本人应该更熟悉这些作品。杰克·凯鲁亚克的《在路上》被收入第一卷中。三分之二的作品源自欧洲（可与美国通识选集的比例相媲美），而大多数非欧洲作品也是用英语、法语或西班牙语撰写的。这套书售出四百万册。“日本人喜欢成套的书”，池泽夏树谦虚地告诉记者说，“就像喜欢便当一样”（《访谈》）。

最近，阿尔巴尼亚作家伊斯麦尔·卡达尔的三篇文章被译成英语，题目是《论世界文学》（2018）。这些文章于1985年至2007年间发表。文中，卡达尔用感人的语言描写了埃斯库罗斯、但丁和莎士比亚如何帮助他在恩维尔·霍查被孤立的集权政府下逐渐适应了腐败和公民冲突的。如该书的译者在前言中所说，“这些文章图绘了世界文学的地图，其天才回溯到古代，其批判意识十分敏锐，很快就让我们看到卡达尔本人成了这一系列天才的代表”（xii）。尤其惊人的是最后一篇文章，卡达尔依据血腥复仇的传统把《哈姆雷特》与阿尔巴尼亚历史放在一起来读。这些传统在形式上于15世纪的《莱克·杜卡基尼法典》中合法使用过，在今天仍然广泛流行，为何时并如何进行正当复仇提供了大量可用的方法。用以表达“法典”的词是kanun，源自奥斯曼土耳其帝国，土耳其则取自阿拉伯语，而阿拉伯人又借自希腊语（表示规则、标准），也正是这个术语规定了我们今天的文学经典。在卡达尔的叙述中，莎士比亚经典和法律经典在阿尔巴尼亚文化中常常是重叠的。

1924年2月，保守党首相阿赫梅特·索古——后来自称国王索古一世——在进入国会时幸免于一次暗杀行动。暗杀者声明他并非出于政治目的，而仅仅是出于报复而谋杀其叔父的。之后，他获释出狱。但索古断定这次暗杀行动实际上是他的主要竞争对手策划的，即自由党领袖范·诺力主教。这位主教出于文学和政治原因而成为犯罪嫌疑人，因为他写爱国诗歌，翻译了许多世界文学作品，以此作为发展和巩固阿尔巴尼亚语言的方式。当时正处于迫近的奥斯曼时代，像索古这样的阿尔巴尼亚保守派深深怀疑这种世界性活动。“著名的意大利格言，‘翻译者即叛逆者’，”卡达尔写道，“在此表达了它的基本意思。译者被控叛国罪并遭到攻击。”（182）暗杀行动四个月后，索古政权被推翻，诺力主教确实出任了首相，但当索古在年末复辟时他逃亡了。一年半后，诺力出版了“即便不是世界上最美的《哈姆雷特》译文但也是最美的之一”（185）。

多亏主教的广泛阅读和常见的舞台翻译，《哈姆雷特》才进入阿尔巴尼亚文化，甚至在2006年的一次谋杀案审判中发挥了作用。谋杀者被控由于贩毒赃款而杀死一位同案犯，但他坚称此举出于一个完全不同的原因：为被谋杀的祖父复仇，这位同案犯杀死了他的祖父。他断言是祖父的鬼魂迫使他这样做的："每天夜里鬼魂都会出现。血债血还，他说。不杀死库夫·科塔拉我无法安宁。……他每夜都出现，就像哈姆雷特的鬼魂。"（206—207）卡达尔冷漠地评论道："审判出乎意料地困难。甚至欧盟委员会也就阿尔巴尼亚的法典和律师有所评说，这些律师们显然在告诫阿尔巴尼亚的匪徒们正用莎士比亚的《哈姆雷特》来证实他们无罪。"（207）在卡达尔的叙述中，世界文学是以复仇的姿态来到阿尔巴尼亚的。

伊斯麦尔·卡达尔、米兰·昆德拉和大江健三郎能够完整描述世界文学对他们自己写作的影响，以及对其文化的影响，而这些影响都源自他们所选择的一些西方经典人物。仅就卡达尔对《哈姆雷特》的深度思考，我们可以发现大规模的世界文学研究中的许多重要主题，包括中心—边缘关系、民族主义和世界主义、移民和流亡、诗歌与政治、翻译与背叛。世界文学已经不再仅仅是与欧洲共延的了，而欧洲文学也仅仅是许多作家、读者和学者所着迷的世界文学之一种。

这不是说，每一位欧洲作家都是忠实的世界文学作家。如加林·提哈诺夫所看到的，艾利亚斯·卡奈提在《宗教裁判》中讽刺了这个概念。卡奈提的小说分为三部分：一个无世界的头、一个无头的世界和头中的一个世界。卡奈提笔下的反英雄彼得·吉恩会用十几种亚洲语言，并拥有一个巨大的私人图书馆，但他从世界退隐，甚至把窗户都钉上了板子，以便有更多放书的地方。最终，他自杀了，与他的藏书一起焚烧自尽。但卡奈提不像其反英雄那样不幸，他从欧洲以及儒家和佛教中汲取小说素材。如提哈诺夫所说，吉恩是现代堂吉诃德，由于太多的阅读而变疯（《艾利亚斯·卡奈提》，412）。我们还可以说，卡奈提为他提供了一个驼背的矮子代替桑丘·潘沙、一个没文化的妻子作为他的杜尔西内亚。在文集《词语的良心》中，卡奈提承认他受卡夫卡、司汤达、果戈理和托尔斯泰的影响，而他未承认的影响也是可以追溯的。吉恩与孔子的影子对话，就像马基雅维利于夜间在其人文主义图书馆与古典前辈们对话一样。这部小说中的世界文学的瓦状式重叠在 1935 年小说发表后愈加增多。吉恩由自杀引发的世界文学图书馆与博尔赫斯的“巴别图书馆”（1941）有许多相似之处，吉恩能够找到一个像博尔赫斯笔下斯蒂芬·阿尔伯特那样的汉学家同行，在《小径分叉的花园》里在自己的图书馆里被谋杀。博尔赫斯甚至能看到自己变成一个执迷盲目的学者－图书馆员，尽管卡奈提在 1981 年获得诺贝尔奖时，博尔赫斯说他从未读过卡奈提的书，也许真的从未读过。

1981 年卡奈提对世界文学仍然拿不定主意，拒绝像通常那样在诺贝尔奖演讲中感谢他敬重的前辈们。他只是在授奖宴会上轻描淡写地提到了卡夫卡和三位奥地利作家（卡尔·克劳斯、罗伯特·穆西尔和赫尔曼·布洛赫）作为他的影响源（《获奖感言》）。也是这个卡奈提，能流利地讲五种语言，有在欧洲几个不同国家生活的经历。他生于保加利亚，在保加利亚、英国、奥地利、瑞士和德国长大，在长期定居英国期间成为英国公民。晚年他定居苏黎世，并葬在弗伦特恩公墓，离詹姆斯·乔伊斯只几码远——这再合适不过了，因为彼得·吉恩是维也纳的尤利西斯，《宗教裁判》倒数第二章甚至题为“狡猾的奥德修斯”。今天，卡奈提是一位世界作家，其他作家都来他的坟墓祭拜。他们的来访也会依次成为世界文本：塞斯·努特博姆写了他的卡奈提和乔伊斯墓地游记（2007），现已有法语、德语、意大利语、西班牙语和荷兰语版本。

卡奈提的跨欧洲生活与卡达尔在孤立的阿尔巴尼亚的生活完全不同。欧洲始终是一个变换的国与家的聚合集体，其经典和反经典也随之变化。如米尔恰·卡塔里斯库在《欧洲有我大脑的形状》中所写："有几个欧洲，在时间和空间中播撒，许多欧洲的一个多维联邦。我与哪一个结盟？我恨哪一个？"日本历史学家羽田正观察到包括亚洲在内的世界各地的帝国主义者都得益于这样一个虚构，即欧洲是具有明确文化归属的一个稳定地区。正因如此，羽田正喜欢把欧洲放在引号里，或者用一个比较中立的词，如"西欧亚"（《走向创造》，105）。如果埃里克·奥尔巴赫更完整地叙述他的土耳其环境的话，那么《摹仿》就值得用更大篇幅阐述一个羽田正式的副标题："西欧亚文学中对现实的再现"。

规模与范围

每一个比较文学研究项目所面对的一个基本问题就是确定规模，世界文学研究特别有力地提出了这个问题。世界文学可以透过单个作家的镜片加以研究，如约翰·波特·福斯特的《跨国的托尔斯泰》（2013），或比尔斯和德·卡斯特罗的《作为世界文学的罗伯托·博拉诺》（2017）；甚或透过单一作品，如迈克尔·埃默里希的《源氏物语：翻译、经典化和世界文学》（2013），或哈米德·达巴士的《列王纪：作为世界文学的波斯史诗》（2019）。处于基本规模的研究是区域性世界体系，如唐丽园的《运动中的文本帝国》（2009）和《生态含混》（2012）中的东亚。魏朴和在《古典世界文学：中日和希腊—罗马比较》（2013）中就两个世界区域进行的对位研究，直接使用希腊语、拉丁语、汉语和日语。印刷和出版网络也可以从全球规模来研究，如埃里克·布尔森的《小杂志，世界形式》（2017）。最宽泛的世界文学研究是世界范围内的综合研究，如亚历山大·比克罗夫特的

《世界文学的生态》(2015)，从地方（“合唱曲”）文学扩展到“泛合唱曲”、世界性、地方性、民族性和全球性研究。比克罗夫特建基于经典和古代中国文学和文化，也常常援引其他资源。如波斯奈特的《比较文学》一样，他的著作验证了单个学者是如何在一定局限之内涵盖整个世界的。

著名但却颇有争议的一个更加宽泛的界定是弗朗哥·莫莱蒂在《世界文学猜想》(2000) 与其续篇《更多猜想》(2003) 中提出的。依据伊曼努尔·沃伦斯坦的世界体系论，莫莱蒂提出世界文学存在于全球网络之中，这个网络是19世纪创建的，今天已经成为主导。但这个体系并非在“平坦的”、资本流动无阻的大地上运作，也没有为不同国家的作家和读者提供平等的机会。相反，莫莱蒂认为，世界文学体系“同时既是一，又是不平等的：有一个中心和一个边缘（和一个半边缘），它们捆绑在一起，构成了一种愈加不平等的关系”(《世界文学猜想》，46)。在边缘文化中，结果是漫长的传统形式的断裂时期，而（大多来自法国和英国的）外国进口货都具有侵犯性质，在《进化、世界体系、世界文学》(2006) 一文中，莫莱蒂阐明这是达尔文式的进化过程。最终，边缘作家找到了把地方因素融入进口小说形式的方法，在完成的艺术品中把地方的与外来的融合在一起。

莫莱蒂论世界文学的文章对新自由主义者所断言的物品和信息自由流通论构成了一种矫正，记者托马斯·弗里德曼的畅销书《世界是平坦的》(2005) 总结了这个视角。如阿米尔·穆夫提近来所说，“在不援指这些流动、因此也有不流动结构的情况下，我们真的还能说‘文学’是一个单一的、包容世界的、跨越全球的空间吗？显然不能”(《忘记英语！》，11)。除了莫莱蒂早期强调的文学世界体系是建立在文化和财政资本的不平衡基础之上的观点外，他的文章的价值还在于它们都聚焦于文学形式的政治上。如他所说，并令人想起布尔迪厄在《艺术的法则》中提出的观点，“形式是社会关系的抽象表达，如是，形式分析就其自身朴素的方式而言是对权力的分析”（59）。他在《新左派评论》上发表《猜想》一文，这绝不是偶然的。

莫莱蒂因其对翻译的依赖，从不同国家的文学史中提取二手资料作为证据，而不考虑他所引用的学者们可能会基于有问题的个人偏见而受到批判。他也由于几乎不相信边缘地区之地方传统的活力、呈现太过统一的欧洲的自身形象而受到批判。当然，他的模式在不同层面上都会遭到挑战，但他确实提供了接近世界范围的一条路径，这个世界范围包含成长小说、散文诗和欧洲的“文学”观，他并不认为地方文化是都市观念和形式的纯粹被动的接受者。相反，他强调19世纪发展的世界体系是“由**变体**构成的一个体系。这个体系是一，但不是整齐划一。来自英法中心的压力**试图**使其整齐划一，但它无法完全抹除差异的现实”（56）。

虽然他的科学思维几乎与诺思罗普·弗莱的科学思维一样点燃了一种格式化的动机，但莫莱蒂也把自然科学视为一种开放性的实验，以此来检验和修正他的理论。在《猜想》的初稿中，他大胆提出英国、法国和西班牙被例示为小说之兴起的作家们“**根本不是规律，他们是例外**。是的，他们最先出现，但他们绝不是典型的。‘典型’小说的兴起应该归于克拉斯基、克马尔、里扎尔、马兰——而不是笛福”（53）。但在《更多猜想》中，他接受乔纳森·阿拉克（《盎格鲁－全球主义？》）和雅尔·帕拉（《比较的对象》）的批判，他们指出18世纪的英国本身也是一个半边缘的国家，与克拉斯基的波兰、克马尔的土耳其或里扎尔的菲律宾没什么不同。莫莱蒂回答说：“这很简单：帕拉和阿拉克都是对的——我应该有更多的了解。”（《更多猜想》，116）从一个重要的文学理论家口中我们能听到多少这样的认错呢？

莫莱蒂实际上从未把“猜想”中的系列文章和后来的文集《距离阅读》(2013)中推荐的“距离阅读”应用于世界文学。在构思“猜想”时，他正在组织一套五卷本的论作为全球形式的小说的文集《小说》(2001)，总共有四千页，但他并未尝试依据二手资料自己撰写。相反，他召集多种文学中的几十位专家，他们能够依据对作品和主题的直接认识来撰写。此后，他在斯坦福合建的“文学实验室”在数据采掘方面几乎完全聚焦于英国文学。

我们可以细化莫莱蒂的形式分析，重新思考东西方和中心边缘的二元对立，如格拉海姆·胡甘在《世界文学的难点》中所敦促的，注重文学生产所使用的工具。可以引以为证的是20世纪转折时期全球范围内兴起的短篇故事。半边缘国家数量惊人的重要作家包括爱尔兰的乔伊斯、中国的鲁迅、日本的樋口一叶和芥川龙之介，他们都是在这个时期开始短篇故事创作的。他们每一个人都有极为不同的文学雄心，但新的印刷技术生产出潮水般的报纸杂志，而这些新的出口需要资源。他们生活在越来越由源自欧洲中心的技术和时尚所构筑的城市里，投身于外国和地方文学的写作，这些作家和年轻作家们共同改良了短篇故事，给这种仍然致力于轻松娱乐的通俗文类注入了新的现实主义和心理深度。

仅举日本为例。明治末期的日本杂志勃然兴起，关于此的论述可见于瓦尔特·丹宁的著述。丹宁生于英国，作为新教牧师去了日本。几年后，他放弃基督教传教而开始了记者和英语教师的生涯。1892年，他在伦敦发表一篇长文首次概述了这一时代的写作。丹宁把他的论述置于在前一个十年中兴起的新杂志的语境中。与一个世纪后的莫莱蒂一样，他看到的是一幅文学不均衡发展的混合图景，既有传统形式的断裂，又有对新写作模式的混淆探讨：

> 这样一个过渡时期，也就是日本现在所处的时期，伟大的文学作品得以生产的时期，并不是在某一时刻就可以预料得到的。只有在人的精神经历了彻底改变，致使不同种类的知识具有了比较价值，有了使其融合的最佳方法，而用以表达思想的工具——语言本身也处于过渡阶段，只有在这样的地方，写作才大规模地成为一个又一个方向的文学实验。明治初年出版的书籍在发表十年后几乎无人阅读。……在日本，从事印刷业极具吸引力；劳工和纸张廉价，文学标准很低。(《日本现代文学》，643)

显然，丹宁强调的除了语言和文学写作外，还有劳工和纸张的廉价。他接着说新的发表出口为作家提供了太多的机会："现在发行的杂志充斥每一个能够想到的主题，无数肤浅的要笔杆子的人使这些主题飘浮起来。日本文学爱好者所看到的是杂志的减少，而不是增加。"(661)

至此，丹宁的观点直接预示了莫莱蒂所描述的边缘文学最终站稳脚跟之前那一漫长的不稳定的模仿时期。然而，丹宁已经看到了一个积极维度。在大量的平庸写作中，他说，"令人高兴的是还有许多例外"，因为"在我们所生活的时代里，翻译和各种其他写作都在改革思想，都在迅速传播广博的观点和自由的情感，已达到民族史上前所未有的程度"(644)。如此看来，日本明治晚期的情况与同一时期的爱尔兰、美国，甚至英国并没有什么区别。当时，报纸杂志的多产助长了英美现代主义的繁荣。丹宁谈到明治时期的大多数写作很快就被遗忘了，但其他地方的文学也同样。一个过渡和发酵的时代对作家来说是有益的，打破陈旧的写作模式，激发新的创造力。在这样的时代，一位卓越的边缘作家就有机会进步，而这是固定的文学传统和迂腐的教育体制内的成名作家所没有的。

樋口一叶1872年生于东京的一个平凡之家，在父亲的家产和健康双双衰弱之前曾接受过良好的古典教育。她17岁时父亲去世。她很小就表现出写作古典诗歌的才能，决心当一名作家，并把名字“夏子”改为颇具诗意的“一叶”。但作为诗人她无法生存，父亲死后，她和母亲、姐姐在东京红灯区靠缝纫过着朝不保夕的生活。20岁时她开始写小说，写了一系列越来越优秀的短篇故事，发表在《首都之花》等新杂志上，丹宁说这份杂志是“轻松文学杂志”(622)。

樋口一叶在日记中记下了宣布拿到稿费时的情景：“看哪，妈妈，我今天拿到了《首都之花》给我的第一笔稿费10日元！”姐姐宣布说：“你现在已经是一名职业作家了。”接着又说：“谁知道呢？你也许会出名，说不定有一天你的脸会出现在日本纸币上呢！”樋口一叶大笑起来，告诉姐姐不要得意忘形——“一个女人的脸会出现在日本纸币上？”(木村，《樋口一叶笔记》，83) 2004年以后，时代见证了一次真正的诗歌正义，樋口一叶的头像出现在5000日元的钞票上。这是第三位日本女人获得如此殊荣。另两位中，一位是皇后，另一位是樋口一叶喜欢的作家紫式部。1896年樋口一叶死于肺结核，在其短暂如流星的职业生涯中，明治末期的杂志使她成为职业作家，给她提供了艺术发展的机会，这远远超过了杂志普通页面的价值。

1904年，年轻的詹姆斯·乔伊斯也在远非中坚刊物的《爱尔兰宅地》上发表了描写都柏林生活的第一篇令人不安的故事《姐妹》。《爱尔兰宅地》创刊于1895年，是爱尔兰农业组织协会的周报，致力于向乡村读者介绍新的农耕方法和机械，以便为爱尔兰独立提供更为强大的经济基础。22岁的乔伊斯当时正在创作《英雄斯蒂芬》，即后来的《一个青年艺术家的画像》的第一稿，但他手头拮据，向几个朋友求助，请他们每人借他一英镑。这些朋友中有一位小诗人乔治·罗素，是《爱尔兰宅地》的文学编辑。虽然他不想再借出一英镑，但他提出让乔伊斯为该报写系列故事，每篇一英镑。他对乔伊斯说：“如果你写顺手了，这是很容易挣的钱，别介意偶然顺从一下普通人的理解和喜好。”（乔伊斯，《书信集》，2：43）

乔伊斯很快就写好了《姐妹》，1904 年 8 月 13 日作为“每周故事”刊出。与其并行的还有坎特米尔与科克伦矿泉水广告和“奶制品机器的详细说明”，包括奶油分离器、冷冻机和牛奶泵的使用说明。由于窘于在他称之为“猪纸”的杂志上发表，乔伊斯采用了笔名“斯蒂芬·戴达鲁斯”。他只发表了两篇故事，报纸的读者就提出反对，罗素便停止了这个安排。酗酒、牧师鸡奸和家暴真的不太适合大众理解和喜好。然而，《爱尔兰宅地》就像十年前的《首都之花》一样，却给一个贫穷但却早熟的年轻作家第一次发表的机会。

什么是世界（文学）？

无论隐意还是显意，任何描述世界文学的尝试都必须定义世界——文本创造的世界，文本创造者的世界，我们于中进行研究的世俗之地。这些世界都屈从于变化，并令人不安地相互作用。如乔伊斯在《芬尼根的守灵夜》——为《爱尔兰家园》构想的完全不可能发表的一部作品中所说：“从有时间和种族以来……世界地图就一直在变。”（253）文学与其世俗生活对不同观察者可以是完全不同的样子，即便是在同一个时间同一个国度里也如此，这在最近的两个德文发表物的封面上可以表现出来（图 12）。

由美因茨大学的迪特·兰平主编的《世界文学里程碑》（2015）是论从启蒙运动到现在的 110 位经典作家的简明文集，以时期或文类组织章节。其核心公然是欧洲的“里程碑”，界定为对外国发生巨大

图 12　古今世界文学

影响的作品，其中有几位美洲作家和一位南非作家（娜丁·戈迪默）。封面显示一摞摞的书在云天上飘浮，使这些里程碑显得超常的轻——世界文学令人难以忍受的轻？米兰·昆德拉的《不能承受的生命之轻》事实上就是书中讨论的作品之一，同时还有拉格洛芙的《尼尔斯骑鹅历险记》，以及福楼拜、托尔斯泰、伍尔夫等作家的经典文本。[①]

在鲜明的对比之下，《新世界文学及大故事家》(2014) 则是西格里德·洛夫勒对五十多位作家的个人评价。洛夫勒是著名的文化

① 《世界文学里程碑》详尽说明了世界文学经典的变化。德国和奥地利是重点，以 33 个里程碑对立于法国的 16 位作家，这在法国是不可想象的一个比例，在其他任何地方也几乎是不可想象的。另一个独具德国特点的事实是，作家中包括许多美国作家——共 19 位，仅次于德国作家，反映了战后德国对美国文化的迷恋。一个有趣的选择是用一节的篇幅讨论意第绪语文学，显示出大屠杀之后要恢复犹太遗产的努力。

记者。她可能从埃尔克·斯特姆－特利哥纳吉斯的《文学的全球游戏：新世界文学的尝试》中撷取“新世界文学”这一术语的，该书的双语标题（*Global Playing in der Literatur: Ein Versuch über die neue Weltliteratur*）表明她对全球视角下的多语作家感兴趣。洛夫勒的世界文学绝对是接地气的——封面显示加尔各答一条人行道边上的书摊，她的“新世界文学”都是当代移居欧洲和北美的移民之手笔。替代兰平在云天中飘浮的书的是背井离乡的作家们，洛夫勒称其为*Luftwurzler*（13），即气生人，直义就是“扎根于空气中的人”。

在洛夫勒的五十多位作家与兰平的110部作品之间没有重叠，但其方法和视角却有些基本共性。二者在规模上都很适中，即超越了一小撮代表性人物，又远低于数据挖掘用的千名组合。二者的选择都明显具有一种经典性。兰平的书试图指导学生阅读过去三百年的经典作品，而洛夫勒的重点则在“大故事家”的伟大，推荐的是形成中的当代经典。对二者来说，西方是世界文学得以发现和阅读的基本场所，即便其叙述朝向相反的方向：兰平的选集包含莫莱蒂式的发散性描述，包括基于欧洲互文本的拉丁美洲作家，而洛夫勒呈现的世界文学则是由来到大都市并给西方文学注入新的生命力的移民创作的——这可以与帕斯卡尔·卡萨诺瓦的叙述联系起来，尽管洛夫勒并未引用她。

洛夫勒也与兰平有着同样的德国人广泛的用英语写作的兴趣。她聚焦于定居英国、美国和加拿大的移民，她认为这些移民的写作代表着世界范围内的移民文学。虽然她依据爱德华·赛义德、霍米·巴巴和恩古吉·瓦·提安哥的理论，但她比大多数亲英派后殖民主义者更加肯定英语语言。她的重点在文学叛逆者，这些人改变了他们现在用于写作的曾经的帝国语言。她引用萨尔曼·拉什迪称赞的“英语巨大的随意性和丰富性”，视英语为“一种特别民主的语言”，是颠覆性移民的一个资源，“他们想要作为世界作家而为人知”（16）。她承认把全球英语视为对商业媒介之抵制的后殖民批判，但她简单地打发了“策略上计划好的畅销书，它们是大文学工业生产的轻松消遣作品，经常充斥于书店——全球商业化模式小说（McFiction）在此不予考虑”（18）。

讽刺的是，她的书封面上摆满加尔各答书店的恰恰是全球商业化模式小说。其清楚的文学标题大多数是英国和美国作家的畅销书，如罗伯特·陆德伦、杰弗里·阿切尔和汤姆·克兰西，还有南希·德鲁的神秘故事和19世纪的两部通俗经典（《草叶集》和《匹克威克外传》）。肯·凯西位于顶端。洛夫勒没有收入世界上最广为阅读的文学，但这些作品却在加尔各答人行道边摇摇欲坠的布满灰尘的平装书的封面上徘徊不去。

描写和改变世界

歌德能够预见世界文学将成为启蒙的知识商业的一个基本上和谐的网络，但自那时起形势变得更加复杂了。如诗人和文化理论家汉斯·马格努斯·恩赞斯伯格所说，“只是在20世纪，‘世界’一词才成为每一个生产性和破坏性可能的前缀：世界战争、世界经济、世界文学——这一次是真的、绝对是真的生存状况。历史进程由此进入新的篇章”（《世界语言》，50）。从事世界文学研究的批评家并非不经常地认为其倡导者不过仅仅在描写一个亟待根本变革的世界。格拉海姆·胡甘毫不留情地断言，这个领域“患有严重的全球化内部的反民主和新帝国主义症状，而这恰恰是‘全球’比较文学所应该抵制的”（《世界文学的麻烦》，491）。这种说法本意是好的，但不清楚“文学旅行只能有选择地走向全球”（492）。而更糟的是，“盎格鲁全球主义者的扬扬得意却充作自由一民主的全球意识”(498)。从事世界文学研究的学生和学者该如何避开这种反民主的盎格鲁自满？

在《什么是世界？作为世界文学的后殖民文学》(2016) 中，谢平建议深度探讨世界这个概念本身。在他看来，太多的世界文学理论家视世界为理所当然，而不是文学借以发生变化的一个能动领域：“他们把世界与跨越国家版图疆界的流通运动等同起来。他们主要关注这些空间运动对文学文本的生产、接受和阐释的影响，而不关注世界文学通过文学对世界的影响。”(3) 为替代这些描述性的图绘，谢平提出一种方法，“不仅仅描写和分析文学作品是如何在世界上流通或如何在全球市场上生产的，而是寻求理解文学能够施加于世界的规范力量，即文学为现存世界打开的伦理政治视野”(5)。他的研究突出了当代后殖民小说，这种小说预示激进的社会改革和新人类自由时代的创造。

谢平认为莫莱蒂和卡萨诺瓦提出的社会学图绘不过把文学描写为“对作用于全球市场的各种力量的被动反映”(28)，视文学为“完全派生于”这个市场的商品。不仅文学作品，而且读者也“不过是各种社会力量借以发声的人体模型”(36)。这个批判低估了莫莱蒂提出的文学形式与社会构型之间的复杂关系，也低估了卡萨诺瓦把边缘作家看作翻新引擎的那种能动性。她强调来自“被统治”文化的作家必须与长期阻碍他们的逆境做斗争，这是她在《世界语言：翻译与主导》(2005) 中提出的一个视角。这绝不是非政治的视角，或仅仅把市场作为一种供给的视角。

2003 年，莫莱蒂有些刻薄地回应了艾芙兰·克里斯塔尔提出的类似于谢平提出的批评，认为莫莱蒂的“世界文学猜想”把边缘作家的创造性及其抵制外来统治的能力最小化了。克里斯塔尔指出“主题和形式可以朝几个不同方向运动——从中心向边缘，从边缘向中心，从一个边缘向另一个边缘，而一些原有的形式却根本不变”（《冷静地思考》，74）。对此，莫莱蒂回答说：

> 不错。形式**能够**朝不同方向运动。但它们运动吗？这是问题所在，一种关于文学史的理论应该反映对其运动的各种限制及其背后的理由。……《猜想》提出的模式并未把翻新局限于几种文化，而否认其他文化：它详细列出了**更可能促使其发生的条件**，以及它可能采纳的形式。理论永远不会废除不平等；理论只能希望能解释不平等。（《更多猜想》，112—113）

谢平所要的不仅仅是解释。他想要改变世界。“作为在未来打开世界的一项举措，”他说，“世界文学指向一种永远超越和颠覆资本的东西。”（11）世界作家回应“把世界重造为向不同民族**开放**的一个地方，这些民族被全球化剥夺了世界”（19）。谢平试图通过他的学术分析和为分析而建立的档案来颠覆新自由主义的全球秩序，进而在素材和方法之间生产一个共享神器。

华威研究集体亦如此。他们所选择的作品都以综合的与不平衡的发展问题为主题，这是这个集体希望与之斗争的。同样，西格里德·洛夫勒的《新世界文学及大故事家》是移民的文学，这些移民的写作体现了她关注的杂交创造错位的问题。她的意图是既要图绘又要实施新的世界视野，在她讨论的小说家与她自己的读者所体验的小说家之间创造一种平行摹仿：“由于本书展现的是以前罕见或从未见过的世界区域，所以它邀请你加入一次发现之旅。文学景观将以它们被带入文学叙事的方式图绘出来。”（19）谢平在介绍自己的“新世界文学”（第一章的标题）时说：“我选择的文学叙事关注资本主义全球化之不同形态毁灭世界的后果。”（《什么是世界？》，16）他的研究本身

"也是一种批评抵制的形式，让更广大的世界注意到被全球力量所影响的民族的困境，以及这些民族为保卫其世界的未来而进行的斗争"（16—17）。

洛夫勒和谢平都比莫莱蒂更为直接地通过他们的研究而获取政治效果，但这只是程度的而非种类的不同。比较之下，莫莱蒂不如洛夫勒和谢平那样公开，但他在另一方面与谢平比较接近。以政治为取向的理论在他们二人的著作中都比较明显，尽管莫莱蒂援用了弗雷德里克·詹姆逊、柯金·卡拉塔尼和罗伯特·施瓦茨，而谢平（在这方面比较保守）援用了从黑格尔到德里达的欧洲传统。莫莱蒂忠实于他的意大利马克思主义渊源，也忠实于 Verso 出版社出版的《新左派评论》，2013 年发表了他的《距离阅读》，同年发表埃米利·阿普特的《反对世界文学》。

我们往往愿意讨论我们颇有同感的作品，洛夫勒聚焦于移民文学和少数族裔经验也许不是偶然的。她出生于日耳曼的一个少数族裔，也就是捷克斯洛伐克，然后移居奥地利，最后落脚德国。然而，如果我们仅仅研究当代世界文学，如果当代作品中值得研究的仅仅是小说，而且是关于移民的小说，如果在这个微经典范围内，唯一值得讨论的是像迈克尔·翁达杰或阿米塔夫·戈什这种丰富而复杂的作家对帝国主义或资本主义的批判，那么，这就意味着文学研究的极度贫乏。

从赫尔德到德·斯塔尔的比较文学研究学者都立志改变世界，而世界文学在困难时期为我们的学术活动提供了重要路径。但改变世界有许多方式。根据麦兹·罗森达尔·汤姆森所区分的以读者、课堂或学者为导向的理论，我们对洛夫勒、谢平和莫莱蒂的考察就已经展示了这一点。虽然洛夫勒依据后殖民理论，包括格里桑和英美理论家们，但她的学术分量并不重。她的著作不加注释，面向普通读者，赞赏所论作者克服战争创伤、错位和种族迫害的能力。她讨论的人物各异，包括 V. S. 奈保尔、萨尔曼·拉什迪、迈克尔·翁达杰、阿莱克桑达尔·赫蒙、努鲁丁·法拉赫和迪奈·门格斯图，在策略上把知名人物与读者几乎从未听说过的人物混合起来。她申明只讨论译入上乘德文的作品，不给全球英语留有余地，即便许多作者都是用英语写作的。她希望能改变德国文学的场域，直接介入德国关于移民危机的热火朝天的争论。

洛夫勒讨论的作家中有一些也在谢平的讨论之列，但处理方式却非常不同，即对黑格尔、马克思、海德格尔、阿伦特和德里达的深入讨论。谢平"复杂的论著"有近三百个脚注，其中有些是本质性的，宋惠慈和西蒙·吉坎迪分别在封底上说：该书"是一次重大的、及时的、激进的介入"。谢平介入的是学术话语而非公共领域，如果他的学术读者根据他的论证改变了教学大纲、他的学生们脑子里装满了新的理解之后走入世界的话，他的作品最终将通过课堂产生公共效益。谢平在前言中重点介绍了他的教学，谈到了来自自己学生的抵制。2009 年，他在伯克利英文系开设了一门后殖民世界文学的研究生研讨课，这是该书构思的早期实践。在期末评估中，学生们称赞涉及的理论读物，但对他选的小说印象不深。失望之下，谢平评论道：

> 我应该想到，当代全球资本主义对世界上大多数人口的影响所导致的伦理和政治问题应该是当代世界文学研讨课所感兴趣的话题。但这要求读者走出其舒适而熟悉的英国文学经典，对世界其他地区有更多的了解，尤其是对非文学话语的了解。(16)

谢平试图通过为学者－教师提供呈现后殖民视角的新方法、让更多的人阅读革命小说来克服这些抵制。事实上，该书的写作会有助于磨炼他的教学，并在自己的研讨班上产生所期待的效果。2009 年选修他课程的学生们可能感兴趣于阅读描写全球资本主义影响的非经典文学（除此还会有别的理由选这门课吗?），但不管出于什么理由，该课程并未取得谢平所期待的效果。2018年夏，他在东京世界文学研讨班开设一门相关的研讨课。虽然2009年伯克利的学生们抱怨他应该选“更好的”、更“普遍的”小说，但在结课评估中，东京的大多数学生们都给读物勾了“优秀”，是所提供的五个范畴中最高的，没有人勾画位于底部的“不合格”（poor）或“一般”（fair）。关于重点理论读物（对伯克利的学生来说只是猫薄荷）的唯一抱怨，2018年的回应是希望有相同小说家的更多作品，这正是2009年的学生们所抵制的。

与洛夫勒以读者为导向的外展和谢平复杂的哲学方法相对比，莫莱蒂通过距离阅读而进行的世界体系分析似乎远不是普通读者的经历，甚或不是课堂体验。然而，他旨在对制度政治发生直接影响。尽管他只希望用理论解释世界，在数字人文中他的著作代表了对文学研究之普通状态的正面抨击。他的档案不是一点点，而是数千部小说，而且对经典作品和通俗文学中“大量的未读”作品予以同等重视。为实现这一目标，他建立了斯坦福文学实验室，这个学术集体的数据挖掘与个体学者的消费主义细读完全相对立。实验室的教师、研究生和本科生紧密合作，使得思想能够向上渗透，而非仅仅自上而下地过滤。

实验室最初几年产出的最有趣文章之一是《小说的音量》，是对19世纪英国小说言语层次的研究。这项研究的惊人发现之一是：随着伦敦在世纪进程中噪音越来越大，小说中的谈话声却越来越小。这篇文章的作者是一位本科生，名叫霍尔斯特·卡茨马。他与一位研究生合作，后者指导他写代码，使得他从两千多部小说中抽取一套术语，以标注言语或回应的音量（比如“悄没声儿”“喃喃细语”“哭喊”“大叫”或仅仅是“说”）。这项研究成为他在莫莱蒂指导下的学年论文。该文在实验室第七期“小册子”官网上发表，两次获得大学奖，其中一次是斯坦福大学所有学科中四个最高荣誉奖项之一。卡茨马的论文的确是纯描述性的，但通过这些研究项目，文学实验室正在改变学术界，不仅引用雷蒙德·威廉姆斯和弗雷德里克·詹姆逊这样的批评家，而且还在具体工作中实践了实用政治学。莫莱蒂第一个承认这个实验室尚未产出他所希望的重大成果，但如2017年他在《纽约时报》上所说，“我宁愿成为一个失败的革命者，也不愿是一位从未尝试过革命的人”（舒埃斯勒，《数字阅读》）。

虽然莫莱蒂的革命是在图书馆和实验室里，但他的文章却引起了极大关注，如《纽约时报》的采访所示。2014年《距离阅读》获得全国图书批评界（The National Book Critics Circle）的批评奖，批评家们也许不仅对他的图表印象深刻，还有他在文集中每篇文章前的介绍，非常个性化地叙述了每一个想法的缘起。总起来说，这些介绍开创了有关知识探索和发展的一种叙事——莫莱蒂最喜欢的一种学术形式：成长小说。其开篇文章《现代欧洲文学：一个地理素描》的介绍讲的是他自己的地理和语言迁移。1990年从维罗纳大学转到哥伦比亚大学之后不久，他为意大利的非学术读者写了一篇文章，后经过重写发表在《新左派评论》上。他说：

> 这是一篇愉快的文章。进化论、地理学和形式主义——三种方法将界定我近十年的研究方法——在写这些文章时开始系统地接触。我感到好奇，浑身是劲。我坚持研究，增加知识，纠正错误。……我用意大利文写作。最后一次，结果是——尽管在当时我并不知道。意大利文，句子简单些。细节，甚至微妙细节，似乎自行出现。在英语中，完全是不同的。（2）

西格里德·洛夫勒、弗朗哥·莫莱蒂和谢平有着截然不同的个人和知识经历，基于不同的档案，面向不同的读者，生产出独特的空间和时间图表。这三位作者都是学术活动家，无论我们选择走平行的还是相异的路，每一位比较文学研究学者都有许多要向他们学习的地方，也要向今天的整个世界文学领域学习。

8

比较

在迪兰·托马斯靠酒精激发的环美演讲过程中，曾有一次在校园招待会上被介绍给一位比较文学教授，他从未听说过比较文学这个学科。“你用什么比较呢？”他问：“屎吗？”他至少是可能这么说的，尽管在1968年美国比较文学协会的讲话中，哈里·列文讲述这件轶事时以装饰性的复述掩盖了这个问句。[①] 即便如此，列文也婉转地认可了这个建议，说“最终的比较，如迪兰·托马斯可能模糊地暗示的，即文学与生活自身的比较”(6)。在《詹姆斯·乔伊斯：批评导引》中，列文提到了《芬尼根的守灵夜》中那个令人难忘的场

---

① 据列文所说，激起诗人提出这个问题的是一位不具名的同事。“当托马斯了解到给我提供消息的人——与我们大多数人一样——是一位比较文学教授，他问：你们拿什么比较呢？接着便以其不可模仿的、毫无拘束的和爆炸式的方式提出了一个单音节的建议，而这是我们无法借以自娱的。”(《比较文学》，5)

面——笔者闪用自己的屎和尿搅拌墨水，写“无用的不可卒读的蓝皮传道书。……这在合众尿星上不受版权保护”（《芬尼根的守灵夜》，179、185）。但要将此写成一部完整的研究——也许是《废水的焦虑》吧？——又将是一部扯得太远的专论。

给比较研究设定合法的边界困难重重，这对清醒的比较文学研究学者就如同对那位酩酊大醉的威尔士诗人一样明显。勒内·韦勒克希望文学理论能够搭建民族传统之间的桥梁，平衡地评估他所说的“视角主义”的异同，这是埃里克·奥尔巴赫也喜欢的一个术语。然而，萦绕韦勒克的比较之魂失控了。在为《文学理论》草拟的一章中，他把这一危险比作政治上的“专制制度”，或更糟，即“无政府”：

> 视角主义意味着我们要认识到有一种诗歌、一种文学，它在所有时代都是可比较的。它发展着、变化着，充满了各种可能性。文学既不是一系列毫无共同之处的独特作品，也不是被封闭在浪漫主义或古典主义之时间胶囊里的一系列作品。……专制制度和相对主义都是虚假的；但今天更为阴险的危险，至少在英国和美国，乃是与价值的滥用相差无几的相对主义，是批评任务的投降。（43）

这就是说，比较研究的危险在于其在文学世界释放无政府思想。

今天在我们看来，20世纪中叶的比较文学研究学者在构建比较架构时还是相对比较容易的。甚至在讨论像浪漫主义这样的国际运动时，他们也能聚焦于几个典型的欧洲国家，其作家都相互了解各自的作品，可以大体上分享古典和启蒙运动的遗产。为了与此重点保持一致，并与有助于战后欧洲复兴的一个更宽泛的政治运动相一致，比较文学研究学者对共性的强调多于差异。韦勒克担心批评走向无政府状态，这使他把重心放在了“包括全欧洲、俄国、美国和拉丁美洲文学在内的一个封闭整体”上（49）。他在其统一的比较研究中征用了时间和空间：“我们不能怀疑希腊罗马文学、西方中世纪以及主要现代文学之间的连续性”，他赞扬奥尔巴赫的《模仿》和厄恩斯特·罗伯特·库尔提乌斯的《欧洲文学与拉丁中世纪》，认为这两部著作表明了从远古至今的“西方文明的统一”（49—50）。

但其他人却怀疑那个统一，即便是在西欧内部，而且仅在一个单一时期之内的统一。在《为比较而生》一文中，莉莉安·福尔斯特说她的第一部书《视角中的浪漫主义》就是要挑战韦勒克所谓浪漫主义高度统一的观点（113）。她的视角主义当然建基于她童年在欧洲的流移，以及先是在英国而后在美国的那种挥之不去的局外人的感觉。比福尔斯特年长一代的韦勒克由于早年移居而没有亲身体验过战时的创伤，因而对战后创造一个统一的欧洲怀有更大的信心。福尔斯特对浪漫主义所持的激进视角对于韦勒克来说有走向无政府的危险，但福尔斯特感到她可能还不足以被称为相对主义者。她在该书以“视角”为题的结尾谈到了这个问题。在对许多浪漫主义作家加以比较之后，她逐渐感到：

> 愈加明显的恰恰是英法德浪漫主义面孔之间的差异，而不是共性。……因此，就其多层次显示而言，人们更容易相信浪漫主义的多样性而非基本的统一性。这可以说明批评家们何以一般都倾向于论证相似性，以便把具有相似秩序和凝聚力的东西引入浪漫主义的迷雾之中。（277）

对福尔斯特来说，“使得浪漫主义大家庭得以团聚”的是一系列家族相似性，而不是一场统一的运动。她得出结论说：“构成欧洲浪漫主义架构的高度复杂的共性和差异网络充其量是柯勒律治在描写美时用一句话就概括了的：‘统一中的多样。’或许，如果我们不再继续寻找那个难以寻找的统一，而开始欣赏其多样性的话，我们就能给浪漫主义以更多的公正。”（290）

比较不可比较的

韦勒克的欧洲一普遍主义是以一种排除世界大多数地区的文明化方法为前提的。他的确说我们应该学习西方文明“同时不弱化东方影响的重要性，尤其是《圣经》的影响”（《文学理论》，49），但在他的索引里并没有出现重要的东方影响源。在1100个索引中，我没有发现一个名字来自欧洲和北美之外。拉丁美洲也是原则上收入、实际上被排除，甚至《圣经》也名不符实。

可比性的问题在1980年代愈加鲜明。当时，比较文学研究学者开始更多关注非西方文学，努力把研究沿着“一与多之间”的光谱发展。这是1985年克劳迪奥·纪廉在介绍这一学科时用的标题，译成英文后就不那么具有哲学意味了，成了《比较文学的挑战》。纪廉在全书中无处不断言“牢记一个不断往返的常项”的必要性，这就是“我们的话语或我们的人类意识所寻求的统一与无数历史空间的差异之间寻求的一种统一，这在文学领域如此真实、如此可触，同时又如此诱人，引人入胜”（104）。纪廉在美国许多年后移居巴塞罗那，在那里度过了职业生涯的后期。该书便写于巴塞罗那，是题献给勒内·韦勒克和哈里·列文的，但他的多样化视野却远远超越了欧洲。他是流亡诗人豪尔赫·纪廉的儿子，1957—1958年豪尔赫曾经以“语言与诗歌”为题做过诺顿演讲，引用的主要例子都是诗歌，并用几种语言的原文和译文阅读。他充分注意到拉丁美洲，包括纳瓦特尔语诗歌（用的是加里贝的西班牙语译文），并利用在中国演讲的经历讨论中国古代诗歌。他认为，虽然存在着许多差异，但中国唐代诗人、文艺复兴时期的欧洲诗人以及中美洲的诗人所写的都可以认定为抒情诗，并作为抒情诗来讨论。

三年后，认识到比较文学研究学者对亚洲文学愈加浓厚的兴趣，克莱顿·柯埃尔布和苏珊·诺亚克斯在其《文学的比较视角》（1988）文集中收入了论“东/西方”的几篇论文。在这个光谱的统一端，是罗伯特·马格里奥拉的一篇文章，文章断言在欧洲文艺复兴时期性感化的宗教绘画与密宗佛教之间具有一种亲密的可比性。由于这两种传统之间并没有历史的联系，马格里奥拉便把比较的根基建立在理论话语上。他直接使用德里达的框架，即在1984年出版的《向善的德里达：佛教差异论》中已经讨论过的。文章中，他认为欧洲和佛教的肖像画传统都在进行一场“解构运动”，其对象是这些肖像画力主展示的经文中具有公开的精神信息（《性的祈祷，神话的废除》，207）。

马格里奥拉的文章追随余宝琳非常不同的“异化效果”论，即关于东/西方比较局限的一次质疑性讨论。余宝琳注意到，“文学的‘普遍性’如果仔细观之则几乎毫无例外地是西方的普遍性”，并论证说“中国诗歌中的所谓隐喻和讽喻实际上基于一套哲学前提，从根本上与产生于欧洲传统的那些术语不同”（163）。她说“尽管中国的短诗和西方的抒情诗在性质上似乎构成类比，但不同的根却生出不同的批评关怀”（164）。

1997年，迈克尔·帕伦夏-罗斯——伊利诺伊大学比较文学与世界文学学科的创始者——提议将“比较文学”改为“对比文学”（contrastive literature），这样就能打破要跨越文化共性的普遍化观念的控制（《对比文学》）。一年后，普林斯顿培养的、在大阪工作的学者横田－村上隆幸发表了一部深入探讨对比—比较研究的著作《东 / 西方的唐璜：论比较文学的问题意识》。他嘲讽地把战后美国比较文学描写为“马歇尔计划”，就像政府行动一样，致力于反对共产主义和扩展美国海外霸权的双重目的（179—180）。尽管美国人为战胜法国人的实证主义而感到自豪，村上却视其为一种新形式的法国中心的世界主义，并提出日本人和美国人所说的“日本唐璜论”都是打着“普世价值”的幌子的西方概念。全书通篇批判艾田蒲对普遍形式和母题的探讨，认为尽管艾田蒲终其一生倡导文化差异，但最终还是采纳了“文化帝国主义对‘人性’的建构，即无论是什么，只要符合法国（以及，在更大规模上，西方）的范式，就被视为‘人性’的部分”（168）。

艾田蒲当然完全意识到了这个问题。当把日本的物语与西方的小说加以比较时，他没有把物语归入小说项下，而提议用“罗曼司”这个较为中性的比较术语。在横田－村上隆幸看来，这种替换不过是置换了问题：

> 通过诉诸“罗曼司”的概念，比较文学研究学者期待的是比较世界上的“罗曼司”，这碰巧也是欧洲小说的一种形式。但是，有一种原创的、理想的“罗曼司”纯粹独立于历史的偶然吗？当人们选择说“罗曼司”时，在西方文学和文学批评的诠释学领域内部难道不仍然是其概念在发挥作用吗？（171）

霸权概念的主导或可通过反作用加以抵制。比如，在叙事研究中，可以把物语作为比较的基础，而奇侠罗曼司则不过是欧洲的一个变体。然而，如横田－村上隆幸所看到的，这种颠倒的比较“即使有的话也极少发生”（179）。该书结论清醒地题为“比较的暴力”，他宣布跨文明的比较"必然是某种形式的暴力行为。因为这种比较必然根据观者的范式曲解对象，否则就无法进行。例外的文化选择已经是权力的运作了，一种政治行为，所号召的是其他范式的同化，即便不是灭绝的话"(187)。

虽然在欧洲浪漫主义研究内部已经出现了控制性统一的问题，但当我们尝试进行跨文化比较时，差异还是越来越明显。而对文化距离的强化实际上更有可能使比较研究认真地对待差异。横田－村上隆幸自己的著作所采纳的就是那种差异比较的方法，但他那论战式的结论却宣布这是不可能的。他对日本爱情和性追求的独特敏锐的意识使得他未能把紫式部笔下闪光的源次和井原西鹤笔下好色的世之介归结为"日本的唐璜"，而"'爱'引入日本"和"性的历史建构"等章节都是基于文化的比较研究。村上隆幸的实践表明了他在开篇就提供的平衡模式："国际规模的比较"，他说这是"在钢丝绳上摇摆，一端是基本的和本质的同一，另一端是偶然的和边缘的差异。比较文学研究学者无论到达哪一端都将一无所获"(15)。

进入21世纪，比较文学研究学者在走跨文化比较的钢丝绳时重又努力保持平衡。对这个问题的一个特别发人深省的探讨是比利时古典主义者马塞尔·德蒂安的一篇方法论文章《比较不可比较的》(2000，2009，英译2008)。德蒂安讨论的是1990年代约翰·霍普金斯大学的一伙人类学家和历史学家探讨世界各地古代文明的研究。在第二章"建构可比较因素"中，德蒂安提出，比较文学研究学者不要比较具有紧密关联的临近社会，而应该看得更远。不要寻求同等或相似性，如"比较"和"对照"等术语的基本意思，而要使用"对比的方法"，以"发现认知的不和谐，或者，更简单一点说，要注重其他阐释者和观者所没有注意到的某个细节或特征"(23)。

德蒂安开发其对比方法的一个关键时刻是在其工作小组开始在具

有天壤之别的几个文化之间探讨建基性神话之时，他们想要发现奠基性人物和场所是用什么方法建立一个区域的。为此目的，他召集了一些研究非洲、日本和美洲以及地中海早期文化的古典主义者和人类学家。研究开始时很顺利，但不久日本方面就提出一个问题："当我们发现一个结果证明是不可比较的例子时，我们惊奇地感到这既有益又具有启发性。一天，两位日本专家在沉默良久之后，带着失望的表情对我们说，根据大多数古代文献，在日本根本就没有根基，没有建基者。"（25—26）德蒂安非但没有让这两位日本专家离开，而且还说："我衷心感谢他们，并告诉他们，我们终于可以开始考虑'建基，永久建立'究竟意味着什么了。由于那种不可比性的启发，'建基'这样一个人皆熟悉的范畴将成为疑问，将要破碎和分解了"（26）。这一经验使得研究小组转向"复数的比较"，排除"'建基'误导的透明度，而对'创建一个区域'这种说法在应用于不同社会时的本来意思进行概念分析"（27）。

对德蒂安来说，复数的比较方法既是伦理的也是认识的理想，是避免基于我们自己外投的价值观而提倡似是而非的普世主义的最佳途径。作为这种自封式研究的一个绝佳例子，他举法国历史学家的年鉴学派为例，并颇具讽刺意味地指出，伟大的佛南德·布劳岱尔尽管秉持左派原则，采用宽泛的地中海框架，但仍然通过强调法国中心主义的视角而使弟子们误入歧途：

> 我可以想象一个年轻的历史学家坐在地铁里或在卢森堡公园里的板凳上。他刚刚用两个三明治的价钱买了一本《法兰西的同一性》。他贪婪地吞噬带有新鲜薄荷味的学术前言，于中，布劳岱尔承认他怀念法兰西，一个回顾性的法兰西，过去经验无限丰富的法兰西：对比较史学来说这是天赐的地区。当回味这一刻的

想法时，那位年轻人急忙读下去，心想“这是什么比较史？”（37）

引自布劳岱尔的一句话提供了答案：“寻找共性的一种历史，是从事任何社会科学研究的真正条件。”德蒂安接着想象：“历史学家联合起来呼吁：语境被忽视了，我们应该比较的是可以比较的东西。”德蒂安忧郁地总结说：“我告诉你，那就像野草：无论你怎样拔除，有些偏见始终在那里。”（37）

德蒂安的工作小组展示了要拔除根深蒂固之偏见的策略。他并未致力于创造年鉴派这样的“学派”，而是选择不同背景不同视角的人，他们集中在一起工作，逐渐成了一个集体的“我们与我”（nous-je）。他的译者把这个新词译成“一个我们 / 我”（27），捕捉到代词的意思，但却丢掉了作为基础的希腊语 *νοῦς*（mind）内心的双关意义。对历史学家来说，只挖掘中世纪农民的集体精神状态并不足够，学者们自己的精神状态也需要重新设定。每一个比较文学研究学者“都必须既是单数的又是复数的”，但学者们自己达不到这种状态。“‘一个’比较文学研究学者要想是复数的，就必须组织由民族学家和历史学家组成的微型小组，他们是同事，甚至是同谋，时刻准备相互袒露内心的想法。”（24）

德蒂安在该书大幅度扩展的第二版（发表于 2009 年，但尚未译成外文）中重又对民族主义研究发起攻击，他为此增加了三章剖析法国古典主义者与人类学家的共谋，即维护似乎诞生于同样例外的古希腊的“不可比的”法兰西民族。他用题为“梵蒂冈与香榭丽舍大道：可比较之艺术建筑之旅”的一节结束（2009，169—173）。文中他尖刻地讨论了 2008 年教皇本尼迪克特十六世与尼古拉·萨科齐的会面，他对后者并未直呼其名，而称其为法兰西的最高祭司。在总统府——香榭丽舍宫，这对于来访的教皇就是地上天堂——会面时，两位领导人就法兰西与天主教之间的亲密关系达成一致见解，这都是古典希腊思想与希腊罗马基督教联姻的结果。德蒂安在书的结尾呼吁要对“不和谐因素”进行比较研究，以便使学者们驱散起源的神话，在这个过程中“将自身置于视角之中”。虽然他承认“比较人类学不是万能药”，但他肯定“一种实验的和建设性的比较可以有效地让我们远距离地观察自身”（173）。

德蒂安的建议是很诱人的，但我们与自身之间究竟需要多大的距离？尤为突出的是，一位移民学者真的是完全离家在外的吗？在霍普金斯教书多年之后，德蒂安本人并未完全逃离他的法国知识构架的引力。他对自己学术理想的描述听起来非常像是他在 1960 年代所吸收的，即巴黎古典主义者与结构人类学者的双重影响，包括让－皮埃尔·沃南特、尼古拉·洛罗、皮埃尔·维达－纳克和克劳德·列维－斯特劳斯。在提出一种世界性的世界主义观点时，他倡导一种全球游牧主义，搜遍整个世界以照亮差异的格局——“寻求建构主题的比较文学研究学者必须不带护照到处旅行，”他写道，“总是随身带着一些问题，仿佛以尽可能广泛的方式扫荡所研究的领域，而这个领域是无止境的。”（《比较不可比较的》，24、27）就其与以前同事的全部差异而言，这一建议显然与德勒兹和瓜塔里在《千高原》（1980）中提出的“游牧科学”具有亲和性，也反映出列维－斯特劳斯对其学术方法的嘲讽性描述：“我拥有新石器时代的智慧。与土著丛林的山火一样，它有时让未探讨的领域燃烧，使其肥沃，收获几种庄稼，然后继续前行，把烧焦的大地抛在身后。”（《忧郁的热带》，53）你似乎可以把游牧民带出巴黎，但你不必让巴黎离开游牧民。

没有霸权的比较

在过去十年里，持续流动的著作和文章都致力于这个问题的研究。2013年，依据他本人和一些同事过去二十年的研究，曹顺庆发表了《比较文学变异学》。书中，他试图通过全盘采用西方理论而把中国学者从“失语症”中解救出来。他批判西方比较文学研究学者常常依据西方概念阅读非西方作品（如果真的阅读的话）。他拒绝20世纪70年代和80年代普遍把重心放在共性的比较研究，提出“可以通过异质性”，用一种“激发灵感和惊奇感”的模式，“建构另一种可比较性”（230）。对曹顺庆来说，一种“具有中国特色的”跨文化比较文学将建基于整合古典与现代中国传统的意识之上，不是独立进行，而是谨慎选用外国文学和理论而丰富和改造中国传统。

同年，一种不那么乐观的关于跨文化比较的讨论以《为何比较？》为题发表，作者是R.拉达克里施南。这是由瑞塔·菲尔斯基和苏珊·斯坦福·弗里德曼编撰的《比较：理论、方法、应用》一书的开篇文章。建基于以前发表的《一个不均衡世界上的理论》，拉达克里施南指出，比较的任何一个术语都倾向于控制另一个，“在沿着一个轴线促成新的认识模式的同时，使沿着另一条轴线促成的最糟糕的误认长久持续存在”（19）。该文之后是苏珊·斯坦福·弗里德曼犀利地回驳《为何不比较？》。在罗列了反对比较的诸多理由之后，她深沉地说：“我们比较是因为如果我们不比较，就会产生比政治的、解语境化的比较问题还要糟糕的后果。不比较的伦理是什么？拒绝比较也是一个政治举动，是在不挑战等级制的情况下潜在地恢复等级制。”（36）在为该书撰写的文章中，苏源熙重谈霸权比较的问题：“我们与许多人类学家一样，鲜明地意识到虚伪的普世主义。我们由此感到的恐惧使我们怀疑整个比较的事业。”他引用拉达克里施南的断言，即比较“使……最糟糕的误认长久持续存在”。苏源熙说：“当比较太注重效果，放弃最先赋予其意义的一件作品的先在语境，这就最好不要再坚持比较了。”（《比较的轴》，67—68）

这些年中始终进行的争论是围绕比较能够扩展多宽的问题。拉达克里施南偏爱基于单一民族或宗主国历史的局部比较，而研究中国和欧洲文学的苏源熙则认为后殖民主义者无法避开“比较的恶魔”，仅仅因为他们把自己限制在单一的宗主国矩阵之中。他还说当如此众多的问题和可能性远远超越民族的界限时，跨文化比较则比以往任何时候都需要：“依附于民族而将其作为思想单位将无益于我们的任务。”（73）

苏源熙把界限划在了世界文学上。他说“关于‘世界文学’的讨论始终是探讨这一问题的渠道之一——或，再平淡一点说，也就是使这个问题持续存在下去的亚领域之一”（69）。而在该书的另一篇文章中，张隆溪则用苏源熙自己对拉达克里施南的回应为世界文学研究辩护。在他的文章《十字路口、远程杀戮与翻译》中，如在《从比较到世界文学》中一样，张隆溪认为，无论是区域内还是跨世界文化的比较，当比较做得不好时，地方语境便蒸发了，欧洲价值便以普世价值的伪装被引进来。张隆溪并不抵制普世观念，事实上，他同等重视中国和西方传统以强调共性，这些共性能抵制“东”与“西”的直接对立，这是他在20年前在《强力的对峙：从两分法到差异性的中国比较研究》中就已经批判过的。

如我在第6章中所论，现已不必把民族与跨文化、比较与全球对立起来。基于民族的研究能够处理在特定时间和地点出现的全球问题；当我们在民族内部考虑全球时，地方—全球光谱的两端就结合在一起了。在《世界均为差异》中，娜塔莉·梅拉斯讨论了本尼迪克特·安德森在这方面的成功，即2004年在《新左派评论》上连续发表的三篇文章。这些文章以何塞·里扎尔的一部小说《起义者》为中心。在另一部稍早些时候出版的小说《社会毒瘤》中，里扎尔用一个短语"比较的恶魔"表达了菲律宾主人公在欧洲的不安全感。安德森的著作《比较的幽灵》令人想起"比较的恶魔"这个短语（把里扎尔"恶魔"变成了颇具马克思用词色彩的"幽灵"）。"在形式和方法上是离题的和叙事的"，梅拉斯说，安德森的文章把《起义者》置入"全球交叉的惊人的历史网络"之内（34）。这些交叉包括明治时期的日本、俾斯麦的德国、法国的于伊斯曼和马拉美，以及许多外在的交点。如梅拉斯所说，"这些文章构成了对比较基础的有力说明"——我们也同样可以说是世界的文学关系——"也是通常被归为民族文学范畴"的基础，安德森在"充塞经验细节的发散性结尾开放的一种叙事'微观'语域"（34）中将其展开。

在一篇题为《没有霸权的比较》的探究性文章中，谢尔登·波洛克讲了一个案例，即"在有限数量的例子中寻找共性和差异性以便理解所讨论的案例，把所谓'关键'与可能的尽管不太像的所谓'原因'孤立开来"（191）。他担心比较文学研究学者所讨论的案例会很少共存于同一个盘子里。波洛克观察到这样的差距并不是由帝国历史或文化力量的差异造成的，而是因为我们的研究倾向于从熟知的移向不太熟知的内容。他说：

> 在理想的自我意识之下，这个过程可以简单地视作诠释环的一个变体：B只在ABCD的语境中具有一种特殊的意义，但那个语境本身只有在我们已经逐个了解了A、B、C、D的情况下才有意义，而其意义也是相互独立的。与诠释环一样，我将提出，比较环也可以是虚拟的。通过从A的归纳推理而把B认同

> 为一个帝国（或带引号的“帝国”），我们接着通过探讨 B 与 A 之间的差异来纠正我们的归纳。（198）

通常情况下，“理想状况并未出现，当把一个‘特殊’上升为一个‘标准’时，虚拟环就成了一个有害的环”（198）。波洛克举了黑格尔基于衍生于《伊利亚特》和《奥德赛》的标准来讨论对梵语史诗的曲解的例子。黑格尔认为这例示了“史诗本身真正的基本特性”（200）。波洛克倡导要经常意识到“不要把任何特定的智力活动看作普遍的。看到这个局限……是关键，如果比较要做到自我拯救的话”（190）。他得出结论说：“如果比较是必要的，那么，有时似乎内嵌于比较方法的主导意志就当然不是必要的。”（202）

在接下来的文章《比较的谜题》中，波洛克更进一步进行了阐发。他提倡他所标识的“方法上的世界主义”，当对意大利语的 *itihada* 与汉语的 *shi* 进行比较时，这种多元视角就能把欧洲术语完全搁置一边（282）。作为远非寻找共性的一个步骤，这种“差异性比较”涉及：

> 新的相互疏远的方法，也就是说，使远离中心的比较成为可能。这是从所分析客体的相互启示中出现的东西，现在可以看作同样是差异，既不缺少什么也不偏离常规；更重要的是，相互间往往具有根本的区别。就事物的本质（史诗、历史或民族究竟是什么）而言，不被错觉蒙蔽的比较能使你更好地捕捉一个案例的特殊性和独特性。更好的说法是：任何特定案例的真正特殊性只能在另一个案例的陪衬下出现（286）。

谢明在《比较的条件》（2011）中对跨文化比较进行了探讨式处理。谢明提出比较活动家（comparativist）应该在二级自反性内部进行比较：“传统意义上的**比较**往往感兴趣于其比较的实际结果——共性与差异——而**比较活动**，即比较或思考如何比较的**活动**，更关注**意义是如何建构的**。”（38—39）他所用的“比较活动家”并不是“比较文学研究学者”的同义词，而是用来指称自我意识强烈的探究者，其比较可以揭示他们自己的知识中所“未思的”东西，也可以揭示外国文化之自我理解内部所未见的东西。

对谢明来说，“‘未思’相近于不可译；意思是说，不可译并不仅仅说明从一种语言向另一种语言的翻译的‘失败’。相反，不可译是翻译和知识的本体条件”（44）。谢明引用肯尼斯·柏克的“不协调视角”论证说，“比较活动是一种认识活动，作为一种批评探索模式具有深远的政治和伦理意义。批评比较活动不仅比较现存的思维方法，更重要的是在比较中**抵制**现存模式”（49）。在这个过程中，我们能够看到我们所珍惜的各种普遍主义的相对主义，我们就能知道“什么是相对主义的普遍主义——一种自视为偶然的和有争议的普遍主义”（127）。

这种相对主义的自我意识并不要求我们现存的概念词汇，即便是可向往的但也注定要失败的一种探讨。变换说法不会改变实际的意义，就好比吉米·卡特总统指责导致通货膨胀的阿尔弗雷德·卡恩，因为他说，严重的通货膨胀会导致新的“萧条”。卡恩临时解决了这个问题，用“香蕉”代替那个禁词，但香蕉农提出抗议，致使卡恩又用“金橘”代替了那个委婉的香蕉。用别名指代一个概念可能是既苦又甜的味道。

我们再回到横田－村上隆幸的话题上来，尽管他严厉地批评未经检验就把“小说”或“罗曼司”等术语用指日本的魔道物语，但他并未怯于把这种文类界定为“江户时代的一种通俗小说”（《东西方的唐璜》，172）。他在全书中使用西方词汇，常常用“能指”“话语”“文学”等术语，他认为“没有这种元概念，就不可能进行跨文明的比较”（172）。他所反对的是把西方的某种形式或概念作为标准而请入神龛，把非西方的案例贬降到少数或矮小变体的地位。这类似于诺思罗普·弗莱在《批评的剖析》中对欧洲文学学者的不耐烦，这些学者把每一种不同的叙事形式都归结在“小说”这个总括术语之下。但我们仍然在使用这个术语，只要我们不把紫式部减缩为贫困的原型人物简·奥斯丁，或把曹雪芹说成是一个不完全的普鲁斯特的话。世界性比较文学研究学者可以把视野放远，超越伊安·瓦特甚或弗莱所展望的文化范围，而把小说去地方化。

对概念框架亦同。在《什么是世界？》中，谢明依据派生于他精深研究的欧陆哲学探讨后殖民的世界建构，但他坚持认为他并没有重复陈旧的黑格尔或马克思主义的欧洲普世主义：

> 本书的架构给人以欧洲哲学与后殖民南方文学之劳动分工的错误印象，即后殖民文学文本起到从属的作用，是用来说明欧洲哲学提出的关于世界性的本体论和规范问题的。事实上并不存在这样的分工。……我对后殖民世界文学的分析不仅仅是用作支撑这一理论的例证，而是通过探讨具体的后殖民场所而改变和深化理论，在这些场所，最为迫切的是新世界的开放。（14）

谢明用虚构作品探讨和采纳哲学家的理论，尽管有时看上去这些小说家不过是在证明他通过自己对黑格尔、海德格尔、阿伦特和德里达的修正阅读而提出的立论。但原则是很重要的：跨文化比较的一个重要用途——无论标识为后殖民、比较、跨民族还是世界文学研究——都是敞开的，用更大范围内的历史和文化表达形式来验证我们自己的概念。

现代主义与现代性

在个别作家分析世界建构这一规模的另一端，是对世界范围的文类或运动的研究。就本章内容之平衡而言，我将通过分期化问题说明跨文化比较的概念困境和各种可能性。如埃米利·阿普特所看到的，一种普遍化的“欧洲编年史”，不仅在欧洲和美国，而且在世界大部分地区，已经广泛被文学学者所采纳。她认为“文学史需要开始根本的重新排序，即通过非时序性的时间线，非欧洲时序的描述，以及对尚未命名的时期或仅仅作为时期之不可译性而变得不可识别的时期赋予新的名称并重新排序”（《反对世界文学》，65）。甚至在生产所说的尚未命名的不可译作品的时期之前，我们就要针对在大多数分期化得以提出的欧洲地带之外生产的作品认真检验我们现存的时期概念。这种重新展望已经开始，如希尔德根、甘戈和吉尔曼的文集《其他文艺复兴》（2006）探讨了欧洲术语得以挪用和改用的各种方法，从爱尔兰、哈勒姆、中国到孟加拉。

本章中，我将讨论久已争论不休的术语“现代主义”和“现代性”。比较文学研究学者面对的挑战是完全意识到流传全世界的现代性的各种变体，而单一的定义则冒着所有可能的危险，排除现代生产的实际现存的素材，以及曲解我们对所研究素材的理解的危险。尤其在英美学界，文学现代性的研究常常聚焦于可被界定为现代主义的作品，在杂志《现代主义 / 现代性》的标题中可见二者的紧密联系。现代性往往用指过去的二百年、有时三百年的时段，而现代主义则具体指 19 世纪的法国和英国，以 20 世纪前二十年为高峰，随着现代主义逐渐向世界各地的传播，“核心”现代主义亦演变成晚期或新现代主义和后现代主义。学者们已经开始把这个概念展开以包括世界各地的现代主义变体，如沃勒格和伊托夫的《牛津全球现代主义手册》（值得注意的是标题中的“现代主义”是复数的），以及哈约特和瓦尔克维茨的《全球现代主义的新词汇》。后殖民主义者尤其质疑现代化与西方化的紧密联系，而关于现代性的讨论现已扩展到几个世纪之前，由三十年前加奈特·阿卜－路福德的《欧洲霸权之前：1250—1350年的世界体系》发轫至今。

在《星际现代主义》（2016）[①]中，苏珊·斯坦福·弗里德曼质疑现代主义和现代性的观念，认为它们是分期概念：

> 为完成星际转向的许诺，我提议我们必须重新思考漫长的20世纪之外以及1500年后的时间框架之外的**现代性**和**现代主义**，1500年后通常理解为从早期到晚期的**现代时期**。我用**星际**这个术语提醒人们这个更大的时间和空间延续，以示我要完全打破分期化的尝试（7）。

基于并完全超越了布劳岱尔，弗里德曼进入了“一个更长的时段和更广的星际领域”（9），其案例研究为中国唐代和蒙古帝国，在最后一节回到后殖民现代主义的话题。弗里德曼没有用任何时间框架，把现代主义认同为“隐喻性关键词的综合，如**断裂**、**旋涡**、**运动**、**加速**、**系统**、**网络**、**流通**和**异托邦**”（11）。虽然她承认她的方法“打开了一罐蠕虫”（6），尤其对知识和学术专业的实际组织，但她坚持认为“大规模的视角使常常未受承认的论现代主义/现代性的前提，尤其是以欧洲为中心的前提，公之于世”。她强调“这个观点有助于打破欧洲或美国例外论的意识形态压制，而这是西方现代性之元叙事得以形成的关键”（313）。

---

① “现代主义”也是复数的。——译者注

弗里德曼勇敢地击中了大多数现代主义研究的当下论（presentism），而她并不是第一人。在《现代性的五副面孔》（1987）的经典研究中，马泰·卡林内斯库把“现代性”一词的词根追溯到公元5世纪。当时，拉丁语的现代开始取代之前旧的现代，与古典或古代形成鲜明的对比（14）。虽然卡林内斯库聚焦于使用或暗示“现代”一词的晚期文本，但他增补了一个重要条件：“当然，我完全能够意识到这样一种限定是人为的，‘现代性的意识’并不仅限于一个特定词或派生于这个词的一组短语、明喻或暗喻的使用”（10）。关于这个视角，可以说无论在哪里，只要看到书写的文本，就会有一个关键的先决条件，随后发展成一个自觉的现代视角。正如埃及学专家简·阿斯曼所说，“书写使得历史回归到神话”，书写的发明创造了“古代与现代的文化分裂”（《文化记忆》，389—390）。

古代作家往往是以前几个世纪甚或是几个纪元的艺术创作的传人。公元前7世纪的亚述人与在他们之前统治美索不达米亚的古巴比伦人相比，自认为是现代人；反过来，古巴比伦人与公元前第二个纪元初期被他们取代的苏美尔人相比，又自认为他们是现代的。甚至苏美尔作家也几乎不认为自己是古代人。四千年以前，世界上已知第一个文学赞助者，乌尔的苏美尔王舒尔吉（约公元前2094—前2047）自称是保护和恢复一笔古代文学遗产的人。在自己为自己所写或委托别人所写的许多赞美词中他宣称，“我的智慧深奥”，而这深奥的智慧包括使用文化的软实力来巩固其权威。他继续说，“说到自上天让人类走上正道之日起就获得的知识，我并不是傻瓜”。当发现了“过去的圣歌，古代的古老圣歌”之时，舒尔吉说，“我保留了这些古代的东西，从未忘记它们”。他给那些旧诗排序，增补到歌手的剧目中，“据此我点燃大地之心，让它五彩缤纷”（舒尔吉，第二卷，第270—280行）。舒尔吉显然自视为现代人，但他的古代现代主义并不涉及后浪漫主义与过去的断裂；相反，他巧妙地把遗产为现在所用。若承认这一差异，舒尔吉或许能有助于我们认清我们近代的现代主义者并非像他们所声称的那样与过去明显决裂：在一些重要方面，弗吉尼亚·伍尔夫与其说是一位激进的现代派，毋宁说是杰出的后维多利亚人。

舒尔吉过世两千年之后，罗马作家们自视为超越旧希腊传统的新来者。阿普列尤斯以其叙述碎片、风格革新、强烈的自反性，以及对希腊罗曼司和哲学的幽默颠覆，而成为罗马现代主义的一个典型例证。如果我们把他的《变形记》和《金驴》看作对他之前的罗马现代主义高潮时期的维吉尔和奥维德的解构的话，他的作品甚至显示出现在所说的后现代主义的特点。再者，阿普列尤斯恰好像卡林内斯库所期待的现代派那样依据与周围危险的现代性的对立构建他的故事（《现代性的五副面孔》，41）。这部讽刺作品的背景是一个暴力、贪婪、虚伪的世界，矛头直接指向像奥维德这种精致的有教养的世俗主义者。对他们来说，古希腊诸神与文学中的巧妙用词或转喻没什么两样，是光彩照人的人物，他们的故事给了奥维德纯粹探讨人性关怀的机会，从而展示他卓越的诗歌才能。在奥维德之下，阿普列尤斯还喜欢新柏拉图主义者的理性主义，如他的同代人马可·奥勒留。对奥勒留来说，希腊诸神是否存在，这实际上是一个开放的问题。当然，在阿普列尤斯的故事中，第一个成为巫术牺牲品的人物就是一个名叫苏格拉底的不幸老人，这绝不是偶然的。

然而，阿普列尤斯也关注一种非常不同的现代威胁：开始在罗马以及他借以安身的迦太基城扎根的扩张主义的一神论。在他去世的同年，一些基督徒已经殉身。基督徒们反对除他们之外的一切宗教传统，甚至犹太教也要进行根本的改造。在埃兹拉·庞德敦促诗人们“创新”之前很久，《新约全书》就以约翰预见的“一个新天新地”结束——这本身就是以赛亚说的一句话，而耶稣则宣告：“看哪，我将一切都更新了。”（《启示录》，21：1、5）在流浪期间，阿普列尤斯笔下的笨人卢修斯遇见了放荡的磨坊主的妻子，她“亵渎神圣，假装意识到一个神，并声称他是唯一的神。通过空洞的仪式她率领人们误入歧途，欺骗了倒霉的丈夫，每天清晨喝酒”——这显然是圣餐酒——“以及整日的沉湎酒色”（《变形记》，170）。阿普列尤斯反对这种堕落的现代性，而转向古代神秘的埃及宗教。在作为高潮的第十一卷，伊西丝——月神和主无限之变形之神——在梦中出现在卢修斯面前，答应他那热切的要恢复人形的愿望，条件是他皈依伊西丝的神秘信仰，成为她的仆人。早在开场白中，阿普列尤斯就已经请读者欣赏他的“希腊式故事，只要你别用埃及的纸莎草弄脏你的眼睛，那是用尼罗河尖尖的芦苇头刻写的”（1）。

作为来自罗马殖民地边缘的一位移民作家，阿普列尤斯可以是今天现代主义研究的一个非常有趣的话题。生在非洲，父母分别是努米底亚人和柏柏尔人，他本人在雅典研究哲学，然后去罗马学习法律。在《变形记》的开场白中，他的主人公说自己是个语言杂技演员，就像“杂技骑手从一匹马跳上另一匹马”一样（1）。他幽默地请求人们原谅他的拉丁语的乡土味，说他的风格被他流利的双语扭曲了——不是被北非的迦太基语，而是被文化上最负盛名的希腊语。他预示了格奥尔格·勃兰兑斯宣称的语言是一个作家的最重要武器，卢修斯用军事用语描写他的语言征服：“在雅典，我首先用希腊语参与最初的战役。后来，在罗马，我新学了拉丁语，对这种土著语言有很深的造诣。”接着他请我们谅解，“如果我这个粗俗的演员用论坛的异国语言冒犯了你们的话”（1）。这种边缘立场有着延续至今的悠久历史。在2007年再版的《正在乡土化的欧洲》中，狄佩什·查克拉巴蒂概述了他从印度到澳大利亚的移民经历，以及从孟加拉语向英语的转换（xi-xii）。在查克拉巴蒂对欧洲乡土化的两千年前，阿普列尤斯就用他的书赋予罗马以异国情调。

* * *

并不是每一个人都愿意从现代主义惯常的时间界限冒险进入古罗马或唐代中国。我们大家都需要考虑的是如何把不完全适合现存现代派经典的作品纳入我们对文学现代性的讨论中来，丰富并使之复杂起来。在现代文学研究中，不仅是欧洲以外的国家，而且是所有国家都被忽视了。西奥·德汗提到荷兰文学在老旧的比较文学中被排挤到边缘，因为荷兰并不是欧洲强国；而现在荷兰文学被忽视，是因为荷兰并非坐落在南半球。当在罕见的情况下某荷兰作家被提及时，那完全可能是反殖民作家爱德华·多维斯·德克尔（穆尔塔图里），而诸如现代主义诗人 J. J. 斯洛尔霍夫这样的重要人物——如康拉德一样的全球作家——在国外却默默无闻（《J. J. 斯洛尔霍夫》）。[①]

有一个学者在论穆尔塔图里本人的文章中略带夸张地问："现代荷兰文学中一切都必须以穆尔塔图里开始并以他结束吗？"（苏克，《寻找马克斯·哈弗拉尔》，1169）。苏克实际上在批评荷兰研究中的一种过度强调。地方学术并未从自身的偏见性和排外性测绘中解放出来。至于这种写作，《现代语言学协会国际书目》列出了 78 篇文章讨论穆尔塔图里，大多数是英文、法文和德文的。而斯洛尔霍夫则有四十五处令人尊敬的引用，但几乎都是荷兰语的，只有九处是其他语言的。而这九处中有六处是荷兰研究，只有三篇比较文章涉及斯洛尔霍夫与其他文学。

今天的世界性比较文学研究学者正开始重视许多被忽视的现代语言和文学，从低地国家到危地马拉高原，从东欧到东南亚，但现代主

---

① 斯洛尔霍夫大半生都在去往东亚和南美的船上做医生。如德汗在《荷兰两次大战期间的诗歌与 / 作为世界文学》中所说，斯洛尔霍夫用中文写对话、写欧洲诗歌，并与卡蒙斯相认同，后者的《卢济塔尼亚人之歌》是一位欧洲诗人在亚洲写的第一部重要作品。

义的地图绝不是完整的。问题部分在于一个民族传统在后殖民和世界文学研究中仍然是缺席的，但同样重要的是在选择研究作品时的程序性问题。学者进行任何特定研究时都自然需要做出选择，但普遍的问题在于这些严格筛选的选择已经成为排除的定式。提莫塞·布勒南在二十年前就注意到这个问题。在批评后殖民研究中对社会主义现实主义的普遍强调时，布勒南抱怨说：

> 对被认为不足够政治的那些明显属于现代主义或实验性作品——不符合第三世界作家以随时可消费的形式体现政治的强制令的作品——缺乏兴趣。我认为，巴西小说家克拉里斯·里斯贝克特对爱情和丧失的心理刻画尽管惊人，但对她的接受却惊人地低下，原因就在于此。(《世界中的在家》，207)

在该书结尾他又重谈了这个主题："在阅读拉丁美洲、非洲和亚洲的小说、诗歌和文章与阅读后殖民理论之间的空档，很多东西丢失了。基础工作中的情感和同感的巨大网络并未总是在批评中自行展示出来。"(310) 娜塔莉·梅拉斯评论说："换言之，'差异'并非如此不同。"她赞同布勒南的观点，尽管带有告诫之意："这个立论在我看来无懈可击，除了其论战式的夸张。我不知道是否真的能够找到'真正的'绝对差异？任何客体不就是由于与某一承认规则相一致的事实而被带入大学特许的话语之中的吗？"(《世界上的所有差异》，237n，74)

把研究领域扩展到被史书美称为承认之技术所堵塞的作品（《全球文学》）并非是件易事。然而，学术研究恰恰通过注重被忽视的作品而进步，进而深入立论或重构研究领域。于是，华威研究集体的《综合和不平衡发展》通过超越现实主义的模式，探讨当代作家发展的"非现实主义"模式而回应了布勒南的批判。这个集体的尼尔·拉撒路本人就曾批评后殖民研究选择性地“高扬移民、局限性、杂交性和多元文化”(《后殖民现代主义的政治》，33)。然而，华威小组仍然只对政治上与自己相近的作家感兴趣，对揭示综合与不平衡发展之主题的小说感兴趣，而这正是该小组派生于某一特定马克思主义传统的东西。克拉里斯·里斯贝克特等深深感兴趣于性别的不平衡政治和巴西内外的中心－边缘关系的作家，并不在他们的阐述之列。事实上，任何女性作家都不在他们的研究之内——在一个绝对进步的团体中，而且是一个既包括男人又包括女人在内的团体，这是一个惊人的缺失。

特别是在超越欧美区域的时候，比较文学研究学者必须小心筛选最容易同化的作品，排除会挑战或使其论点复杂化的作品。如王德威就现代中国文学在中国学者与海外学者之间不同的——但往往同样是有意为之的——叙述所说：“批评家们赞成一种‘边缘的政治’，又自以为是地讨论‘帝国的冲突’和‘全球语境化’，与此同时，又把某一预设主流内部并未出现的中国现代性和历史性的形式加以僵化地边缘化。”(《前言》，27)

作为全球现代性领域中的亚洲例证，可以考虑重要的泰国作家克立·巴莫（1911—1995，通常称克立）被忽视的杰作《四朝代》。克立的小说描写泰国向现代性的过渡时期，开始于1890年代改良主义者拉玛五世时期，结束于1946年拉玛八世的突然死亡。如透过该书女主人公梅·弗洛伊的眼睛所看到的，《四朝代》提供了观察20世纪前半叶传统与现代性之复杂关系的独特的东南亚视角。克立要保留传统文化和价值，即使也同样积极地促进现代化。作为拉玛二世与其中国妻子的后代，他保留了蒙拉查翁（Mom Raja Wongse）的称号，终生忠实于君主制。他是位多产的记者和作家，共出版了四十余种书。除了小说和短篇故事，他还撰写泰国历史和艺术，创建了泰国古典舞蹈剧团，而且是首席舞者。在困难时期他坚持不同的艺术追求。1932年，他21岁，一场军事政变取代了君主制，建立了名义上民主实则独裁的政体。选举出来的国会受军队和一小撮富人控制。克立认为，君主制是对军事寡头政治的最好抵制，而《四朝代》则是对新的伪民主秩序的低调但影响深远的批判。

克立可以说是一个保守进步主义者。与许多同时代的泰国贵族一样，他在英国接受教育，获得牛津大学哲学、政治学和经济学学位。他献身于把泰国发展成一个现代独立国家的事业，并急于去除西方将其国家再现为永恒之东方的辉煌形象。他的第一部书是与兄长社尼·巴莫合著的《暹罗王讲话》(1948)。1946年好莱坞拍摄了《安娜与暹罗王》，把国王拉玛四世搬上大银幕，激起克立兄弟的愤怒，写了这本书。影片中雷克斯·哈里森扮演国王，艾琳·邓恩扮演试图戒除国王的野蛮生活方式的英国女教师。兄弟二人表明，拉玛四世绝不是影片中再现的迂腐的独裁者，而是妇女解放运动的倡导者，是要在他统治时期（1851—1868）通过发展科学和技术抵制西方扩张、发展现代化的国王，可以与同时期的日本天皇明治同日而语。

《暹罗王讲话》发表一年后，克立创建了一家报纸《暹罗国》，并开设了被广为阅读的一个专栏。他的报纸成了（而且仍然是）政治和文化报道的重要出口。克立参与了许多种活动，包括撰写剧本和舞台表演。1973年，他基于黑泽明的影片创写并饰演了舞台剧《罗生门》。十年之前，他曾与马龙·白兰度合作好莱坞影片《丑陋的美国人》，白兰度饰演道德上妥协的美国派往印度尼西亚萨尔罕国的大使，而克立则饰演该国首相。

克立越来越投身于政治。他创建了一个保守党，入选国会，1975至1976年成为真实生活中的首相。在职期间，他调和右翼与左翼之间的矛盾，越战结束后与中国和美国均警惕地保持距离。克立几十年来始终是泰国文学和政治的主要代表，他的报纸给他在这两个领域里的活动提供了基地。《暹罗国》创刊一年后，他开始在报上按序列发表《四朝代》。1953 年，出版了整部小说。这实现了他的愿望，即让文学服务于社会改良，选择在流通最广的报纸上发表他最具雄心的小说，而不是小杂志或文学刊物。以《四朝代》和其他作品，克立逐渐扬名国外。1990 年，由于其对亚洲文化发展的贡献，他成为日本刚刚成立的福冈奖的第一批获得者之一。黑泽明也名副其实地成为当年三位获奖者之一。

在《四朝代》中，克立用女主人公梅·弗洛伊作为有利视点，颇具感性而带有讽刺色彩地刻画了她在一个急剧变化但仍恪守父权制的社会中的生活斗争。弗洛伊本质上是位传统主义者，不情愿适应时代的变化，如日常生活中服装时尚等细节。她的非政治视角有助于克立间接地批判 1932 年以后越来越严重的军商勾结。弗洛伊体验新政秩序之效果的一个途径是听从穿着指令。她的一个儿子已经归顺新政及其对新政的宣传，第二次世界大战开始时，他骄傲地告诉母亲，泰国“现如今已经与日本一样强大，成了大国”（589）。他说为了完成赶上日本的计划，泰国必须采纳其“文化”（一个新词 wathanatham）。当弗洛伊问这个词是什么意思时，儿子回答说：“我们必须戴帽子。”（590）中年的弗洛伊说年轻女人可能愿意尝试新时尚，但这样的变化会使她显得像个小丑。对此，儿子给了一个令人毛骨悚然的回答：

> “是不是小丑，你都得戴，我的姑娘。”
> “要是我不戴呢？”
> “警察会抓你。”（590）

梅·弗洛伊一点不了解政治，而丈夫和儿子却积极参与了冲突的双方，因此也极少评论她眼前所发生的事情。但在这里以及在别处，克立抓住机会暗示他的观点，在这个过程中让女主人公“不理解”新政的命令。

《四朝代》全书贯穿古典现代（主义）风格，语言是主要的角逐场。弗洛伊的一个儿子带着法国妻子从巴黎回家，这位法国妻子出于同情而只部分成功地掌握了泰国语言和风俗的微妙变化，但婚后生活却困难重重。弗洛伊的儿子们因政治立场而分崩离析时，形势越来越糟：一个儿子加入了由日本组建的伪政府，另一个儿子加入了抵抗的新政府。对这样的政治事件弗洛伊不发表任何意见，而只是聚焦于儿子们相互争论时所用的语言，批评“那些暴力的词语——难以置信的暴力”（467）。在下一页，她努力要理解新的外来词 khonsatituchan（源自英语的“宪法”——constitution），在泰语中听起来像是 satituchan，即 person（个人）。“非常混乱”，弗洛伊想（468）。克立的小说于细微处深切地反对极权主义，他用伪装的奥威尔式委婉词语描写反对君主制的独裁兵变：兵变仅仅是“制度的改变”、“进步”的显示和“民主”的进展——就其如何译成泰语的问题兄弟间无法达成一致（474）。

小说以深度的不稳定结束，弗洛伊于 1946 年 6 月 9 日去世——即 20 岁的拉玛八世国王突然死于王宫床上的当天。他是被谋杀的吗？是他和弟弟在检验手枪时不知道子弹上膛而被弟弟误杀了吗？还是由于沮丧而自杀了呢？直到今天，关于这个问题的讨论在泰国仍然是不允许的。《四朝代》仅仅暗示了人民对这场悲剧表示的惊讶和不安，它恰好发生在日本占领结束后整个国家要重整山河的当口。

克立·拉莫无论从哪个角度看都是一个很有趣的作家，但却从未受到其印度尼西亚同行普拉姆迪亚·阿南达·托尔那样的关注。两位作家都壮志满怀地写出了多元生成小说（multigenerational novel），囊括各自现代国家的发展。克立的《四朝代》完全可以与普拉姆迪亚的四卷本《布鲁四重奏》（1973—1975）相比较，涉及从政治到语言到服装等问题。两部作品甚至都用一定章节描写自行车的突然流行。以其对印度尼西亚即将到来的现代性的丰富刻画，《布鲁四重奏》在谢平的《幽灵般的民族性》、彼得·希区柯克的《漫长的空间：跨民族主义与后殖民形式》，以及克里斯托佛·格格维尔特的《文学的通道》中都有明显的在场，但这些书中的任何一部却都未提及这部作品，在泰国之外的任何其他研究中也未提及。

如威廉·马林在《守门员：世界文学的出现及20世纪60年代以后》中所说，作家需要有闻名遐迩的拥护者使其闻名于世。书中，他详尽叙述了国际领域中各种演员把诸如加西亚·马尔克斯和村上春树等少数众所喜爱的作家塑造成"世界作家"，同时使其大多数同代人默默无闻。如果本尼迪克特·安德森在其书中与克立一起展示了普拉姆迪亚的话，克立的后殖民研究立场是完全可以站得更高一些的。安德森毕竟把英语国家后殖民主义者的注意力引向了东南亚。他专攻泰语和印度尼西亚政治和文化，在发表《想象的共同体》之后不久就翻译过现代泰语故事。鉴于安德森强调报纸和小说在创造现代国家之想象的共同体过程中的作用，克立完全会成为那本书中的重要人物。

安德森后来谈到克立作为首相的十年，提到了曼谷另一家重要报纸，认为"新闻的重要性不可低估；最重要的是那家流行报纸《泰国早报》，以其全国范围内的巨量读者，代表了另一种想象的共同体，以及国会制度假想的和旧制度下民族—佛教—君主制的陈词滥调"（《现代暹罗国的谋杀和进步》，108）。然而，他和泰国之外的其他人都从未分析过克立的小说和短篇故事。如2018年10月的《现代语言学协会国际书目》上，普拉姆迪亚被引用44次，几乎都是专论她的文章或图书，或与世界级人物如约瑟夫·康拉德和何塞·里扎尔的比较。克立共有两个引用：东南亚文学传记字典中有五页篇幅的引用，以及关于《四朝代》和另两部泰国小说的一篇书评，1992年发表于《纽约图书评论》，实际上是在译文面世 11 年后发表的。

一个自觉的现代作家，某一类的女性主义者，一个以质疑的眼光参与政治和社会变革的观察家，克立似乎只有两个坏名声：他是保皇派而非左派；他是佛教徒而非世俗主义者。克立的佛教信仰在《众生》中鲜明地表达出来，这是一系列相互关联的故事，追溯每一个人物一生中走过的摩羯之路，最后他们一个个登上渡船，在一次暴风雨中沉入流经曼谷市中心的昭披耶河。在《四朝代》中，小说结尾就是以间接的佛教术语描写了梅·弗洛伊之死："1946 年 6 月 9 日，那个星期日下午的晚些时候，孔邦隆的潮水很低，弗洛伊的心脏停止了跳动，她在此生转瞬即逝的欢乐和痛苦也结束了。"（656）孔邦隆是昭披耶河的一条运河支流。小说开始时，弗洛伊曾经顺着运河向下游走去，这是母亲派她去的，想要碰碰运气到皇宫去当仆人。而在小说最后一页，在受永恒之光庇护的一个非常特殊和充满创伤的一天，《四朝代》圆满完成了一个轮回。

本尼迪克特·安德森实际上非常了解克立的作品，但在他的泰国短篇故事集《在镜中》的七十五页的前言中只给了克立一个脚注。在脚注中，安德森只说《四朝代》是一部"重要作品"，接着便转向另一部不太重要的作品《红竹》，并注明由于其主题得到美国情报局的资助而被译成了英文（10n）。安德森为这部选集选择的作家都是年轻的"颠覆性"的和"不循规蹈矩"的作家，其作品都浸透着马克思主义思想（18，28）。这些故事都点缀着适当的政治色彩："泰国土地幅员辽阔"，一个叙述者说，"但今天它的每一寸都成了私人财产"（236）。"他越是考虑他的资本经营"，一个故事的主人公说，"就越感到痛苦"（254）。在上引《现代暹罗的谋杀与进步》一文中，安德森避而不谈某人说克立是"旧制度下民族—佛教—君主制的陈词滥调"之代言人的观点，但这句不负责任的话对于泰国根深蒂固的生活因素并不公正。

安德森自己认为重要的一部小说值得关注，即便出自佛教徒君主主义者之手笔，如果我们想要更好地理解泰国及其他地区文学现代性的纷乱复杂的线索的话。

无论是出于政治原因还是仅仅由于在国外默默无闻而被忽视，克立都提供了看待亚洲现代性的一个独特视角。他的四代传奇与普拉姆迪亚的作品构成了天然比较，而这比较也可延伸开去。没有任何一位现代作家能像三岛由纪夫那样关注——甚至执迷于——现代性含混的影响，他也诉诸历史虚构小说探讨他关心的问题，最明显的是他的《丰饶之海》四部曲（1968—1971）。他常常被纳入尼采、托马斯·曼和普鲁斯特这样的欧洲作家的行列。但据我所知，从来没有人将其与克立或普拉姆迪亚相关联，而这两位作家比普鲁斯特或托马斯·曼更接近从半边缘视角透视的现代性的跨代史。

克立的讽刺机智丝毫不具备三岛由纪夫的军事狂想，但他们共享一些基本特征，包括同时投身于小说、戏剧和电影的创作，坚持保皇派的民族主义，以及在激变的世界上保护前现代传统的冲动。他们都是高度政治性作家，而克立实际上充当了三岛由纪夫曾经梦想过的一种政治领袖的角色。克立的小说表现了日本对泰国的文化和政治影响，而三岛由纪夫的四部曲则反过来建基于泰国的历史和宗教。三岛由纪夫 1965 年在泰国住了几个月，1967 年写作《丰饶之海》时再访泰国。该系列第三卷的标题就取自曼谷颇具讽刺意味的黎明寺。三岛由纪夫完全可能在其泰国之行中遇见过克立，而即便没有亲见其面，也会为克立文学性与政治性的综合而对其刮目相看的。《黎明寺》[①] 描写泰国的月光公主凌仓，是第一部《春雪》中一生坎坷的主人公阿勋的第二代转世。《春雪》中的两个人物都是泰国王子，都与克立《四

① 中译为《晓寺》。——译者注

朝代》中的两代君主有关。帕塔纳迪特是拉玛六世的儿子，克立笔下四位君主中的第二位，他和库利沙达以及未来的拉玛八世都在洛桑上学，而拉玛八世就是《四朝代》最后几章中描写的命运多舛的年轻君主。有趣的是，我们了解到泰国王子被派从洛桑到日本留学，因为帕塔纳迪特的父亲担心他的侄子将是未来的国王，他在瑞士已经太过西化了，所以希望东京的学校能够提供东西方的平衡。

宗教是进一步比较的基础。虽然不是克立那样的信徒，三岛由纪夫也在泰国佛教中发现了与现代进步的轮回抗衡。他在第一部中通过年轻的王子表现了这一主题，接着又在《黎明寺》中的凌仓身上体现出来。《丰饶之海》四部曲几乎就是把亚洲前现代的过去与全球现代性相交织的一部百科全书，而泰国的宗教和文化则为三岛由纪夫的史诗故事提供了重要的参照框架。为深入比较，我们还需了解三岛由纪夫、克立和普拉姆迪亚对亚洲和欧洲前辈的互文综合。三岛由纪夫的四部曲深受《源氏物语》和普鲁斯特的影响，而克立则深深浸透于泰国民间传统和维多利亚文学。普拉姆迪亚的主人公明克希望成为印度尼西亚的穆尔塔图里，同时，他又想让他的作品具有古代皮影戏的韵味。

当我们开始打破以往的疑虑而展望时，现代性的整个新局面就打开了。当然，文学现代性的历史在纳入《四朝代》的同时而牺牲了《布鲁四重奏》，这就毫无改进可言了。但把克立·拉莫这样的人物包括在我们的叙述之中也是非常重要的，这恰恰因为他并不非常适合西方批评家刻意为“第三世界”“南半球”“后殖民地”“世界体系”或“边缘”——具有不同内涵但相同的单一性的术语——所创造的种种叙事。我们所需要的是复数的研究，吸纳向美学、政治和历史编纂具有挑战性并能改进的素材。这是实践没有霸权之比较的最好方法，我们就在普拉姆迪亚《玻璃房》中可怜的叙述者所说的“那片被称作现代的新丛林”（227—228）中建造我们的玻璃房。

结论
一个学科的再生

2001年，当佳亚特里·斯皮瓦克做韦勒克系列讲座，也即后来的《一个学科之死》时，她正怀有美国比较文学学者已经酝酿了一段时间的一种感觉：许多人感到比较文学已经丢掉了1950年代战后欧洲重建时期的定义和使命，以及六七十年代的理论勃兴。1993年，伯恩海默的报告把这个学科描述为"焦虑学"，到70年代中期已经处于"防守和被围攻"的状态（41），陷于欧洲中心的唯美论与比较文学领域外勃兴的女性、种族、文化和后殖民等不同研究方法之间而无法自拔。

20世纪八九十年代的美国比较文学协会年会都给人一种衰败和失范的感觉。这些会议是非常现代的，常常在三月寒冷的地点举行，在脱节而参会人数不多的小组会议上宣读的论文达150篇左右。1993年在印第安纳布鲁明顿举行的年会上，斯图亚特·麦克道加尔在会长演讲中敦促协会找到复兴的办法。他特别强调这样一个事实，即出色的比较文学研究学者不屑于加入协会，伯恩海默报告中重提了这一点（42）。麦克道加尔并不是第一个提出这些忧虑的人。当托马斯·格林1985年开始其协会会长任期的时候，我问他协会面临的最大挑战是什么，他只回答了两个字："平庸。"

1994年在加利福尼亚的克莱蒙召开年会，与会文章增至180篇，但参会人数仍然不多。外国学者宣读的论文总共三篇——分别来自加拿大、英国和德国。即便民族规模也是有限的，大多数发言人来自西海岸。次年的年会在乔治亚大学举办，国内外参会者都有增加，在223篇论文中，有19篇来自境外10个国家。但下一年参会的人数又下降了，会议在圣母大学举办，参会文章计177篇，只有9篇海外文章在会上宣读，其中6篇来自邻国加拿大。

学术研究的不景气最终在1997年开始转变，是由连锁的知识、制度和政治原因所致。那一年，协会董事会决定不仅在理论上而且要在实践上国际化，于是在巴亚尔塔举办第一次国外年会。同时，我们也改为三天的研讨格局，为的是给多元视角的延伸讨论提供机会。在提出这一范式之时，我是出于实践和政治的双重目的。为了让人们到一个几乎必须经过航空飞行才能到达的地点参会，这个范式能帮助他获得资助，如果能宣读论文的话。研讨范式旨在让参会者都能宣读论文，进而打破宣读者与参会者、大会宣读与分会宣读之间的等级制：所有参会者都是发言者，都同在一个研讨会上。

这个范式证明是成功的，能够进行较深入的讨论，更容易使研究生和教师相互交流，尽管我们有时缓解这种结构上的平均主义而包括一些主旨发言。人们开始邀请其他学科和其他国家的朋友参会，到2009年我所在的系所举办年会时，我们的组委会不得不为万花筒般的题目和2100篇文章寻找空间——十几年的时间里就增加了十倍。

参会者来自美国各地和50个不同国家，从阿塞拜疆到比利时、马来西亚和秘鲁。从此我们的年会参会者多达3000人。除了包罗万象的现代语言学协会年会，美国比较文学协会年会是规模最大的文学会议之一。

良好的范式，良好的气候，仅此而已。全球化的加速当然是一股重要影响，使得比较文学成为探讨世界经济和文化冲突中利益和关注的良好场所。同样重要的是一直以来的国际交流和旅游的增多，这是由因特网和省却航空费用促成的，使得远处的学者能够组织研讨会。那些“空中飞人”聚集在一起讨论新自由主义，此时可以收集他们的观点。如果协会继续将自身局限于“持卡”比较文学研究学者，接受涉及两三种语言素材的论文的话，这些大规模的变化并不能吸引人们来参加美国比较文学协会年会。无论就语言、国家、艺术，还是学科而言，美国比较文学协会的研讨会如以往一样是比较的，但许多单篇论文却都是聚焦于单一话题的。这使得一种文学的专家可以在整个研讨会创造的比较氛围中宣读他们的论文。无论论文讨论移民身份还是抒情诗的时间性，宣读者常常从他们所不知的其他传统中获得洞见。与哈里·列文能够说对“文学”进行比较研究的时候相比，参会的人、语言和文学要多许多。

然而，就人文学科的持续减缩，以及世界大多数地区的动荡而言，复活的比较文学学科仍然处于一个危险的境地。要继续繁荣，比较文学研究学者就必须继续详尽审查我们的实践，更有效地影响学科之外的同事，影响校园之外的大众，携手在不同的视角之中发挥协同作用。贯穿本书的一个主题就是要说明，我们发现比较的不同线索在今天早已交织在一起了，包括基于语文学的细读、文学理论、殖民/后殖民研究，以及世界文学研究。它们能够也应该比以往任何时候都更好地综合在一起，即便其实践者依然保持档案、方法和视角上的重大差异。

许多建设性的意见已经在最新的美国比较文学协会报告中提出，这份报告由尤苏拉·海斯监督完成——第一个由一位女士主持的报告，也是第一个由公立大学教师撰写的报告。这个学科正在发展的形态也将通过这样一个事实体现出来：海斯主要是研究美国文学的比较文学研究学者。她甚至不在比较文学系教书，但属于加利福尼亚大学洛杉矶分校英文系以及该校的环境和可持续性研究所，反映了她早期的后现代主义叙事（《时序分裂》）到生态文学和电影（《地方感与星际感》和《想象灭绝》）的发展。此外，在埃里克·哈约特的倡导下，这是美国比较文学协会第一篇由网页发表的报告（https://stateofthediscipline.acla.org），在不同题目（范式、实践、年代观和未来）下收录了几十篇文章。这些文章均为美国和国外教师、研究生所写，并辅有读者评论的思路。其纸质版已于 2017 年经海斯最终编辑出版，题为《比较文学的未来》，题目中复数的“未来”（futures）为继续进行比较研究的学者提供了许多观点。

比较文学研究学者未来仍不需要进行狭隘的立场选择，即只坚持一种文学、一种理论方法，或一个政治品牌，并认为只有这才值得我们在知识上和伦理上付出努力。学者们自然要把焦点放在他们发现最有利于他们要提出问题的素材上和他们最喜欢的理论上。让所有人抵制其他可选择的方法，坚持认为这个学科的真正未来在于走出一条特殊的道路，这权当别论。当沃纳·弗里德里希于 1960 年注意到比较文学研究学者仅仅讨论北大西洋公约组织之四分之一国家时，如果他号召开放这个领域，至少向其他北大西洋公约组织国家的文学开放，而不是论证“世界文学”这个术语的使用，那情况会好得多。保罗·德·曼于 1979 年宣布，解构分析“事实上将是未来文学批评的任务”（《阅读的讽喻》，17），这一宣言尚未为整个学科设定永久的规划，尽管他的洞见继续为大量比较文学研究学者提供生产力。1993 年在对这个领域进行整体调查后，苏珊·巴斯奈特婉转地宣布“比较文学已经过了盛期”，提出“应该把翻译视作重要学科”（《比较文学》，161）。巴斯奈特本人此后逐渐调解这一主张，尽管翻译研究已经开始在比较文学项目中更大规模地、越来越长久地出现。提倡一种或另一种方法而排挤所有其他方法的努力不太可能比其前任具有更长的保存期。

我们需要的那种搭建桥梁可见于彼得·希区柯克的《漫长的空间：跨民族主义与后殖民形式》（2010）的开篇：“本书几年前开始撰写，是为了了解后殖民写作何以在世界文学内部引发不同的看法（实际上，是要了解世界文学本身何以在那种关系中发生变化）。”（xi）这是近来在后殖民文学研究与全球或世界文学研究之间进行交互思考的几种尝试之一。除了前面讨论的阿普特、谢明、弗里德曼和洛夫勒的著作外，这种尝试还包括苏曼·古普塔的《全球化与文学》（2009）、保罗·杰伊的《全球态势》（2010）、墨塞和西蒙尼斯的《全球人物》（2014）、帕斯卡尔·卡萨诺瓦的《世界的语言》（2015）、德布加尼·甘谷利的《这个称作世界的东西》（2016）和《剑桥世界文学史》（2020）、阿米尔·穆夫提的《忘记英语！》（2016）、哈约特与瓦尔克维茨的《全球现代主义的新词汇》、列文与拉提夫－简的《不可译性走向全球》（2017）、白迪科·巴塔查亚的《世界文学时代的后殖民写作》（2018），以及方维规的文集《世界文学中的张力》（2018）。

仅就欧陆理论的遗产来看，哈佛世界文学研究所模仿康奈尔批评和理论学院，在后者的网页上，汉特·德·弗里斯把这个项目描述为“每年一度的学术和知识论坛。在这个论坛上，似乎毫无结果的理论的戏剧性争论与徒劳无益的可质疑的论战被坚决地回避了”。他倡导在学者中营造“一种严格探讨和谦恭争论的氛围”，他们愿意超越“对各种身份和各种文化、民族文学与世界主义、人文主义与反人文主义的痴迷……任何时候都不要忘记具体的政治责任，这是由较抽象的反思得出的”（《主任致辞》）。汉特·德·弗里斯提到的一些问题，如民族文学与世界主义，在比较文学研究内部非常活跃，但对美国比较文学协会、哈佛世界文学研究所和康奈尔批评和理论学院来说，严格的探讨和争论并不意味着埋葬不同意见，或人为地协调各种不同的方法。较具生产性的方法是投身于多样性研究，即海伦娜·布埃斯库所说的“把不普通的事物体验为群体模式”（《体验不普通的事物》，7）。

今天许多最称职的比较文学研究涉及新的并非总是成为谈话内容的视角的交叉，这常常是比较文学研究学者在第一部或第二部著作中探讨的内容。有许多例子，我在此仅举四例。在《普遍怪异》（2012）中，雅各布·埃德蒙通过中国、俄罗斯和美国的实验诗歌等案例研究检验了全球化。埃德蒙所寻求的不是普遍性和不可译性，而是诗人之间并非共同拥有的共性，这些诗人都从非常独特的文化区域参与到同一场国际运动中来。丽塔尔·列维的《诗的越界：在以色列 / 巴勒斯坦的希伯来语与阿拉伯语之间写作》（2014）发表于普林斯顿的埃米利·阿普特翻译 / 跨民族系列，是对翻译理论、中东研究以及殖民 / 后殖民研究做出相同贡献的一种比较研究。列维探讨了一种“居间的诗学”，在“希伯来—阿拉伯的无人国土上，在诗的越界地带，其不可能性是想象的本质条件”（143，297）。非常不同的是德丽雅·安谷莱阿奴的《从巴黎到特隆：作为世界文学的超现实主义》（2017），这是基于社会学的一部艺术间的研究，追溯了安德烈·布勒东和萨尔瓦多·达利试图征服世界的竞争策略，首先在巴黎，然后移至纽约。她运用档案研究追溯超现实主义者被遗忘的运输路线，即将其对梦幻般客体的思考从先锋诗歌移入绘画，然后由许多世界作家融入枢纽式作品的路线。这些作家有博尔赫斯、纳博科夫和帕慕克。这三位作家始终否认与超现实主义有任何联系，但档案显示的情况却相反。

档案的问题令我们回到第 1 章讨论的两个书房的故事和第 6 章讲述的两座图书馆的故事：比较文学的历史在相当大程度上是建立和保护、失去或毁掉图书馆和藏书的故事。这是我举的第四个例子的主题，温卡特 · 马尼的《重新编码世界文学：图书馆、印刷文化和德国的书约》(2017)，也许是以博尔赫斯和帕慕克的引言开始的。马尼讨论的是他所说的“图书迁徙”(“bibliomigrancy”)，即图书跨越疆界的物理运动。在前言中，他回忆起童年的苏维埃运书车在德里以北的家乡出现，装满了“为饥饿的小城读者准备的自助餐”(3)。从这个运动的图书馆，马尼买到了《罪与罚》，其作者他从未听说过。他之所以选了陀思妥耶夫斯基，是因为这本令人满足的厚书才卖十卢比。幸运的是，他没有遇到托马斯 · 格林严厉的警告，即比较文学正在“像自助餐一样廉价供应”(《格林报告》，31)。通过物理图书的物质性来看文化的政治，马尼提出德国在获得世界文学方面的巨大投资弥补了他们缺乏的版图帝国。用马尼的话说，德国的“书约”在许多方面是一种浮士德式的讨价还价。

这四本书表明了主题、方法和素材的范围，这是在今天的比较文学研究中发现的。它们也从几个方面表明比较文学研究学者正在克服这个学科长久以来的薄弱之处。仅就民族文学研究与比较文学研究之间旧有的对立而言，值得注意的是其中两本书获得了个体文学协会的奖项（犹太研究领域的列维，德国研究中的马尼），而安谷莱阿奴则获得比较文学和人文学科的奖项，列维也同时获得现代语言学协会的最佳图书奖。这四本书把全球视角与地方之根综合起来，详尽讲述了莫斯科和北京、西岸的特拉维夫、巴黎和纽约、东西柏林往往紧张的语言与文化交叉。这四本书的作者都对文化政治和翻译的复杂性感兴趣，因为作为作家，其著作跨越了——或都未能跨越——内部和外部的疆界。他们都把理论讨论与诗歌、故事和小说的启发性阅读结合起来。这四位学者都从非常不同的视角在哈佛比较文学研究所教研讨班。最后，他们都把文学理解为审美经验和哲学与政治思想的宝库，他们自己的写作都栩栩如生，充满活力。只是在选择了这四个例子之后，我才意识到其中三位是以英语作为第二或第三语言的；而第四位，雅各布·埃德蒙是新西兰人，对他来说，英语并不是像对我本人这个新西兰人一样是土著语言。通过与源语言和翻译的诗歌与散文的亲密联系，他们都在流利使用英语的同时抵制全球英语的霸权。

* * *

如我们在以前各章中所看到的，我们在急遽变化的世界上重构比较文学研究。我们都具有完成这项工作的才能，在进出校园时都能顶住许多压力。当我们用文学来讨论移民和位移问题、生态危机问题、方兴未艾的种族—民族主义以及政治争论的普遍恶化问题时，值得回忆的是贺拉斯的名言，文学应该是娱乐的和有用的。诗歌、戏剧和小说除了向我们传达各种经验之外，还给我们提供了独特而经久的语言快感，其最丰富的、令人魂牵梦绕的诗的声音，那些趣味横生的人物和情节，把我们带出我们生活于其中的环境和忧虑。比较文学强化了这个过程，把自己民族的传统置入一个不同的框架之中，完全走出自己的文化，暂时给我们提供以不同方式想象我们的世界和我们自身的自由。

全球时代的文学经验既过剩得令人胆怯又从根本上不完整。这种双重性可见于《与但丁讨论〈神曲〉》，二十英尺长、几乎九英尺高的巨幅油画，2006 年由三位中国画家所作，他们是戴都都、李铁子和张安君（图 13）。本书中的黑白复制品不能公正地呈现其全景，但可以在《中国日报》网的阿齐兹“艺术事实”博客上见到彩色图景。画面上没有《神曲》的百篇诗章，取而代之的是来自许多时代和不

图 13　戴都都、李铁子和张安君：《与但丁讨论〈神曲〉》(2006)

同生活场景的百名人物。许多人物，如阿尔伯特·爱因斯坦和迈克尔·乔丹，无论在哪里都一眼就能识别出来。其他人可能只在中国语境中才有意义——摇滚明星崔健或诺尔曼·白求恩，后者是曾为中国军队医治伤兵的加拿大医生，1939 年去世并有专门纪念他的文章。胡安·安东尼奥·萨马兰奇——国际奥委会前主席，也许是由于 2008 年北京的夏季奥运会而被收入画面的。这是从独特的中国视角透视的一个世界。

在这幅宽广的图画中，文学和哲学得到了完美的呈现，从荷马、孔子和苏格拉底，到唐代诗仙李白（现在备有打字机，也许正在向林语堂颔首致意）。在作家行列里有莎士比亚、普希金、歌德、尼采、刘易斯·卡洛尔、高尔基和泰戈尔。他们与其他人混在一起，包括成吉思汗、拿破仑、猫王和乔治·布什，后者未能看到他背后站着的奥萨玛·本·拉登。电影是通过下列人物体现的，查理·卓别林、小邓波儿、布鲁斯·李、扮演教父的马龙·白兰度、靠在肖邦钢琴上的奥黛丽·赫本，斯蒂芬·斯皮尔伯格则望着毕加索在研究亚布拉罕·林肯……其他画家有达·芬奇、米开朗琪罗和一位现代水彩画家齐白石。在贵妇慈禧太后身边的是萨尔瓦多·达利，正抬头望着壁画上的画家，画家们都拿着自己的道具，一同巡视这个场面，而但丁则在画面最右上角的城墙上俯瞰整个画面。

据戴都都说，“我们想要在一幅画内再现世界史。我们想要展现世界的故事，让观者感到他们仿佛在快速翻阅历史书”（引自阿齐兹，《艺术事实》）。每一个人都似乎是（或过去曾经是）任何人，都在这幅视觉故事书中占有十五厘米的格子。当然，“每一个人”并不在那里；这百位人物是来自世界历史和文化的微小样本。而即便如此，他们呈现的是一幅令人震撼的大杂烩。三位艺术家本人在理解这个场面时看上去非常沮丧，其姿态令人想起 M. C. 伊舍尔笔下迷惑不解的观者在看着那些不可能建起的建筑。

比较文学研究学者在观看我们周围和在我们前面展开的拥挤的文学全景时，完全能够分享艺术家的混杂情感。图书馆帮助我们组织物质素材，但仅仅是在一定程度上。在《阅读世界文学》中，温卡特·马尼强调图书馆绝不仅仅是文化宝库，因其总是排除——或压制——比它们保存的多得多的书。如简·阿斯曼所说，写作“导致了扩张与丧失的辩证法。……跨越千年的优秀的正面形式的保留和实现与通过忘却和压制而失去的负面形式构成平衡，而压制的手段包括操纵、审查、破坏、限制和替代”（《文化记忆与早期文明》，9）。在讨论尼尼微亚述巴尼拔大图书馆的破坏时，马丁·普什纳说后续损失的楔形文字以及随之而去的整个美索不达米亚文学“暗示关于文学的一个令人痛苦的真理：唯一能保证生存的就是持续性使用。不要相信泥板或石头。文学必须为每一代人所用。由于过分为文字的耐力所感动，世界忘记了一切都屈服于忘却的事实，甚至文字”（《被书写的世界》，44）。

比较文学研究学者面对两个几乎无法逾越的限制：现存早期文学的贫乏，和现代写作的压倒一切的丰盈。“人们永远不会书写维多利亚时代的历史，”立顿·斯特拉齐的名言告诉我们，“我们太了解这段历史了。”（《维多利亚名人录》，1）我们宽敞的图书馆和我们爆炸性的互联网档案令人畏惧且具有欺骗性。它们让我们以为我们拥有那一切，但我们从未拥有——不仅因为有许多书从未进过图书馆或后来被清馆出售，而且因为有许多书架我们根本没碰过。的确，我们甚至不能读图书馆馆藏的一点点，尽管档案活动家不时发现重要的被久已忘却的作品，我还是不介意让斯坦福文学实验室去完成数据挖掘的工作，把数以千计的维多利亚时代的无名或著名的小说挖掘出来，以帮助撰写在斯特拉齐时代无法撰写的宏大历史。但比较文学研究学者既忽视了弱小民族又没有达到高度发展。我想要建议的是，作为基本原则，任何文学理论或批评方法都是有价值的，如果它能使我们以有用的方式扩展我们的档案，从欣赏、深度理解和批评创新的角度阅读新发现的和久已熟悉的作品的话。相反，任何理论、任何方法，无论是什么，如果其重要结果——或目标——之一是隔断了图书馆的整条长廊，那就是有问题的。

这些忧虑是关于过分丰富的忧虑，但在早期文学方面我们面对的问题恰好相反，早期文学的图书馆要么被毁掉，要么干脆等着腐烂。古典文学领域的学者也许时时念及我们知道的但却丢失的作品——甚至著名的索福克勒斯的作品，在其漫长生涯中他写了 120 部戏剧，仅存的只有 7 部。更糟糕的是，我们丢失的一套套作品甚至连其丢失我们都无从知晓。比如，人们常说美索不达米亚的文学在公元前 8 世纪左右就风化了，此后的抄写员大部分局限于抄写和再抄写早先的经典文本。但我们何以认其为真呢？显然，压在泥板上的楔形符号已经不再是新兴文学创作的工具了，但很难想象居于先进的城市中心的一代代抄写员从未感到被激发灵感去写一首诗或一篇故事。他们的文学不太可能成为技术变化的牺牲品：流行的新字母是写在易腐烂的纸莎草和羊皮纸上而非印在泥版上的。与索福克勒斯遗失的戏剧和整个亚述一巴比伦文学不同，《圣经》和两部《荷马史诗》之所以存活，是因为在现存文本被解析之前人们从未停止抄写它们。

这些损失也并非没有益处。古希腊文学、古埃及文学或美索不达米亚文学的专家们可以把现存的全部文学放在一个书架上，或存储在有几兆存储量的硬盘上——假如他们愿意把这些文本托付给那些更为昙花一现的媒介的话。我们拥有的前征服时期的美洲文学则更少，这是因为征服者们把“偶像崇拜式的”古抄本统统破坏了。今天残存的仅有几部，如《波波武经》，之所以幸存还多亏了它是用罗马字母写成的。然而，正是原始素材的短缺激励埃及研究专家和美索不达米亚研究专家拥有了包括几个不同学科的私人学术藏书，在文学、历史、艺术和考古学等领域里游刃有余。甚至档案中和幸存手稿中的空白也物有所用。澳大利亚学者英加·科伦丁恩用一段话结束她充满睿智的《阿兹台克：一个阐释》(1991)，于中她表达了对一段大多已经消失的历史的悖论式迷恋：

> 在过去的墨西哥世界与一小串雕石和画纸之间有一段漫长的痛苦的距离。用那些被记忆的形象和词语，我们试图再造那个世界。研究远古地区和民族的历史学家是人文科学的浪漫派，是追逐其大白鲸的亚哈们，模糊地意识到他们在做什么，但如果冷静地想来，所做的却又是不合理性的。我们从不能追上他们，也不想追：那是我们自己的思维、理解力和想象力的局限，当我们切分这些奇怪的水域时我们检验这些能力。然后我们以为我们看到了深水中正在变黑的一块，一阵突如其来的涌动，

> 一条鲽鱼的翻滚——然后，那震动心弦的一瞥，那巨大的白色形状，其白色抛出了自身独特的光，就在那里，在粼光闪烁的地平线上。(275)

无论研究旧的文学还是新的文学，与我们自己成长于其中的文化是接近的还是遥远的，各种比较文学研究学者都必然体验到发现久已被埋没的作品的特殊形状的快乐，以及在新比较的陌生之光中看到自己喜欢的作家的快乐。

在《批评的剖析》的论战式前言中，诺思罗普·弗莱敦促他所处时代的批评家质疑事先设定的价值判断，要撒出比以往更大的网。但他还说，这种宽泛的探究不应该“趋向于麻木地满足于书面的一切，那并不是我心里所想的”(28)。当然，今天的学者不再冒着普遍麻木的满足的危险，无论是对素材、方法还是我们周围的世界。作为给比较文学研究学者所要铭记的名言，我愿意引用一部重要的文化比较著作中的一句话，这就是伊比利亚诗人和哲学家犹大·哈列维（1075—1141）的《库萨里》。以犹太一阿拉伯文写于晚年，即在与我们自己时代相差无几的艰难时期，该书以对话形式呈现，由卡萨里国王主持。这是一个居于黑海沿岸的异教民族，据说在公元8世纪皈依犹太教。犹大·哈列维想象国王做了一个令人不安的梦，梦中有人告诉他，他的意图是好的，但他的行为却不然。国王决定召集一个基督徒、一个穆斯林、一个希腊哲学家和一个拉比，分别讲解其信仰的最佳体系。拉比通过把历史学、语文学和哲学综合在一起而赢得了这场辩论。他特别强调了他的主张，即只有希伯来人有描写整个世界历史的书面记录。虽然我羡慕这位拉比挖掘档案的热情，但我所要引用的名言却是国王何以想要通过辩论和追根溯源达到理解的解释。“传统本身是个好东西，”国王说，“但一颗不安的灵魂喜欢探究。”(《库萨

里》，5.1）

由于没有图书馆，国王以口语考试的形式进行这次比较研究，其程序与现今博士答辩恰好相反。总有一天，现今这种答辩会令研究生的配偶做噩梦的，如我在本书开头所讲的轶事一样。并不是四位学者组成答辩委员会面审一个学生，而是皇族探索者由于自己做了令人不安的梦而面审四个学者。一如既往，比较研究既揭示共性也揭示差异。而在犹大·哈列维写出这番对话的九百年后，国王的回答仍然是有道理的。从赫尔德和德·斯塔尔夫人到奥尔巴赫及其后，我们在本书中讨论的这些不安的灵魂有助于我们图绘我们前进的道路，以找到比较今日之文学的新的更好的方法。

参考文献

Abu-Lughod, Janet L. *Before European Hegemony: The World System A. D. 1250—1350*. New York: Oxford University Press, 1989.

Adorno, Theodor. *Minima Moralia: Reflexionen aus dem beschädigten Leben*. Frankfurt am Main: Suhrkamp, 1951. *Minima Moralia: Reflections from Damaged Life*. Tr. E. F. N. Jephcott. London: New Left Books, 1974.

Anderson, Benedict R. O'G. *Imagined Communities: Reflections on the Origin and Spread of Nationalism*. Rev. ed. London: Verso, 2016.

——. "In the World-Shadow of Bismarck and Nobel." *New Left Review* 28 (2004):85—129.

——. "Jupiter Hill: José Rizal: Paris, Havana, Barcelona, Berlin—3." *New Left Review* 29 (2004): 91—120.

——. "Murder and Progress in Modern Siam." In *Exploration and Irony in Studies of Siam Over Forty Years*, 101—115. Ithaca, NY: Cornell Southeast Asia Program Publications, 2014.

——. "Nitroglycerine in the Pomegranate." *New Left Review* 27 (2004): 99—118.

——. *The Spectre of Comparison: Nationalism, Southeast Asia, and the World*. London: Verso, 1998.

Anderson, Benedict R. O'G., and Ruchira C. Mendiones, eds. and tr. *In the Mirror: Literature and Politics in Siam in the American Era*. Bangkok: Editions Duang Kamol,

1985.

Apter, Emily. *Against World Literature: On the Politics of Untranslatability*. London: Verso, 2013.

——. "Global Translatio: The 'Invention' of Comparative Literature, Istanbul, 1933." *Critical Inquiry* 29.2 (2003): 253—281. Repr. in *The Translation Zone*, 41—64.

——. *The Translation Zone: A New Comparative Literature*. Princeton: Princeton University Press, 2006.

Apuleius. *Metamorphoses (The Golden Ass)*. Ed. and tr. J. Arthur Hanson. Loeb Classical Library. 2 vols. Cambridge, MA: Harvard University Press, 1989, 1996. *The Golden Ass*. Ed. and tr. P. G. Walsh. Oxford World Classics. Oxford: Oxford University Press, 1994.

Arac, Jonathan. "Anglo-Globalism?" *New Left Review* 16 (July–August 2002): 35—45.

Arantes, Paulo Eduardo. *Sentimento da dialética na experiência intelectual brasileira: Dialética e dualidade segundo Antonio Candido e Roberto Schwarz*. São Paulo: Paz e Terra, 1992.

Assmann, Jan. *Cultural Memory and Early Civilization: Writing, Remembrance, and Political Imagination*. Tr. David Henry Wilson. Cambridge: Cambridge University Press, 2011.

——. "Cultural Memory and the Myth of the Axial Age." In Robert N. Bellah and Hans Jonas, eds., *The Axial Age and Its Consequences*, 366—407. Cambridge: Cambridge University Press, 2012.

Asturias, Miguel Ángel. *El señor Presidente*. Madrid: Cátedra, 1997. *The President*. Tr. Frances Partridge. London: Gollancz, 1963.

——. *Leyendas de Guatemala*. 3rd ed. Madrid: Cátedra, 2002.

Auerbach, Clemens. "Summer 1937." In Barck and Treml, eds., *Erich Auerbach*, 495—500.

Auerbach, Erich. "Epilegomena zu *Mimesis*." *Romanische Forschungen* 65 (1953): 1—18. "Epilegomena to *Mimesis*." Tr. Jan M. Ziolkowski. *Mimesis* (2003 ed.), 559—574.

——. *Mimesis: Dargestellte Wirklichkeit in der abendländischen Literatur*. 2nd ed. Bern: Francke, 1959. *Mimesis: The Representation of Reality in Western Literature*. Tr. Willard R. Trask. Princeton: Princeton University Press, 1953. Fiftiethanniversary edition, 2003.

——. "The Philology of World Literature." In James L. Porter, ed., *Time, History, and Literature: Selected Essays of Erich Auerbach*, 253—265. Tr. Jane O. Newman. Princeton: Princeton University Press, 2014.

——. "Über das Studium der Romanistik in Istanbul." In Christian Rivoletti, ed., *Kultur als Politik: Aufsätze aus dem Exil zur Geschichte und Zukunft Europas (1938–1947)*, 89—92. Tr. Christophe Neumann. Konstanz: Konstanz University Press, 2014.

Aziz. "Art Fact: Dai Dudu, Li Tie Zhi, Zhang An." https://blog.chinadaily.com.cn/forum.php?mod=viewthread&tid=717218&page=1&authorid=650995 (ac-cessed August 8, 2019).

Badiou, Alain. *Petit manuel d'inesthétique*. Paris: Éditions du Seuil, 1998. *Handbook of Inaesthetics*. Tr. Alberto Toscano. Stanford: Stanford University Press, 2005.

Bakhtin, Mikhail M. *The Dialogic Imagination: Four Essays*. Ed. and tr. Michael Holquist and Caryl Emerson. Austin: University of Texas Press, 1983.

Balakian, Anna. "How and Why I Became a Comparatist." In Gossman and Spariosu, eds., *Building a Profession*, 75—87.

——. *The Snowflake on the Belfry: Dogma and Disquietude in the Critical Arena*. Bloomington: Indiana University Press, 1994.

Banoun, Bernard. "Notes sur l'oreiller occidental-oriental de Yoko Tawada." *Études Germaniques* 65.3 (2010): 415—429.

Barck, Karlheinz, and Martin Treml, eds. *Erich Auerbach: Geschichte und Aktualität eines europäischen Philologen*. Berlin: Kulturverlag Kadmos, 2007.

Barlowe, Wayne. *Barlowe's Inferno*. Beverly Hills, CA: Morpheus, 1998.

Barolini, Teodolinda. "An Ivy League Professor Weighs In: Expert View." *Entertainment Weekly* 1091 (February 26, 2010): 79.

Barthes, Roland. *Roland Barthes par Roland Barthes*. Paris: Éditions du Seuil, 1975. *Roland Barthes by Roland Barthes*. Tr. Richard Howard. New York: Hill and Wang, 2010.

——. *S/Z*. Paris: Éditions du Seuil, 1970. *S/Z: An Essay*. Tr. Richard Miller. New York: Hill and Wang, 1975.

Bassnett, Susan. *Comparative Literature: A Critical Introduction*. Oxford: Blackwell, 1993.

——. ed. *Translation and World Literature*. Abingdon: Routledge, 2018.

Beecroft, Alexander. *An Ecology of World Literature: From Antiquity to the Present Day*. London: Verso, 2015.

Beil, Ulrich J. "Zwischen Fremdbestimmung und Universalitätsanspruch: Deutsche Weltliteraturanthologien als Ausdruck kultureller Selbstinterpretation." In Helga Essmann and Udo Schöning, eds., *Weltliteratur in deutschen Versanthologien des 19. Jahrhunderts*, 261—310. Berlin: Erich Schmidt Verlag, 1996.

Bender, Thomas. "Lionel Trilling and American Life." *American Quarterly* 42.2 (1990): 324–347.

Berczik, Árpad. "Hugó von Meltzl." *Német Filológiai Tanulmányok* 12 (1978): 87–100.

Bermann, Sandra, and Catherine Porter, eds. *A Companion to Translation Studies*. Oxford: Blackwell, 2004.

Bermann, Sandra, and Michael Wood, eds. *Nation, Language, and the Ethics of Translation*. Princeton: Princeton University Press, 2005.

Bernheimer, Charles, ed. *Comparative Literature in the Age of Multiculturalism*. Baltimore: Johns Hopkins University Press, 1995.

——. et al. "The Bernheimer Report, 1993: Comparative Literature at the Turn of the Century." In Bernheimer, ed., *Comparative Literature in the Age of Multiculturalism*, 39–48.

Bess, Michael. "Power, Moral Values, and the Intellectual: An Interview with Michel Foucault." *The Daily Californian*, November 10, 1980. www.michaelbess.org/foucault-interview (accessed March 14, 2018).

Bhabha, Homi. *The Location of Culture*. London and New York: Routledge Classics, 2004.

Bhattacharya, Baidik. "On Comparatism in the Colony: Archives, Methods, and the Project of *Weltliteratur*." *Critical Inquiry* 42.2 (2016): 677–711.

——. *Postcolonial Writing in the Era of World Literature: Texts, Territories, Globalizations*. Abingdon and New York: Routledge, 2018.

Binet, Laurent. *La Septième fonction du langage*. Paris: Grasset, 2015. *The Seventh Function of Language*. Tr. Sam Taylor. New York: Farrar, Straus and Giroux, 2017.

Birns, Nicholas, and Juan E. De Castro, eds. *Roberto Bolaño as World Literature*. New York: Bloomsbury Academic, 2017.

Blessing, James H. "Comparative Literature and Title IV of the National Defense Education Act." *Comparative Literature Studies*, special advance number (1963): 127–133.

Bloom, Harold. *The Anxiety of Influence: A Theory of Poetry*. 2nd ed. New York: Oxford University Press, 1997.

Boitani, Piero, and Emilia Di Rocco. *Guida allo studio delle letterature comparate*. Bari: Laterza, 2013.

Boym, Svetlana. *Another Freedom: The Alternative History of an Idea*. Chicago: University of Chicago Press, 2012.

——. *The Future of Nostalgia*. New York: Basic Books, 2002.

——. *The Off-Modern*. New York: Bloomsbury Academic, 2017.

Braider, Christopher. "Of Monuments and Documents: Comparative Literature and the Visual Arts in Early Modern Studies, or The Art of Historical Tact." In Saussy, *Comparative Literature in an Age of Globalization*, 155—174.

Brandes, Georg. *Hovedstrømninger i det nittende Aarhundredes Litteratur (1872—1890)*. 6 vols. Copenhagen: Jespersen and Pio, 1966. *Main Currents in Nineteenth Century Literature*. Tr. Diana White and Mary Morison. 6 vols. New York: MacMillan; London: Heinemann, 1906.

——. "Weltliteratur." *Das litterarische Echo* 2.1 (1899): 1—3. "World Literature." Tr. Haun Saussy. In Thomsen, *Mapping World Literature*, 143—147. Repr. in Damrosch et al., *Princeton Sourcebook*, 61—66.

Brennan, Timothy. *At Home in the World: Cosmopolitanism Now*. Cambridge, MA: Harvard University Press, 1997.

Breton, André. "The Surrealist Situation of the Object." In *Manifestoes of Surrealism*, 261—310. Tr. Richard Seaver and Helen R. Lane. Ann Arbor: University of Michigan Press, 1972.

Broch, Hermann. *Der Tod des Vergil*. Frankfurt: Suhrkamp, 1994. *The Death of Virgil*. Tr. Jean Starr Untermeyer. New York: Vintage, 1995.

Bronner, Yigal, David Dean Shulman, and Gary A. Tubb, eds. *Innovations and Turning Points: Toward a History of Kāvya Literature*. New Delhi: Oxford University Press, 2014.

Brooke-Rose, Christine. *Between* (1968). In *The Christine Brooke-Rose Omnibus: Four Novels*, 391—575. Manchester and New York: Carcanet, 1986.

——. "Exsul." *Poetics Today* 17.3 (1996): 289—303.

Brooks, Peter. *Reading for the Plot: Design and Intention in Narrative*. Rev. ed. Cambridge, MA: Harvard University Press, 1992.

Brooks, Peter, Shoshana Felman, and J. Hillis Miller, eds. *The Lesson of Paul de Man*. *Yale French Studies* 69 (1985).

Brown, Marshall. "Encountering the World." *Neohelicon* 38 (2011): 349—365.

Buescu, Helena Carvalhão. *Experiência do incomum e boa vizinhança*. Porto: Porto Editora, 2013.

—— et al., eds. *Literatura-mundo comparada: Perspectivas em português*. Vol. 1: *Mundos em português*. Ed. Helena Carvalhão Buescu and Inocência Mata. Lisbon: Tinta da China, 2017.

Bulson, Eric. *Little Magazine, World Form*. New York: Columbia University Press, 2017.

Calinescu, Matei. *Five Faces of Modernity: Modernism, Avant-Garde, Decadence, Kitsch, Postmodernism*. Durham: Duke University Press, 1987.

Calvino, Italo. *I nostri antenati: Il cavaliere inesistente, Il visconte dimezzato, Il barone rampante*. Turin: Einaudi, 1960. *Our Ancestors*. Tr. Archibald Colquhoun. New York: Vintage, 2009.

——. *Le città invisibili* (1972). Milan: Mondadori, 1993. *Invisible Cities*. Tr. William Weaver. San Diego and New York: Harcourt, Brace, 1974.

——. "Presentazione." In *Le città invisibili*, v–xi.

Candido, Antonio. *Formação da literatura brasileira: Momentos decisivos* (1959). 2 vols. Belo Horizonte: Editora Itatiaia, 1975.

——. *On Literature and Society*. Ed. and tr. Howard S. Becker. Princeton: Princeton University Press, 2014.

Canetti, Elias. "Banquet Speech." www.nobelprize.org/prizes/literature/1981/canetti/speech (accessed March 13, 2019).

——. *Die Blendung: Roman*. Munich: C. Hanser, 1992. *Auto-da-fé: A Novel*. Tr. C. V. Wedgwood. New York: Farrar, Straus and Giroux, 1984.

——. *The Conscience of Words*. Tr. Joachim Neugroschel. New York: Seabury, 1979.

Cao, Shunqing. *The Variation Theory of Comparative Literature*. Berlin: Springer, 2013.

Cărtărescu, Mircea. "Europe Has the Shape of My Brain." www.icr.ro/pagini/europe-has-the-shape-of-my-brain/en (accessed September 12, 2018).

Casanova, Pascale. *La Langue mondiale: Traduction et domination*. Paris: Éditions du Seuil, 2015.

——. *La République mondiale des lettres*. Paris: Éditions du Seuil, 1999. *The World Republic of Letters*. Tr. M. B. DeBevoise. Cambridge, MA: Harvard University Press, 2004.

——. ed. *Des littératures combatives: L'internationale des nationalismes littéraires*. Paris: Éditions Raisons d'agir, 2011.

Caws, Mary Ann, and Christopher Prendergast, eds. *The Harper Collins World Reader*. New York: HarperCollins, 1994.

Chakrabarty, Dipesh. *Provincializing Europe: Postcolonial Thought and Historical Difference*. Princeton: Princeton University Press, 2007.

Cheah, Pheng. *What Is a World? On Postcolonial Literature as World Literature*. Durham, NC: Duke University Press, 2016.

Ch'ien, Evelyn Nien-Ming. *Weird English*. Cambridge, MA: Harvard University Press, 2004.

Chou, Min-chih. *Hu Shih and Intellectual Choice in Modern China*. Ann Arbor:

University of Michigan Press, 1984.

Chow, Rey. "In the Name of Comparative Literature." In Bernheimer, *Comparative Literature in the Age of Multiculturalism*, 107—116.

Clendinnen, Inga. *Aztecs: An Interpretation*. Cambridge and New York: Cambridge University Press, 1991.

Coletti, Vittorio. *Romanzo mondo: La letteratura nel villaggio globale*. Bologna: Il mulino, 2011.

Corneliussen, Hilde G., and Jill Walker Rettberg, eds. *Digital Culture, Play, and Identity: A "World of Warcraft" Reader*. Cambridge, MA: MIT Press, 2008.

Correira dos Santos, Carolina. "Brazilian Literary Theory's Challenge before the Non-human: Three Encounters and an Epilogue." In May Hawas, ed., *The Routledge Companion to World Literature and World History*, 334—347. Abingdon and New York: Routledge, 2018.

Coste, Didier. "Votum Mortis." *Fabula: La recherche en littérature*. www.fabula.org/cr/449.php (accessed August 24, 2018).

Croce, Benedetto. *L'Estetica come scienza dell'espressione e linguistica generale* (1902). *Aesthetic as Science of Expression and General Linguistic*. Tr. Douglas Ainslie. London: Vision Press, 1953.

Culler, Jonathan. "Comparability." *World Literature Today* 69.2 (1995): 268—270.

Culler, Jonathan, and Pheng Cheah, eds. *Grounds of Comparison: Around the Work of Benedict Anderson*. London and New York: Routledge, 2003.

Dabashi, Hamid. *The Shahnameh: The Persian Epic as World Literature*. New York: Columbia University Press, 2019.

Damrosch, David. "Contextualizing Arabic Literature: A Response to Omar Khalifah's 'Anthologizing Arabic Literature.'" *Journal of World Literature* 2.4 (2017): 527—534.

——. *The Buried Book: The Loss and Rediscovery of the Great Epic of Gilgamesh*. New York: Henry Holt, 2006.

——. *How to Read World Literature*. 2nd ed. Oxford: Blackwell, 2017.

——. *What Is World Literature?* Princeton: Princeton University Press, 2003.

——. ed. *Teaching World Literature*. New York: Modern Language Association, 2009.

——. ed. *World Literature in Theory*. Oxford: Wiley Blackwell, 2014.

Damrosch, David, Natalie Melas, and Mbongiseni Buthelezi, eds. *The Princeton Sourcebook in Comparative Literature*. Princeton: Princeton University Press, 2009.

Damrosch, David, and Katharina Piechocki. "Spitzer's Rabelais." https://youtu.be/

8vND65MF69Y (accessed August 1, 2019).

Damrosch, David, David L. Pike, et al., eds. *The Longman Anthology of World Literature*. 6 vols. 2nd ed. New York: Pearson, 2008.

Damrosch, David, and Gayatri Chakravorty Spivak. "Comparative Literature / World Literature: A Discussion." *Comparative Literature Studies* 48.4 (2011): 455—485.

Danly, Robert Lyons. *In the Shade of Spring Leaves: The Life of Higuchi Ichiyō, with Nine of Her Best Stories*. Rev. ed. New York: W. W. Norton, 1992.

Dante Alighieri. *Dante's Inferno*. Tr. Henry Wadsworth Longfellow. Introduction by Jonathan Knight. New York: Ballantine Books / Del Rey, 2010.

David, Jérôme. *Spectres de Goethe: Les métamorphoses de la 'littérature mondiale'*. Paris: Les Prairies ordinaires, 2011.

De Cristofaro, Francesco, et al. *Letterature comparate*. Rome: Carocci Editore, 2015.

Deleuze, Gilles, and Félix Guattari. *Mille plateaux: Capitalisme et schizophrénie 2*. Paris: Éditions de Minuit, 1980. *A Thousand Plateaus: Capitalism and Schizophrenia*. Tr. Brian Massumi. Minneapolis: University of Minnesota Press, 1987.

De Man, Paul. *Allegories of Reading: Figural Language in Rousseau, Nietzsche, Rilke, and Proust*. New Haven: Yale University Press, 1979.

——. "Criticism and Crisis." In *Blindness and Insight: Essays in the Rhetoric of Contemporary Criticism*, 3—19. Minneapolis: University of Minnesota Press, 1971.

——. "Reading History." Introduction to *Toward an Aesthetic of Reception*, by Hans Robert Jauss. Repr. in *The Resistance to Theory*, 54—72.

——. *The Resistance to Theory*. Minneapolis: University of Minnesota Press, 1986.

Denecke, Wiebke. *Classical World Literatures: Sino-Japanese and Greco-Roman Comparisons*. Oxford: Oxford University Press, 2013.

——. *The Dynamics of Master's Literature: Early Chinese Thought from Confucius to Han Feizi*. Cambridge, MA: Harvard University Press, 2011.

Dening, Walter. "Japanese Modern Literature." In E. Delmar Morgan, ed., *Transactions of the 9th International Congress of Orientalists (Held in London, 5th to 12th September 1892)*, 2:642—667. London: International Congress of Orientalists, 1893.

Denton, Kirk A. "Lu Xun Biography." *MCLC Resource Center*, 2002. http://u.osu.edu/mclc/online-series/lu-xun (accessed December 17, 2018).

Department of Education. "The History of Title VI and Fulbright-Hays: An Impressive International Timeline." www2.ed.gov/about/offices/list/ope/iegps/history.html (accessed February 16, 2018).

Derrida, Jacques. *Dè la grammatologie*. Paris: Éditions de Minuit, 1967. *Of Grammatology*. Tr. Gayatri Chakravorty Spivak. Rev. ed. Baltimore: Johns Hopkins University

Press, 2016.

——. *La Carte postale: De Socrate à Freud et au-delà*. Paris: Flammarion, 1980. *The Post Card: From Socrates to Freud and Beyond*. Tr. Alan Bass. Chicago: University of Chicago Press, 1987.

——. "La Différance." In *Marges de la philosophie*, 1—29. Paris: Éditions de Minuit, 1972. "Différance." In *Margins of Philosophy*, 1—27. Tr. Alan Bass. Chicago: University of Chicago Press, 1982.

Detienne, Marcel. *Comparer l'incomparable.* Rev. ed. Paris: Points, 2009. *Comparing the Incomparable.* Tr. Janet Lloyd. Stanford: Stanford University Press, 2008.

Détrie, Muriel. "Connaissons-nous Étiemble (né en 1909)?" *Revue de Littérature Comparée* 74.3 (2000): 413—425.

De Vries, Hent. "Director's Welcome." http://sct.cornell.edu/about/directors-welcome (accessed September 20, 2018).

D'haen, Theo. "Dutch Interbellum Poetry and/as World Literature." In D'haen, ed., *Dutch and Flemish Literature as World Literature*, 218—229. New York: Bloomsbury Academic, 2019.

——. "J. J. Slauerhoff, Dutch Literature, and World Literature." In José Luis Jobim, ed., *Literature e cultura: do nacional ao transnacional*, 143—157. Rio de Janeiro: UERJ, 2013.

——. *The Routledge Concise History of World Literature*. Abingdon and New York: Routledge, 2011.

D'haen, Theo, David Damrosch, and Djelal Kadir, eds. *The Routledge Companion to World Literature*. Abingdon and New York: Routledge, 2012.

D'haen, Theo, César Domínguez, and Mads Rosendahl Thomsen, eds. *World Literature: A Reader*. Abingdon and New York: Routledge, 2012.

Domínguez, César, Haun Saussy, and Dario Villanueva. *Introducing Comparativev Literature: New Trends and Applications.* Abingdon and New York: Routledge, 2015.

Douglas, Mary. *How Institutions Think.* Syracuse, NY: Syracuse University Press, 1986.

Doyle, Arthur Conan. "The Adventure of the Sussex Vampire" (1924). www.dfwsherlock.org/uploads/3/7/3/8/37380505/1924_january_the_adventure_of_the_sussex_vampire.pdf (accessed August 16, 2018).

Ďurišin, Dionýz. *Čo je svetová literatura?* Bratislava: Obzor, 1992.

——. *Sources and Systematics of Comparative Literature*. Tr. Peter Tkáč. Bratislava: Univerzita Komenského, 1984.

——. *Theory of Interliterary Process*. Tr. Jessie Kocmanová and Zdenek Pištek. Bratislava: Veda, 1989.

——. *Theory of Literary Comparatistics*. Tr. Jessie Kocmanová. Bratislava: Veda, 1984.

——. "World Literature as a Target Literary-Historical Category." *Slovak Review* 2.1 (1993): 7—15. Corrected repr. in D'haen et al., *World Literature: A Reader*, 150—159.

Durrans, Stéphanie. "The Translation in the Closet: Marguerite Yourcenar and Willa Cather." *Willa Cather Newsletter and Review* 50.2 (2015): 50—55.

Eagleton, Terry. *Literary Theory: An Introduction*. Minneapolis: University of Minnesota Press, 1983.

Eco, Umberto. *Il nome della rosa*. Bologna: Bompiani, 1980. *The Name of the Rose*. Tr. William Weaver. New York: Harcourt, 1983.

——. *Six Walks in the Fictional Woods*. Cambridge, MA: Harvard University Press, 1994.

Edelstein, Ludwig. Review of *Mimesis*, by Erich Auerbach. *Modern Language Notes* 65.6 (1950): 426—431.

Edmond, Jacob. *A Common Strangeness: Contemporary Poetry, Cross-cultural Encounter, Comparative Literature*. New York: Fordham University Press, 2012.

Egenfeldt-Nielsen, Simon, Jonas Heide Smith, and Susana Pajares Tosca. *Understanding Video Games: The Essential Introduction*. Abingdon and London: Routledge, 2008.

Emmerich, Karen. *Literary Translation and the Making of Originals*. New York: Bloomsbury Academic, 2017.

Emmerich, Michael. *The Tale of Genji: Translation, Canonization, and World Literature*. New York: Columbia University Press, 2013.

Enzensberger, Hans Magnus. "The World Language of Modern Poetry." In Michael E. Roloff, ed., *The Consciousness Industry: On Literature, Politics, and the Media*, 42—61. New York: Seabury, 1974.

Étiemble, René. *Comment lire un roman japonais (Le Kyôto de Kawabata)*. Paris: Eibel-Fanlac, 1980.

——. *Comparaison n'est pas raison: La crise de la littérature comparée*. Paris: Gallimard, 1963. Repr. in *Ouverture(s) sur un comparatisme planétaire*, 59—146. *The Crisis in Comparative Literature*. Tr. Herbert Weisinger and Georges Joyaux. East Lansing: Michigan State University Press, 1966.

——. *Lignes d'une vie: Naissance à la littérature ou Le meurtre du père*. Paris: Arléa, 1988.

——. *Ouverture(s) sur un comparatisme planétaire*. Paris: Christian Bourgois, 1988.

——. *Parlez-vous franglais?* Paris: NRF / Gallimard, 1964.

——. et al. *Le Mythe d'Étiemble: Hommages, études et recherches inédits*. Paris: Didier

Érudition, 1979.
Ette, Ottmar. *Der Fall Jauss: Wege des Verstehens in eine Zukunft der Philologie*. Berlin: Kulturverlag Kadmos, 2016.

Fang, Weigui, ed. *Tensions in World Literature: Between the Local and the Universal.* Singapore: Palgrave Macmillan, 2018.
Fassel, Horst, ed. *Acta Comparationis Litterarum Universarum, Jahrgang 1 (1877).* Cluj-Napoca: Institutul German al Universității Babeș-Bolyai, 2002.
——. *Hugo Meltzl und die Anfänge der Komparatistik*. Stuttgart: Steiner, 2005.
Felski, Rita, and Susan Stanford Friedman, eds. *Comparison: Theories, Approaches, Uses*. Baltimore: Johns Hopkins University Press, 2013.
Ferris, David. "Indiscipline." In Saussy, ed., *Comparative Literature in an Age of Globalization*, 78—99.
Foster, John Burt, Jr. *Transnational Tolstoy: Between the West and the World*. New York: Bloomsbury Academic, 2013.
Friederich, Werner. "Ferdinand Baldensperger." *Yearbook of Comparative and General Literature* 11 (1962): 41—44.
——. "On the Integrity of Our Planning." In Haskell Block, ed., *The Teaching of World Literature*, 9—22. Chapel Hill: University of North Carolina Press, 1960.
Friedman, Susan Stanford. *Planetary Modernisms: Provocations on Modernity across Time*. New York: Columbia University Press, 2015.
Frye, Northrop. *Anatomy of Criticism: Four Essays*. Princeton: Princeton University Press, 1957.
——. *The Educated Imagination*. The Massey Lectures, Second Series. Toronto: Canadian Broadcasting Corporation, 1963.
Furst, Desider, and Lilian R. Furst. *Home Is Somewhere Else: Autobiography in Two Voices*. Albany: State University of New York Press, 1994. Lilian R. Furst und Desider Furst. *Daheim ist anderswo: Ein jüdisches Schicksal, erinnert von Vater und Tochter*. Frankfurt: Campus Verlag, 2009.
Furst, Lilian R. "Freud and Vienna." *Virginia Quarterly Review* 77.1 (2001): 49—62.
——. *Random Destinations: Escaping the Holocaust and Starting Life Anew*. New York: Palgrave Macmillan, 2005.
——. *Romanticism in Perspective: A Comparative Study of Aspects of the Romantic Movement in England, France and Germany*. London: Macmillan, 1969.

Galadewos. *The Life and Struggles of Our Mother Wallata Petros: A Seventeenthcen-*

tury African Biography of an Ethiopian Woman. Ed. and tr. Wendy Laura Belcher and Michael Kleiner. Princeton: Princeton University Press, 2015.

Gallagher, Susan VanZanten. "Contingencies and Intersections: The Formation of Pedagogical Canons." *Pedagogy* 1.1 (2001): 53—67.

Ganguly, Debjani. *This Thing Called a World: The Contemporary Novel as Global Form*. Durham, NC: Duke University Press, 2016.

——. ed. *The Cambridge History of World Literature*. 2 vols. Cambridge: Cambridge University Press, 2020.

García Márquez, Gabriel. *Cien años de soledad*. Buenos Aires: Editorial Sudamericana, 1967. *One Hundred Years of Solitude*. Tr. Gregory Rabassa. New York: Harper and Row, 1970.

——. "The Solitude of Latin America." Nobel Prize lecture, 1982. www.nobelprize.org/prizes/literature/1982/marquez/lecture (accessed September 5, 2018).

García Márquez, Gabriel, and Peter H. Stone. "The Art of Fiction No. 69." *Paris Review* 82 (1981). www.theparisreview.org/interviews/3196/gabriel-garcia-marquez-the-art-of-fiction-no-69-gabriel-garcia-marquez (accessed August 24, 2018).

Genette, Gérard. *Figures I–III*. Paris: Éditions du Seuil, 1966, 1969, 1972. *Figures of Literary Discourse*. Tr. A. Sheridan. New York: Columbia University Press, 1981. *Narrative Discourse: An Essay in Method*. Tr. Jane E. Lewin. Ithaca, NY: Cornell University Press, 1983.

Gervinus, Georg Gottfried. *Geschichte der poetischen National-Literatur der Deutschen*. 5 vols. Leipzig: Engelmann, 1835—1842.

GoGwilt, Christopher. *The Passage of Literature: Genealogies of Modernism in Conrad, Rhys, and Pramoedya*. Oxford: Oxford University Press, 2010.

Gossman, Lionel, and Mihai I. Spariosu, eds. *Building a Profession: Autobiographical Perspectives on the Beginnings of Comparative Literature in the United States*. Albany: State University of New York Press, 1994.

Graff, Gerald. *Professing Literature: An Institutional History*. Chicago: University of Chicago Press, 2007.

Green, Geoffrey. *Literary Criticism and the Structures of History: Erich Auerbach and Leo Spitzer*. Lincoln: University of Nebraska Press, 1983.

Greene, Roland. "Their Generation." In Bernheimer, *Comparative Literature in the Age of Multiculturalism*, 143—154.

Greene, Thomas M. "Versions of a Discipline." In Gossman and Spariosu, *Building a Profession*, 37—48.

——. et al. "The Greene Report, 1975: A Report on Standards." In Bernheimer, ed.,

Comparative Literature in the Age of Multiculturalism, 28–38.

Grimm, Jacob. *Geschichte der deutschen Sprache*. Leipzig: Weidmannsche Buch-handlung, 1848. 2 vols. Repr. Hildesheim: G. Olms, 1980.

Grimm, Petra, and Heinrich Badura. *Medien—Ethik—Gewalt*. Stuttgart: Steiner, 2011.

Guérard, Albert. "Comparative Literature?" *Yearbook of Comparative and General Literature* 7 (1958): 1–6.

——. *Preface to World Literature*. New York: Henry Holt, 1940.

Guillén, Claudio. *Entre lo uno y lo diverso: Introducción a la literatura comparada*. Barcelona: Editorial Crítica, 1985. *The Challenge of Comparative Literature*. Tr. Cola Franzen. Cambridge, MA: Harvard University Press, 1993.

Guillory, John. *Cultural Capital: The Problem of Literary Canon Formation*. Chicago: University of Chicago Press, 1993.

Gumbrecht, Hans Ulrich: "'Methode ist Erlebnis': Leo Spitzers Stil." *Vom Leben und Sterben der großen Romanisten: Karl Vossler, Ernst Robert Curtius, Leo Spitzer, Erich Auerbach, Werner Krauss*, 72–151. Munich: Carl Hanser Verlag, 2002.

Gupta, Suman. *Globalization and Literature*. Cambridge: Polity Press, 2009.

Ha-Levi, Judah. *The Kuzari = Kitab al-Khazari: An Argument for the Faith of Israel*. Tr. Hartwig Hirschfeld. New York: E. P. Dutton, 1905. Repr. New York: Schocken, 1964. https://en.wikisource.org/wiki/Kitab_al_Khazari (accessed October 25, 2018).

Hamacher, Werner, and Neil H. Hertz, eds. *Responses: On Paul de Man's Wartime Journalism*. Lincoln: University of Nebraska Press, 1988.

Haneda Masashi. *Toward Creation of a New World History*. Tr. Noda Makito. Tokyo: Japan Publishing Industry for Culture, 2018.

Hartley, L. P. *The Go-Between*. New York: New York Review Books, 2002.

Hartman, Geoffrey. "Looking Back at Paul de Man." In Waters and Godzich, *Reading de Man Reading*, 3–24.

Hassan, Waïl S. "Arabic and the Paradigms of Comparison." In Heise, *Futures of Comparative Literature*, 187–194.

Hatcher, Anna Granville. *Reflexive Verbs: Latin, Old French, Modern French*. Baltimore: Johns Hopkins University Press, 1942.

Hausmann, Frank-Rutger. *Vom Strudel der Ereignisse verschlungen: Deutsche Romanistik im "Dritten Reich"*. 2nd ed. Frankfurt am Main: Klostermann, 2008.

Hayot, Eric. *On Literary Worlds*. New York: Oxford University Press, 2012.

Hayot, Eric, and Rebecca Walkowitz, eds. *A New Vocabulary for Global Modernism*.

New York: Columbia University Press, 2016.

Hayot, Eric, and Edward Wesp. "Reading Game/Text: EverQuest, Alienation, and Digital Communities." *Postmodern Culture* 14.2 (2004): 50–73.

Heise, Ursula. *Chronoschisms: Time, Narrative, and Postmodernism*. Cambridge and New York: Cambridge University Press, 1997.

——. *Imagining Extinction: The Cultural Meanings of Endangered Species*. Chicago: University of Chicago Press, 2016.

——. *Sense of Place and Sense of Planet: The Environmental Imagination of the Global*. New York and London: Oxford University Press, 2008.

——. et al., eds. *Futures of Comparative Literature: ACLA State of the Discipline Report*. London and New York: Routledge, 2017.

Helgesson, Stefan. "'Literature,' Theory from the South, and the Case of the São Paulo School." *Cambridge Journal of Postcolonial Literary Inquiry* 5.2 (2018): 141–157.

Helgesson, Stefan, and Pieter Vermeulen, eds. *Institutions of World Literature: Writing, Translation, Markets*. London and New York: Routledge, 2016.

Herder, Johann Gottfried. *Briefe zu Beförderung der Humanität*. Ed. Hans Dietrich Irmscher. *Werke*, ed. Martin Bollacher et al., vol 7. Frankfurt am Main: Deutscher Klassiker Verlag, 1991.

——. *Briefe Gesamtausgabe 1763–1803*. Ed. Karl-Heinz Hahn et al. 18 vols. Weimar: Böhlau, 1977–2016.

——. "Shakespeare." In Gregory Moore, ed., *Selected Writings on Aesthetics*, 291–307. Princeton: Princeton University Press, 2006.

——. *Volkslieder Übertragungen Dichtungen*. Ed. Ulrich Gaier. *Werke*, ed. Martin Bollacher et al., vol 3. Frankfurt am Main: Deutscher Klassiker Verlag, 1990.

Hess-Lüttich, Ernest W. B. "Netzliteratur–ein neues Genre?" In Michael Stolz, Lucas Marco Gisi, and Jan Hoop, eds., *Literatur und Literaturwissenschaft auf dem Weg zu den neuen Medien: Eine Standortbestimmung*, 225–243. Zurich: Germanistik.ch, 2007.

Higonnet, Margaret. "Introduction." In Higonnet, ed., *Borderwork: Feminist Engagements with Comparative Literature*, 1–16. Ithaca, NY: Cornell University Press, 2018.

Hill, Geoffrey. *Selected Poems*. New Haven: Yale University Press, 2010.

Hinojosa, Christopher. "Unheralded Might: J. R. R. Tolkien's One Ring and the Gift of Power." PhD diss., University of Louisiana at Lafayette, 2013.

Hitchcock, Peter. *The Long Space: Transnationalism and Postcolonial Form*. Stanford: Stanford University Press, 2010.

Horkheimer, Max, and Theodor W. Adorno. *Dialectic of Enlightenment*. Tr. Edmund Jephcott. Stanford: Stanford University Press, 2007.

Howard, Joan E. *We Met in Paris: Grace Frick and Her Life with Marguerite Yourcenar*. Columbia: University of Missouri Press, 2018.

Huggan, Graham. "The Trouble with World Literature." In Ali Behdad and Dominic Thomas, eds., *A Companion to Comparative Literature*, 490—506. Malden, MA: Wiley-Blackwell, 2011.

Hu Shih. *An Autobiographical Account at Forty and "Reminiscences of Dr. Hu Shih."* In Li Tu-ning, ed., *Two Self-portraits: Liang Chi-ch'ao and Hu Shih*, 32—263. New York: Outer Sky Press, 1992.

Ikezawa Natsuki and Yuichi Kinoshita. "Conversation: Facing the Classics–Literature and Theater." https://dento.jfac.jp/en/conversation06112016/2 (accessed September 10, 2018).

Iknopeiston. "As Flies to Wanton Boys." www.fanfiction.net/s/2637122/1 (accessed July 20, 2018).

Ingalls, Daniel H. H., Jeffrey Moussaieff Masson, and M. V. Patwardhan, eds. and tr. *The Dhvanyaloka of Anandavardhana with the Locana of Abhinavagupta*. Harvard Oriental Series 49. Cambridge, MA: Harvard University Press, 1990.

Jameson, Fredric. "Third-World Literature in the Era of Multinational Capitalism." *Social Text* 15 (1986): 65—88.

Jansen, Monica, and Clemens Arts. "L'approdo americano: un'altra storia, un altro esilio." In Luciano Curreri, ed., *L'Europa vista da Istanbul: Mimesis (1946) e la ricostruzione intellettuale di Erich Auerbach*, 71—82. Bologna: Luca Sossella, 2014.

Jaques, Zoe, ed. *Children's Literature and the Posthuman: Animal, Environment, Cyborg*. New York: Routledge, 2015.

Jauss, Hans Robert. "Response to Paul de Man." In Waters and Godzich, eds., *Reading de Man Reading*, 202—208.

Jay, Paul. *Global Matters: The Transnational Turn in Literary Studies*. Ithaca, NY: Cornell University Press, 2010.

Jencks, Christopher, and David Riesman. *The Academic Revolution*. 3rd ed. New York: Doubleday, 1977.

Jones, William. "The Third Anniversary Discourse. Delivered 2 February, 1786, by the President, at the Asiatick Society of Bengal." www.unifi.it/testi/700/jones/Jones_Discourse_3.html (accessed September 1, 2018).

Joyce, James. *Finnegans Wake*. New York: Viking, 1959.

——. *Letters*. Ed. Richard Ellmann. 2 vols. New York: Viking, 1966.

——. *Ulysses*. New York: Vintage, 1961.

"Jože Plečnik." http://erasmuskrize.splet.arnes.si/files/2015/10/PLECNIK-ppt-ang.pdf (accessed September 15, 2018).

Juul, Jesper. *Half-Real: Video Games between Real Rules and Fictional Worlds*. Cambridge, MA: MIT Press, 2005.

Juvan, Marko. "Peripherocentrism: Geopolitics of Comparative Literatures between Ethnocentrism and Cosmopolitanism." In Jean Bessière and Judith Maar, eds., *Histoire de la littérature et jeux d'échange entre centres et peripheries: Les identités relatives des littératures*, 53—66. Paris: Harmattan, 2010.

Kadare, Ismail. *Essays on World Literature: Aeschylus, Dante, Shakespeare*. Tr. Ani Kokobobo. New York: Restless Books, 2018.

Kadir, Djelal. "Auerbach's Scar." In *Memos from the Besieged City: Lifelines for Cultural Sustainability*, 19—40. Stanford: Stanford University Press, 2011.

——. "To World, to Globalize: Comparative Literature's Crossroads." *Comparative Literature Studies* 41.1 (2004): 1—9.

Kaf ka, Franz. *The Diaries of Franz Kaf ka, 1910—1923*. Tr. Joseph Kresch and Martin Greenburg. New York: Schocken, 1976.

Kaplan, Alice. *French Lessons: A Memoir*. Chicago: University of Chicago Press, 1993.

Karátson, André. "Étiemble et les langues." In Étiemble et al., *Le Mythe d'Étiemble*, 123—132.

Katsma, Holst. "Loudness in the Novel." https://litlab.stanford.edu/LiteraryLabPamphlet7.pdf (accessed September 7, 2018).

Key, Alexander. "Kavya: Prospects for a Comparative Poetics." *Comparative Studies of South Asia, Africa and the Middle East* 38.1 (2018): 163—170.

Khalifah, Omar. "Anthologizing Arabic Literature." *Journal of World Literature* 2.4 (2017): 512—526.

Khan, Muhammad Muhsin, ed. and tr. *Interpretation of the Meanings of the Noble Qur'an in the English Language*. Riyadh: Darrussalam, 2011.

Kiepas, Andrzej. "Medien in der Kultur der realen Virtualität–zwischen Freiheit und Unterdrückung." In Grimm and Badura, *Medien–Ethik–Gewalt*, 249—256.

Kilito, Abdelfattah. *Je parle toutes les langues, mais en arabe*. Arles: Sindbad/Actes Sud, 2013.

——. *La Langue d'Adam*. Casablanca: Éditions Toubkai, 1996. *The Tongue of Adam*. Tr.

Robyn Creswell. New York: New Directions, 2016.

——. *Lan tatakalama lughati*. Beirut: Dar al-tali'a, 2002. *Thou Shalt Not Speak My Language*. Tr. Waïl S. Hassan. Syracuse, NY: Syracuse University Press, 2008.

Kim, Edward, et al. "EK Theater: Niobe 2010." www.youtube.com/watch?v=pQiVn-RcPXe4 (accessed April 25, 2019).

Kim Jaeyong. "From Eurocentric World Literature to Global World Literature." *Journal of World Literature* 1.1 (2016): 63—67.

Kimura, Rei. *A Note from Ichiyō*. Chandler, AZ: Booksmango, 2017.

Klawitter, Arne. "Ideofonografie und transkulturelle Homofonie bei Yoko Tawada." *Arcadia* 50.2 (2015): 328—342.

Klemperer, Victor. *LTI—Notizbuch eines Philologen* (1947). 3rd ed. Leipzig: Reklam, 1975. *The Language of the Third Reich: LTI: Lingua Tertii Imperii*. Tr. Martin Brady. New York: Bloomsbury, 2013.

Koch, Max. "Zur Einführung." *Zeitschrift für vergleichende Litteraturgeschichte* 1 (1877): 1—12. "Introduction." Tr. Hans-Joachim Schulz and Phillip H. Rhein. In Schulz and Rhein, eds., *Comparative Literature*, 63—77.

Koelb, Clayton, and Susan Noakes, eds. *The Comparative Perspective on Literature: Approaches to Theory and Practice*. Ithaca: Cornell University Press, 1988.

Konuk, Kader. *East-West Mimesis: Auerbach in Turkey*. Stanford: Stanford University Press, 2010.

Krishnaswamy, Revathi. "Toward World Literary Knowledges: Theory in the Age of Globalization." *Comparative Literature* 62.4 (2010): 399—419.

Kristal, Efraín. "Considering Coldly . . . A Response to Franco Moretti." *New Left Review* 15 (May–June 2002): 61—74.

Kundera, Milan. "Die Weltliteratur." In *The Curtain: An Essay in Seven Parts*, 31—56. Tr. Linda Asher. New York: HarperCollins, 2007.

Lagerlöf, Selma. *Nils Holgerssons underbara resa genom Sverige*. Stockholm: Albert Bonniers Förlag, 1998. *The Wonderful Adventures of Nils Holgersson*. Tr. Paul Norlén. London: Penguin, 2018.

Lamping, Dieter. *Die Idee der Weltliteratur: Ein Konzept Goethes und seine Karriere*. Stuttgart: Kröner, 2010.

——. *Internationale Literatur*. Göttingen: Vandenhoeck und Ruprecht, 2013.

——. ed. *Meilensteine der Weltliteratur: Von der Aufklärung bis in die Gegenwart*. Stuttgart: Kröner, 2015.

Las Casas, Bartolomé de. *Brevíssima relación de la destrucción de las Indias* (1552).

The Tears of the Indians: being an historical and true account [. . .] *written in Spanish by Casaus, an eye-witness of those things; and made English* by J. P. Tr. John Phillips. London: Printed by J. C. for Nathaniel Brook, 1656.

Lawall, Sarah. "The West and the Rest." In Damrosch, ed., *Teaching World Literature*, 17—33.

Lazarus, Neil. "The Politics of Postcolonial Modernism." In *The Postcolonial Unconscious*, 21—88. Cambridge: Cambridge University Press, 2011.

Leerssen, Joep. "Comparing What, Precisely? H. M. Posnett and the Conceptual History of Comparative Literature." *Comparative Critical Studies* 12.2 (2015): 197—212.

——. *Komparatistik in Großbrittanien 1800—1950*. Bonn: Bouvier, 1984.

——. "Some Notes on Hutcheson Macaulay Posnett (1855—1927)." In Maureen O'Connor, ed., *Back to the Future of Irish Studies: Festschrift for Tadhg Foley*, 111—119. Dublin: Peter Lang, 2010.

Lennon, Brian. *In Babel's Shadow: Multilingual Literatures, Monolingual States*. Minneapolis: University of Minnesota Press, 2010.

Lerer, Seth, ed. *Literary History and the Challenge of Philology: The Legacy of Erich Auerbach*. Stanford: Stanford University Press, 1996.

Lévi-Strauss, Claude. *Tristes Tropiques*. Paris: Pocket, 2001. *Tristes Tropiques*. Tr. John and Doreen Weightman. New York: Penguin, 1981.

Levin, Harry. "Comparing the Literature." *Yearbook of Comparative and General Literature* 17 (1968): 5—16.

——. *The Implications of Literary Criticism*. Ed. Jonathan Hart. Paris: Honoré Champion, 2011.

——. *James Joyce: A Critical Introduction*. New York: New Directions, 1941.

——. "Toward World Literature." *Tamkang Review* 6.2/7.1 (1975—1976): 21—30.

——. et al. "The Levin Report, 1965: Report on Professional Standards." In Bernheimer, ed., *Comparative Literature in the Age of Multiculturalism*, 21—27.

Levine, Suzanne Jill, and Katie Lateef-Jan, eds. *Untranslatability Goes Global: The Translator's Dilemma*. London: Routledge, 2017.

Levy, Lital. *Poetic Trespass: Writing between Hebrew and Arabic in Israel/Palestine*. Princeton: Princeton University Press, 2014.

Lin Yutang. *Between Tears and Laughter*. New York: John Day, 1943.

——. *Confucius Saw Nancy, and Essays about Nothing*. Shanghai: Commercial Press, 1936.

——. *From Pagan to Christian*. Cleveland: World Publishing, 1959.

——. *Memoirs of an Octogenarian*. Taipei: Mei Ya, 1975.

——. *My Country and My People*. New York: John Day, 1935.

——. *The Pleasures of a Nonconformist*. Cleveland: World Publishing, 1962.

Lispector, Clarice. *Laços de família*. Rio de Janeiro: Rocco, 1998. *Family Ties*. In *Complete Stories*, 103—231. Tr. Katrina Dodson. New York: New Directions, 2018.

——. *Perto do coração selvagem*. Rio de Janeiro: Rocco, 1998. *Near to the Wild Heart: A Novel*. Tr. Giovanni Pontiero. New York: New Directions, 1990.

Littau, Karen. "Two Ages of World Literature." In Bassnett, ed., *Translation and World Literature*, 159—174.

Llovet, Jordi, Robert Caner, Nora Catelli, Antoni Martí Monterde, and David Viñas Piquer. *Teoría literaria y literatura comparada*. Barcelona: Ariel, 2005.

Löffler, Sigrid. *Die neue Weltliteratur und ihre großen Erzähler*. Munich: C. H. Beck, 2014.

Lowth, Robert. *De sacra poesi Hebraeorum*. Oxford: Clarendon Press, 1753. *Lectures on the Sacred Poetry of the Hebrews*. Tr. G. Gregory (1787). Cambridge: Chadwy-ck-Healey, 1999.

Lukács, Georg. *Theory of the Novel: A Historico-Philosophical Essay on the Forms of Great Epic Literature*. Tr. Anna Bostock. Cambridge, MA: MIT Press, 1971.

Lyons, Patrick J. "The Giant Rat of Sumatra, Alive and Well." *New York Times*, December 17, 2007, https://thelede.blogs.nytimes.com/2007/12/17/the-giant-rat-of-sumatra-alive-and-well (accessed August 16, 2018).

Mack, Maynard, and Sarah Lawall, eds. *The Norton Anthology of World Masterpieces: Expanded Edition*. New York: W. W. Norton, 1995.

Magliola, Robert. *Derrida on the Mend: Buddhist Differentialism*. West Lafayette, IN: Purdue University Press, 1984.

——. "Sexual Rogations, Mystical Abrogations: Some Données of Buddhist Tantra and the Catholic Renaissance." In Koelb and Noakes, *The Comparative Perspective on Literature*, 195—212.

Mallette, Karla. "Sanskrit Snapshots." *Comparative Studies of South Asia, Africa and the Middle East* 38.1 (2018): 127—135.

Mani, B. Venkat. *Recoding World Literature: Libraries, Print Culture, and Germa-ny's Pact with Books*. New York: Fordham University Press, 2016.

Márai, Sándor. *Casanova in Bolzano*. Tr. George Szirtes. New York: Knopf, 2004.

——. *Embers*. Tr. Carol Brown Janeway. New York: Knopf, 2001.

——. *Memoir of Hungary, 1944—1948*. Tr. Albert Tezla. Budapest: Corvina, 1996.

——. *Portraits of a Marriage*. Tr. George Szirtes. New York: Knopf, 2011.

Marling, William. *Gatekeepers: The Emergence of World Literature and the 1960s*. New York: Oxford University Press, 2016.

Marno, David. "The Monstrosity of Literature: Hugo Meltzl's World Literature and Its Legacies." In Karen-Margrethe Simonsen and Jakob Stougaard-Nielsen, eds., *World Literature and World Culture*, 37—50. Aarhus: Aarhus University Press, 2002.

Martí Monterde, Antoni. *Un somni europeu: Història intel·lectual de la Literatura Comparada*. València: Publicacions de la Universitat de València, 2011.

Martinez, Anne M. "Elvencentrism: The Green Medievalism of Tolkien's Elven Realms." In Karl Fulgelso, ed., *Ecomedievalism*, 31— 42. Cambridge: Brewer, 2017.

Melas, Natalie. *All the Difference in the World: Postcoloniality and the Ends of Comparison*. Stanford: Stanford University Press, 2006.

Meltzl, Hugo. "An unsere Leser." *Acta Comparationis Litterarum Universarum* New Series 1.1 (1879): 18.

——. "Islaendisch-Sizilianische Volkstradition in Magyarischen Lichte." *Acta Comparationis Litterarum Universarum* New Series 1.3 (1879): 117—118.

——. "Vorläufige Aufgaben der vergleichenden Litteratur." *Acta Comparationis Litterarum Universarum* 1 (January 1877): 179—182, and 2 (October 1877): 307—315. "Present Tasks of Comparative Literature." Tr. Hans-Joachim Schulz. In Damrosch et al., *The Princeton Sourcebook in Comparative Literature*, 41— 49. Repr. from Schulz and Rhein, eds., *Comparative Literature*, 53—62.

Menand, Louis. "The de Man Case." *New Yorker* 90.5 (2014): 87—93.

Meyer, Richard. "Über den Refrain." *Zeitschrift für vergleichende Litteraturgeschichte* 1 (1877): 34—47.

Miller, D. A. *Bringing Out Roland Barthes*. Berkeley: University of California Press, 1992.

Milton, John. *Paradise Lost*. Ed. Merritt Y. Hughes. Indianapolis: Odyssey Press, 1962.

Miner, Earl. *Comparative Poetics: An Intercultural Essay on Theories of Literature*. Princeton: Princeton University Press, 1990.

Moberg, Bergur. "The Ultraminor to Be or Not to Be: Deprivation and Compensation Strategies in Faroese Literature." *Journal of World Literature* 2.2 (2017): 196—216.

Moberg, Bergur, and David Damrosch. "Defining the Ultraminor." *Journal of World Literature* 2.2 (2017): 133—137.

Moretti, Franco. "Conjectures on World Literature" and "More Conjectures." *New Left Review* n. s. 1 (2000): 54—68, and 20 (2003): 73—81. Repr. in *Distant Reading*, 43—62, 107—120.

——. *Distant Reading*. London: Verso, 2013.

——. "Evolution, World Systems, *Weltliteratur*." In Gunilla Lindberg-Wada, ed., *Studying Transcultural Literary History*, 113—121. Berlin: de Gruyter, 2006. Repr. in *Distant Reading*, 121—135.

——. *Modern Epic: The World System from Goethe to García Márquez*. London: Verso, 1996.

Morrison, Toni. *Beloved*. New York: Knopf, 1987.

Moser, Christian, and Linda Simonis, eds. *Figuren des Globalen: Weltbezug und Welterzeugung in Literatur, Kunst und Medien*. Göttingen: V&R Unipress, 2014.

Mo Yan. "Storytellers." www.nobelprize.org/prizes/literature/2012/yan/25452-mo-yan-nobel-lecture-2012 (accessed August 24, 2018).

Mufti, Aamir R. *Forget English! Orientalisms and World Literature*. Cambridge, MA: Harvard University Press, 2017.

Mullaney, Thomas S. *The Chinese Typewriter*. Cambridge, MA: MIT Press, 2017.

Murasaki Shikibu. *The Tale of Genji*. Tr. Royall Tyler. New York: Viking Penguin, 2001.

Murugan, Perumal. *One Part Woman*. Tr. Aniruddhan Vasudevan. Delhi: Penguin India, 2013. London: Penguin, 2014. New York: Grove, 2018.

Nathan, Leonard. *The Transport of Love: The Meghadūta of Kālidāsa*. Berkeley: University of California Press, 1976.

Nilsson, Louise, David Damrosch, and Theo D'haen, eds. *Crime Fiction as World Literature*. New York: Bloomsbury Academic, 2017.

Nooteboom, Cees. *Tumbas: Graven van dichters en denkers*. Amsterdam: Atlas, 2007.

Norris, Christopher. *Paul de Man: Deconstruction and the Critique of Aesthetic Ideology*. Abingdon and New York: Routledge, 1988.

Oe Kenzaburo. "Japan, the Ambiguous, and Myself." www.nobelprize.org/prizes/literature/1994/oe/lecture (accessed August 23, 2018).

Oesterley, Hermann. "Die Abenteuer des Guru Paramártan." *Zeitschrift für vergleichende Litteraturgeschichte* 1 (1877): 48—72.

Ovid. *The Poems of Exile: Tristia and the Black Sea Letters*. Ed. and tr. Peter Green. Berkeley: University of California Press, 2005.

Özbek, Yasemin. "Heimat im Exil: Alltagsleben am Bosporus in den Briefen von Traugott Fuchs und Rosemarie Heyd-Burkart." In Stauth and Birtek, eds., *Istanbul*, 159—190.

Palencia-Roth, Michael. "Contrastive Literature." *Journal for the Comparative Study of*

Civilizations 2 (1997): 21—30.

Pamuk, Orhan. *The Naive and the Sentimental Novelist*. The 2009 Norton Lectures. Tr. Nazim Dikbaş. Cambridge, MA: Harvard University Press, 2010.

Parla, Jale. "The Object of Comparison." *Comparative Literature Studies* 41.1 (2004): 116—125.

Pavel, Thomas G. *Fictional Worlds*. Cambridge, MA: Harvard University Press, 1986.

Peyre, Henri. "Avant-propos." In A. G. Hatcher and K. L. Selig, eds., *Studia Philologica et Litteraria in Honorem L. Spitzer*, 7—9. Bern: Francke Verlag, 1958.

——. "A Glance at Comparative Literature in America." *Yearbook of Comparative and General Literature* 1 (1952): 1—8.

Phillips, Henry. *Volk-songs: Translated from the Acta Comparationis Litterarum Universarum*. Philadelphia: n. p., 1885.

Pizer, John. *The Idea of World Literature*. Baton Rouge: Louisiana State University Press, 2006.

Pollan, Michael. *In Defense of Food: An Eater's Manifesto*. New York: Penguin, 2009.

Pollock, Sheldon. "Comparison without Hegemony." In Hans Joas and Barbro Klein, eds., *The Benefit of Broad Horizons: Intellectual and Institutional Preconditions for a Global Social Science,* 185—204. Festschrift for Björn Wittrock. Leiden: Brill, 2010.

——. "Conundrums of Comparison." *Know: A Journal on the Formation of Knowledge* 1.2 (2017): 273—294.

——. "Small Philology and Large Philology." *Comparative Studies of South Asia, Africa and the Middle East* 38.1 (2018): 122—127.

——. ed. *A Rasa Reader: Classical Indian Aesthetics*. New York: Columbia University Press, 2016.

——. ed. *Literary Cultures in History: Reconstructions from South Asia*. Berkeley: University of California Press, 2003.

Pollock, Sheldon, Benjamin A. Elman, and Ku-ming Kevin Chang, eds. *World Philology*. Cambridge, MA: Harvard University Press, 2015.

Posnett, Hutcheson Macaulay. *Comparative Literature*. London: Kegan, Trench, 1886.

——. "The Science of Comparative Literature." *Contemporary Review* 79 (1901): 855—872.

Pramoj, Kukrit. *Four Reigns*. Tr. Tulachandra. Chiang Mai, Thailand: Silkworm Books, 1981.

——. *Many Lives*. Tr. Meredith Borthwick. Chiang Mai, Thailand: Silkworm Books, 1999.

Prešeren, France. "Zdravljica (A Toast)." www.vlada.si/en/about_slovenia/political_system/national_insignia/france_preseren_zdravljica_a_toast (accessed August 10, 2018).

Pressman, Jessica. "Electronic Literature as Comparative Literature." https://stateofthediscipline.acla.org/entry/electronic-literature-comparative-literature-0 (accessed January 14, 2019). Repr. in Heise, *Futures of Comparative Literature*, 248—257.

——. "The Strategy of Digital Modernism: Young-Hae Chang Heavy Industry's *Dakota*." *Modern Fiction Studies* 54.2 (2008): 302—326.

Pritchett, Frances W. *A Desertful of Roses: The Urdu Ghazals of Mirza Asadullah Khan "Ghalib."* www.columbia.edu/itc/mealac/pritchett/00ghalib (accessed June 5, 2018).

——. *A Garden of Kashmir: The Ghazals of Mir Muhammad Taqi Mir*. www.columbia.edu/itc/mealac/pritchett/00garden/index.html (accessed June 5, 2018).

Pritchett, Frances W. *Igbo Language and Literature: Resources for Study*. www.columbia.edu/itc/mealac/pritchett/00fwp/igbo_index.html (accessed June 6, 2018).

Puchner, Martin. *Poetry of the Revolution: Marx, Manifestos, and the Avant-Gardes*. Princeton: Princeton University Press, 2006.

——. *The Written World: The Power of Stories to Shape People, History, Civilization*. New York: Random House, 2017.

——. et al., eds. *The Norton Anthology of Western Literature*. 9th ed. 2 vols. New York: Norton, 2014.

——. et al., eds. *The Norton Anthology of World Literature*. 4th ed. 6 vols. New York: Norton 2018.

Qian, Suoqiao. *Liberal Cosmopolitan: Lin Yutang and Middling Chinese Modernity*. Leiden: Brill, 2011.

Quint, David. "Thomas M. Greene." http://archive.yalealumnimagazine.com/issues/2004_01/greene.html (accessed February 16, 2018).

Radhakrishnan, R. *Theory in an Uneven World*. Malden, MA: Blackwell, 2003.

——. "Why Compare?" In Felski and Friedman, eds., *Comparison*, 15—33.

Raffa, Guy. *Danteworlds*. http://danteworlds.laits.utexas.edu (accessed May 12, 2018).

Readings, Bill. *The University in Ruins*. Cambridge, MA: Harvard University Press, 1996.

Ricci, Ronit. *Islam Translated: Literature, Conversion, and the Arabic Cosmopolis of South and Southeast Asia*. Chicago: University of Chicago Press, 2011.

Richmond-Garza, Elizabeth. "Detecting Conspiracy: Boris Akunin's Dandiacal Detective, or a Century in Queer Profiles from London to Moscow." In Nilsson et al., eds., *Crime Fiction as World Literature*, 271—289.

Robbins, Bruce. "Prolegomena to a Cosmopolitanism in Deep Time." *Interventions* 18.2 (2016): 172—186.

Robbins, Bruce, and Paulo Lemos Horta, eds. *Cosmopolitanisms*. New York: New York University Press, 2017.

Rodowick, D. N. *Elegy for Theory*. Cambridge, MA: Harvard University Press, 2015.

Rosso, Stefano. "An Interview with Paul de Man." In de Man, *The Resistance to Theory*, 115—121.

Said, Edward W. *Beginnings: Intention and Method*. New York: Basic Books, 1975.

——. "Interview: Edward W. Said." *Diacritics* 6.3 (1976): 30—47.

——. *Joseph Conrad and the Fiction of Autobiography*. Cambridge, MA: Harvard University Press, 1966.

——. "News of the World." *Village Voice Literary Supplement* 68 (October 1988): 14.

——. "Opponents, Audiences, Constituencies, and Community." *Critical Inquiry* 9.1 (1982): 1—26.

——. *Orientalism*. New York: Vintage, 1978.

——. "Reflections on Recent American 'Left' Literary Criticism." *boundary 2* 8.1 (1979): 11—30. Repr. as "Reflections on American 'Left' Literary Criticism," in *The World, the Text, and the Critic*, 158—177.

——. "Secular Criticism." In *The World, the Text, and the Critic*, 1—30.

——. "Travelling Theory." *Raritan* 1.3 (1982): 41—67. Repr. in *The World, the Text, and the Critic*, 226—247.

——. "Travelling Theory Reconsidered." In Robert M. Polhemus and Roger B. Henkle, eds., *Critical Reconstructions: The Relationship of Fiction and Life*, 251—265. Stanford: Stanford University Press, 1994.

——. *The World, the Text, and the Critic*. Cambridge, MA: Harvard University Press, 1983.

Sauer, Elizabeth. "Toleration and Translation: The Case of Las Casas, Phillips, and Milton." *Philological Quarterly* 85.3—4 (2006): 271—291.

Saussy, Haun. "Axes of Comparison." In Felski and Friedman, eds., *Comparison*, 64—76.

——. "Exquisite Cadavers Stitched from Fresh Nightmares: Of Memes, Hives, and Selfish Genes." In *Comparative Literature in an Age of Globalization*, 3—24.

——. ed. *Comparative Literature in an Age of Globalization*. Baltimore: Johns Hopkins University Press, 2006.

Savigneau, Josyane. *Marguerite Yourcenar: Inventing a Life*. Tr. Joan E. Howard. Chicago: University of Chicago Press, 1993.

Schildgen, Brenda Deen, Zhou Gang, and Sander L. Gilman, eds. *Other Renaissances: A New Approach to World Literature*. New York: Palgrave Macmillan, 2006.

Schuessler, Jennifer. "Reading by the Numbers: When Big Data Meets Literature." *New York Times*, October 30, 2017. www.nytimes.com/2017/10/30/arts/franco-moretti-stanford-literary-lab-big-data.html (accessed September 7, 2018).

Schuessler, Jennifer, and Boryana Dzhambazova. "Bulgaria Says French Thinker Was a Secret Agent. She Calls It a 'Barefaced Lie.'" *New York Times*, April 1, 2018. www.nytimes.com/2018/04/01/arts/julia-kristeva-bulgaria-communist-spy.html (accessed April 12, 2018).

Schulz, Hans-Joachim, and Phillip H. Rhein, eds. *Comparative Literature: The Early Years; An Anthology of Essays*. Chapel Hill: University of North Carolina Press, 1973.

Schurr, Georgia Hooks. "Marguerite Yourcenar et le 'drame noir' américain." In Michèle Goslar, ed., *Marguerite Yourcenar et l'Amérique*, 27—57. Brussels: Centre International de Documentation Marguerite Yourcenar, 1998.

Schwarz, Roberto. *Um mestre na periferia do capitalismo: Machado de Assis*. São Paulo: Editora 34, 2000. *A Master on the Periphery of Capitalism: Machado de Assis*. Tr. John Gledson. Chapel Hill: Duke University Press, 2001.

——. *Misplaced Ideas: Essays on Brazilian Culture*. Tr. John Gledson. London: Verso, 1992.

Shakespeare, William. *King Lear*. Ed. Alfred Harbage. Baltimore: Penguin, 1969.

Shelley, Percy Bysshe. "A Defence of Poetry." *A Defence of Poetry and Other Essays*. www.gutenberg.org/files/5428/5428-h/5428-h.htm (accessed September 15, 2018).

Shih, Shu-mei. "Global Literature and the Technologies of Recognition." *PMLA* 119.1 (2004): 16—30.

Shirane, Haruo. *The Bridge of Dreams: A Poetics of "The Tale of Genji."* Stanford: Stanford University Press, 1988.

Shklovsky, Viktor. "Art as Technique." In Lee T. Lemon and Marion J. Reis, eds., *Russian Formalist Criticism: Four Essays*, 5—22. Lincoln: University of Nebraska Press, 1965.

Shulgi of Ur. "Šulgi B." Electronic Text Corpus of Sumerian Literature (ETCSL). http://

etcsl.orinst.ox.ac.uk/cgi-bin/etcsl.cgi?text=t.2.4.2.02# (accessed October 24, 2018).

Siskind, Mariano. *Cosmopolitan Desires: Global Modernity and World Literature in Latin America*. Evanston, IL: Northwestern University Press, 2014.

Spitzer, Leo. *Essays in Historical Semantics*. New York: S. F. Vanni, 1948. Repr. New York: Russell & Russell, 1968.

——. *Essays on English and American Literature*. Princeton: Princeton University Press, 1962.

——. "The Formation of the American Humanist." *PMLA* 66.1 (1951): 39—48.

——. *Fremdwörterhatz und Fremdvölkerhaß: Eine Streitschrift gegen die Sprachreinigung*. Vienna: Manzsche Hof-, Verlags-und Universitäts-Buchhandlung, 1918.

——. "Geistesgeschichte vs. History of Ideas as Applied to Hitlerism." *Journal of the History of Ideas* 5:2 (1944): 191—203.

——. *Linguistics and Literary History: Essays in Stylistics*. Princeton: Princeton University Press, 1948.

Spivak, Gayatri Chakravorty. *A Critique of Postcolonial Reason: Toward a History of the Vanishing Present*. Cambridge, MA: Harvard University Press, 1999.

——. *Death of a Discipline*. New York: Columbia University Press, 2003.

——. "'Draupadi' by Mahasveta Devi." *Critical Inquiry* 8.2 (1981): 381—402.

——. "Finding Feminist Readings: Dante-Yeats." In Ira Konigsberg, ed., *American Criticism in the Poststructuralist Age*, 42—65. Ann Arbor: University of Michigan Press, 1981.

——. "How Do We Write, Now?" *PMLA* 133.1 (2018): 166—170.

——. "Marginality in the Teaching Machine." In *Outside in the Teaching Machine*, 58—85. Abingdon and New York: Routledge, 1993.

——. "The Politics of Interpretations." *Critical Inquiry* 9.1 (1982): 259—278.

——. "Reading the World: Literary Studies in the 80s." *College English* 43.7 (1981): 671—679.

——. "Rethinking Comparativism." In Felski and Friedman, eds., *Comparison*, 253—270. Rev. version in *An Aesthetic Education in the Era of Globalization*, 467—483. Cambridge, MA: Harvard University Press, 2012.

Staël, Germaine de. *De la littérature: Considérée dans ses rapports avec les institutions sociales*. In *Oeuvres complètes* 1.2, *De la littérature et autres essais littéraires*, 67—388. Ed. Stéphanie Genand et al. Paris: Honoré Champion, 2013. Chapter 9, "Of the General Spirit of Modern Literature," tr. David Damrosch. In Damrosch et al., *The Princeton Sourcebook in Comparative Literature*, 10—16.

——. "Réflexions sur le suicide." In *Oeuvres complètes* 1.1, *Lettres sur Rousseau, De l'influence des passions, et autres essais moraux*, 339—395. Ed. Florence Lotterie. Paris: Honoré Champion, 2008.

——. *Ten Years of Exile*. Tr. Avriel H. Goldberger. Dekalb: Northern Illinois University Press, 2000.

Stauth, Georg, and Faruk Birtek, eds. *'Istanbul': Geistige Wanderungen aus der 'Welt in Scherben'*. Bielefeld: Transcript Verlag, 2007.

Steiner, George. *After Babel: Aspects of Language and Translation*. 3rd ed. Oxford: Oxford University Press, 1998.

Sterne, Laurence. *The Life and Opinions of Tristram Shandy, Gentleman*. New York: Boni and Liveright, 1960.

Strachey, Lytton. *Eminent Victorians*. Harmondsworth: Penguin, 1990.

Sturm-Trigonakis, Elke. *Global Playing in der Literatur: Ein Versuch über die neue Weltliteratur*. Würzburg: Königshausen & Neumann, 2007. *Comparative Cultural Studies and the New Weltliteratur*. Tr. Athanasia Margoni and Maria Kaisar. West Lafayette, IN: Purdue University Press, 2013.

Szentivanyi, Christina. "'Anarchie im Mundbereich': Übersetzungen in Yoko Tawadas *Überseezungen*." In Vittoria Borsò and Reinhold Goerling, eds., *Kulturelle Topographien*, 347—360. Stuttgart: Metzler, 2004.

Tageldin, Shaden. "Untranslatability." https://stateofthediscipline.acla.org/entry/untranslatability (accessed September 15, 2018). Repr. in Heise, ed., *Futures of Comparative Literature*, 234—235.

Tanoukhi, Nirvana. "The Scale of World Literature." *New Literary History* 39.3 (2008): 599—617.

Tawada, Yoko. *Akzentfrei*. Tübingen: Konkursbuch Verlag Claudia Gehrke, 2016.

——. *Überseezungen: Literarische Essays*. Tübingen: Konkursbuch Verlag Claudia Gehrke, 2002.

Thomsen, Mads Rosendahl. *Mapping World Literature: International Canonization and Transnational Literatures*. London: Continuum, 2008.

Thornber, Karen Laura. *Ecoambiguity: Environmental Crises and East Asian Literatures*. Ann Arbor: University of Michigan Press, 2012.

——. *Empire of Texts in Motion: Chinese, Korean, and Taiwanese Transculturations of Japanese Literature*. Cambridge, MA: Harvard University Asia Center, 2009.

Tihanov, Galin. "Elias Canetti (1905—1994): A Difficult Contemporary." In Jacques Picard et al., eds., *Makers of Jewish Modernity: Thinkers, Artists, Leaders, and the World They Made*, 407—422. Princeton: Princeton University Press, 2016.

——. "The Location of World Literature." *Canadian Review of Comparative Literature / Revue Canadienne de Littérature Comparée* 44.3 (2017): 468—481.

Toer, Pramoedya Ananta. *The Buru Quartet: This Earth of Mankind, Child of All Nations, Footsteps*, and *House of Glass*. Tr. Max Lane. 4 vols. London and New York: Penguin, 1996.

Tolkien, J. R. R. "Beowulf: The Monsters and the Critics" (1936). In *The Monsters and the Critics and Other Essays*, 5—48. Boston: Houghton Mifflin, 1983.

——. *The Lord of the Rings*. 2nd ed. 3 vols. London: Allen and Unwin, 1966.

——. "On Fairy-stories." *Tree and Leaf*, 11—70. London: Allen and Unwin, 1964. Repr. in *The Monsters and the Critics*, 109—161.

——. "A Secret Vice." In *The Monsters and the Critics*, 198—223.

Tötösy de Zepetnek, Steven, Asunción López-Varela, Haun Saussy, and Jan Mieszkowski, eds. "New Perspectives on Material Culture and Intermedial Practice." *CLCWeb: Comparative Literature and Culture* 13.3 (2011): https://doi.org/10.7771/1481-4374.1783 (accessed January 9, 2019).

Trilling, Diana. "Lionel Trilling, a Jew at Columbia." *Commentary* 67.3 (1979): 40—46.

Trivedi, Harish. "Translation and World Literature: The Indian Context." In Bassnett, ed., *Translation and World Literature*, 15—28.

Tsu, Jing. *Sound and Script in the Chinese Diaspora*. Cambridge, MA: Harvard University Press, 2010.

Turner, James. *Philology: The Forgotten Origins of the Modern Humanities*. Princeton: Princeton University Press, 2015.

Tyler, Royall. "Translating *The Tale of Genji*." http://nihongo.monash.edu/tylerlecture.html (accessed May 22, 2018).

Ungureanu, Delia. *From Paris to Tlön: Surrealism as World Literature*. New York: Bloomsbury Academic, 2017.

Untermeyer, Louis. *Robert Frost: A Backward Look*. Ann Arbor: University of Michigan Library, 1964.

Valerio, Anthony. *Bart: A Life of A. Bartlett Giamatti, by Him and about Him*. New York: Harcourt, Brace, Jovanovich, 1991.

Vālmīki. *Rāmāyaṇa. Book One: Boyhood*. Tr. Robert P. Goldman. Clay Sanskrit Library. Cambridge, MA: Harvard University Press, 2005. *The Rāmāyaṇa: An Epic of Ancient India. Volume 1: Balakanda*. Introduction and tr. by Robert P. Goldman. Annotation by Robert P. Goldman and Sally J. Sutherland. Princeton: Princeton

University Press, 1997.

Van Curen, Garrett. "Ecocriticism and the Trans-Corporeal: Agency, Language, and Vibrant Matter of the Environmental 'Other' in J. R. R Tolkien's Middle Earth." MA thesis, Montclair State University, 2019. https://digitalcommons.montclair.edu/etd/224 (accessed March 29, 2019).

Van Looy, Jan, and Jan Baetens, eds. *Close Reading New Media: Analyzing Electronic Literature*. Leuven: Leuven University Press, 2003.

Venuti, Lawrence. *Contra Instrumentalism: A Translation Polemic*. Lincoln: University of Nebraska Press, 2019.

——. *The Scandals of Translation: Towards an Ethics of Difference*. Abingdon and New York: Routledge, 1998.

——. *Translation Changes Everything: Theory and Practice*. Abingdon and New York: Routledge, 2013.

——. *The Translator's Invisibility: A History of Translation*. Abingdon and New York: Routledge Classics Edition, 2017.

——. ed. *The Translation Studies Reader*. 3rd ed. Abingdon and New York: Routledge, 2012.

Vialon, Martin. "Die Stimme Dantes und ihre Resonanz: Zu einem bisher unbekannten Vortrag Erich Auerbachs aus dem Jahr 1948." In Barck and Treml, eds., *Erich Auerbach*, 46—56.

——. ed. *Erich Auerbachs Briefe an Martin Hellweg (1939—1950): Edition und historisch-philologischer Kommentar*. Tübingen: Francke, 1997.

Vidmar, Luka. *And Yet They Read Them: Banned Books in Slovenia in the Early Modern Age from the National and University Library Collection*. Tr. Jason Blake and Sonja Svoljšak. Ljubljana: Narodna in Univerzitetna Knjižnica, 2018.

Vogt-William, Christine. "Brothers in Arms: Death and Hobbit Homosociality in *The Lord of the Rings*." *Inklings: Jahrbuch für Literatur und Ästhetik* 34 (2017): 81—95.

Vorda, Allen, and Kim Herzinger. "An Interview with Kazuo Ishiguro." *Mississippi Review* 20.1—2 (1991): 131—154.

Walkowitz, Rebecca. *Born Translated: The Contemporary Novel in the Age of World Literature*. New York: Columbia University Press, 2015.

Wang, David Der-wei. "Introduction: Worlding Literary China." In *A New Literary History of Modern China*, 1—28. Cambridge, MA: Harvard University Press, 2017.

Warren, William. "Cool Hand in Thailand." *New York Times*, October 5, 1975. www.nytimes.com/1975/10/05/archives/cool-hand-in-thailand.html (accessed July 20,

2018).

Waters, Lindsay, and Wlad Godzich, eds. *Reading de Man Reading*. Minneapolis: University of Minnesota Press, 1989.

Weinrich, Harald. "Chamisso, Chamisso Authors, and Globalization." Tr. Marshall Brown and Jane K. Brown. *PMLA* 119.5 (2004): 1336—1346.

Wellek, René. "The Crisis of Comparative Literature." In Stephen G. Nichols, ed., *Concepts of Criticism*, 283—295. New Haven: Yale University Press, 1963.

——. "Memories of the Profession." In Gossman and Spariosu, eds., *Building a Profession*, 1—12.

Wellek, René, and Austin Warren. *Theory of Literature*. 3rd ed. New York: Harcourt, Brace and World, 1956.

Wells, H. G. *Tono-Bungay*. London: Penguin, 2005.

White, Edmund. Review of *Marguerite Yourcenar*, by Josyane Savigneau. *New York Times Book Review*, October 17, 1993. nytimes.com/books/97/09/14/reviews/16211.html (accessed August 20, 2018).

White, Hayden. "Criticism as Cultural Politics." *Diacritics* 6.3 (1976): 8—13.

Wilson, Horace Hayman. *The Mégha Dúta; or Cloud Messenger; A Poem, in the Sanscrit Language: by Cálidása*. Calcutta and London: Black, Parry, 1814.

Wollaeger, Mark, and Matt Eatough, eds. *The Oxford Handbook of Global Modernisms*. New York: Oxford University Press, 2013.

Wood, Ralph C. *Tolkien among the Moderns*. South Bend, IN: University of Notre Dame Press, 2015.

Woolf, Virginia. *A Room of One's Own and Three Guineas*. Oxford and New York: Oxford World's Classics, 1998.

WReC (Warwick Research Collective). *Combined and Uneven Development: Towards a New Theory of World-Literat ure*. Liverpool: Liverpool University Press, 2015.

Xie, Ming. *Conditions of Comparison: Reflections on Comparative Intercultural Inquiry*. New York: Continuum, 2011.

Yokota-Murakami, Takayuki. *Don Juan East/West: On the Problematics of Comparative Literature*. Albany: State University of New York Press, 1998.

Yoo, Hyun-joo. "Interview with Young-Hae Chang Heavy Industries." www.dichtung-digital.de/2005/2/Yoo/index-engl.htm (accessed August 5, 2018).

Young-Hae Chang Heavy Industries (Young-hae Chang and Marc Voge). "Cunnilingus en Corea del Norte (Buenos Aires Tango Version)." www.yhchang.com/CUNNI-

LINGUS_EN_COREA_DEL _NORTE_BUENOS_AIRES_TANGO_VERSION_V.html (accessed May 14, 2019).
——. "Cunnilingus in North Korea." www.yhchang.com/CUNNILINGUS_IN_NORTH_KOREA_V.html (accessed May 14, 2019).
——. "Miss DMZ." www.yhchang.com/MISS_DMZ_V.html (accessed May 14, 2019).
Yourcenar, Margaret. *Mémoires d'Hadrien*. Paris: Plon, 1951. *Memoirs of Hadrian*. Tr. Grace Frick. New York: Farrar, Straus and Giroux, 1954.
Yu, Pauline. "Alienation Effects: Comparative Literature and the Chinese Tradition." In Koelb and Noakes, eds., *The Comparative Perspective on Literature*, 162—175.

Zabel, Blaž. "Posnett and the Comparative Approach." *Journal of World Literature* 4.3 (2019): 330—349.
Zaremba, Michael. *Johann Gottfried Herder: Prediger der Humanität: eine Biografie*. Cologne: Böhlau, 2002.
Zhang Longxi. *Allegoresis: Reading Canonical Literature East and West*. Ithaca, NY: Cornell University Press, 2005.
——. "Crossroads, Distant Killing, and Translation: On the Ethics and Politics of Comparison." In Felski and Friedman, eds., *Comparison*, 46—63.
——. *From Comparison to World Literature*. Albany: State University of New York Press, 2014.
——. *Mighty Opposites: From Dichotomies to Differences in the Comparative Study of China*. Stanford: Stanford University Press, 1998.
Zilberman, Regina. "Memórias de tempos sombrios." *Estudos de Literatura Brasileira Contemporânea* 52 (Sept.–Dec. 2017): 9—30.
Zook, Darren C. "Searching for *Max Havelaar:* Multatuli, Colonial History, and the Confusion of Empire." *Modern Language Notes* 121.5 (2006): 1169—1189.